中国科学院院史丛书

科苑前尘往事

薛攀皋 ／著

科学出版社
北京

图书在版编目(CIP)数据

科苑前尘往事．薛攀皋著．—北京：科学出版社，2011.7
（中国科学院院史丛书）
ISBN 978-7-03-031321-8

Ⅰ．①科… Ⅱ．①薛… Ⅲ．①科学史学–研究 Ⅳ．①N09

中国版本图书馆 CIP 数据核字（2011）第 103115 号

丛书策划：胡升华 侯俊琳
责任编辑：张 凡 程 凤／责任校对：刘亚琦
责任印制：赵德静／封面设计：黄华斌
编辑部电话：010-64035853
E-mail：houjunlin@mail.sciencep.com

科学出版社 出版
北京东黄城根北街 16 号
邮政编码：100717
http://www.sciencep.com
中国科学院印刷厂印刷
科学出版社发行 各地新华书店经销

*

2011 年 7 月第 一 版 开本：B5（720×1000）
2011 年 7 月第一次印刷 印张：20 1/2
印数：1—5 000 字数：400 000

定价：55.00 元
（如有印装质量问题，我社负责调换）

前　　言

1951 年秋，我大学毕业由国家统一分配到中国科学院，在院部从事生物学科研组织管理工作，1991 年年底，我在返聘期满后离开院部。这 40 年间，我经历了中国科学院奠基创业、向科学进军的火车头、"文化大革命"浩劫、治理动乱创伤初步探索改革四个时期。

我在职期间，除了完成组织上指定的编写任务外，没有自由选题在报刊上发表过文章。这本文集收入文章 28 篇、访谈录四篇，其中多数是我退休后写成的。它们大致包含四个方面的内容。

一、中国科学院院史的若干片段

开头四篇文章说的是中国科学院早期的性质、地位、职责和作用。《新中国科学技术事业统一领导管理体制建立的历史回顾》和《中国科学院第一次定位》，回顾 1949 年 9 月作为学术研究机关的科学院，由《中华人民共和国中央人民政府组织法》立法为组成政务院的政府部门，主管国家科学事业。它虽然是政府部门，但实际上难以行使政府职能，处境极其尴尬。1956 年，《中国科学院第二次定位》，成为国家向科学进军的火车头，并且由此引发争端，险遭肢解。《中国科学院与国家"十二年科学规划"的编制》，反映中国科学院在我国第一部长期科技规划《1956—1967 年科学技术发展远景规划》编制过程中的作用。

《中国科学院首次民主选举学部委员（院士）》与《关于中国科学院学部恢复与重建工作的回忆》两篇文章，回顾 1979 ~ 1981 年，中国科学院拨乱反正，为恢复与重建在"文化大革命"期间被强行撤销的中国科学院学部和学部委员制度，以及第一次民主增选学部委员所作的努力。

《新中国成立前后的两个科学院没有传承关系》一文，是为了澄清事实，恢复中国科学院院史原来面貌。它指出延安自然科学研究院同中国科学院没有传承关系，不是组建中国科学院的基础。

《中国科学院生物学科技队伍的建设亟待加强》和《中国科学院生物学事业三十五年》是我与季楚卿同志合作撰写的。前者，是对 20 世纪 80 年代中后期中国科学院生物学队伍状况的调查报告，指出队伍的优势，面临的挑战，存在的问题与解决问题的建议。后者，综述 1949 ~ 1984 年，中国科学院生物学事业发展走过曲折道路，以及生物学工作者在国家自然资源与自然条件调查研究，为国家工农医国防建设服务，以及基础研究等方面取得的成就。

二、中国科学院或有关部门召开的几次重要会议

这方面有自然科学史工作者根据我的口述，整理而成的四篇访谈录。《遗传学与百家争鸣》一文回溯 1956 年 8 月，中国科学院与高等教育部为贯彻"百家争鸣"方针，在青岛联合召开遗传学座谈会的背景；并分析在"百家争鸣"方针提出和青岛遗传学座谈会召开后，到改革开放前，摩尔根遗传学在我国仍多次遭受批判的原因。《回顾"十二年科学规划"》介绍 1956 年，国务院科学规划委员会主持编制"十二年科学规划"会议的过程，以及规划的执行情况。《追忆广州全国科学技术工作会议》和《在科学与政治之间：1964 年的北京科学讨论会》，分别介绍 1962 年、1964 年两次重要的科学会议的情况。前者由国家科学技术委员会主持召开，时值国民经济进行调整时期，会议对"大跃进"时困扰科学领域的一些问题进行了反思；周恩来总理、陈毅副总理到会，为知识分子脱"资产阶级知识分子"之帽，加"劳动人民知识分子"之冕。后者是中华人民共和国成立后举办的第一次大型国际学术会议。参加会议的科学工作者来自亚洲、非洲、拉丁美洲和大洋洲，会议被赋予了反对帝国主义和新老殖民主义等政治内涵。

三、中国科学院和国内若干生物学事件

1. 学术问题被上升为政治问题

《"乐天宇事件"与"胡先骕事件"》、《"百花齐放，百家争鸣"方针救了植物学家胡先骕》等文，回溯新中国成立初期，在向苏联一边倒的政治大背景下，教条主义照搬苏联错误做法，给自然科学的某些学派贴上政治标签，以行政手段支持米丘林学派，禁止摩尔根学派，导致经典遗传学在我国的教学与科学研究工作全部停止。胡先骕教授批评李森科"物种和物种形成的新见解"缺乏科学依据，被扣上"反对苏联，反对共产党，反对共产党领导科学"的罪名。他的《植物分类学简编》未售出的全部被销毁。中国生物学家在一段时间里，再也不敢公开批评苏联李森科的学术观点和见解。《小议陆定一的〈"百花齐放，百家争鸣"的历史回顾〉》，则是对陆定一同志晚年认为自己从一开始就正确对待遗传学争论问题的质疑。《高端权力介入与中国心理学的沉浮》列举事实，说明在新中国成立后至"文化大革命"期间，我国心理学发展过程中的兴衰荣辱乃至于遭受灭顶之灾都与高官政要能否理性面对与处理心理学界的问题有关。没有从遗传学被取消的恶果中吸取教训，动辄发动对所谓"资产阶级心理学"、"伪科学"的批判，使中国心理学在"文化大革命"中步遗传学的后尘，遭到灭顶之灾。

1960 年 2 月，上海一位中学生物学教师写文章，上纲上线批判著名生物学家

朱洗及其巨著《生物的进化》。他攻击朱洗用"无政府主义观点来否定马克思主义作为历史观的阶级斗争学说",并诬蔑朱洗新中国成立前就是上海一个克鲁泡特金小集团的为首分子。在"左"的思想占主导地位时,一个小人物批判著名科学家绝非小事。当有关部门请示如何处理这篇批判文章时,聂荣臻在了解《生物的进化》瑕不掩瑜,是一本好书后指出,不要全盘否定该书,更不要把朱洗一棍子打死。他责成中国科学院上海分院负责同志亲自与朱洗谈话,鼓励他在该书再版时对个别内容加以修改;同时由上海市科学技术委员会同志约见那位中学教师,说明不发表他批判朱洗文章的理由。朱洗与那位中学教师深受教育。这是《聂荣臻保护生物学家朱洗"过关"》一文的故事。

2. "大跃进"、"瞎指挥"、"浮夸风"

《为麻雀翻案的艰难历程》回顾了一段历史过程:我国不能正确对待国外历史上正反两方面的经验教训,发动全民消灭麻雀运动;少数科学家冒天下之大不韪,执著地为麻雀翻案;最后,"四害"中的麻雀被改为臭虫,麻雀家族终于躲过了满门抄斩的大劫。

《对土专家进中国科学院当研究员的反思》,回顾1958年3~5月,"卑贱者最聪明,高贵者最愚蠢"的思想被反复阐述,并一再号召学问少的人起来打倒学问多的人,剥夺高级知识分子,即所谓资产阶级知识分子翘尾巴的资本。据此,广东省治白蚁的土专家李始美当上了中国科学院的专职副研究员,成为工农兵进国家科研机关"掺沙子"的先例。遗憾的是李始美在优越的环境里,拿研究所最高的工资,并没有什么作为。

《为什么说真话那么难》、《"粮食多了怎么办?"》和《回眸粮食严重短缺年代的代食品研究》,讲述的是中国科学院许多研究技术人员在"瞎指挥"、"浮夸风"盛行的"大跃进"年代,被卷入粮食问题中的三个典型事件。第一件是1958年7月初,中华全国自然科学专门学会联合会和北京市自然科学专门学会联合会共同组织各地农民高产能手与中国科学院生物学部、中国农业科学院的科学家打擂台,竞赛种单季亩产几万斤的水稻、小麦"卫星田"。中国科学院生物学部在北京的八个研究单位的许多研究人员,被迫投入了明知其不可为而不得不为之的实验研究。第二件,同年8月初,毛泽东对亩产万斤以上粮食深信不疑,高兴地提出:应该考虑粮食生产多了吃不完怎么办的问题。中国科学院六个研究所(化学、生物学)因此接下了新的政治任务:研究粮食综合利用问题。第三件,由于三分天灾七分人祸,过不多久,中国人民从粮食多了吃不完的美妙神话中,跌落到粮食严重紧缺、瓜菜代、浮肿病、饿死人的残酷现实中。中国科学院近30个研究所科研目标大转向,研究怎么吃那些原来不吃的东西,并研究小球藻、叶蛋白、人造肉等代食品。

中国人民已经在 1958 年"大跃进"的第一个回合中吃够了苦头，但庐山会议"反右倾"后，"大跃进"狂飙再起。《1960 年的全民超声波化运动》被诩为"全党办科学"、"全民办科学"的标志，在全国一切地区，一切部门，人人试验，处处试验。中国科学院北京地区所有研究机构，不管需要不需要超声波技术，一律停止原有的研究工作，突击 40 天，开展"以超声波化为纲的五化、三无、一创运动"。无视科学自身发展规律，以群众运动代替细致的研究工作，劳民伤财的全民超声波化运动以失败告终。

3. 科学研究中不端行为

1963 年 11 月 30 日，朝鲜平壤医科大学教授金凤汉在其研究所研究成果报告会上声称，他发现了经络系统实体。1963 年 12 月 14 日，我国《人民日报》没有听取科学家意见，就以两个整版和一个半版的版面，全文发表金凤汉的研究报告《关于经络系统》，并配发评论文章，认为发现经络系统实体是具有世界意义的贡献。1964 年 1 月中旬，有中国科学院研究员参加的中国科学家代表团访问金凤汉经络研究所，回国后进行重复实验，揭穿了金凤汉弄虚作假的事实。中国科学家代表团成员被告诫不可无所顾忌地谈论访朝的观感；不准将重复实验结果公之于众，不得向"局外人"述说事实真相。金凤汉被其同胞揭发后一死了之。而我国代表团全体成员至死都奉命"保持沉默"。其实金凤汉的《关于经络系统》在《人民日报》发表后，我国生物学家和医学家在第一时间都表示其中有真有假，但真的不多（参见《"经络系统"座谈会纪要》）。

除涉及以上三类事件外，还有下面两篇文章。

近几年，国内有些报纸、刊物、研究诺贝尔奖的专著及中央电视台节目，把我国参与人工合成牛胰岛素研究的科学家"与诺贝尔奖擦肩而过"的原因，归咎于国内有关主管部门无视该奖只能推荐一至三名候选人的规定，坚持并违规推荐四人的候选名单。一时以讹传讹，闹得沸沸扬扬。对此，《关于向诺贝尔奖委员会推荐我国人工合成牛胰岛素成果的历史真相》一文列举事实，予以澄清。

《有感于水生生物研究所从上海迁武汉五十周年》，介绍了该所的前身中央研究院动物研究所的所长与全所职工，于蒋介石兵败前夕拒绝迁往台湾；1954 年，水生生物研究所为国家建设需要全所从上海、无锡两地迁往武汉的过程。拒绝迁台、西迁武汉都是好事，但是在"文化大革命"中却成了弥天大祸。该文还介绍了水生生物研究所在武汉创业，经几代人的努力不断推陈出新，从一个以分类学、形态学为主要基础的研究机构，发展成为水生生物学领域中重要的综合性研究基地。

科学研究允许失败，但不能容忍欺骗。科研队伍中有少数人，为追求个人私利，无视科学道德，投机取巧、弄虚作假、自吹自擂，在科学工作轨道之外寻求支持力量。《"刘亚光事件"和"牛满江事件"》一文，讲的是年轻研究人员刘亚光在中国科学院微生物研究所和科学界折腾了 16 年；美籍华人、美国坦普尔大学教授牛满江在中国科学院发育生物学研究所折腾 30 多年的梗概。

四、我在中国科学院的经历

"五·七干校"是"文化大革命"的产物。《追忆在中国科学院宁夏和湖北两所"五·七学校"的生活》，回顾了我在这两所"学校"的近四年的劳动改造经历，披露了它们是为惩罚干部和知识分子而设立的本质。

《不曾想走的路：我与中国科学院》，记下 1951 ~ 1991 年我在中国科学院院部工作 40 年的历程。

以上是收入本书文章的内容简介。

我要说明：在"大跃进"特定的历史时期，科学技术领域中发生过一些在错误指导思想下发生的错误事件，如《向大自然进军　向地球开战》一文所注，我虽然不是事件的策划者、主事人，但是我用同样的思想感情去歌颂它或鞭挞人，这些也就成为我个人历史的一部分。该文收进文集时，不作改动，保留原貌。

我还要说明：有些文章当初在报刊发表时，对事件的主人出于"为尊者讳，为贤者讳"，隐去其姓名。鉴于记述历史事件必须求真存实，秉笔直书。为此，在收入文集时如实补入事件中心人物的名字，这并不意味着对他们一生为革命和建设事业所作贡献的否定。

最后，我要说明的是，不论是出于科研管理工作者的良知，还是出于对历史负责、对读者负责，我都必须用真心来写这些文章，说真话，讲实事。但是，即使是我亲历或者亲自办理过的事件，我也并不处于决策的位置。因此，有些文章可能有不准确之处。对此，我衷心欢迎批评指正。

每一代人都有为后人存史的文化使命。我不是专业的自然科学史工作者，这本文集也不是真正意义上的科学史著作，我不敢奢望它能对后人产生鉴往知来的作用。我稍感安慰的是，在经历三次冠状动脉手术、脑供血不足日趋严重、精力日衰、健康每况愈下的情况下，我强自挣扎，为中国科学院院史和生物学史做了点工作，留下了一些零星资料。虽然这些工作微不足道，却也尽了我的一份心。

我要感谢中国科学院院史工作委员会、中国科学院自然科学史研究所院史研究室研究员王扬宗和张藜同志，副研究员熊卫民同志，他们为文集的内容与编排提出了许多宝贵意见，为本书的出版做了大量工作。此外，我还要向关心这本文集的出版及参与操作的同志，以及我家人的支持，表示衷心的谢意。

薛攀皋

2011 年 2 月

目　　录

新中国科学技术事业统一领导管理
体制建立的历史回顾*

1949 年 10 月，中华人民共和国成立后，国家文化、教育、卫生等事业，从中央到地方都已基本建成了统一领导管理体系。而科学技术事业的中央一级的统一领导管理机构，直到 1958 年年底才成立。新中国科学技术事业有了统一的领导，是以国家科学技术委员会的成立为标志的。它的成立，走过了九年多的摸索过程，经历了以下五个阶段。

（一）中国科学院是新中国成立初期，主管国家科学事业行政事宜的政府职能部门（1949 年 11 月～1954 年 9 月）

中国科学院作为学术研究机关，成为政府机构，在世界各国科学院历史上是不多见的。

1949 年 6 月，中共中央决定筹建科学院，并责成中共中央宣传部部长陆定一负责其事。来自解放区的化学家恽子强，与来自国民党统治区的心理学家丁瓒，协助陆定一工作。原北平研究院的物理学家钱三强和原中央研究院植物生理学工作者黄宗甄也参与其事。

1950～1966 年的中国科学院院部（文津街 3 号）

关于科学院的性质与任务，筹建初期的构想是学术研究机构。1949 年 8 月

---

* 本文原载《薛攀皋文集》（内部交流），中国科学院自然科学史研究所院史研究室编印，2008 年 1 月，第 1-9 页。

22 日，周恩来在为新政协（同年 9 月 17 日改称中国人民政治协商会议）起草的《新民主主义的共同纲领》（第二稿）中是这样写的："国家应设立科学院罗致专门学者，做理论及学术的研究，并与各种建设部门的具体研究合作，以促进科学的发展。"① 同年 9 月 7 日，周恩来在先期到达北平的新政协筹备会各界代表的会议上，作新政协共同纲领草案初稿的报告。初稿的第 43 条是："设立科学院为国家最高的学术机关。"②

但是，科学界人士不满足于即将成立的科学院，像国民党统治时期的中央研究院那样，仅仅是纯学术机关，而是强烈希望科学院能够计划、组织、领导全国的科学研究工作。1949 年 9 月 11 日，中华全国自然科学工作者代表大会筹备会的常委们，在提交给新政协的提案中写道："设立国家科学院，统筹及领导全国的自然科学、社会科学的研究事业，使生产与科学、教育密切配合。"9 月中旬，丁瓒和钱三强在广泛听取科学界人士的意见后，起草了《建立人民科学院的草案》（简称《草案》）。《草案》由恽子强看后送给陆定一。《草案》提出："人民科学院的基本任务在于有计划地利用近代科学成就，以服务于工业、农业和国防建设，组织并指导全国的科学研究，以提高我国的科学研究水平。"科学院不但要领导本院的工作，还要计划全国科学有关工作，"此等工作均历年来全国科学界所热望于政府能做统盘筹划统一设施者……真正能对全国科学研究起计划领导作用者。"③

科学界的热切希望，终于为决策者所接受。

中华人民共和国成立前夕，1949 年 9 月 21～30 日，代行全国人民代表大会职权的中国人民政治协商会议第一届第一次会议在北平举行。9 月 27 日，会议通过的《中华人民共和国中央人民政府组织法》规定：政务院下设 30 个部、会、院、署、行，其中文教卫生方面有文化部、教育部、卫生部、科学院、出版总署和新闻总署。还规定政务院的这些部、会、院、署、行，"主持各该部门的国家行政事宜"（第 18 条），并"在自己的权限内，颁发决议和命令，并审查其执行"（第 19 条）。据此，科学院被国家定位为组成政务院的，主管国家科学事业行政事宜的政府职能部门。

1951 年 3 月 5 日，周恩来总理签发了《中央人民政府政务院关于科学研究工作的指示》，指出：中国科学院负有"计划与指导全国科学事业"的任务。④

---

① 周恩来. 新民主主义的文化教育（1948 年 8 月 22 日）//中共中央文献研究室. 周恩来文化文选. 北京：中央文献出版社，1998：51.

② 竺可桢. 竺可桢日记·Ⅱ. 北京：人民出版社，1984：1284，1285.

③ 丁瓒，钱三强. 建立人民科学院草案. 中国科学院史事汇要（1949），1994：24-26.

④ 参见：中央人民政府政务院关于科学研究工作的指示（1951 年 3 月 5 日）. 科学通报，1951，(4)：377.

中华人民共和国成立一个月后，中国科学院正式成立。它肩负双重任务，作为学术研究机构，正处于奠基创业的起步之时，需要接收旧中国原中央研究院、北平研究院所属的研究机构以及其他有关的近30个研究所，并以此为基础予以调整充实，组成20个中国科学院直属的研究所（台、馆）和筹备处，确定其方向任务，使它们能尽快开展研究工作，培养新生力量。就这些而言，任务也不轻松。而它还要作为主管国家科学事业的政府职能部门，在毫无经验可循的情况下，计划、组织、领导全国的科学研究工作，其艰巨可想而知。

尽管如此，中国科学院在面向全国的工作方面，作了努力探索。例如，进行全国科学人才和试验研究机构状况调查；争取并协助在国外留学或工作的中国科学工作者回国服务；支持国内大学或个人的科学研究工作，予以适当经费资助；扶助有关学会主办的学术刊物；召开一系列专题学术会议或工作会议，就某一科学领域或生产建设中急需解决的科学技术问题，进行讨论，促进中国科学院、高等学校与产业部门之间的交流与分工合作；开展国际间学术交流等。

在组织建设方面，中国科学院认为要实现计划、组织、领导全国的科学研究工作，必须采取相应的组织措施，依靠和发挥国内科学家的群体作用。为此，中国科学院曾先后提出设立"科学工作委员会"、"各种学科专门委员会"，以及参照李四光在地质矿产方面成立"中国地质工作计划指导委员会"的经验，设立由政务院各有关部门的领导、管理干部和有代表性的科学家三者结合组成的"全国科学研究工作计划（指导）委员会"，但都因被认为条件不够成熟，未能通过，或者没有下文。[①]

中国科学院在计划与指导全国科学研究工作的探索过程中，遇到许多困难，其中不少是自己难以解决的。例如，难以理顺与政务院其他各政府部门的关系，难以打破科研工作条块分割的局面；中国科学院高层党政领导力量薄弱，组织形式与政府职能不相适应；提出的设想得不到支持和试行的机会，等等。为此，中国科学院不间断地呼吁国家另设专职的、主管国家科学事业的政府职能机构。但是，国家都没有及时对此做出回应。

直到1954年9月，全国人民代表大会第一届第一次会议召开，中国科学院才回到它本来应该在的位置上，是学术研究机关、事业单位，不再是政府机构。

（二）《中华人民共和国国务院组织法》，暂时留下没有主管科学事业政府职能部门的空白（1954年9月～1956年3月）

1954年9月20～21日，全国人民代表大会第一届第一次会议，分别通过了

---

① 薛攀皋. 科学院为什么不能充分行使管理全国科学研究事业的政府职能. 院史资料与研究, 2001, (1): 19-36.

新中国第一部宪法和《中华人民共和国国务院组织法》。11 月 10 日，国务院发出《关于设立、调整中央和地方国家行政机关及其有关事项的通知》。通知的第六条是："原中央人民政府政务院所属中国科学院今后不再作为国务院的组成部分，但中国科学院的工作仍受国务院的指导。"①

在中国科学院不再是国家政府机构之后，理应有另一个部或委员会取代中国科学院，来行使主管国家科学事业的政府职能。但是在《中华人民共和国国务院组织法》中，对此却暂时留下了一个耐人寻味的空白。

《中华人民共和国国务院组织法》规定：国务院设立 35 个部或委员会，其中，文教卫生体育方面有文化部、高等教育部、教育部、卫生部、体育运动委员会，国务院设立八个办公室，协助总理掌管国务院所属各部门的工作，其中，第二（文教）办公室掌管文化部、高等教育部、教育部、卫生部、新华通讯社、广播事业局的工作。主管科学事业的部或委都付阙如。

这种情况的出现，反映了国家在科学事业的组织领导管理体制问题上，考虑还不成熟，举棋不定。

（三）临时机构国务院科学规划委员会与常设机构国家技术委员会并立（1956 年 3 月～1956 年 12 月）

中国科学院这时虽然不再是组成国务院的政府机构，但它依然认为国家应该有一个常设的政府部门，主管科学技术工作。1954 年 10 月，苏联科学院通讯院士 B. A. 柯夫达奉派来华，任中国科学院院长顾问。他在北京、南京、上海、杭州、广州等地考察后，于 1955 年 1 月，提出了《关于规划和组织中华人民共和国全国性的科学研究工作的一些办法》。柯夫达首先建议要尽快编制中华人民共和国科学事业十五年远景规划，阐述其重要性和紧迫性，认为如果中国科学发展速度不能适应国家建设任务的要求，将会带来严重的麻烦与困难②。

1955 年 4 月 7 日，郭沫若院长在给周恩来总理和分管科学的陈毅副总理《关于贯彻院长顾问柯夫达建议向国务院的报告》中，希望由国家计划委员会（简称国家计委）出面组织"全国科学研究工作规划委员会"，主持编制科学远景规划工作，并建议在国家计委下设立"科学研究工作局"，作为经常管理科学计划的专业机构。③

---

① 国务院关于设立、调整中央和地方国家行政机关及其有关事项的通知 // 国务院法制办公室. 中华人民共和国法规汇编. 北京：法律出版社，1956：151-153.

② 柯夫达. 关于规划和组织中华人民共和国全国性的科学研究工作的一些办法. 中国科学院年报（1955），中国科学院办公厅编，1956：55-63.

③ 郭沫若. 关于贯彻院长顾问柯夫达建议向国务院的报告. 中国科学院年报（1955），中国科学院办公厅编，1956：64-66.

但是，国家计委并没有把这项工作承担起来。李富春说，过去国务院多次指示都是要求国家计委把科学研究工作统一抓起来，中国科学院也多次提出请国家计委统一领导全国科学计划工作。由于我们组织领导全国科学工作没有找到一个妥善办法，领导科学技术工作搞科学技术规划，靠国家计委这样的行政部门是很难办好的，必须组织全国科学家共同进行，而国家计委则难以完成任务。①

1956 年 1 月，中共中央召开关于知识分子问题会议。周恩来在代表党中央所作的《关于知识分子问题的报告》中，郑重宣布中国的知识分子已经是工人阶级的一部分，充分肯定他们在社会主义革命和建设事业中的地位和作用。同时，他还宣布："国务院现在已经委托国家计划委员会负责，会同各有关部门，在 3 个月内，制定从 1956 年到 1967 年科学发展的远景计划（即《1956—1967 年科学技术发展远景规划》（简称"十二年科学规划"））……把我国科学界所最短缺而又是国家建设所最急需的门类尽可能迅速地补足起来，使 12 年后，我国这些门类的科学和技术水平，可以接近苏联和其他世界大国。"

"十二年科学规划"的编制，最初由李富春负责，后来改由分管科学的副总理陈毅主持。1956 年 3 月 14 日，以陈毅为主任，李富春、郭沫若、薄一波、李四光为副主任，并由有关部门负责人、科学家共 35 人组成的国务院科学规划委员会成立。它是一个领导制订该规划工作的临时机构。该委员会所领导的十人规划小组已先期于 1955 年 12 月开始工作。

在国务院科学规划委员会成立一个多月之后，5 月 12 日，根据全国人民代表大会第一届常务委员会第 40 次会议通过的《关于调整国务院所属组织机构的决定》，国家技术委员会成立。它作为国务院的一个职能部门，根据中央发展技术的方针政策，主管我国工业、交通部门的技术工作，并着重研究综合性的技术政策，组织协调跨部门的技术工作。国家技术委员会主任是黄敬，副主任有韩光、刘西尧、张有萱等。② 两个委员会并立，出现了科学与技术分家管理的局面。

在国务院科学规划委员会强有力的领导下，"十二年科学规划"工作取得了很大成就。1956 年 3 月起，包括中国科学院自然科学方面的学部委员（院士）在内的全国各行各业的 600 多位科学家，集中在北京阜成门外的西郊宾馆，经过半年努力，提出了国家建设所需要的 57 项重要科学技术任务和 616 个中心问题，并指出了各门科学的发展方向，为我国科学事业的发展画出了轮廓，并做出了初步安排。编写出的科学规划文件，包括一个《1956—1967 年科学技术发展远景规划纲要（草案）》和四个附件，即《任务说明书和中心问题说明书》、《基础科

---

① 武衡．科技战线五十年．北京：科学技术文献出版社，1992：192，196．

② 陈毅，李富春，聂荣臻．关于科学规划工作向中央的报告（1956 年 6 月 29 日）．∥中共中央文献研究室．建国以来重要文献选编．第九册．北京：中央文献出版社，1994：428-434．

学学科规划说明书》、《任务和中心问题名称一览》和《1956年紧急措施和1957年研究计划要点》，共600余万字。这是规划工作的主要收获，也是中国科学史上的创举。

同年8月下旬，陈毅根据周恩来的指示，召开国务院科学规划委员会扩大会议，对规划工作进行总结性讨论，包括该规划纲要草案中几个有争论的问题，形成了后来送中共中央批准的《1956—1967年科学技术发展远景规划纲要（修正草案)》。关于"十二年科学规划"编制完成后，对于国务院科学规划委员会是否保留的问题，出席会议的科学家和大多数有关单位负责干部，都主张保留科学规划委员会，使之成为常设的高级协调机构，以协调和监督规划任务的落实与执行；只有少数党员负责干部，要解散国务院科学规划委员会，认为有了它反而不好工作。对此，陈毅动情地说：我们对待科学家不能采取"招之即来，挥之则去"的态度，这不是我们党的作风！我就是要保留这个委员会，哪怕一年开一次会也好么！陈毅对于有些党员干部态度傲慢，自以为是，不尊重科学家，不能与科学家合作共事，非常气愤，进行了严厉的批评。①

1956年下半年，中央决定让陈毅主持外交部工作；同年10月，聂荣臻受命统管全国科学技术工作。10月28日，陈毅、李富春、聂荣臻召开了一次科学规划委员会主任、副主任、科学规划十人小组常务组员及与科学研究有重要关系的几个部门的主要负责人参加的会议，讨论和通过《关于规划工作向中央的报告》。

对于科学研究工作体制中，要不要成立常设的高级协调机构，《关于规划工作向中央的报告》写道："在八月份的讨论中，少数同志曾有不同意见，但出席会议的中国科学家（包括郭沫若院长）和大多数有关单位负责干部，一致主张建立一个常设的高级协调机构。因为科学规划是全国规模的，而执行时必须分为三个系统，即科学院、高等学校、产业部门，另外还有原子能委员会和航空工业委员会。对这几个系统实施科学规划的情况，应该有一个机构经常加以监督。同时怎样使这几个系统明确分工，密切合作，协调地执行规划，是一个很重要很复杂的问题。各方面不协调，会产生有些任务落空，有些任务重复等现象，妨碍科学的发展。至于由什么机构来负责这一任务，大家曾考虑过由国家计划委员会或国家经济委员会，或国家技术委员会，或科学院来担负这一任务，但都觉得不适当。国家计划委员会只能最后综合平衡科学研究的长期计划，不能负责年度计划和协调等繁重任务；国家经济委员会只能最后综合平衡科学研究年度计划，不能管长期计划，也很难处理科学研究的许多协调工作；国家技术委员会的任务主要是技术政策和技术改革等，由它把科学院、高等学校、原子能和平利用委员会和

---

① 武衡. 科技战线五十年. 北京：科学技术文献出版社，1992：192，196.

航空工业委员会的科学研究工作全部管起来也不恰当；科学院也不宜担负过多的科学计划行政任务，特别是现在没有这个条件。"

《关于规划工作向中央的报告》还写道："另外一个重要因素，值得我们重视的，是全国科学家很重视'科学规划委员会'，以参加科学规划工作为无上光荣，它是我们最近新发现的团结全国科学家的一种良好的组织形式。科学家们喜欢这一个组织形式，我们就不应当轻率地抛弃它。因此，把科学规划委员会保留下来，并设一个精干办公机构担负上述任务，是一个比较妥当的办法。提出反对意见的同志，主要是认为有了这样一个机构，反而不好工作。这种想法是不对的。在十月二十八日的会议中，大家一致同意了大多数人所赞成的意见。"

《关于规划工作向中央的报告》建议：这一高级协调机构"应该及早工作起来。""关于高级协调的组织，建议：保留现在的科学规划委员会。"①

1956年11月30日，中央批准了陈毅、李富春、聂荣臻的报告。国务院科学规划委员会保留，成为常设的高级协调机构。

（四）国务院科学规划委员会作为常设机构，继续与国家技术委员会并存（1956年12月~1958年11月）

国务院科学规划委员会成为常设机构后，为了加强领导，对委员会人员组成作了调整。1957年5月12日，国务院批准任命聂荣臻为主任，郭沫若、林枫、李四光、黄敬、杨秀峰为副主任，丁颖等106人为委员，他们大部分是科学家，范长江为秘书长，武衡、李强、安东、姜君辰等为副秘书长。

关于科学规划委员会的任务，陈毅、李富春、聂荣臻在1956年10月29日《关于科学规划工作向中央的报告》中，曾提出过五点建议。1957年5月12日，国务院第48次全体会议确定了国务院科学规划委员会是掌管全国科学事业方针、政策、计划和重大措施的领导机关。它的任务是：负责监督"十二年科学规划"的实施，特别是重点任务的实施；负责汇总平衡全国科学研究工作的长期计划和年度计划，成为国家计划的一部分；负责各系统间重要的协调工作；管理国家重点研究任务的科学基金；负责制订和实施高级专家的安排、培养、分配、使用的计划；负责研究和解决科学研究工作的条件问题（如图书资料、情报、仪器、化学试剂等）；统一安排科学技术方面的国际合作。②

国务院科学规划委员会在组织实施"十二年科学规划"的任务时，凡是与工业、交通有关的科学技术工作，全部交给国家技术委员会安排，由国家技术委

---

① 陈毅，李富春，聂荣臻. 关于科学规划工作向中央的报告（1956年6月29日）// 中共中央文献研究室. 建国以来重要文献选编. 第九册. 北京：中央文献出版社，1994：428-434.

② 国家科学技术委员会. 当代中国的科学事业. 北京：当代中国出版社，1992：21，22.

员会向国务院科学规划委员会负责。

从中央一级的领导管理体制上看，成为常设机构的国务院科学规划委员会和国家技术委员会并存，多少意味着科学与技术分家，并不有利于科学技术事业的发展。

（五）国务院科学规划委员会与国家技术委员会合并，成立中华人民共和国科学技术委员会，结束了科学与技术分家管理的局面（1958 年 11 月）

1958 年夏，国家技术委员会主任黄敬因病逝世，几位副主任积极主张该委员会与国务院科学规划委员会合并。① 聂荣臻通过两年实践，深感全国科学技术工作的高度复杂性，迫切需要一个集中统一的强有力的组织领导机构。他同两个委员会的领导人交换意见，双方一致同意两个委员会合并。1958 年 10 月，聂荣臻向中央建议，将国务院科学规划委员会和国家技术委员会合并，组建国家科学技术委员会。②

1958 年 11 月 23 日，国务院提请全国人民代表大会常务委员会批准，决定将国务院科学规划委员会和国家技术委员会合并为国家科学技术委员会（简称国家科委）。

国家科委的基本任务是：①研究科学技术的方针政策，向中共中央和国务院提出建议；②制订国家科学技术发展的年度计划和长远规划，作为国民经济计划的一个组成部分，采取有力措施，保证贯彻完成；③组织、协调全国性的重大科技任务并督促、检查其执行；④总结、鉴定在生产和科学研究中的重大科学技术成就和新产品新技术的发明创造，并向有关部门提出推广科学技术成就的建议；⑤掌握全国科学技术干部的培养和使用；⑥管理计量和标准化工作；⑦管理发展科学技术的各项工作条件，如科学技术情报、化学试剂、仪器、图书资料及其他工作条件；⑧掌管并开展科学技术方面的国际合作。③

国家科委主任由副总理聂荣臻兼任，副主任为韩光、刘西尧、张有萱、范长江、武衡。不久，为了加强中国科学院同国务院各部门在科学技术工作方面的协调与合作，增加中国科学院党组书记、副院长张劲夫兼任国家科委副主任。

国家科委机关工作人员，由原国务院科学规划委员会和国家技术委员会的机关人员共 200 多人，整合设立 16 个厅、局。

---

① 武衡. 科技战线五十年. 北京：科学技术文献出版社，1992：192，196.
② 《聂荣臻传》编写组. 聂荣臻传. 北京：当代中国出版社，1994：560，561.
③ 国家科学技术委员会. 当代中国的科学事业. 北京：当代中国出版社，1992：21，22.

国家科委成立后，全国各省、直辖市、地、县的科委也相继建立起来。我国的科学技术事业，从中央到地方，建成了统一领导管理的体系。

新中国成立九年多之后，我国科学技术事业才确立统一领导管理的政府体制，可能有以下一些原因。

（1）没有经验可循。新中国成立前，不论在中国共产党领导的解放区，还是在国民党统治区，都没有设立过统一领导辖区内科学技术事业的政府职能部门。因此，它们都没有给新中国留下可供借鉴的经验。

（2）科学技术的发展，有其自身的特定规律。尽管中国共产党在长期革命斗争中，在政治工作、经济工作、军事工作和党务工作等方面，积累了丰富的经验，但不能搬用这些方面的经验于进行组织、领导和管理科学技术工作，必须有一个摸索的过程。

（3）由于解放战争形势迅猛发展，中国共产党还来不及为科学技术事业准备一大批既懂一定科学技术知识，又有一定政策水平的高中级干部，从事科学技术事业的组织管理工作。

（4）新中国成立之初，百废待兴，千头万绪，在一定时期内，科学技术事业还提不到国家议事日程上来。正如薄一波所说的，新中国成立之初，我们主要是进行国民经济的恢复和各项社会改革，科学技术发展问题和知识分子问题，还没有来得及提到突出的位置上。到1955年初，毛泽东提醒要重视这方面的工作。他说："过去几年，其他事情很多，来不及抓这件事。这件事总是要抓的。现在到时候了，该抓了。"[1]

（5）科学技术事业的发展，要有相应的经济基础予以支持。周恩来总理1950年6月24日在中国科学院第一次院务扩大会议上讲话时指出："全面地发展科学还须等待几年。明年的经济情况可能好转，后年的情形可能更好，我们首先要建设发展的基础，然后再一步一步发展。"[2]

总之，通过九年多的探索，中国科学技术事业终于有了统一的领导，历史从此翻开了新的一页！从1956年制订"十二年科学规划"到"文化大革命"前夕，被誉为我国科学技术工作的"黄金时代"。我国已经有了一支门类比较齐全的、基本上可以解决我国社会主义建设中提出的关键问题的科学技术队伍；创造了一些举世瞩目的科学成果，如"两弹一星"等，为经济建设和国防建设发挥了积极作用。

---

① 薄一波. 若干重大决策与事件的回顾. 北京：中共中央党校出版社，1991：499，500.

② 周恩来. 在中国科学院第一次院务扩大会议上的讲话（1950年6月）// 中共中央文献研究室. 周恩来文化文选. 北京：中央文献出版社，1998：507.

中国科学院第一次定位

——政务院主管国家科学事业的政府职能部门*

1951年9月，我大学毕业来到中国科学院（本文简称科学院）调查研究室工作，其时，中国科学院第二次扩大院务会议刚刚结束。这次会议决定，为了加强科学院对全国科学研究工作的领导，科学院的组织机构要做适当调整，会后准备在北京、上海、南京召开座谈会，研究组织机构的调整方案。① 11月中旬，竺可桢副院长去南京、上海主持座谈会，我奉命随行作会议记录并整理纪要。我迈进科学院大门，遇到的第一件事，就是科学院如何领导全国科学研究工作的问题。随着时间的推移，我发现在科学院建院初期，这个问题一直困扰着科学院的领导。他们尽力做了许多探索，却常常检讨工作没有做好。在无法理顺科学院与政务院财政经济委员会和文化教育委员会所属各部门的关系后，科学院执著地要求国家另设专职的机构，归口管理全国科学研究工作。科学院既然是政府机构，为什么却很难行使其政府职能？这个现象对我来说是个未解开的谜。

科学院曾经是组成政务院的政府职能部门，
被赋予领导全国科学事业的重任

从1949年11月到1954年9月期间，科学院具有双重性质，它既是国家最高的科学研究机关，又是国家的政府机构。它负有双重任务，正如郭沫若院长所说："科学院的任务不仅是指导其所属各所的科学研究工作，并且应该是组织及领导全国科学研究工作。"② 后一任务，不是科学院自封的，而是全国科学工作者的要求，是国家赋予的。

早在1949年9月初，中国人民政治协商会议召开之前，许多科学工作者

---

* 本文原载中国科学院《院史资料与研究》2001年第1期，第19-36页，原题为《科学院为什么不能充分行使管理全国科学研究事业的政府职能》。

① 参见：中国科学院第二次扩大院务会议总结报告（1951年10月20日）. 中国科学院档案，51-2-7.

② 参见：中国科学院1950年工作总结和1951年工作计划要点（郭沫若院长在1951年2月2日政务院第20次政务会议上的报告，并经同次会议批准）. 中国科学院档案，51-3-3.

就希望新中国有一个统一的国家科学院。这一愿望集中反映在中华全国自然科学工作者代表大会筹委会的计划委员会准备提交给全国政协会议的提案中。提案建议："设立国家科学院，统筹及领导全国自然科学、社会科学的研究事业。"①

1949年9月27日，中国人民政治协商会议第一次全体会议通过《中华人民共和国中央人民政府组织法》。其中规定，科学院为组成政务院的30个政府部门之一。科学院受政务院领导，并受政务院文化教育委员会指导。其中还规定，政务院的30个政府部门的职责为"主持各该部门的国家行政事宜"（第18条）并"在自己的权限内，得以颁发决议和命令"（第19条）。②

1950年6月14日，政务院文化教育委员会向科学院下达了关于科学院基本任务的指示。指示规定了若干要求科学院要面向全国的具体任务。例如，按照国家当前建设工作的实际需要，厘定各学科研究工作的重点；与各大学及其他专门人才训练机构联系，全面筹划专才的训练，调查全国科学人才，作有计划的分配与补充；号召并协助留学国外的科学研究人才返回祖国工作等。③

当科学院反映开展组织全国科学研究的工作遇到困难，科学院与政务院财政经济委员会、文化教育委员会所属的各政府部门之间联系渠道不畅，关系理不顺时，周恩来总理于1951年3月5日向政务院财政经济委员会和文化教育委员会各部门及各大行政区人民政府签发了政务院指示。指示指出：科学院负有"计划与指导全国科学事业"的任务。为了加强科学院对工业、农业、卫生、教育、国防各部门的联系，以便科学院计划与指导全国的科学事业，指示还规定四项具体办法：①各部门举行各种专业会议，凡与科学研究有关者，应邀请科学院派人参加，并尽早将会议内容通知科学院，便于科学院加以研究并在会上提出意见；②各部门所领导的科学研究机构，在制订研究计划时应与科学院取得联系，并定期将研究情况的报告副本送致科学院，以便科学院对全国科学研究事业有全面了解；③科学院应注意系统宣传国内外科学成果，并建议各生产部门、教育部门采择应用。各部门在采用和推广科学新成果，改正违背科学的旧习惯的问题上，应与科学院积极合作；④科学院应注意有系统地调查各生产部门对于科学研究的需要，力求使自己的和全国科学研究人员的工作计划适应这些需要。为了这个目的，科学院得在必要时召集全国科学研究人员会

---

① 转引自丁瓒，钱三强. 建立人民科学院草案. 中国科学院史事汇要（1949），1994：20.

② 参见：中华人民共和国中央人民政府组织法. 光明日报，1949-09-30.

③ 参见：中央人民政府政务院文化教育委员会郭沫若主任关于中国科学院基本任务的指示（1950年6月14日）. 中国科学院资料汇编（1949-1954），1955：3-4.

议，宣布全国科学研究的任务，并要求各有关部门的协助。①

1951 年 9 月，为贯彻周恩来总理 3 月 5 日的指示精神，科学院第二次院务扩大会议在北京召开。政务院文化教育委员会秘书长胡乔木在会上讲话时提出：科学院应成为科学战线的司令部，用先进的反对落后的，用新的代替旧的，中国的科学事业，在应用与理论方面配合发展，中国人民物质的及精神的生活就会进步。②

以上表述，尽管用词不尽相同，但其实质内容是一致的，就是要求科学院肩负起组织与领导全国科学事业的重任。

科学院在组织领导全国科研工作方面的努力探索

统一组织领导全国科学研究事业的工作，在旧中国从来没有进行过，在新中国也是一个全新的课题。

科学院建院之初，繁重的任务是接管原中央研究院、北平研究院所属的研究所及其他研究机构，并以它们为基础予以调整、逐步充实，改组成科学院第一批的 20 个研究所或筹备处。在自身建设的同时，科学院对组织领导全国科学研究的工作，也进行了努力探索。

（一）组织机构的建设

一定的任务，需要有一定的组织形式才能保证其完成。为了领导全国科学研究工作，科学院曾试行各种学科专门委员聘任制度，还酝酿过成立"全国科学研究工作计划委员会"。前者未取得完全成功，后者没有付诸实施。

1. 建立各种学科专门委员聘任制度

科学院的指导思想，是在学术上依靠科学家和科学家集体，发挥科学院组织领导全国科学事业的作用。在如何建立与其任务相适应的组织机构上，由于没有经验可循，几经周折。先是考虑成立"评议会"；后来认为有与原中央研究院的评议会混同之嫌，考虑到这个机构是以研究工作计划为主要任务，为此改名为"科学工作委员会"；③ 到起草科学院组织条例时，名称又改为"专门委员会"。④ 1950 年 4 月 6 日，科学院院务汇报会议讨论科学院专门委员会条

---

① 周恩来. 中央人民政府政务院关于科学研究工作的指示. 科学通报, 1951, (4)：337.

② 参见：胡乔木同志在中国科学院第二次院务扩大会议上的报告. 中国科学院档案, 51-2-7.

③ 转引自丁瓒，钱三强. 建立人民科学院草案. 中国科学院史事汇要（1949），1991：20.

④ 参见：丁瓒致陆定一函（1949 年 10 月 13 日）. 中国科学院史事汇要（1949），1991：31.

例草稿时，郭沫若院长提出：若成立委员会，在人事上会发生麻烦。最后确定改为各种学科专门委员聘任制。[①]

专门委员是中国科学院的学术顾问，名誉职，由院长从全国成绩卓著的各学科的科学家中选聘。[②] 专门委员被科学院商请研讨的事项，除两项涉及科学院院内的事务外，其他四项都是面向全国的，如科学院与院外的合作研究工作；对院外学术研究的资助；科学发现发明与著作的审核；国际学术合作交流的策进等。[③]

科学院从全国专家调查获得的名单中，先后聘请200余名科学家为科学院专门委员。他们被分成20个组（学科组），这些学科组均与科学院第一批研究所（含筹备处）的方向相对应。

各种学科专门委员聘任制建立后，科学院在许多重大问题做出决策前，都征求、听取专门委员的意见，许多专门委员被邀请参加科学院召开的各种重要会议。这个制度的建立，对加强科学院的学术领导，起到了很好的作用。

由于专门委员制自身组织的局限，如学科组是与科学院已有的20个研究所的方向任务相对应的，许多重要的新兴学科未被覆盖到；各学科不设组长或召集人；全体专门委员之上也没有任何的组织机构。所以，所有专门委员只是作为专家个人接受科学院提出的咨询或研讨任务，无法开展主动的、有组织的调查研究工作，发挥不了群体作用。后来，它为学部委员制所取代。

2. 酝酿成立全国科学事业的决策机构——全国科学研究工作计划（指导）委员会

为贯彻周恩来签署的政务院指示（1951年3月5日）精神，科学院第二次院务扩大会议于1951年9月13～24日在北京举行，讨论：①如何进一步动员组织国内科学界的力量，为国家建设服务；②如何解决当前工业、农业生产上迫切需要科学家研究的几个问题。

在科学院内部，对于科学院领导全国科学研究事业的认识，也是有分歧的。有人认为"三岁的孩子不能举鼎"，科学院凭什么领导全国的科研工作？也有人说，科学院要做组织全国科研力量的工作，岂不变成"科学行政院"。会议通过讨论，对科学院必须接受这个重托达成共识。[④]

---

① 参见：科学院组织条例草案（1949年11月4日）. 中国科学院史事汇要（1949），1991：44，45.

② 参见：院务汇报记录（1950年4月6日）. 中国科学院史事汇要（1950），1994：44.

③ 参见：中国科学院各种学科专门委员聘任暂行办法（政务院文委厅字第609号文准予备案）. 中国科学院史料汇编（1950），1994：122.

④ 参见：院务汇报记录（1950年4月6日）. 中国科学院史事汇要（1950），1994：44.

郭沫若院长在会议的总结报告中提出，为了使科学院完成祖国给予的任务，必须采取几个具体步骤，首先是加强组织领导，建立一个有效率的关于科学技术的调查、研究、设计、推广的机构。① 会议决定对院部的组织机构进行调整，并在北京、上海、南京三地，召开座谈会，讨论调整方案。

研究科学院机构调整改组方案的座谈会，于1951年10月17日，11月3~5日在北京，11月18日在南京，11月23日在上海先后举行，讨论的重点是"全国科学研究决策机构"的设置问题。②

三地与会的科学院专门委员、院内外有代表性的科学家认为，为了配合国家经济、文化、国防建设，有计划有步骤地加强对全国科学研究工作的领导，有必要成立全国科学研究事业的决策机构，决策机构名为"全国科学研究计划委员会"（或"全国科学研究工作计划指导委员会"）。这个构想是受国家设立以李四光为主任委员的"中国地质工作计划指导委员会"的启发和影响的。③

全国科学研究计划委员会的任务是：确定各门科学的研究方向，制订全国科学研究工作的统一计划，组织与调配人力、物力，监督、检查研究工作计划的执行等。

委员会由科学院负责人，政务院各有关部门部长（副部长）或具有科学知识又能掌握政策的负责干部，有代表性的、能掌握政策的科学家和专门委员，各大行政区的代表等组成。委员会下面分设若干学科委员会或学科组。

全国科学研究计划委员会一年召开一次科学会议，总结当年的科研工作，讨论次年全国各门学科的研究计划。委员会还可召开专题科学会议或专业会议，讨论有关生产建设中迫切需要解决的科学问题，并拟订计划。

关于全国科学研究计划委员会的地位，座谈会上有两种意见。一种意见，它应当在科学院和各部门之上，直接受政务院领导，才能领导政务院财政经济委员会、文化教育委员会等系统所有部门的科学研究工作，发挥其决策作用；另一种意见，就设在科学院之内，因为有了政务院1951年3月5日的指示，科学院已是全国最高的科学研究机关，可以发挥其领导作用。

---

① 参见：为人民科学的发展与祖国建设的胜利而奋斗（郭沫若院长1951年9月24日在第二次院务扩大会议上的总结报告）. 中国科学院资料汇编（1949-1954），1995：194-201.

② 参见：北京座谈会发言摘要（10月17日）、第二次座谈会发言及书面意见（11月3、4、5日）；南京座谈会发言及书面意见摘要（11月18日）；上海座谈会发言及书面意见摘要（11月23日）. 中国科学院档案，51-2-14.

③ 为了合理调整中国原有的地质机构，调配地质工作人员，并联系全国各地的地质机构，计划今后的地质工作，以配合国家经济建设与文化发展建设，中国科学院副院长李四光建议成立"中国地质工作计划调配委员会"。1950年8月22日，政务院财政经济委员会主任陈云与文化教育委员会主任郭沫若联函呈请周总理批准。9月6日周总理签署批准，委员会名称改为"中国地质工作计划指导委员会"，李四光被任命为委员会的主任委员。

全国科学研究计划委员会的构想，后来没有成为现实。可能是由于1951年底开始"思想改造学习"运动和"三反五反"运动，暂被搁置起来。1953年科学院组织访问苏联代表团，了解十月革命成功之后苏联如何组织领导科学研究工作；同时又召开所长会议，总结科学院建院五年的工作。通过借鉴国外的经验，结合自己的实践，科学院对改善与加强科学研究工作的领导，有了新的思路和设想，如筹建学部等。

（二）面向全国的工作

科学院进行了以下的工作：①调查全国科学人才和科研机构；②协助在国外留学或工作的中国科学工作者回国服务；③协助各地科研机关、团体或个人开展科学研究工作，并予以经费补助；④扶助各学会的学术刊物，给予经费资助；⑤协助中华全国自然科学工作者代表大会筹委会，筹备成立中华全国自然科学专门学会联合会（简称全国科联）与中华全国科学技术普及协会；⑥进行国际科学界的联络交流工作；⑦召开座谈会、学术会议或专题会议，就国家经济建设亟待解决的科学问题，或某一学科、领域的发展方向，展开讨论，明确方向，或制订具体的工作计划，组织科学院、生产部门、高等学校的研究人员，分工合作进行研究。例如，大冶、白云鄂博铁矿研究计划会议，围绕着武汉和包头两个新的钢铁基地前期建设需要解决的科学技术问题，制订了有科学院、生产部门、高等学校参加的研究工作计划。科学院主持召开了金属研究工作报告会，几乎囊括了当时国内在这方面的主要单位和主要科学工作者。会议检阅了国内金属研究工作的成就，并对今后的研究任务提出建议。又如，1952年11月，由科学院主持，会同轻工业部、卫生部在上海召开抗生素座谈会。会议讨论了国内抗生素研究和生产的情况及存在的问题，今后研究工作的方针、步骤与计划，还建议成立抗生素研究工作委员会。[1] 1953年5月，"上海抗生素研究工作委员会"成立，参加这个委员会的有中国科学院在上海的有机化学、植物生理、药物等研究所，轻工业部上海工业试验所，上海第三制药厂等单位。委员会的任务是，根据国家需要组织制订工作计划，推动上海抗生素研究工作，分工合作有重点地解决抗生素的研究与生产技术问题，以打破美国的封锁禁运，自力更生解决国家急需的抗生素的生产问题。[2] 这些工作都深受欢迎。

---

① 汪猷，童村，金培松．抗生素座谈会总结．科学通报，1953，（4）．
② 汪猷，童村，金培松．上海抗生素研究工作委员会1953年的工作．科学通报，1954，（11）35-37。

关系难以理顺，科学院多次要求国家另设
专职的政府机构管理全国的科研工作

尽管有《中华人民共和国中央人民政府组织法》的规定，有政务院 1951 年和 1952 年的两次指示①，中国科学院在探索组织全国科学研究力量的进程中，总是难以理顺与政务院财政经济委员会、文化教育委员会所属各部门的关系。从 1953 年起，科学院从全国科学事业发展的全局考虑，多次建议国家另设专职机构，管理全国的科学研究工作。

1953 年 7 月，刚到科学院工作半年多的党组书记兼副院长张稼夫，在访问苏联归来后所作的《对今后科学工作的意见》报告中，建议政务院或国家计委设立"科学工作委员会"，有效地把各方面的科学力量组织起来。委员会由政务院或国家计委主持，吸收产业部门、高等学校和科学院的负责干部参加，起统一领导作用。②

1953 年 11 月 19 日，科学院党组向中共中央建议，在国家计委内成立专门机构，负责综合审查全国科学研究工作计划，克服工作重复、人力设备浪费的现象，使各方面的科学研究工作与国家总的要求有机地密切联系配合起来。③

1954 年 1 月 28 日，郭沫若院长在政务院第 204 次政务会议上，提出了与科学院党组相同的建议。④

对科学院的历次建议，中共中央或政务院均未置可否。

1954 年 3 月 8 日，中共中央在对科学院党组报告的批示中⑤，重新界定了科学院的性质和任务。批示指出"科学院是全国科学研究的中心"，其任务"除了应以主要力量组织本院的科学研究工作外，还必须联系全国科学工作者，协助各方面的科学研究工作"。

中共中央的批示，解除了科学院难以承担的归口管理全国科学研究工作的政府职能。指示认为，我国科学研究事业实际存在科学院、生产部门与高等学校三

---

① 1954 年 1 月 28 日，政务院第 224 次政务会议听取郭沫若院长关于科学院的基本情况和今后工作任务的报告。周恩来总理在讲话中，提到中国科学院在计划与指导全国科学事业工作中与其他各部门的关系时说：1951 年政务院有一指示，1952 年又有一指示……关于政务院 1952 年的指示文件，在科学院档案中没有查到。有关这次会议的情况，科学院的资料汇编和大事记都没有记载。

② 张稼夫. 对今后科学工作的意见. 中国科学院档案，53-2-3.

③ 参见：中国科学院党组关于目前中国科学院工作的基本情况和今后工作任务（1953 年 11 月 19 日）. 中国科学院档案，54-1-1.

④ 参见：关于中国科学院的基本情况和今后工作任务的报告（郭沫若院长 1954 年 1 月 20 日在政务院第 204 次政务会议上的报告，并经同次会议批准）. 中国科学院资料汇编（1949-1954），中国科学院办公厅编，1955：5-12.

⑤ 参见：中央对中国科学院党组报告的指示（1954 年 3 月 8 日）. 中国科学院档案，54-1-1.

方面的力量，它们的研究工作应有适当分工。大体上，科学院主要是研究基本的科学理论问题和解决对于国民经济具有重要意义的关键性的科学问题。生产部门的科学研究机构，主要是解决生产中的实际技术问题。高等学校则视具体条件，研究基础的科学理论或生产实际中的科学问题。关于这三方面的研究计划，批示指出，"国家计委应负责审查"，"以便解决科学研究与生产实践的结合问题以及各方面在科学研究工作中分工配合问题"。

1954年9月，全国人民代表大会第一届第一次全体会议通过了《中华人民共和国宪法》和《中华人民共和国国务院组织法》，科学院不再是组成国务院的政府部门，成为从事科学研究的事业单位。

科学院无法充分行使政府职能的原因初探

关于在1949年11月至1954年9月期间，科学院作为政务院一个政府部门，却不能行使其归口管理全国科学研究事业的政府职能的原因，本文试图作如下的初步探讨。

（一）科学院的组织机构及地位，与其任务不相适应

1. 科学院自身组织机构的局限

（1）党的领导力量薄弱。科学院的院长、副院长虽然都是德高望重、学术有成的著名科学家，但是，党的领导力量却十分薄弱。在建院之初的两年多时间内，没有专职的党员高级负责干部参加科学院的领导工作，作为政府部门，科学院的情况是政务院30个部门中唯一的。从1952年年底起，虽有张稼夫同志出任院党组书记和副院长，但仅他一人，党的领导力量依然十分单薄，很难适应既要管好科学院二三十个研究所，又要做好领导全国科学事业工作的需要。

（2）协助院领导做好管理全国科研工作的专职办事机构始终没有建立起来。科学院学术顾问性质的各种学科专门委员聘任制虽然建立了，起了一定的学术顾问作用。但制度本身的缺陷，专门委员只能以个人行为起作用，群体的组织作用无法发挥。

（3）自中央到地方（首先是省、直辖市），科学研究工作的管理体系没有建立起来。当时在政务院各部门、各种事业中，唯一没有在省、直辖市设立地方管理机构的是科学事业。

此外，除了科学院自身的经费外，整个科学系统，国家没有单列的科学经费预算。

作为政府部门，科学院在组织结构上存在诸多缺陷，这在一定程度上制约了

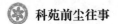

其政府职能的行使。

2. 科学院地位与其任务不相适应

当时政务院的 30 个部门，在体制上分属于四个委员会，即政治法律委员会、财政经济委员会、文化教育委员会和人民监察委员会。它们分别在四个委员会的指导下进行工作。科学院只是文化教育委员会所属几个部门中的一个。

新中国成立之初，虽然科学研究事业的规模不算庞大，但几乎所有部门都有自己领导的科学研究机构，拥有自己的科学技术队伍，特别是财政经济委员会、文化教育委员会所属的部门。就以财政经济委员会所属的重工业部、燃料工业部、纺织工业部、食品工业部、轻工业部、铁道部、交通部、邮电部、农业部、林垦部和水利部而论，它们都领导着一定数量和具有相当规模的试验研究机构。

属于文化教育委员会领导的科学院，很难冲破条条块块分割的体制，去理顺与其他部门的关系。晚于科学院成立的"中国地质工作计划指导委员会"之所以能够把各部门的地质矿产工作计划统一起来，调配各部门的人力物力，重要的原因是它的地位超脱于各部门之上。

（二）建立宏观的科学研究工作的组织管理体系是新中国的新课题

（1）没有经验可循。国民党统治下的旧中国，从中央到地方，都没有设置专门管理科学研究工作的政府机构。中国共产党在延安时期也是如此。因此，新中国成立后，从宏观角度开展科研组织管理工作和建立相应的工作体制，都是一个全新的课题。

（2）没有准备好既懂科学知识又能掌握政策的科研组织管理干部队伍，特别是高级负责干部。

以上两点可能是新中国成立之初在一段时间内，国家放手倚重科学院和科学家进行组织领导全国科学研究事业的原因。政务院文化教育委员会秘书长胡乔木1951 年 9 月在科学院第二次扩大院务会议上的讲话，提到为什么要请科学院和科学家做科学事业的组织领导工作时说："把全国科学工作者团结在一起，中国科学院是当仁不让和义不容辞的。如果不是科学院来担负起这个责任，那么又应该谁来担当呢？难道是不懂科学的人来做吗？科学研究事业需要司令机关、参谋部、指挥部等，中国科学事业才有一些办法。谁来做司令员、参谋长呢？不能希望科学上一窍不通的人来做，必须有一部分科学家，把他们主要的力量担任起这个工作；还有一部分科学家用一部分时间或一定期的时间来担任这个工作。"①

---

① 参见：胡乔木同志在中国科学院第二次院务扩大会议上的报告．中国科学院档案，51-2-7．

在公开场合如是说，但对知识分子的不信任，紧紧捆住了科学院的手脚。科学院正式成立后，曾就成立科学工作委员会问题向某领导同志请示，得到的答复是，科学院刚刚成立，条件还不成熟，不要搞像以前院士之类性质的组织，科学家事权不宜过大。[①] 设立科学工作委员会被否定，专门委员会成为松散的专门委员聘任制，拟建全国科学研究计划（指导）委员会不了了之，这一切的症结都源于对知识分子缺乏信任，存有戒心。

（3）摸索经验需要时间。科学研究工作有其特殊性，不能照搬政治工作、经济工作或军事工作的经验、办法来领导科学研究事业。既然科学研究工作的组织管理是一个全新的课题，就需要摸索，摸索要有一个过程。

（4）科学技术发展问题，在新中国成立之初暂时提不到国家议事日程上来。新中国成立后，国家面临着政权的建设与巩固、抗美援朝、国民经济的恢复、社会改革等一系列重大问题。科学技术虽然也重要，但还来不及摆到突出的地位。

以上两点可能是科学院在实践中已经发觉自己难以一身二任，要求国家设立专职机构管理全国科学研究事业，国家不急于回答和解决的原因。

写到这里，我想起1955年6月7日，周恩来总理在科学院学部成立大会作报告时说的一段话。他说："我们的科学院成立在国家成立的同时，而且把它组织在政府的组织成员中。当时看来是需要这样做的，这样做是必要的，因为这便于进行科学工作者自我改造，我们是为着团结全国科学工作者、经过自我改造的过程达到团结的目的。"[②]

对周恩来总理的话，应该怎样理解？我不是科学史和科学院院史的研究工作者，写本文意在抛砖引玉，引起大家对新中国成立初期这段摸索科研组织管理工作的历史的关注。

[①] 宋振能. 访问黄宗甄、简焯坡笔记. 转引自宋振能. 中国科学院建立专门委员制度的回顾. 中国科技史料，1991，12（4）：38-52.

[②] 参见：周恩来在中国科学院学部成立大会上的报告（1955年6月7日）. 中国科学院史料汇编（1955）. 北京：中国科学院院史文物资料征集委员会办公室，1995：163.

中国科学院第二次定位

——向科学进军的"火车头"*

中国科学院建院初期，国家曾经两次为它定位。

中国科学院第一次定位，是在中国科学院正式成立之前的 1949 年 9 月 27 日。当时代行全国人民代表大会职权的中国人民政治协商会议第一届第一次全体会议，通过《中华人民共和国中央人民政府组织法》。该组织法规定科学院是组成中央人民政府政务院的政府机构之一，主管国家科学事业的行政事宜。中国科学院成立后，由于各种原因无法充分行使管理全国科学研究事业的政府职能，所以一再呼吁国家另行设立专职的政府管理机构。[①]

中国科学院第二次定位，是在 1956 年 1 月 14 日，在中共中央召开的关于知识分子问题会议上宣布的，即中国科学院是"领导全国提高科学水平、培养新生力量的火车头"。

在此以前，1954 年 9 月 20~21 日，全国人民代表大会第一届第一次全体会议，先后通过了《中华人民共和国宪法》和《中华人民共和国国务院组织法》。1955 年 6 月周恩来在中国科学院学部成立大会讲话中说：从宪法通过后，中国科学院不再是国家政府的组成机构，而是独立的学术研究和领导机构。[②]

随着国家大规模经济建设的展开，越来越多的科学技术问题有待于研究解决。而国内实际上已经形成了中国科学院、高等学校、产业部门研究机构和地方研究机构等几方面的力量。它们必须有合理的分工和协作。因此，中国科学院在我国科学研究工作体制中的地位与作用，以及几方面研究力量的分工合作问题，被提到国家的议事日程上来了。

"火车头"问题的提出和确认的过程

1956 年 1 月 14 日，周恩来总理在知识分子问题会议上，代表中共中央作

---

* 本文原载《薛攀皋文集》（内部交流），中国科学院自然科学史研究所院史研究室编印，2008 年 1 月，第 20-29 页。

① 薛攀皋. 科学院为什么不能充分行使管理全国科学研究事业的政府职能. 院史资料与研究，2001，(1)：37-41.

② 周恩来. 周恩来总理在学部成立大会上的报告（1955 年 6 月 7 日）. 院史资料与研究，1992，(4)：7.

《关于知识分子问题的报告》，宣布国家即将制订《1956—1967 年科学技术发展远景规划》（简称"十二年科学规划"），号召向科学进军，为迅速赶上世界先进科学技术水平而奋斗。为此，报告提出：要"集中最优秀的科学力量和最优秀的大学毕业生到科学研究方面"；要"用极大的力量来加强中国科学院，使它成为领导全国提高科学水平、培养新生力量的火车头"。①

1956 年 1 月 20 日，周恩来在知识分子问题会议上又作了《关于知识分子的几个问题》的讲话。周恩来就他在同年 1 月 14 日的报告中说到的要用最优秀的力量、用极大的力量来加强中国科学院的问题作了进一步的说明。他说："很多产业部门就很担心：大概这个话的意思就是要把各部门优秀的力量都抽到科学院去了。这是不会的，也是不可能的。因为报告中所说的主要的力量并不是一切的力量，所说的最优秀的力量也不是所有最优秀的力量。我们不应该在这方面保守。""如同刚才毛主席指出的，要进行技术革命，要解决科学技术上根本性的问题，那就需要提高，要进行科学研究。我们不应该在这方面吝啬人才，表现出保守主义、本位主义，把人霸住，不给一点出来，那就没有办法来加强科学院了。我们看一看，科学院的科学研究人员只有 1012 人，可是单是重工业部的科学工作人才就有 3578 人，第一机械工业部有 2006 人，铁道部有 4775 人，煤炭工业部有 1648 人。我只举这四个部，其他还有很多部。从这些部里拨那么一点人来加强科学院，那是完全可能的，而且也是应该的，不会把这些部门的生产特别是把基本建设搞垮。所以，在这方面，我们要把眼界放宽一点，不要只看本位。因为各个单位输送一点大学生和够水准的、有研究能力的人到科学院，反过来，他取得了成就以后，又来帮助我们生产部门提高技术，进行技术改革。这是相互帮助的，而且是通力协作的。"②

1956 年 2 月 24 日，中共中央发出关于知识分子问题的指示，在"加强科学研究机构"问题方面提出："加强中国科学院，使科学院能够确实地成为领导全国科学研究的中心"；"各高等学校必须在全国科学发展计划的指导之下，加强本身的科学研究机构，分别成为发展科学研究工作和培养科学、技术的新生力量的重要基地"；"政府各部门也必须积极地建立和加强自己的科学研究机构"；"必须在各类高等学校、各个经济部门、各种大企业的研究机构和文化、卫生等各方面，有计划地培养一个到几个水平最高的单位，使这些单位在各个方面能够

---

① 周恩来. 关于知识分子问题的报告（1956 年 1 月 14 日）//周恩来. 周恩来选集. 下卷. 北京：人民出版社，1984：185.

② 周恩来. 关于知识分子的几个问题（1956 年 1 月 20 日）//中共中央文献研究室，中央档案馆《党的文献》编辑部. 共和国走过的路——建国以来重要文献专题选编（1953-1956）. 北京：中央文献出版社，1991：226.

对于提高全国科学、技术、文化水平起领导作用和示范作用"。①

知识分子会议后，为充实加强中国科学院的领导力量，中央调张劲夫（原地方工业部党组书记、副部长）、裴丽生（原山西省省长）、杜润生（原中共中央农村工作部秘书长）和谢鑫鹤（原中共贵州省委副书记）等高级干部到院工作，组成强有力的院党组和行政领导班子。张劲夫任院党组书记、副院长，协助郭沫若院长主持全院日常工作；裴丽生任党组副书记、院秘书长；杜润生、谢鑫鹤为党组成员、院副秘书长。同届的院副秘书长还有钱三强、秦力生、武衡和郁文；院党组成员还有秦力生、郁文、潘梓年和尹达。原院党组书记、副院长张稼夫调国务院第二办公室工作。

1956 年 3 月 15 日，以陈毅为主任的国务院科学规划委员会成立，领导"十二年科学规划"的编制工作。同年 3 月起，十人科学规划小组以中国科学院的物理学数学化学部、生物学地学部和技术科学部为基础，集中全国 600 多位科学家，编制"十二年科学规划"。同年 8 月，《1956—1967 年科学技术发展远景规划纲要（草案）》编制完成。8 月下旬，陈毅根据周恩来指示，召开了国务院科学规划委员会扩大会议，对规划工作作总结性讨论，还讨论了规划"纲要"草案中几个有争论的问题。

1956 年 10 月 28 日，陈毅又召开了一次科学规划委员会主任、副主任、科学规划十人小组常务组员以及与科学研究有重要关系的几个部门的主要负责人参加的会议，讨论陈毅、李富春、聂荣臻《关于科学规划工作向中央的报告》。会议一致同意国务院科学规划委员会由临时机构改为常设的科学规划高级协调机构。② 陈毅等向中央的这个报告以及《1956—1967 年科学技术发展远景规划纲要（修正草案）》得到中共中央政治局的原则批准。

国务院科学规划委员会成为常设机构，填补了 1954 年《中华人民共和国国务院组织法》中，主管科学事业政府部门的空白；同时，也使国家为中国科学院第二次定位中，仍然带有政府职能的成分淡化了。

1956 年 12 月 22 日，中共中央同意的《1956—1967 年科学技术发展远景规划纲要（修正草案）》中，关于中国科学院在我国统一的科学研究工作体系中的地位，不再是 1956 年 2 月 24 日中共中央《关于知识分子问题的指示》中的"领导全国科学研究的中心"，而改为"学术领导核心"。它重申："首先必须根据中

---

① 参见：中央关于知识分子问题的指示（1956 年 2 月 24 日）//中共中央文献研究室，中央档案馆《党的文献》编辑部. 共和国走过的路——建国以来重要文献专题选编（1953-1956）. 北京：中央文献出版社，1991：236.

② 陈毅，李富春，聂荣臻. 关于科学规划工作向中央的报告（1956 年 10 月 29 日）//中共中央文献研究室. 建国以来重要文献选编. 第九册. 北京：中央文献出版社，1994：428-435.

共中央的指示：'用最大力量来加强中国科学院，使它成为领导全国提高科学水平，培养新生力量的火车头'，""必须使科学院逐步形成为一支坚强的科学核心队伍，使它在科学的若干主要的部门内，真正担当起突破阵地、开拓新的科学领域的任务。"①

"十二年科学规划"编制完成后，国家一方面采取多项措施，加强中国科学院；同时，又给中国科学院压担子。在"十二年科学规划"所确定的 57 项重要任务中，中国科学院作为"主要负责单位"的有八项；作为"联合负责单位"的有 15 项，两者合计 23 项，占总数的 40.4%；此外，作为"主要协作单位"的有 27 项，以上三项合计为 50 项，占重要任务总数的 87.7%。

中国科学院第二次定位引发的争论

中国科学院建院之初，各研究所有国家拨付的较稳定的科学研究经费；有可供进行一定研究工作的仪器设备和图书；在执行知识分子政策和各种政治运动，如"思想改造"、"三反五反"、"肃反"等运动中，相对于高等学校而言，掌握政策要稳重宽松些。而高等学校因为学习苏联，进行课程改革和院系调整，科学研究没有排到议事日程上来。因此，许多高校教师愿意到中国科学院从事科学研究工作，这在当时被称为"人心向院"。

由于中共中央提出要用极大的力量来加强中国科学院，由于中国科学院承担了"十二年科学规划"的许多重要任务，并且经该规划会议决定和国务院批准，从各部门调整少数专门人才，到中国科学院承担紧急重点任务的研究单位工作，为此，高校教师"人心向院"重新抬头。其中有些人员的调动，使高等教育部与中国科学院的关系趋向紧张，惊动了毛泽东。

（一）毛泽东对郭沫若、杨秀峰说，你们不要吵了，划个"三八线"，具体的"停战协定"，由科学规划委员会开会讨论

1957 年 3 月 16 日，在中共中央召开宣传工作会议期间，毛泽东约见高等教育部和中国科学院的主要负责人和少数有关科学家，主要听取高等教育部方面的意见。高等教育部部长杨秀峰等对国家决定的科研工作体制和中国科学院作为"科研工作的中心"和"火车头"有不同意见。毛泽东要他们具体说明是什么问题。杨秀峰提出了以下意见。

（1）中国科学院办的研究所太多，有的同别的部门重复。每个学科都要设

① 参见：一九五六～一九六七年科学技术发展远景规划纲要（修正草案）//中共中央文献研究室.建国以来重要文献选编. 第九册. 北京：中央文献出版社，1994：518-522.

研究所，是大科学院主义。中国科学院成为全国"科学研究中心"与"火车头"有无必要？现在是"火车头"上带了很多行李。

（2）中国科学院从高等学校拉人，高等学校"人心向院"，高等教育办不下去了。

（3）中国科学院经费多，条件好，制度宽，浪费大，是"人心向院"的原因。中国科学院是"富农"，高等学校是"贫农"。外汇，中国科学院有6000万（注：实际是1000万），高等学校只有1000万。中国科学院一个研究所的图书馆所收藏的书刊，比一所大学的图书馆还多。中国科学院人员的住房也比高等学校的宽敞，戴（芳澜）老在北京农业大学住房只有两间，到中国科学院后住六间房。

（4）中国科学院研究人员没事做，窝工；青年研究技术人员没人管，到北京大学进修的达500人。有人对此很愤慨，认为这样下去，国家很危险，科学事业将后继无人。

其间，毛泽东偶尔问话或插话。

当有人说国外科学研究体制，英国、美国是分散在大学，苏联则集中在苏联科学院时，毛泽东说：必要的集中是需要的，有一部分机构专门搞研究也是必要的，不然赶不上去。但是高等学校同志说中国科学院摊子过多，也值得听一听。

关于"人心向院"与中国科学院拉人问题，毛泽东说：人心向院的原因主要是人心向科学。过去高等学校没有搞科学研究，这一时期也未及时安排，因此，主要是高校要安排科学研究工作，不是中国科学院拉人问题。

当有人提到目前要稳定，人员一般不动，个别调整时，毛泽东说，这很重要，加上一句：双方同意。中国科学院不从高校调些人，也没有来源。中国科学院要掌握稳定高校的方针，调来院的人要比以往少，主要应采取合作的方针，拟请郭（沫若）老向科学家解释说明，向科学进军并非向科学院进军。科学研究需要人，教学也需要人，生产建设也需要人，号召科学家服从国家需要。

当张劲夫提出，有人建议把中国科学院在上海的药物研究所划归卫生部时，毛泽东说，要慎重，不要轻举妄动，几年来工业生产的调整也有这问题，教训不少。

当郭沫若说，我这科学官不要做了。毛泽东说，本位主义当然不好，但一点本位主义没有也不好，一切都太平无事，没味道，矛盾是经常发生的。

最后，毛泽东说：今天不作结论，双方划定"三八线"，具体停战协定由国务院科学规划委员会开会讨论。①②

---

① 参见：中国科学院党组扩大会议记录（1957年3月8日）．中国科学院档案，1957-1-8.

② 参见：张劲夫在中国科学院院务扩大会议上的讲话（1957年3月22日）．中国科学院档案，1957-2-1.

毛泽东约见后，3 月 16 日当天和 3 月 22 日，中国科学院党组扩大会议和中国科学院院务扩大会议先后举行。张劲夫在两个会议上传达了毛泽东约见高等教育部、中国科学院主要负责人和少数有关科学家的经过，以及有关情况。

张劲夫说：高校同志对科学研究的分工协作问题提出的批评意见，其中很多是好的，有的值得研究，有的是误会。这些意见对我们有三大帮助：一是帮助我们改进工作，健全制度；二是给我们创造有利的形势，迫使我们当机立断，研究机构该下马的下马，该收摊的收摊，就此解决一些问题。其实我们不想多建研究所，只求少而精。但有许多客观因素迫使我们不得不搞，如空白部门，地方积极性，统战政策需要，领导批条子（最近周扬同志又批了要中国科学院办上海文学研究所，希望以后不要批了）；三是引起领导重视，希望今后国务院科学规划委员会、国务院第二办公室和中共中央宣传部多抓一抓。

张劲夫强调，第一，要在党内做好思想工作，采取积极态度，从团结出发，来改进我们的工作；第二，要向科学家做解释说服工作，使他们也抱积极态度应对，避免影响科学研究；第三，要和有关部门密切协调。

中国科学院党组还为国务院科学规划委员会即将召开小范围的科研体制问题座谈会作准备，讨论并起草了《中国科学院党组对科学体制的一些意见（草稿）》。

与此同时，高等教育部也为即将召开的科研体制问题座谈会准备了文件（但笔者没有查到）。此外，经高等教育部副部长黄松龄审核同意，《光明日报》于会议前发表了该报记者采访编写的《高等学校应当成为科学研究的主要阵地》。文章强调"国家的科学研究的中心应该放在高等学校"；"苏联高等教育部第一副部长斯托列托夫指出，高等学校应该是科学研究中心"；"苏联科学院院长涅斯米扬诺夫也说，苏联过去把科研主要放在科学院，而与高等学校截然分开，是不对的"。[①]

一个多月后，苏联高等教育部部长叶留金访华。他在中国高等教育部的欢迎会上，回答中国科学家提问时，对《光明日报》的报道予以断然否定。他说：目前中国科学界流传着苏联将把科学研究的中心，放在苏联高等学校的说法，并且说是苏联高等教育部第一副部长斯托列托夫说的，这是一种误会。叶留金强调指出：在苏联，科学院和高等学校是圆桌会议的关系。[②]

（二）国务院科学规划委员会党组主持科研体制问题座谈会，未能就"三八线停战协定"达成共识

根据毛泽东的指示，国务院科学规划委员会党组于 1957 年 4 月 8 ~ 13 日，

---

① 参见：高等学校应当成为科学研究的主要阵地——一些高等学校领导同志和教授发表意见. 光明日报, 1957-04-02.

② 参见：科学院和高等学校是圆桌会议的关系——苏联高教部部长的一段谈话. 光明日报, 1957-05-24.

召开小范围的科研体制问题座谈会。会议由聂荣臻主持。参加会议的除争论双方的高等教育部部长杨秀峰，副部长黄松龄、李云扬；中国科学院院长郭沫若，副院长张劲夫，院党组成员裴丽生、杜润生外，还有国家技术委员会主任黄敬，副主任韩光；国务院科学规划委员会秘书长范长江、副秘书长武衡；中共中央宣传部科学处于光远，国务院第二办公室负责人等。

座谈会一开始，争论双方就短兵相接。

高等教育部方面提出的观点如下。

（1）我国科学研究工作的方针、路线和体制都有从根本上改革的必要。

（2）我国的科学研究工作应以高等学校为中心。一是，高等学校教师多，专业多，学生多，是科学后备力量来源，以高等学校为中心两全其美；二是国际经验，资本主义国家向来以高等学校为科学研究中心，苏联原以苏联科学院为中心，现在发现错误，决定把科研中心转到高等学校。

（3）中国科学院的研究机构大部分并到高等学校和产业部门。

（4）中国科学院与高等教育部合并为"科学高等教育部"，把高等学校的科学研究工作领导起来，合并则双赢。

（5）如果中国科学院继续单独存在，应该成为荣誉组织和学术领导中心，只能有极少数从事新技术研究的机构。①

中国科学院方面对科学体制提出五个方面的意见。

（1）有关我国科学研究工作的体制，1956 年中央在关于知识分子问题会议上的指示，经过"十二年科学规划"会议数百位科学家的讨论和肯定，以及一年来的科学事业发展证明，仍然是适用和正确的。没有必要从根本上改变这个指示，打乱现状，重新部署。至于将来是否要改变，要靠实践来检验。

（2）中国科学院现有研究机构有四种情况：①根据科学规划设置的；②地方政府要求设置的；③个别因人设事上马而一时难以下马的；④过去接收的旧基础，涉及团结老科学家不宜轻率处理的。这些并不完全出于中国科学院领导的要求，中国科学院愿意转移一些研究所到其他部门。

（3）必须迅速加强高等学校的科学研究工作。高教系统的科学研究能否加强，并不完全取决于中国科学院的地位与存废。即使取消了中国科学院，腾出 600 名高级研究人员和 1000 万外汇，分散到 227 所高校，对高教系统起不了多大作用；对国家来说，反而取消了一个可以集中使用的力量。必要的集中力量，在科学技术落后的国家是十分需要的。

（4）中国科学院和高教系统必须在工作上正确分工，密切合作。凡高教系

① 参见：国务院科学规划委员会党组科学体制问题座谈会．中国科学院史事汇要（1957），北京：中国科学院院史文物资料征集委员会办公室，1998：100-108.

统有条件进行的研究工作,首先交由大学去承担。利于集中在中国科学院完成的,由中国科学院担负。必须双方进行的项目,就密切合作。过去中国科学院与高等学校有过多种方式的合作,合作中,中国科学院有缺点应检查改进,过分强调矛盾一面,而忽视还有相辅相成的一面,是不符合事实的。

(5)必须保证国家的重点项目。为了迅速发展国家重要而又紧急的重点项目,曾由"十二年科学规划"会议决定和国务院批准,从各部门调整少数专门人才到中国科学院承担这类任务的研究单位,这种调整还未完成,必须完成,但应该经过双方同意,领导批准的手续。①

国务院科学规划委员会方面认为高等教育部和中国科学院的主张都有合理的部分,但在主要观点上都有些值得考虑的地方。

对于高等教育部的主张,他们的观点如下。①高校强调其科研的作用是好的,高校的科研条件,也应该积极地逐步改善。高等教育部还缺乏领导科学研究工作的经验,依靠中国科学院来领导高校的科学研究,是不合理的而且也是办不到的。不能设想一所高校,教学和科研不是统一的安排,教学由高等教育部负责,科学研究由中国科学院负责。合并中国科学院的想法更是不对。高等教育部自己必须学会领导科学研究的办法。②科学研究应以高等学校为中心的说法,不但不是社会主义苏联的经验,而且也不是现代资本主义国家的经验。它不仅不符合中国实际,也不符合世界科学发展趋势。苏联科学院的经验基本上是成功的。美国的科学研究,一方面广泛依靠各高等学校,但它的原子能委员会、海空军、大企业都拥有强大的、集中的科研机构,以这些机构为核心来广泛运用高等学校的力量。③基础学科的研究只能放在高等学校,不必在中国科学院进行的看法是不对的。中国科学院不能不做基础理论工作。为了贯彻"百家争鸣"方针,只要不是需要太多的人力物力,基础理论研究应该不止是一个中心,可以是多中心。④中国科学院必须拥有必要的研究机构,现有的应该承认是历史事实,除个别必须作适当调整,今后也只应重点发展,注意改进工作,不宜大肆变动。

对中国科学院的意见,他们的观点如下:①中国科学院有些同志觉得中央大力加强科学院的方针还没有贯彻,特别是高等教育部在人力上的支持不够,没能使科学院成为"火车头"。实际上在我国今天的条件下,无论在人力上、物力上,一年来对中国科学院都有较大的加强,不能要求过高过急,必须有步骤地前进。如果一个设计师只考虑火车头本身的行动要求,而不考虑它所牵引的车厢的沉重任务,那它所设计的就不是火车头。②中国科学院认为要它担负"全国学术

---

① 参见:中国科学院党组对科学体制的一些意见(1957年4月8日). 中国科学院档案,1957-1-15.

领导中心"的任务，必须有自己强大的科研机构，而且应有很高的水平，只能用自己的研究成果，才能对全国的学术起领导作用。因此，只注意直属研究机构的充实与发展，很少关心高等学校和产业部门的科研工作。中国科学院当然必须提高自己机构的水平，但因为中国科学院是国家的科学院，是全国科学家的科学院，如果只依靠自己的研究机构，而不同时调动全国各方面优秀的科学家去实现学术领导，势必设立所有门类的学科研究机构，并把各门学科的第一流科学家调到科学院来，这显然是不可能也是不正确的。中国科学院一年来与各方面关系造成不必要的紧张，和这个指导思想分不开。③中国科学院直属研究机构的任务，一般说来应该注意比较长远性的任务。但在目前，并不是中国科学院所有的研究机构都已具有这样的条件。因此，掌握现有的世界科学技术，并在中国移植生根，仍然是首要任务，不能采取不切实际的做法。①

座谈会开了几天，高等教育部杨秀峰、黄松龄放弃了中国科学院与高等教育部合并的意见，其余都坚持不让步。国家技术委员会主任黄敬支持将中国科学院的研究所交给产业部门和高等学校。其他与会者对高等教育部和黄敬的意见均未予以响应。关于中国科学院与高等教育部合并为科学高教部，高等教育部副部长李云扬也不同意；郭沫若因为被对方封为"科学高教部部长"，更是断然予以拒绝。事情是1957年4月10日杨秀峰提出的，他说：成立科学高教部，郭老任部长，我们作副职，郭老不要管行政工作，主要管学术领导。听罢杨秀峰的话，郭老很快回应说：我非常惶恐，中国科学院是一个可怜的机关，几年来工作有许多问题，我觉得不能胜任，几次向主席、总理提请解除院长职务。杨部长、黄副部长为我想得很多，我敬辞不敏，因为就是院长我都辞了几年。②

1957年4月13日，鉴于在根本问题上难以达成共识，聂荣臻宣布座谈会告一段落。会后，范长江和武衡奉命分别与黄敬、黄松龄和张劲夫交换意见。黄敬坚持把中国科学院的直属研究所，一部分交给产业部门，大部分交给高等学校；黄松龄对高等教育部的意见不被重视，很有情绪；张劲夫则要求明确"中央的方针到底变不变"、"科学院要不要加强"。

黄敬、黄松龄和张劲夫，不仅是产业部门、高等教育部和中国科学院的代表，而且都是国务院科学规划委员会党组的成员。他们在国家科学研究工作体制问题上的根本原则分歧，无法弥合，聂荣臻感到问题严重。为此，他向周恩来报告，建议周恩来召集会议讨论解决。

---

① 参见：科学规划委员会党组关于科学体制问题的意见（草稿）（1957年4月中）. 中国科学院档案，1957-1-15.

② 参见：国务院科学规划委员会党组科学体制问题座谈会. 中国科学院史事汇要（1957），北京：中国科学院院史文物资料征集委员会办公室，1998：100-108.

（三）周恩来同意：中国科学院这个"火车头"不能削弱

1957 年 6 月（有人说 5、6 月间），周恩来召集聂荣臻、黄敬、黄松龄、张劲夫、范长江、武衡等人开会。开始时会场沉默，谁也不说话，周恩来让聂荣臻先讲。

聂荣臻说：中国科学院这个"火车头"不能削弱，应该加强，我认为苏联组织科学院的经验是可取的，但要再调很多科学家进来，现在看不大可能，只能逐步加强。工业部门和教育部门也不应该挖中国科学院的墙脚。大家都不要有本位主义，现在总的说是人才太少，为了国家和人民的利益，我们还是应该强调互相协作，充分发挥各方面的积极性为好。

接着，周恩来要大家发表意见，张劲夫、黄敬、黄松龄先后发言，表示拥护聂荣臻的意见。周恩来最后说，他也同意聂荣臻的意见，大家都要克服本位主义，顾全大局，以推动中国科学技术事业的发展。[①]

1957 年 6 月 13 日，聂荣臻在国务院科学规划委员会第四次扩大会议上讲话时宣布："我国统一的科学研究工作系统，是由中国科学院、高等学校、中央各产业部门的研究机构和地方研究机构四个方面组成的。在这个系统中，中国科学院是全国学术领导和重点研究的中心，高等学校、中央各产业部门的研究机构（包括厂矿实验室）和地方所属的研究机构，则是我国科学研究的广阔的基地"。"我国有一个拥有必要的科学研究机构的国家科学院是完全正确的，是合乎世界科学发展总的趋势的。中国科学院不仅应当是全国学术领导的中心，而且是实际从事重点科学研究的地方"。[②]

1957 年 6 月 26 日，周恩来在全国人民代表大会第一届第四次全体会议上作政府工作报告时，对我国科学研究工作系统的组成，也作了同样的表述。

由国家为中国科学院第二次定位而引发的我国科学研究工作体制的争论，到此结束。中国科学院被瓜分肢解的危险也随之化解了。

1956～1966 年，中国科学院按"十二年科学规划"施展宏图，配合原子弹和导弹攻关，开创人造卫星事业，落实计算技术、半导体、自动化技术、无线电电子学四项紧急措施，部署和组织自然资源与自然条件综合考察和基础理论研究等等，创造了"文化大革命"前的 10 年辉煌，起到了"火车头"的作用。

---

① 《聂荣臻传》编写组. 聂荣臻传. 北京：当代中国出版社，1994：559，560.
② 参见：聂荣臻副总理在国务院科学规划委员会第四次扩大会议上的讲话（1957 年 6 月 13 日）. 中国科学院年报（1957）. 北京：中国科学院办公厅，1958：11-18.

中国科学院与国家"十二年科学规划"的编制[*]

我国第一部科学事业长期发展计划——《1956—1967 年科学技术发展远景规划》（简称"十二年科学规划"），于 1956 年 8 月编制完成。

该规划任务的实现，解决了我国第二个和第三个五年计划国家经济建设和国防建设中迫切需要解决的一些科技问题，填补了我国科学研究的一些重要空白，加强了某些重要的基础学科，发展了原子能、电子学、半导体、自动化、计算技术、喷气和火箭技术等新兴科学技术，并为以后我国科学技术和各项建设事业的继续发展打下了良好的基础。

在"十二年科学规划"制订的全过程中，我有幸作为服务人员，参加了有关生物科学规划的具体事务工作。如今 40 年过去了，关于制订"十二年科学规划"的社会和历史背景，中央的决策过程，规划的指导思想、方针和原则，一些重大问题的争论及其解决，规划的历史作用等，许多总结性的文件资料和有关领导同志的回忆录，都已作过系统、扼要的阐述。我想说的是"十二年科学规划"正式编制前、处于酝酿阶段时的若干事情，因为它们在许多文献资料中，几乎没有或极少被提到。在纪念规划编制四十周年的时候，重温这些史实，不无好处。

中国科学院院长顾问柯夫达建议编制
全国性的科学事业远景规划

B. A. 柯夫达是苏联科学院通讯院士、著名的土壤学家，在苏联从事过多年的科学组织领导工作。来中国前，他是苏联科学院共产主义建设协助委员会副主任。委员会的任务是组织全国科学工作者全力协助斯大林改造大自然计划的实现。1954 年 10 月，他奉派来中国任中国科学院院长顾问。

早在 1954 年 6 月，中国科学院就根据国家计委颁发的编制十五年国家经济长远规划的要求，分别召集院内外科学家，就数理化、生物学、地学、技术科学等方面的科学规划问题，进行座谈。

柯夫达到北京，对中国科学事业的历史与现状作了初步了解后，就开始实地

---

　　* 本文原载中国科学院《院史资料与研究》1996 年第 4 期，第 38-55 页，原题为《有关十二年规划二三事》。

考察科研机构的工作。1954 年 11 月，他访问了中国科学院在北京的研究所（室）。从 1954 年 12 月起到 1955 年 1 月，他在中国科学院学术秘书处学术秘书贝时璋教授的陪同下，考察了南京、上海、杭州、广州等地的 22 个研究机构，召开了 20 余次座谈会，加深了对我国科学研究事业状况的了解。回到北京后，柯夫达从宏观角度写了一份比较详细的建议，题为《关于规划和组织中华人民共和国全国性的科学研究工作的一些办法》。① 该《办法》除了前言外，共提出了 11 个问题。该《办法》还有一个附件，提出在最近必须按程序付诸实施的六条措施。在《办法》和措施的第一条中，柯夫达都建议要尽快编制中华人民共和国科学事业十五年远景规划。

关于编制科学远景规划的重要性和紧迫性的问题，柯夫达写道：中华人民共和国成立之后，中国的科学事业无论在数量上或质量上都已经进入了迅速增长和发展的时期。他在说明中国科学发展的不平衡情况后，强调指出：中华人民共和国在最近 10～15 年社会主义建设远景规划中所提出的任务，要求还落后于国家工业化建设、农业生产发展的需要，以及人民增长着的文化要求的那些科学部门，更快地发展起来。如果中国科学的发展速度不能适应国家建设任务的要求，将招致严重的麻烦与困难。因此必须认真地分析和研究各科学部门的现状，制定提高现有研究机构工作效率的全国性措施，组织新的科学研究机构，协调各部、各主管机关的研究机构在培养和提高干部业务水平、合理使用干部方面的工作。必须有计划地实现这些措施，以保证更快地、正确地解决发展国民经济和文化的重要问题。因此，在中国目前的条件下，着手进行全国性的科学研究工作的规划，以便集中中国科学院、各高等学校和各部门的科学家，解决发展国民经济的五年计划和十五年计划中所提出的最重要的问题，是十分重要的。

在措施的第一条中，柯夫达建议委托中华人民共和国国家计划委员会（简称国家计委）、中国科学院和有关各部，在对国民经济和文化发展的五年计划和 15 年远景计划进行初步研究的基础上，在六个月之内准备好关于中华人民共和国全国科学事业的规划和组织工作的建议。关于准备工作，柯夫达认为应该从以下几个方面进行：①中国科学院、各部、各高等学校的研究所在中国的发展与分布的远景计划，并规定这些研究机构的研究范围和建立的先后次序；②特别规定在中国发展若干学科研究工作的措施；③研究中国自然生产力和经济的全国大型综合科学考察队的远景工作计划，特别要保证进行以往研究得最差的省份和区域的系统性研究；④中国自然区划与经济区划的工作计划与纲要；⑤中国科学院、各高等学校、各部、各主管机关关于科学方面、经济和文化建设方面最重要问题的全

---

① B. A. 柯夫达. 关于规划和组织中华人民共和国全国性的科学研究工作的一些办法. 中国科学院年报（1955），中国科学院办公厅编，1956：55-63.

国性学术会议的计划。

中国科学院充分研究讨论柯夫达的建议之后，1955 年 4 月 7 日，郭沫若院长给周恩来总理和当时分管科学工作的陈毅副总理写了一份《关于贯彻院长顾问柯夫达建议向国务院的报告》。该《报告》说：柯夫达的建议"是完全正确的，对于全面规划和组织我国科学研究工作，推动我国科学事业的发展具有极重要的意义"。① 4 月 29 日，张稼夫在中国科学院党组会议上传达说：4 月 20 日中共中央政治局讨论了党组的三个文件。最后刘少奇作结论说，柯夫达来不久即提出许多建议。他的建议很重要，值得重视。要国家计委、中国科学院和有关部门提出如何实现这些建议的意见，提交中央讨论解决。②

当年 6 月 26 日，柯夫达夫人在莫斯科病逝。6 月 27 日，柯夫达匆促离开北京回苏联。由于健康原因，柯夫达以后没有再到中国来③，为此，苏联改派技术科学方面的专家拉扎连科接替他任中国科学院院长顾问。拉扎连科于当年 12 月 25 日到北京，这时"十二年科学规划"的第一阶段工作已经启动，他立即参加了有关工作，提出了许多意见和建议。

那时候，苏联建国虽已将近 40 年，但还没有制订过科学发展的长远规划。当国务院向文教总顾问、苏联专家马里采夫通报我国将制订"十二年科学规划"时，马里采夫认为这是中国党和政府的英明决定，规划将成为中国科学事业的总路线。对我国打算邀请苏联科学家协助规划工作的意图，马里采夫表示愿意大力支持，并立即通知在北京的苏联专家，同时向苏联科学院和苏联国家计划委员会通报。④ "十二年科学规划"在正式编制过程中，得到过许多苏联专家的帮助。柯夫达虽然未能留在中国目睹他的建议变成现实，并参加实际的规划工作，但作为第一位向中国建议编制全国科学远景规划的苏联专家，以及他的那份《关于规划和组织中华人民共和国全国性科学研究工作的一些办法》，似乎不应该被遗忘。⑤

---

① 郭沫若．关于贯彻院长顾问柯夫达建议向国务院的报告．中国科学院年报（1955），中国科学院办公厅编，1956：64-66.

② 庞真．有关十二年科学规划的几点史实问题的来信．院史资料与研究，1997，（5）：51-56.

③ 武衡同志在回忆录中提到应周恩来总理的要求，苏联部长会议主席布尔加宁派出以柯夫达为首的 16 位科学家来华帮助规划工作（见《科技战线五十年》第 167 页），是记忆有误。柯夫达自 1955 年 6 月回苏联后，没有再来中国参与规划的实际工作。

④ 科学规划小组第三次会议记录，见时任国务院第二办公室副主任范长江的秘书林自新的工作记录本（以下简称《林自新工作记录》）。

⑤ 于光远同志在"参加第一个科学规划的经历"一文中提到科学院曾征求过柯夫达关于制订远景规划的意见，柯夫达的想法没有拉扎连科积极，多少偏于保守（见《中国科学报》1996 年 6 月 30 日），此说有失公允。在"经历"中，于光远同志没有提到 1955 年 1 月柯夫达关于编制中国全国性科学发展远景规划的建议，以及郭沫若院长向周总理和陈毅副总理关于柯夫达建议的报告。柯夫达于 1955 年 6 月离开中国时，我国还没有对制订"十二年科学规划"问题做出正式决定。

中国科学院关于编制科学规划的建议与准备工作

早在 1954 年，中国科学院就开始为编制我国科学远景规划做酝酿准备工作。这一年的 6 月，为适应国家计委制订全国经济建设长远计划的需要，中国科学院召开过一系列会议，邀请院内外科学家，就数学、物理学、化学、生物学、地学、技术科学，以及水利、电器工业、动力机械等方面的科学长远计划问题，交换过意见。

1955 年 4 月 7 日，郭沫若院长在向周恩来总理、陈毅副总理关于贯彻院长顾问柯夫达建议的报告中，阐述了编制科学事业长远规划的重要性和紧迫性。他提出："制订我国科学研究的五年计划和长远计划已是目前非常迫切的工作任务，必须采取有效措施，立即着手进行，否则，不但不能克服目前工作中的盲目性，也不能适应国家建设的需要。"他建议由国家计委会同有关部门在 1955 年内提出发展我国科学事业的五年计划方案和十五年远景计划草案，呈报国务院审查。①

1955 年 6 月 1~10 日，中国科学院学部成立大会在北京举行。有关制订科学远景规划问题成为这次会议讨论的热点之一。

1955 年 6 月 2 日，郭沫若院长在学部委员全体会议上的报告中，申述了制订科学远景规划的重要意义。他说："我国科学工作必须有计划地进行。国家大规模的建设事业是长远的，科学家的培养和科学成果的收获也都需要相当长远的时间。一般说来，一个刻苦努力的大学毕业生培养成为科学家要五至十年的岁月；一个新成立的研究机构，也要经过大约五年时间，才能出有价值的科学成果。因此，科学发展的远景计划尤其重要。只要有了远景计划，才能够正确安排今天的工作。"② 会议期间，学部委员对此进行了热烈讨论。6 月 10 日全体会议通过的《中国科学院学部成立大会总决议》中提出：中国科学院应迅速拟订十五年发展远景计划，并在一年内提出草案；全国科学事业的规划，亦应协同政府有关部门特别是国家计委、高等教育部从速制订。全体学部委员应积极参加这些工作。③

学部成立大会之后，中国科学院在工作总结报告中向周恩来总理和陈毅副总理再次提出：制订全国性的科学发展规划，确为目前发展科学事业的迫切需要。由于这项工作牵涉的方面和包括的范围很广，必须根据国家的远景计划的要求来制订，因此建议由国家计委主持，吸收科学院和政府有关各部参加，迅速进行此

---

① 郭沫若. 关于贯彻院长顾问柯夫达建议向国务院的报告. 中国科学院年报（1955），中国科学院办公厅，1956：64-66.

② 参见：郭沫若院长在中国科学院学部成立大会上的报告. 中国科学院年报（1955）. 中国科学院办公厅编，1956：3-11.

③ 参见：中国科学院学部成立大会总决议. 中国科学院年报（1955），中国科学院办公厅编，1956：47-48.

项工作。报告还说：科学院已将此项工作作为今年下半年的中心工作之一，并尽量吸收学部委员参加。[①]

1955 年 9 月 15 日，中国科学院第 39 次院务常务会议通过了《关于制订中国科学院 15 年发展远景计划的指示》（以下简称《指示》）。[②] 中国科学院先行一步，于 10 月起开始讨论与制订本院的远景规划。

《指示》指出：为使科学事业更有计划地发展、更好地为社会主义建设服务，必须及时制订长远的计划，明确今后前进的途径和步骤，以便更恰当地安排当前的工作，并为将来的发展准备条件。

《指示》说明目前已经具备了制订远景计划的必要条件。例如，国家发展国民经济第一个五年计划已经公布；本院的第一个五年计划纲要也已经订出；各学部成立后许多优秀的科学家参加了本院的学术领导工作；参加学部成立大会的苏联科学院代表团，以及本院苏联顾问柯夫达等对本院的工作提出了很多宝贵的意见，这些都是制订远景计划的主要依据。

《指示》要求制订远景计划，首先要认真研究我国发展国民经济的第一个五年计划，了解国民经济发展对科学工作的要求，研究各门科学的现状和趋势（国内的和国际的），分析各项科学研究与国家建设实践的关系。从科学的预见去估计国家今后进一步对科学的要求，找出各门科学中的生长点，提出发展的途径、步骤和应该研究的重大问题。在考虑远景计划时，不应局限于科学院，要注意全国各方面的力量与条件，促进全国科学事业的平衡发展。首先应发展与国家工业建设，特别重工业建设密切相关的科学，围绕工业基地的建立，资源的开发利用，工农业生产的提高等方面的重大问题进行工作，其他学科也必须相应地发展；必须注意综合性科学问题的研究和边缘科学的发展。对于各门科学的基本理论部门要争取在 15 年内逐步建立起来。在国民经济上有重要性和在自然条件上有代表性的地区，应建立地区科学研究工作基础，结合地区特点和需要，开展科学研究，进行调查和考察。

关于远景计划的内容，《指示》规定了以下七个方面的主要内容：①重大科学问题的研究，包括国民经济上或科学理论上的重大问题；②学科的发展，包括空白薄弱学科的建立与充实；③机构的发展与设置；④重要的调查和考察工作；⑤重要科学著作和图书资料的编纂；⑥干部的培养；⑦基本建设和财务概算。对以上各方面，《指示》还提出具体的要求与规定。

---

① 中国科学院．学部成立大会工作总结报告．中国科学院年报（1955），中国科学院办公厅编，1956：50-54.

② 中国科学院．关于制订中国科学院 15 年发展远景计划的指示．中国科学院年报（1955），中国科学院办公厅编，1956：115-118.

中国科学院各研究所从 1955 年 10 月开始，先从本单位所包括的各门学科出发，按照《指示》要求的内容，进行讨论，研究提出远景计划草案。各学部在此基础上就本学部范围内科学事业发展的步骤、速度、地区布局进行全面规划，编出本学部远景计划草案。院学术秘书处组织综合组，对各学部的草案进行综合平衡，在邀请科学家讨论后，向中国科学院院务常务会议提出全院的远景计划草案。三个学部和学术秘书处从 1956 年 1 月 23 日开始到 2 月 11 日，通过约 360 位科学家的努力，写出了中国科学院远景计划的初稿。其中重大项目经反复讨论确定了 53 项①，许多项目后来被吸收到"十二年科学规划"中，当然在内容上有了大大扩展。

1956 年 1 月 14 日，周恩来总理在党中央召开的知识分子问题会议上作报告，宣布国务院已经委托国家计委负责，会同有关部门在三个月内，制订出 1956 ~ 1967 年的全国科学发展远景规划，从而揭开了正式制订"十二年科学规划"的序幕。

制订全国性的科学发展远景规划，在当时国内国外都没有先例可鉴，中国科学院提出的一系列建议，以及先行一步编制自身远景计划积累的经验，对全国"十二年科学规划"从酝酿阶段，顺利进入实际编制阶段，无疑起了一定作用。美国汉密尔顿学院国际关系教授萨特米尔（Richard P. Suttmeier）曾注意到这一点。他在其重要学术著作《科研与革命》中提出，中国科学院的科技发展规划草案，为后来的"十二年科学规划"，提供了基本的框架。

中国科学院关于成立科学规划委员会及常设机构的建议

1955 年，中国科学院在向国家建议制订全国科学远景规划的同时，提出要组织科学规划委员会，主持规划工作，并再次提出成立一个主管科学工作的常设机构。4 月 7 日，郭沫若院长向周恩来总理、陈毅副总理建议，由国家计委、中国科学院、高等教育部及其他有关部门组成"全国科学研究工作规划委员会"，主持远景规划工作；并在国家计委下设立"科学研究工作局"，作为经常管理科学计划的专业机构。② 9 月 20 日，中国科学院在给周恩来总理和陈毅副总理的报告中，又提出由于制订全国科学事业规划牵涉的方面和包括的范围很广，建议由国家计委主持，吸收中国科学院和政府有关部门参加，迅速组成"全国科学事业

---

① 竺可桢. 竺可桢日记·Ⅲ. 北京：科学出版社，1989：658.

② 郭沫若. 关于贯彻院长顾问柯夫达建议向国务院的报告. 中国科学院年报（1955），中国科学院办公厅编，1956：64-66.

规划委员会"来进行此项工作。①

虽然中国科学院前后建议设立管理全国科学研究工作机构的名称不完全相同，但其出发点并没有变化。这些建议直到"十二年科学规划"正式制订前，都没有成为现实。

1956 年 1 月 5 日，当时负责科学规划工作的副总理、国家计委主任李富春，曾经写信给中国科学院党组书记、副院长张稼夫，要求中国科学院主要做重要学科的发展规划。②

1955 年 12 月 24 日，以范长江同志为组长的"科学规划十人小组"举行第一次会议，讨论了小组的任务，规划的具体目标和内容，规划工作的方法、步骤与组织工作等问题。该十人小组的成员，由国务院"第二办公室"、"第三办公室"、"第四办公室"、"第六办公室"、"第七办公室"副主任，以及中国科学院、高等教育部、卫生部、中央宣传部科学处的有关负责人十人组成。③ 随着规划工作的进程，十人小组的成员有所调整。到国务院科学规划委员会成立后，十人小组的成员都成为该委员会的副秘书长。④ 十人小组成立后根据指示，决定将工作分为两阶段进行。第一阶段在 1956 年 2 月底之前，由中国科学院和各部门分别制订出各自的远景规划草案。第二阶段从 3 月起，以中国科学院的物理学数学化学部、生物学地学部和技术科学部为基础，集中全国 600 多位科学家，对各部门的规划进行审查与综合，编制出"十二年科学规划"（草案）。

"科学规划十人小组"虽然已经成立并开始工作，但中国科学院院长顾问拉扎连科认为制订规划需要组织全国各方面的力量，如果没有一个部门来领导这一工作是不能进行的。1956 年 1 月 12 日，拉扎连科就张稼夫同志将要在中央召开的知识分子问题会议上的发言内容同张稼夫同志交换意见时，建议张稼夫同志在

---

① 中国科学院. 学部成立大会工作总结报告. 中国科学院年报（1955），中国科学院办公厅编，1956：50-54.

② 参见：李富春致张稼夫谈十二年科研规划方针、方法和内容的信（1956 年 1 月 5 日）. 院史资料与研究，1996，（4）：56-58.

③ 见科学研究计划工作小组第一次会议记录（1955 年 12 月 24 日）. 关于规划小组的名称，《林自新工作记录》中，开始为"科学研究计划工作小组"，后来为"科学规划十人小组"。薄一波同志和武衡同志的回忆录均为"科学规划十人小组"。《竺可桢日记》则为"计委十人小组"。关于"科学规划十人小组"的成员说法不一。现在已见之于报刊的完整名单是范长江、张劲夫、刘杰、周光春、张国坚、李登瀛、薛暮桥、刘皑风、于光远、武衡等 10 人。但这肯定不是小组成立时的最初名单。据 1955 年 12 月 24 日小组第一次会议记录，出席的有范长江、于光远、刘杰、刘皑风、李登瀛、张国坚、周光春、武衡、崔义田、叶锋 10 人。从第二次会议起，张稼夫一直出席十人小组会议。1956 年 2 月中起出席小组会议的先后增加了薛暮桥与谷牧两人。从 3 月起，张劲夫、杜润生才参加十人小组的会。由此可见，在李富春副总理于 1956 年 1 月 31 日宣布成立"科学规划十人小组后"，小组的成员随着工作进展，有过调整。至于最后的十人小组成员人数，是否严格地限于 10 人，存疑。

④ 薄一波. 若干重大决策与事件的回顾（上）. 北京：中共中央党校出版社，1991：510.

发言中提请国家对如何领导这一工作加以考虑。①

1956年2月3日，李富春副总理在十人小组会议上谈到规划工作的组织问题时提出，建议国务院成立科学技术规划委员会，由各学部主任、主要科学家、产业部门突出的工程师和各部的负责人参加。他强调，必须由科学家自己来搞规划。② 2月24日，中央政治局批准成立国务院科学规划委员会。

制订"十二年科学规划"的第二阶段，国家重视发挥中国科学院和学部的作用。1956年2月3日李富春副总理说，规划是全国性的规划，但规划工作是以科学院为中心。③ 2月16日，范长江在十人小组传达陈毅副总理的指示。陈毅副总理说，搞规划的方针和基本做法，曾向主席、中央报告，主席原则同意。规划工作实行两个结合，第一个结合是中国专家、苏联专家和党的领导的结合；第二个结合是中国科学院、高等学校、产业部门的结合，以中国科学院为中心，缺一不可。④ 2月21日和22日，范长江同志在十人小组会议上宣布，在全国优秀科学家3月集中后，其"领导方式以学部为中心"，"在学部领导下讨论订计划"。⑤

1956年2月，中国科学院人事有了变动。2月20日，郭沫若院长宣布原副院长张稼夫调任国务院"第二办公室"副主任；原地方工业部副部长、党组书记张劲夫调任中国科学院副院长。张稼夫同志虽然离开了中国科学院，但仍然继续参加规划工作。

1956年3月14日正式成立的国务院科学规划委员会，其成员名单中，中国科学院人员与学部委员占了较大的比重。当时公布的名单如下。⑥

主　　任： 陈　毅

副 主 任： 李富春　郭沫若　薄一波　李四光

委　　员： 尹赞勋　王首道　庄长恭　吴有训　李四光　李富春
李德全　周　扬　竺可桢　陈伯达　陈　毅　陈凤桐
范长江　茅以升　张劲夫　张稼夫　梁　希　许　杰
郭沫若　陶孟和　恽子强　童第周　华罗庚　黄汲清
杨秀峰　贾拓夫　裴丽生　赵飞克　潘梓年　邓子恢
钱三强　钱学森　钱俊瑞　薄一波　严济慈

秘 书 长： 张劲夫

① 参见：拉扎连柯顾问与张稼夫副院长的谈话记录. 院史资料与研究，1994，（6）：11-16.
② 十人小组会议（1956年2月3日），见《林自新工作记录》。
③ 十人小组会议（1956年2月3日），见《林自新工作记录》。
④ 十人小组会议（1956年2月16日），见《林自新工作记录》。
⑤ 十人小组会议（1956年2月21、22日），见《林自新工作记录》。
⑥ 张应吾. 中华人民共和国科学技术大事记（1949－1988）. 北京：科学技术文献出版社，1989：70，71.

副秘书长： 范长江　张稼夫　薛暮桥　刘皆风　谷　牧　周光春

　　　　　　张国坚　李登瀛　徐运北　杜润生　于光远　武　衡

　　国务院科学规划委员会35名委员中，包括中国科学院的院长、副院长共七位，学部主任、副主任（其中四人由院长、副院长兼任，还有四人是院外科学家兼任）共15位，两位中国科学院的秘书长、副秘书长，以及从国外回来不久的著名科学家钱学森；国务院科学规划委员会共有秘书长和副秘书长13名，其中有中国科学院的副院长和副秘书长三人；在委员会委员和副秘书长中，当时的中国科学院学部委员有25人。

　　规划工作的第二阶段，还成立了一个以科学家为主的综合组。综合组于1956年2月下旬开始工作，它在综合中国科学院和各部门的规划草案的基础上，提出了50个重大项目，并在3月16～20日，向集中参加规划工作的数百名科学家逐项介绍其内容。经过数百名科学家充分讨论后，项目的数量与内容都有了扩展，最后形成了"十二年科学规划"（草案）的57项重大任务。关于综合组的成员名单，目前暂时尚难确定，但在不完整的会议记录中先后出现的22名科学家中，有学部委员16人；有在科学院工作的专家14人。

　　以上从一个侧面反映了在"十二年科学规划"编制过程中，中国科学院和学部的地位与作用。

　　"十二年科学规划"（草案）于1956年8月编制完成后，国务院科学规划委员会的存废问题引起了一场争论。有人主张有了该规划草案之后，不必设立高级的常设机构，由各单位自行按规划的任务执行就可以了。但是郭沫若院长和多数有关单位的负责同志，以及与会科学家都力主需要一个常设机构，对当时我国科研队伍中业已形成的中国科学院、高等学校、产业部门、原子能委员会和国防部门等几大系统的工作，进行必要的指导和协调，否则规划的任务有的可能落实，有的可能重复。至于由什么单位来承担这一任务，有人主张由国家计委负责，有人主张由国家经济委员会负责，有人主张由国家技术委员会或中国科学院负责。考虑到这些部门都各有其特定的业务范围，他们本身的任务很繁重，承担整个科学技术远景规划的全面组织协调工作很困难。为此，陈毅、李富春、聂荣臻向中央建议保留科学规划委员会使它成为常设机构。11月，中央予以批准。① 随后，委员会的成员，做了调整，并由聂荣臻任委员会主任。1958年，国务院科学规划委员会与国家技术委员会合并，成立国家科委，这是后话。

　　中国科学院持续多年向国家提出的关于设立一个组织协调全国科学研究工作的常设机构的建议，终于借助"十二年科学规划"的制订与实施成为现实。

---

① 聂荣臻．聂荣臻回忆录．北京：解放军出版社，2007：781.

1956年3~8月，国家《1956—1967年科学技术发展远景规划》的编制工作在北京阜城门外原西郊兵营进行。6月19日，国务院科学规划委员会部分领导人（前排左五至左九依次为武衡、范长江、郭沫若、张劲夫、杜润生）与部分工作人员合影

中国科学院首次民主选举学部委员（院士）[*]

1979 年 7 月 10 日，国务院批准中国科学院关于增补学部委员的报告和中国科学院学部委员增补办法。随后，原有学部委员在不受行政干预的情况下，按照规定的程序，充分行使民主权利，通过无记名投票，差额选举出 283 名新的中国科学院学部委员（1994 年 1 月改称中国科学院院士）。这是当年，中国科学界实事求是进行改革取得的成果之一。

一

新中国成立后一个月，即 1949 年 11 月 1 日，中国科学院在北京成立。中国科学院成立后，就开始按照科研机构的特点，不断改进领导方法，以探索建立适应科学发展规律的学术领导和科研组织管理制度或模式。1953 年 11 月 19 日，中国科学院党组向中共中央提出《关于目前科学院工作的基本情况和今后工作任务的报告》；1954 年 1 月 28 日，郭沫若院长在政务院 204 次政务会议上，作《关于中国科学院的基本情况和今后工作任务的报告》。这两个报告，都提出了依靠科学家集体进行学术领导的问题，建议成立学部，选聘院内外优秀科学家为中国科学院学部委员。学部分工对中国科学院所属的研究机构进行学术领导。1954 年 1 月和 3 月，政务院和中共中央分别批准了中国科学院的报告。

两个报告获准后，中国科学院开始着手建立学部委员制度，并准备将来向建立院士制度过渡。1954 年 4 月 28 日，政务院文化教育委员会批准了《中国科学院学部暂行组织条例》。

聘任学部委员的事，"具体操办的是中国科学院；上面拍板的是党中央；代表中央来指导此事的是中共中央当时联系科学工作部门——中共中央宣传部"。^①1954 年 6 月 5 日，院长郭沫若发出 645 封信，给中国科学院、高等学校和产业部门有代表性的自然科学家，请他们就自己的专业推荐学部委员。人选的标准是学

　＊　本文原载《炎黄春秋》1999 年第 1 期，第 34-37 页，原题为《20 年前中科院首次民主选举学部委员纪实》。收入本文集时，有较大删节并补充一些内容。

　①　龚育之. 党史札记末编. 北京：中共党史出版社，2008：192，193.

术上的成就，以及在推动我国科学事业方面的作用。① 社会科学方面的人选，是征求各学科主要人物的意见。在北京地区由院学术秘书处学术秘书刘大年找有关人士面谈，在外地的通过书面征求意见。在此基础上，1954 年 11 月 11 日，中国科学院院务常务会议第一次讨论了 165 人的学部委员候选人名单草案。后经征求各方面意见，候选人人数不断扩大。

据杨尚昆 1955 年 4 月 27 日日记："今天下午 3 时政治局会议讨论问题：①科学院的工作检查报告、学部委员名单；②……对于科学院的领导工作，政治局表示不满。对学部委员名单，刘少奇同志指出必须十分慎重，要真是在学术上有地位的人；共产党员的安排亦必须是有学术贡献的，不能凭资格和地位，党派去在科学机关服务的人则不能以学者资格出现，要老老实实为科学服务。共产党员不能靠党的资格作院士！"②

1955 年 5 月 15 日，根据中共中央宣传部 5 月 12 日会议讨论和修改的意见，中国科学院党组将学部委员人选名单送中共中央宣传部审核并最后确定。5 月 31 日，国务院第 12 次全体会议批准《中国科学院学部委员会名单》。6 月 3 日，周恩来总理签发国务院命令，公布学部委员 233 人名单，其中，物理学数学化学部 48 人，生物学地学部 84 人，技术科学部 40 人，哲学社会科学部 61 人。但是名单中还是有一批不是科学家的党员领导同志，仅在中共中央宣传部任职的副部长和处长就有五人。中共中央宣传部与中国科学院党组为什么不执行刘少奇同志的指示，不得而知。经过一年多筹备，1955 年 6 月召开了中国科学院学部成立大会。

1957 年 5 月，中国科学院学部委员会第二次全体会议。其时，物理学数学化学部改为数学物理学化学部；生物学地学部分为生物学部与地学部。这次会议增补了 21 名学部委员。其中，数学物理学化学部七名，生物学部五名，地学部、技术科学部和哲学社会科学部各三名。

以上两批选聘的中国科学院学部委员，虽然经过了科学家提名推荐的程序，但都不通过选举，经有关党政部门协商最后由中央决定的。

二

好景不长，由于"左"的思想影响，特别是"反右派"斗争运动之后，中国知识分子的阶级属性被重新界定，戴上了资产阶级的帽子。知识分子政策的摇摆，使中国科学院学部的活动几起几落。从那时起，中国科学院学部委员再也没有增补过；原定的建立院士制度从此也不提了。

---

① 参见：郭沫若院长致专家的信，中国科学院档案．1954-2-4.

② 杨尚昆．杨尚昆日记（上）．北京：中央文献出版社，2001：199.

1966年"文化大革命"爆发，摧残文化，摧残科学，摧残知识分子。1967年1月，上海夺权风暴席卷全国，1967年1月24日中国科学院北京地区的"革命造反团"等组织，召开联合夺权大会成立"中国科学院（京区）革命造反派联合夺权委员会"夺取了中国科学院的领导权。当日，他们在夺权后的第一号通令的第七条中，宣布撤销中国科学院学部，诬蔑学部是中国科学院执行"反革命修正主义科研路线"，走"专家路线"，实行"专家治院"的产物，学部的一切活动被迫停止。接着，全国各地各部门的中国科学院学部委员，都因"反动学术权威"的罪名受到批判斗争，一批学部委员被残酷迫害致死。

"文化大革命"结束时，原有190名自然科学方面的中国科学院学部委员中，1/3以上已经作古，其余近2/3的学部委员，平均年龄已超过73岁，许多人年老体弱多病，行动不便。原有的四个学部的领导机构———常务委员会及其主任、副主任，残缺不全，其中数学物理学化学部和生物学部的正副主任全部谢世。

粉碎"四人帮"后，党的十一届三中全会决定，从1979年起把全党的工作中心转移到社会主义现代化建设上来。中国科学院党组不失时机地决定实现战略转移，把全院工作中心转到科学研究上来，加强科研现代化建设，更好地为实现"四个现代化"服务。

1979年1月15日，中央同意恢复中国科学院学部的活动。1月26日，学部委员春节座谈会在人民大会堂举行，王震、方毅、邓颖超出席并讲话。《人民日报》在报道中公布了到会的学部委员名单，在客观上起到了为中国科学院学部和学部委员平反和恢复名誉的作用。春节前夕，中国科学院党组会议决定由副院长钱三强全面负责筹备增补学部委员及学部的恢复重建工作。

1979年3月29日，中国科学院给中共中央、国务院呈送《关于中国科学院学部工作和院长、副院长等有关问题的请示》。其中包括增补学部委员，充实健全学部机构；修订学部章程，充分发挥学部委员的作用；建议由学部委员推选中国科学院院长副院长；筹备召开第四次学部委员大会等问题。

三

为了使增补学部委员的工作有章可循并有序进行，经原有学部委员充分讨论不断修改完善，最后由中国科学院院务会议通过并报请国务院批准的《中国科学院学部委员增补办法》出台。该《办法》规定增补学部委员工作分为推荐、遴选、评审和选举四个步骤。

（1）推荐。原有学部委员可直接推荐候选人，但必须有两名学部委员推荐，才能成为有效候选人。此外，国务院各部委，中国人民解放军，中国科学院和各省（直辖市、自治区）直属的研究机构，高等学校，以及中国科协直属的学会，按系统向其主管部门推荐本单位、本学会的人选。

（2）遴选。各主管部门对所属单位、学会推荐的人选进行遴选后，向中国科学院推荐候选人。

（3）评审。原有学部委员分学部对学部委员直接推荐的及各主管部门遴选的有效候选人，进行评审、预选，最后商定正式候选人名单。

（4）选举。原有学部委员按差额选举原则，实行无记名投票选举。

当选名单经中国科学院院务会议核实后，报请国务院审批。

1979 年 7 月 10 日，国务院同意中国科学院呈报的关于《中国科学院学部委员增补工作的报告》和《中国科学院学部委员增补办法》，并批转各省、市、自治区，国务院各部委、各直属机构，总政治部，国防科委，国防工办等予以执行。《中国科学院学部委员增补工作的报告》，除了扼要阐述中国科学院学部的性质与作用，学部委员人选的条件，增选名额等之外，再次强调了学部委员产生办法的改革。该《报告》还说：原有学部委员是在协商的基础上报请国务院批准后，由中国科学院聘任的。这次增补学部委员拟由现有学部委员投票选举，由中国科学院报国务院批准。

对这次增补学部委员工作，各部门，各省、市、自治区都很重视，由学部委员直接推荐，以及各部门、各地按组织系统筛选推荐的人选，超过 1100 人（不重复统计）。按《中国科学院学部委员增补办法》有关规定，对推荐材料进行审查，经学部主任、副主任、代主任联席会议确认的实际有效的推荐人选共996 人。

对被推荐人选的评审工作，分别由各学部组织进行，工作量很大。许多学部委员不顾身体状况，认真审阅材料，提出意见。评审分两阶段进行。第一阶段是通讯评审。每位学部委员在仔细审查被推荐人选的推荐材料及其代表作（研究论文、报告、论著）的基础上，提出可以考虑作为正式候选人的名单；第二阶段，原有学部委员于 1980 年 3 月 28 日至 4 月 2 日，集中在北京，分学部集体评审，并在民主协商之后，按差额投票的原则，提出了总共 367 人的正式候选人名单（经国务院批准增补的名额为 330 人）。

1980 年 11 月 26 日，学部委员进行无记名投票选举。投票结果获半数以上选票的候选人有 283 人（比原定增补 330 人少 47 人），加上原有学部委员 117 人，使中国科学院学部委员总数达到 400 人。

国务院于 1981 年 3 月 23 日批准了中国科学院《关于呈请审批中国科学院学部委员增补名单的报告》。3 月 29 日，新华社播发了中国科学院新增补的 283 名学部委员名单。

经过增补，中国科学院学部委员 400 人的平均年龄为 62.8 岁，虽然偏高，但比原有学部委员平均年龄小了近 10.5 岁；其中，50 岁以下的 18 人，最小的 41 岁；女学部委员由原来一人增加到 15 人。学部委员的专业范围更加广泛，包括了过去在国内是空白薄弱的学科和新兴的科学技术领域。代表性也较以往广泛，分属于 25 个部门。

在 1979 年 7 月开始的这一次学部委员增补工作，原有的学部委员在不受干预的情况下，充分行使民主权利，投票选举产生新的学部委员，是我国科学界改革和民主生活中的大事，其影响超过增补工作本身。

不幸的是，中国科学院学部委员增选制度在这一次实行民主选举之后，由于说不清楚道不明白的原因又搁浅了 10 年之久。科学界对此呼声不断。1990 年 5 月，已经 77 岁的钱三强以"科技界一个老兵的名义"写了一封长信，委托在一起作知识分子政策问题调查研究的全国政协副主席钱正英转当时国务院总理李鹏，请领导重视和决策。不到一个月事情有了转机，6 月 2 日下午，李鹏约见中国科学院院长周光召和帮助钱三强转信的钱正英，在进一步听取情况汇报后，李鹏同意以中国科学院的名义向国务院写增选学部委员的报告，由国务院正式审批。从此，中国科学院学部委员增选制度化（即每两年一次）得以实行，不再中断。

关于中国科学院学部恢复与重建工作的回忆 *

自 1953 年中国科学院学部开始筹建到 1965 年，我一直在生物学部（包括其前身生物学地学部筹备委员会和生物学地学部）的办公室工作。

1966 年 1 月，我去河南信阳地区罗山农村参加"社会主义教育运动"，即"四清运动"，9 月，工作未结束即应召回北京参加"文化大革命"运动。不久，与许多知识分子、干部同命运，我被撤职、审查、批判、下放农村，先后去宁夏陶乐和湖北潜江劳动……离开了我为之工作过 10 多年的科研管理岗位和学部。

在我茫然不知所措地丧失了 12 年的黄金年华后，1978 年夏天归队到中国科学院院部一局三处，重操生物学科研管理旧业。我非常珍惜来之不易的重新工作的机会，刚开始熟悉情况，就被调离，到新组建的学部办公室（由当时的中国科学院学术委员会改建），参加学部的恢复与重建工作。

时间过得很快，年历已经换了十七八本，现在，学部委员制度已经改成院士制度，学部的性质与任务发生很大的变化。尽管如此，我认为有必要记下那一段我经历过的学部恢复和重建的过程，为关心学部历史和工作的同志提供一些参考资料。

"文化大革命"中学部被"砸烂"

筹建学部作为中国科学院的学术领导机构，是中国科学院吸收苏联组织管理科研工作的经验，结合中国实际情况，于 1953 年年底提出的，并在 1954 年年初得到中共中央和政务院的批准。①②

学部正式成立于 1955 年 6 月，当时设有物理学数学化学部、生物学地学部、技术科学部和哲学社会科学部。1957 年，物理学数学化学部改称数学物理学化学部，生物学与地学分建成两个学部。1961 年，哲学社会科学部划归中共中央

———————————

　* 本文原载《院史资料与研究》，1998 年第 1 期，第 10－37 页。

　① 中国科学院党组关于目前科学院工作的基本情况和今后工作任务给中央的报告（1953 年 11 月 19 日）以及中共中央于 1954 年 3 月 8 日批转全国的文件，见《中国科学院档案》54－1－1。

　② 参见：关于中国科学院的基本情况和今后工作任务的报告（1954 年 1 月 28 日郭沫若院长在政务院第 204 次政务会议上的报告，并经同次会议批准）．中国科学院资料汇编（1949—1954），1955：5－12.

宣传部直接领导，与中国科学院脱钩。

中国科学院学部成立后，在中国科学院院务会议领导下，紧密团结全国科学家，在编制国家科学技术远景发展规划、评定全国性自然科学奖励项目、审议中国科学院研究机构的设置和研究所的方向任务、协调研究工作、组织全国性或国际性学术会议等方面，做了大量工作，为促进我国科学技术的进步与发展、推动科学技术合作交流，做出了应有的贡献，受到国内外科学界的重视，在国际上也有一定影响。

由于政治运动频繁，知识分子政策摇摆不定，以及"左"的思想影响，中国科学院学部的活动几起几落。1967 年 1 月，上海夺权风暴席卷全国，中国科学院（京区）革命造反派联合夺权委员会篡夺中国科学院的领导权并发布第一号通令。该通令的第七条宣布砸烂所谓的学习苏联"修正主义"，走"专家路线"实行"专家治院"的产物———中国科学院学部。有的学部造反派召开大会，当众将学部的印章用斧头砍，用铁锤砸。不久，分布全国各地区、各部门的中国科学院学部委员，绝大多数因所谓的"反动学术权威"的罪名受到批判斗争。"文化大革命"期间，一大批学部委员被残酷迫害致死。学部的一切活动被迫停止。

拨乱反正———中央批准恢复学部活动

中国科学院是"文化大革命"的重灾区之一。1975 年邓小平复出，派胡耀邦、李昌等到中国科学院，加强领导并进行整顿工作。胡耀邦等在调查研究的基础上，起草了《关于科技工作的几个问题》（以后经修改更名为《科学院工作汇报提纲》），其中，在组织整顿方面，提出："建立学部。"不久，《科学院工作汇报提纲》被"四人帮"作为邓小平的重要"罪状"和三株"大毒草"之一进行批判。1976 年 2 月 16 日，中国科学院核心小组做出"建立学部的作法是错误的，应予撤销"的决定。

粉碎"四人帮"后，党的十一届三中全会决定，从 1979 年起，把全党的工作重心转移到社会主义现代化建设上来。中国科学院党组决定不失时机地实现战略转移，把全院工作中心转到科研上来，加强科研现代化建设，更好地为"四个现代化"建设服务。由于"文化大革命"的破坏，科学研究工作和科研管理工作处于无政府状态，严重影响、阻碍科学技术的发展。为此，中国科学院党组决定整顿改革院部机构，加强学术领导和科研的组织管理工作，其中重要的措施之一就是恢复学部活动。[①]

1979 年 1 月 15 日，中央批复同意恢复中国科学院学部的活动。[②] 1 月 26 日，学部委员春节座谈会在人民大会堂举行，王震、方毅、邓颖超出席并讲话。《人民日报》报道了座谈会的情况并公布到会的学部委员名单。这在客观上起到了为学部和学部委员平反和恢复名誉的作用。

为重建学部采取的组织措施和准备工作

中国科学院自然科学方面的学部委员，1955 年成立时选聘了 172 名，1957 年选聘了 18 名，前后两批共 190 名。[③] 1958 年 6 月，中国科学院院务会议撤消了 11 名所谓"右派分子"的学部委员职务，其中九名是自然科学方面的。到"文化大革命"结束后，1/3 的学部委员已经作古，其余 2/3 的学部委员这时平均年龄超过 73 岁，许多人年老体弱多病，行动不便。四个学部的领导机构——常务委员会及其主任、副主任残缺不全，其中数学物理学化学部和生物学部的正副学部主任已全部逝世。因而，恢复学部活动的当务之急是，必须增选一批新的学部委员，为学部注入新的活力，同时充实与健全各学部的常务委员会，并推选出新的学部主任和副主任。

为了保证学部恢复与重建工作顺利进行，中国科学院采取了以下的组织措施。

（1）1979 年春节前夕，院党组会议决定由钱三强副院长全面负责恢复学部活动、筹备增补学部委员和重建学部工作。

（2）设立中国科学院学部办公室。1979 年 1 月 24 日，中国科学院向学部委员，以及院内外有关部门和单位发出《关于恢复学部工作的通知》。该《通知》说：经 1 月 15 日中央批复同意，学部开始恢复活动。为此，决定先行设立中国科学院学部办公室。中国科学院学部办公室在院长、副院长、院务会议领导下，处理学部的日常工作。[②]

（3）在各学部新的领导机构常务委员会及其主任、副主任产生之前，暂时

---

① 参见：中国科学院党组关于把全院工作的中心转移到科研上来的几点意见（1979 年 3 月 23 日）．中国科学院年报（1979），中国科学院办公厅编，1982：5-12.

② 参见：中国科学院：关于恢复学部工作的通知（1979 年 1 月 24 日）．中国科学院年报（1979），中国科学院办公厅编，1982：198.

③ 这两批学部委员都不是民主选举产生的。他们虽然大多数是由科学家推荐的，但最后入选者是中央有关党政部门——敲定并由中国科学院聘任，按当时的说法叫做"选聘"。现在出版的有关学部历史和学部委员制度的史料中，或者介绍这两批学部委员（院士）时，常常出现"×××于 1955 年（或 1957 年）当选"，欠准确。

建立原有学部的主任、副主任、代主任联席会议或各学部常务委员联席会议的制度，商讨学部恢复和重建的共同性问题，提出建议报请院务会议决定。鉴于数学物理学化学部和生物学部的主任和副主任均已作古，院领导决定请钱三强和贝时璋分任各该学部的代主任。

（4）1979 年 5 月左右，成立了中国科学院增补学部委员办公室，负责增选学部委员全过程的具体组织和服务工作。它是临时性的工作机构，由院部按学科设置的一、二、三、四、五等业务局，以及干部局、学部办公室的有关人员组成，增补学部委员工作结束后即行解散。

中国科学院学部办公室和中国科学院增补学部委员办公室都在院党组成员、副院长钱三强直接领导下工作。

中国科学院学部办公室主任是顾德欢，副主任有邓照明（兼）、汪敏熙（女）和我。邓照明当时是中国科学院院部二局副局长。

中国科学院增补学部委员办公室的主任是邓照明（兼），副主任有邵言屏（女）（兼）和我，邵言屏是干部局副局长。我受命任常务副主任，全力以赴负责日常工作。

增补学部委员和重建学部工作，既复杂又细致，政策性强，工作量大。而且通过民主选举产生新的学部委员，是学部有史以来的第一次，没有经验可循。两个办公室的人员不多，但工作很努力，合作共事非常愉快。直接领导我们工作的钱三强副院长，平易近人，善于倾听各方面的意见，既大胆放手，又勇于承担责任；顾德欢和邓照明这两位老同志也很注意发扬民主，发挥大家的工作积极性和创造性，因而，两个办公室都能够顺利地完成各项任务。回想那两年多紧张而又愉快的工作情景，我很怀念钱三强、顾德欢、邓照明这三位老领导、老同志。遗憾的是几年前，他们先后过早地逝世。

1979 年 5 月，我移交完一局三处工作后才到中国科学院学部办公室和增补学部委员办公室报到。这时，学部办公室已经就学部委员增补办法，学部的性质、任务与设置，召开第四次学部委员大会等有关问题做了大量调查研究工作，为增补学部委员和重建学部工作的正式启动，准备了条件。

学部重建工作正式开始

中国科学院学部恢复与重建工作，从 1979 年 1 月开始准备，到 1981 年 5 月 20 日中国科学院第四次学部委员大会闭幕时止结束，历时两年半。

学部重建工作是在 1979 年 5 月 4 日国务院批准中国科学院于 1979 年 3 月 29 日呈送的《关于中国科学院学部工作和院长、副院长等有关问题的请示》后正式启动的。该文件请示了四个问题：①增补学部委员，充实健全学部机构；②修订学部章程，充分发挥学部的作用；③建议由学部委员推选中国科学院院长、副院长；④筹备召开第四次学部委员大会。①

《关于中国科学院学部工作和院长、副院长等有关问题的请示》勾画了重建学部工作的主要框架及其指导思想，其中最主要的有三点：①更加强调发挥学部委员和科学家的创造精神和集体智慧，使领导的决策能适应科学发展的形势；②民主选举增选新的学部委员；③由学部委员推选中国科学院院长和副院长。因而，中央和国务院同意这个文件时，有的领导同志指出：这是一件较大的改进工作。②

中国科学院在报告获准后，分别组建了两套专门班子，一套负责起草《中国科学院院章》；③另一套负责筹备召开第四次学部委员大会，后者成立的时间更晚些。增补学部委员办公室则全力以赴，开始增选学部委员的具体工作。

下面，我只谈谈我经办的或参与过的几件事。同时附带指出 1979 年《中国科学院年报》收入的若干有关史料的错误。

一、为被错划为"右派"分子的学部委员恢复职务或名誉

我到中国科学院学部办公室和增补学部委员办公室后的第一件工作是，根据院务会议讨论通过的《中国科学院学部委员增补办法》④ 的决定和有关精神，起

---

① 中国科学院．关于中国科学院学部工作和推选院长、副院长等有关问题的请示（1979 年 3 月 29 日），见中国科学院院办公室档案处学部办公室 1979 年档案和《中国科学院年报》（1979）（中国科学院办公厅编，1980 年，第 210－212 页）。

② 该报告删去了原报告中的第三个问题的全文。其原文如下："三、郭沫若同志去世后，科学院院长人选问题一直为大家所关心。经反复酝酿，我们认为，院长还是由有名望的科学家担任为好；同时根据工作需要，再增补一位副院长。我们建议院长和增补的副院长名单由学部委员推选提出，经院务会议讨论通过，然后报请人大常委会任命。我院院长、副院长的民主推选，对于发扬民主，促进我国科学事业的繁荣兴旺，会起良好的影响。"

1979 年 4 月 11 日，分管科技工作的副总理方毅在中国科学院 3 月 29 日报告上签批：拟同意，这是一件较大改革工作，请总理、副总理批示。

当时华国锋在报告的第三个问题旁批示：方毅同志任命是否是人民代表大会上选举或通过的，请查一下。他又在国务院文件传批单上批示："院长、副院长补选的手续请研究。"在传批单上，邓小平、李先念、徐向前、纪登奎、余秋里、陈锡联、耿飚、陈永贵、王震、王任重、谷牧、康世恩、陈慕华——圈阅。5 月 4 日，方毅签署：请李昌同志遵华主席指示办。后来原拟由学部委员推选中国科学院院长、副院长，改为由学部委员大会选举中国科学院主席团，再由主席团推选中国科学院院长、副院长。

③ 《中国科学院院章》在第四次学部委员大会上通过后改称《中国科学院试行章程》，见《中国科学院年报》（1981），中国科学院办公厅编，1982 年，第 245－249 页。

④ 中国科学院学部委员增补办法（1979 年 7 月 10 日经国务院批准），见中国科学院院档案处学部办公室 1979 年档案。

草了中国科学院给国务院的《关于中国科学院学部委员增补工作的报告》①和代拟《国务院批转中国科学院关于中国科学院学部委员增补工作的报告》。②

在向国务院的报告中，我们请示完增补学部委员工作之后，附带提到1958年6月，当时的中国科学院第七次院务会议曾决定撤销被划为"右派"分子的9名学部委员的职务。还提到：根据中央有关文件精神，院务会议确定，凡属错划为"右派"的，经本单位复审改正结论后，即恢复其学部委员职务；已故者则宣布恢复其学部委员名誉。凡不属于错划者，不予恢复学部委员职务，但可重新当选。③

《关于中国科学院学部委员增补工作报告》获准后，我们分别与有关部门或单位联系核实，先后以中国科学院名义，为七人办理了恢复学部委员职务的手续；为已故的两人办理了恢复学部委员名誉的手续。④被恢复学部委员职务的七人很快投入了有关学部的活动，并及时参加增补学部委员的推荐、评审和选举工作。

二、第一次民主选举增补新的学部委员

国务院于1979年7月10日批准中国科学院《关于中国科学院学部委员增补工作报告》⑤与《中国科学院学部委员增补办法》，并批转各有关部门后，中国科学院立即向国务院有关部委、中国人民解放军、各省（自治区、直辖市）和中国科协，以及全体学部委员发出正式开始增补学部委员工作的通知，并附去了

① 中国科学院. 关于中国科学院学部委员增补工作的报告（1979年6月20日），见中国科学院院档案处学部办公室当年档案

② 国务院. 国务院批转中国科学院关于中国科学院学部委员增补工作的报告（1979年7月10日），见中国科学院院档案处学部办公室当年档案

③ 当年被撤销学部委员职务的共11人，其中两人属于哲学社会科学部。

④ 恢复学部委员职务的七人：钱伟长、余瑞璜、袁翰青（以上数学物理学化学部）；刘思职、盛彤笙（以上生物学部）；孟昭英、雷天觉（以上技术科学部）。恢复学部委员名誉的两人：曾昭抡（数学物理学化学部）和谢家荣（地学部）。以上学部委员是在1958年6月才被撤销职务的，但在《中国科学院年报》（1957）中把他们排除在1957年的学部委员名单之外，欠妥。

⑤ 1979年《中国科学院院年报》没有收入国务院批转的文件，而收入的通知和几个附件全错。它收入的《关于增补中国科学院学部委员的通知》是1979年5月起草的未定稿，不是在7月10日国务院批准增补学部委员后发出的定稿。它收入的附件一，应该是6月20日《中国科学院学部委员增补工作的报告》，却用了3月29日中国科学院《关于中国科学院学部工作和推选院长、副院长等有关问题的请示》。它收入的附件二，中国科学院学部委员增补办法，用的是5月21日的讨论稿，不是最后定稿。讨论稿中原来规定候选人得超过2/3同意票的才能当选为学部委员，以及召开第四次学部委员全体大会等问题，在定稿时均删除。

学部委员候选人的推荐书。[①]

（一）关于学部委员增补办法

这次增补学部委员由于有了增补办法，规定了程序，使整个增补工作有章可循，保证了增补工作的有序进行。

我于1979年5月到中国科学院学部办公室报到时，学部办公室在广泛调查研究并征求学部委员意见的基础上，已经起草了一个《中国科学院学部委员增补办法》初稿。5月17～21日，钱三强副院长主持各学部常务委员联席会议进一步讨论并修订办法初稿。《中国科学院学部委员增补办法》最后由院务会议讨论通过并呈请国务院批准。该《办法》规定增补工作分推荐、遴选、评审、选举四个步骤进行。

（1）推荐。原有学部委员可直接推荐候选人，但必须有两名学部委员推荐，才能成为有效候选人；国务院各部委，中国人民解放军，中国科学院和各省（直辖市、自治区）直属的研究机构，高等学校以及中国科协直属的学会，按系统向其主管部门推荐本单位的人选。

（2）遴选。各主管部门对所属单位、学会推荐的人选进行遴选后，向中国科学院推荐候选人。

（3）评审。原有学部委员分学部对学部委员直接推荐和各部门遴选的候选人一一评议，预选，最后商定正式候选人名单。

（4）选举。原有学部委员集中，按差额选举原则，实行无记名投票选举。当选名单经中国科学院院务会议核实通过后，报国务院审批。

在《中国科学院学部委员增补办法》讨论定稿过程中，有些不同意见，主要的有以下三点。

（1）为什么推荐候选人要分两个途径进行。所谓两个途径推荐候选人就是既由原有学部委员直接推荐，又按组织系统推荐。对于后一途径的必要性，有不同看法。经过充分讨论交换意见，达成了共识。当时作出这样两者结合相互补充的规定，主要是考虑到"文化大革命"10年，全国科研工作正常秩序受到严重破坏，学术交流活动无法进行，大多数科学刊物长期停止出版，科学著作极少问世，科学界人士处于隔绝的状态，即使对本门学科、本专业领域的动态也缺乏了解。同时，在国防、部队系统工作的研究人员，因工作保密关系，长期埋名隐性，不能与地方交流或公开发表研究报告论文。他们的成就与贡献更难为外界所了解。因此，两条途径推荐相结合，可以弥补上述的缺陷。在当时的历史背景

---

① 中国科学院．关于增补中国科学院学部委员的通知，见中国科学院院档案处学部办公室1979年档案。

下，这种规定只是一种权宜之计。因此，中国科学院在向国务院的请示报告中，明确提出该《办法》只适用于1979年开始的这次增补工作。没有料到，这种学部委员直接推荐候选人与按组织系统推荐与遴选候选人相结合的办法，却沿用于后来历届的学部委员和院士的增选中。

（2）是分学部选举还是统选。开始时，有人提出，不论是哪一个学科或专业领域的候选人，不要分学部选举，都必须由全体学部委员投票选举。这样选出来的才真正是名副其实的"中国科学院学部委员"，否则只能是：中国科学院×××学部委员。最后统一认识，决定还是分学部选举产生与各该学部有关学科或专业领域的新的学部委员。因为科学技术发展很快，即使是本学科范围内，如生物科学许许多多分支学科工作者之间，都或多或少有隔行如隔山之感，让生物学的学部委员去投票选举数学、物理学、技术科学等方面的新的学部委员，更加困难。如果实行统选，势必造成选票分散的后果，这一次不如实事求是地先按学部各选各的，以后创造条件，逐步向统选过渡。

（3）当选学部委员得票数的规定。对民主投票选举中，得到多少同意票的候选人，才能当选为学部委员，也有争论。多数人认为应该从严掌握，必须得到超过2/3同意票者，才能当选。不少人认为由于"文化大革命"等原因，科技界中断了10多年联系，尽管有推荐材料，但对许多候选人的情况，仍然缺乏足够了解，因而，以得到半数以上同意票者当选为宜。因为赞成前一意见的人相对多一些，少数服从多数，前者被写进《中国科学院学部增补办法》（初稿）中。[1]

各学部常委联席会议后，钱三强副院长召开了各学部主任、副主任、代主任联席会议，对《中国科学院学部委员增补办法》及常委联席会议上有争论的问题，进行深入讨论，一致认为：①分学部评审和选举有关学科的候选人较妥；②从实际出发，既要从严掌握，又不能失之偏紧，影响选举结果，建议当选学部委员所需的同意票数，由超过2/3改为超过半数；③不要拘泥于因分学部选举，而出现"中国科学院学部委员"和"中国科学院×××学部委员"的混乱；④在增选过程中可能会遇到一些意外情况，因而不宜把增补工作每一步骤的进度与具体时间表都写进《中国科学院学部委员增补办法》中；⑤关于召开第四次学部委员全体大会的问题，以后在适当时候另行专题向中央、国务院请示，不必把它写进《中国科学院学部委员增补办法》。

以上意见得到院务会议的同意，因而在上报给国务院审批的《中国科学院学部委员增补办法》中，均作了删减，其中分学部选举及当选票数的规定，只在无

---

[1] 参见：中国科学院学部委员增补办法（1979年5月21日）. 中国科学院年报（1979），中国科学院办公厅编，1982：212-213.

记名投票的选票中作了说明。①

（二）关于增补名额的变化

关于增补学部委员的名额，1979 年 7 月 10 日经国务院批准的是，增补之后，学部委员总人数达到 300 人左右。当时，尚健在的学部委员为 118 人，也就是说要增选新的学部委员 180 人左右。

在增选工作进入评审阶段时，经过各学部对所有候选人进行通讯评审和通讯预选，从 996 名有效候选人中推出了一个 196 人名单。这 196 人绝大多数是年龄在 60 岁以上的知名科学家。

1980 年 3 月 28 日至 4 月 2 日，全体学部委员集中在北京，对候选人进行集体讨论评审，并按差额选举的原则，民主协商产生正式候选人名单。在这次会议上，许多学部委员认为原定的增补名额少了一些。同时，从上述 196 人的名单看，如果据此进行增补，学部便很难反映出我国各种学科蓬勃发展、优秀中青年科学家不断涌现的现状，学部委员自然老化的问题不能解决，学部也就很难适应科学技术现代化建设进程的需要。为了充分反映我国科学事业发展的面貌，既照顾到一些新的学科，又使一部分优秀的中年科学家进入学部，他们建议扩大增补名额。

为此，中国科学院于 1980 年 5 月 31 日向国务院请示，拟将增补学部委员的名额从 180 人扩大为 350 人，除去为哲学社会科学和自然科学交叉的边缘学科保留 20 个名额待以后另行陆续补选外，实际增补名额为 330 人。② 该报告经 1980 年 10 月 21 日国务院常务会议同意。

（三）庞大的工作量与复杂的细致工作

对这次增补学部委员，各部门，各省、市、自治区都很重视，由学部委员直接推荐以及各部门、各地按组织系统遴选的人选，超过 1100 人。按《中国科学院学部委员增补办法》的有关规定，对推荐材料进行形式审查，经学部主任、副主任和代主任联席会议确认，除去无效推荐的 100 多人（包括只有一位学部委员推荐———规定至少要有两名学部委员推荐；手续不全，没有经过主管部门遴选的，等等）外，实际有效推荐人选共 996 人。

这 996 人分别由数学物理学化学部、生物学部、地学部和技术科学部评审，

---

① 中国科学院.增补中国科学院学部委员选举票（1980 年 11 月），见中国科学院档案处学部办公室 1980 年档案。

② 中国科学院.关于学部几个问题的请示报告（1980 年 5 月 31 日）.中国科学院年报（1980），中国科学院办公厅编，1982；181，182.

每个学部需要评审的人数不一，最多的是生物学部，近400人。即使平均分配，每个学部需评审249人。也就是说，每一位原有学部委员必须审阅249人的推荐材料，工作量非常大。

评审工作分两阶段进行。

第一阶段是通讯评审。每位学部委员在仔细审查推荐材料并查阅每位候选人的代表作（研究论文、报告或专著）的基础上，提出认为可以考虑作为正式候选人的名单。

第二阶段是学部委员集中在北京，集体评审，并在民主协商之后，产生各个学部的正式候选人名单。在这之前，增补学部委员办公室根据第一阶段各学部委员提出可以考虑作为正式候选人的名单，予以汇总，产生了一个196人的参考名单。

前面我提到过，在1980年3月28日至4月2日的全体学部委员会议上，普遍反映增补名额180人偏少，建议将名额扩大到330人。因而这次会议即按差额选举的原则，产生了总共367人的正式候选人名单。

1980年11月26日，学部委员进行无记名投票选举。投票结果，获半数以上同意票当选的新学部委员只有283人，比原定增补330人少47人。这283人中，数学物理学部51人，化学部51人，生物学部53人，地学部64人，技术科学部64人。[①] 加上原有学部委员117人[②]，当时中国科学院学部委员总数刚好达到400人。

（四）当选学部委员名单报请国务院审批时的周折

1980年11月26日民主投票选举结果，经各学部主任、副主任、代主任联席会议确认有效，1981年1月提请中国科学院院长办公会议核查后，于1月24日呈请国务院审批。[③] 1月29日中共中央书记处讨论中国科学院的报告。当天，方毅在报告上签署：书记处今日讨论过，请科学院遵照讨论意见研究再报。书记处的意见是：在学部委员中要增加一些有真才实学的中年科学工作者，学部委员的名额还可以多一点。[③]

---

① 在民主投票选举前，国务院于1980年10月21日同意将数学物理学化学部划分为数学物理学部和化学部。

② 原有学部委员118人，选举时逝世一人。

③ 关于呈请审批中国科学院学部委员增补名单的报告．(81)科发学字0067号（1981年1月24日）见中国科学院档案处学部办公室档案，中国科学院办公厅编，1982年。

1980年3月28日至4月2日，中国科学院学部委员会会议，讨论产生了第一次通过由原有学部委员民主选举增补学部委员的候选人名单

对中共中央书记处的意见，院领导考虑到当选的学部委员，是按照国务院批准的《中国科学院学部委员增补办法》所规定程序民主选举出来的，抛开了该《办法》规定的程序，由党政部门予以调整是不可行的；同时，按该《办法》的程序进行补救，又非短期内所能完成。于是院领导又责成我起草了一份同样标题的报告，即《关于呈请审批中国科学院学部委员增补名单的报告》，于3月2日呈送国务院。①

《关于呈清审批中国科学院学部委员增补名单的报告》说：在这次增补工作中，我们虽然注意并努力解决学部委员的年轻化问题，补选了一批55岁以下的中年科学家，但他们的人数仅占新增补学部委员总人数的14%，比例太小。此外，这次增补学部委员的名额，比预定的还少40余人。有些学科领域的候选人没有当选；已当选的，各学科人数不平衡，也需要陆续补选若干学部委员。该《报告》接着说：中央书记处的指示，我们完全同意。但是按照国务院批准的增补办法所规定的程序，增选学部委员需要较长时间，而且不通过全体学部委员会议协商，意见很难集中。因此，拟在今年4月召开的学部委员大会上，讨论增补一些中年科学家当学部委员的问题，并切实落实，逐步使学部委员年轻化。②

中央书记处、国务院尊重民主选举增选新学部委员的程序，不以行政手段调整选举结果。同年3月23日，国务院批准了283名增补学部委员名单。

3月29日，新华社播发了中国科学院新增补的283名学部委员名单，以及尚健在的原有117名学部委员名单；同时播发了钱三强副院长授命并审阅修改、由我起草的《中国科学院负责人就增补学部委员事答记者问》。

经过增补，中国科学院学部委员400人平均年龄为62.8岁，虽仍偏高，但比原有学部委员平均73.3岁，小了近10.5岁；其中，50岁以下的有18人，最小的41岁；女学部委员由原来只有一人，增加到15人。学部委员的专业范围更加广泛，包括了过去在国内是空白薄弱的学科以及新兴的科技领域。代表性也更加广泛，分属于25个部门。

增补学部委员工作，从1979年7月10日国务院批准时起，到1980年11月26日投票选举时止，历时16个月。如果从准备工作开始，以及到1981年3月下旬国务院批准增补名单时止，则整个工作耗时两年，跨越三个年度才告完成。

---

① 中国科学院. 关于呈请审批中国科学院学部委员增补名单的报告. (81) 科发学字0180号（1981年3月2日）：见《中国科学院年报》(1981)，中国科学院办公厅编，1982年，第355，356页。

② 第四次学部委员全体会议因议题较多，没有对增补中年科学家为学部委员的问题进行具体操作。

三、关于重新明确学部的性质、任务和设置

1980 年上半年，增补学部委员工作进入评审阶段时，国家科委、中国科学院和中国社会科学院正在酝酿在我国建立院士制度问题。在可能产生学部委员制度与院士制度并行的这一背景下，重新界定学部的性质与任务，更加紧迫地提到议事日程上来。

1980 年 3 月 28 日至 4 月 2 日，中国科学院学部委员集中在北京开会。这次会议除了商定正式候选人名单外，着重讨论了学部的性质、任务和设置问题。会后，钱三强副院长要我就会议提出的问题，起草了《关于学部几个问题的请示报告》。① 请示报告于 5 月 31 日呈送国务院，其主要内容有以下三项。

（一）关于扩大学部委员增补名额问题

在前面已经提到过，这里不再重复。

（二）关于明确学部的性质问题

1. 学部委员只是工作职称，不是学术荣誉称号

1955 年学部成立时曾明确它是中国科学院的学术领导机构。学部的成立，"也为中国科学院进一步建立院士制度准备了条件"，"院士制度实行后，学部委员制度仍可并行不悖"。由于种种原因，学部委员一直继任到现在，无形中也就看做和院士差不多。

《关于学部几个问题的请示报告》说：学部委员对国家科委、中国科学院、中国社会科学院关于在我国建立院士制度的考虑，表示赞同，并且认为在此新形势下对学部和学部委员的性质应当重新予以明确，即学部委员是一种工作职称，每隔四年可改选一次，连选可以连任，而不像院士那样是国家的终身最高学术荣誉称号。

2. 学部的性质与任务

学部是中国科学院的学术领导机构。它的任务如下：①加强对所属的中国科学院研究单位的学术领导；②依靠、团结我国的优秀科学家，促进中国科学院和高等学校、各业务部门之间的联系与合作，共同推动我国科技事业的发展；③对

---

① 中国科学院. 关于学部几个问题的请示报告（1980 年 5 月 31 日）. 中国科学院年报（1980），中国科学院办公厅编，1981：181 – 182. 该报告经 1980 年 10 月 21 日国务院常务会议同意。

我国社会主义现代化建设中的有关方针、政策和所要解决的重大科技问题，提出报告或建议，对党和国家起参谋、咨询作用。

（三）关于学部的设置

拟将数学物理学化学部分成数学物理学部和化学部，加上原有的生物学部、地学部和技术科学部，中国科学院共设五个学部。

此外，近十几年来，科学学、技术经济学、科学史、自然辩证法等自然科学与哲学社会科学的交叉边缘学科在国外发展很快。为了提高我国的科技管理水平，充分发挥科学技术在建设社会主义现代化强国中的重要作用，我国也应重视和加强这方面的研究工作。为此，拟在增补的 350 位学部委员总名额中保留 20 个名额，以后再逐步补选这方面的科学家，先成立一个小组，以推动这方面的研究。

1980 年 10 月 21 日上午，万里主持召开了国务院常务会议，讨论中国科学院《关于学部几个问题的请示报告》；国家科委等《关于建立院士制度问题的请示报告》及《中国科学院、中国社会科学院院士条例（草案）》。① 会议同意《关于学部几个问题的请示报告》和《关于建立院士制度问题的请示报告》，认为："学部委员是一种工作职称，院士是一种终身的最高荣誉称号，在我国建立学部委员制度和院士制度，可以同时存在。这有利于加强学术领导，推动科技事业的发展，同时也是表示国家对科学的重视和对科学工作者的鼓励。"②

以上三个问题经国务院同意后，都写进了《中国科学院章程》（草案）中，章程中关于学部的设置除五个学部外，另加一个"管理科学组"。在中国科学院第四次学部委员全体大会上，学部委员作为一种工作职称并实行任期制被否定了，我在后面还要说到。

四、关于召开中国科学院第四次学部委员大会

增补学部委员投票选举工作结束后，在上报当选学部委员名单等待中央和国务院审批的过程中，我奉命起草以中国科学院党组名义，就召开第四次学部委员大会的有关问题，向邓小平、胡耀邦、赵紫阳并中央的请示报告。③

---

① 国家科学技术委员会、中国科学院、中国社会科学院关于建立院士制度问题的请示报告（1980 年 8 月 7 日），以及中国科学院、中国社会科学院院士条例（草案）。见《中国科学院年报》（1980），中国科学院办公厅编，1982 年，第 72、73 页。

② 国务院办公厅. 国务院常务会议纪要（12）（1980 年 12 月 22 日）. 见中国科学院院档案处学部办公室档案。

③ 中共中国科学院党组. 关于召开中国科学院第四次学部委员大会的请示报告（1981 年 4 月 8 日）. 中国科学院年报（1981）. 中国科学院办公厅编，1982：357.

报告请示大会拟于 1981 年 5 月 11～20 日在北京召开以及大会议程，如审议中国科学院的工作报告；讨论《中国科学院章程》（草案）；选举中国科学院主席团，并由主席团推选中国科学院院长、副院长；听取各学部的工作报告，选举各学部的常务委员会委员、主任和副主任；讨论增选一些学部委员特别是中年学部委员的问题。

除此之外，报告特别强调学部的建立与发展以及粉碎"四人帮"后学部的恢复与重建工作，一直得到党中央和国务院的亲切关怀。学部建立后历次学部委员大会，都有党中央和国务院的领导同志到会作报告。这些都使科学家受到极大鼓舞。希望邓小平、胡耀邦、赵紫阳在这次大会上作报告，并请中央政治局、国务院、人大常委会的领导同志出席大会的开幕式或闭幕式。同时，表达了学部委员希望同中央、国务院领导同志合影留念的愿望。

中国科学院第四次学部委员大会于 5 月 11～20 日举行。邓小平、彭真、邓颖超、胡耀邦、赵紫阳、王震、韦国清、乌兰夫、方毅、王任重、薄一波、陆定一等党和国家领导人出席了开幕式，并在会前接见全体学部委员并合影留念。

关于大会的情况，当时报纸和电台有大量公开报道，我不在这里重复，只着重谈谈"学部委员只是一种工作职称并且实行任期制"的规定，被大会否决的情况。

学部委员的上述性质经国务院同意并写进《中国科学院章程》（草案），我在前面已经提到过。在第四次学部委员大会分组讨论时，许多学部委员对此强烈反对。因而，后来在全体会议一致通过《中国科学院试行章程》时，其中第三章"学部与学部委员"中已经删掉了有关学部委员的职称、性质和任期的条文，只保留了"学部委员在全国优秀科学家中遴选，经中国科学院各学部的学部委员会议选举产生"。条文中没有加进学部委员是终身的、学术荣誉称号的表述，这与建立院士制度有关。[1]

后来，由于院士制度的实施搁浅，学部委员变成了终身荣誉称号。在 1984年 1 月召开的中国科学院第五次学部委员大会上，方毅和卢嘉锡在讲话或工作报告中，先后正式宣布：学部委员"是国家在科学技术方面的最高荣誉称号"。[2][3]1994 年 1 月，国务院在批准成立中国工程院的同时，决定中国科学院学部委员改为中国科学院院士，这是后话。

---

① 参见：中国科学院试行章程（中国科学院第四次学部委员大会 1981 年 5 月 18 日通过）．中国科学院年报（1981）．中国科学院办公厅编，1982：245-249.

② 方毅．在中国科学院第五次学部委员大会上的讲话（1984 年 1 月 5 日）．中国科学院年报（1984），中国科学院办公厅编，1985：6-12.

③ 卢嘉锡．在中国科学院第五次学部委员大会上的工作报告（1984 年 1 月 5 日）．中国科学院年报（1984），中国科学院办公厅编，1985：13-34.

第四次学部委员大会的另一件大事是，中国科学院学部委员全体会议改为中国科学院的最高决策机构。由于我没有全部时间参加院章的起草工作，对如此重大改革的来龙去脉不了解，而且过了两年多它又被否定了，在此，我不赘述了。

中国科学院第四次学部委员大会于5月19日上午选举产生中国科学院主席团，并由主席团推选出了严济慈、李昌、吴仲华三名执行主席以及中国科学院院长卢嘉锡，副院长钱三强、胡克实、冯德培、李薰、严东生和叶笃正；下午选出五个学部新的领导机构常务委员会和学部主任、副主任。

5月20日上午，中共中央书记处邀请全体与会学部委员到中南海参观毛泽东故居并座谈。胡耀邦总书记在座谈会上讲话说，这次大会选出了新的领导机构，是我国科学史上的一件大事，很值得庆贺。他殷切希望全国科学家奋发图强，深入实际找任务，以主人翁姿态干工作。当天下午，中国科学院第四次学部委员大会闭幕。学部恢复与重建工作历时两年半，到此画上了圆满的句号。

五、多余的话

在1979年7月开始的这一次增补学部委员工作，原有的学部委员在不接受外来干预的情况下，独立思考，从对国家科学技术事业全局利益的责任感出发，充分行使民主权利，投票选举出新的学部委员，不能仅仅看做是一件孤立的具体事件。它是党的十一届三中全会恢复实事求是优良传统，改变旧观念的必然结果。它是我国科学界改革和民主生活中的大事，其影响超过增选工作本身。

总的来说，这次增选工作，原有学部委员肩负的担子是沉重的，但工作是严肃、认真、公正的，又是非常辛苦的。各方面反映是好的。

因为是第一次实行民主选举，国内没有先例可援（尽管在国外的院士选举或英国皇家学会会员的选举早已不是件新鲜事），所以，在整个增选程序和实施细则中，有许多地方有待在实践中不断积累经验予以完善，这是事实，也是可以理解的。

经国务院批准的增补学部委员名单公布后，我满以为可以暂时松口气，稍事休整。没有料到在第四次学部委员大会召开前的一个月里，我不断接到来电、来信或接受来访，查问某某人没有当选学部委员的原因，有的态度好些，有的气势汹汹。这些人或单位，多数是不了解情况，不明白民主选举的意义。经我们耐心解释，并说明以后增选学部委员绝不会二三十年才进行一次，国务院已批准今后每两年进行一次，有的科学家这次没有选上，下次还有机会。他们绝大多数都表示理解。

最伤脑筋的是个别大的单位、部门，由于他们推荐的人选有的落选，他们通过新华社《国内动态清样》，通过他们主管的学会并以发动科学家联名写信等方式，向国务院领导"告状"，历数由原来的学部委员选举增补学部委员办法的罪状，如不合理、不科学、不慎重、不公正、不准确等，指责中国科学院不尊重主管部门的推荐意见，要求立即采取补救措施。类似的单位虽然只是少数，但在处理过程中也足以令人心力交瘁。

为此，在这里我有必要回溯在我受命负责增补学部委员办公室日常具体工作时，钱三强副院长多次向我传达中国科学院党组和院长会议的有关精神和指示。主要内容是：①充分相信学部委员集体能够认真、公正、负责地做好增选工作；②中国科学院主持增选工作，绝不允许"近水楼台先得月"；③尽一切可能保证学部委员不受外来（包括来自中国科学院的，或来自其他部门的）干扰，充分行使民主权利。这些都没有见之于文件，我也不可能按原话复述，但意思是不会错的。

关于充分信任学部委员集体，我不多说了。

关于中国科学院绝不允许"近水楼台先得月"，院领导严格地把中国科学院系统的推荐遴选工作与其他部门一样置于同一起跑线上竞争，没有开方便之门，一切按国务院批准的《中国科学院学部委员增补办法》办。

关于尽量保证学部委员在不受外来干扰的情况下，充分行使民主权利的问题，我稍微多说几句。

所谓"外来干扰"主要指有些部门、单位从局部利益出发，为争名额对在本部门、本单位工作的学部委员施加压力；个别科学家为谋求当选，向学部委员游说，或通过领导同志写信或批条子给中国科学院等。应该指出这种现象是个别的，而且完全杜绝是不可能的。但是中国科学院的领导旗帜鲜明，秉公办事，说到做到；同时绝大多数部门单位对增补工作的正常进行是积极支持的，尊重学部委员的选择，这些都是使原有学部委员能够充分行使民主权利的保证。

院领导对于某些领导同志或上层人士为某科学家说项而写的信或批转的条子，他们都只转给我们看后存档，不许我们向有关学部的负责人或学部委员通报，去干预学部的工作与学部委员的独立思考。钱三强副院长指示说：如果有人来催促或查问如何办理时，就直截了当地告诉对方，谁能当学部委员谁不能当学部委员，最后由原有学部委员民主选举无记名投票来决定，这是国务院批准的办法。在这之前任何人说某某某可以当学部委员一律无效。他又特别补充说，如果对方纠缠不休，你们就直言相告，这是钱三强说的，让他找钱三强交涉。

对于某部因为副部长落选而施加的压力，院领导同样顶住。他们认为如果迁就，由党政出面调整选举结果，这无疑是对改革的破坏，对科学界民主生活的嘲弄，是科学界民主生活的倒退。

院领导态度明确，又敢于承担责任，让我们这些做具体工作的干部深受感动，大大减轻了精神压力。

随着增选工作进一步发展，有些学部委员给我们打电话，诉说他们受本部门、本单位施加压力"布置任务"或受个别想当学部委员者纠缠的苦恼。但他们表示，他们不是部门的代言人，也不徇私情，他们会从国家科学事业的整体利益来考虑评审和选举工作的。他们是这样说的，也是这样做的。作为目击者，我也深受感动。

我生平第一次承担如此既光荣又责任重大的任务，颇感惶恐。但有幸院领导正确掌握政策，敢于面对改革中出现的一些问题，加上我面对的是一个由优秀科学家组成的学部委员群体，特别是副院长钱三强的领导以及办公室所有同志共同努力，因而，在具体的增选组织工作和服务工作方面还算顺利，没有给组织上增加任何麻烦，终于完成了任务。

新中国成立前后的两个科学院没有传承关系[*]

1939 年 5 月，正是战事紧张的年月，中国共产党就在解放区建立了延安自然科学研究院。在中华人民共和国成立前夕，百废待兴、事务繁剧的日子里，中共中央已经开始筹建科学院。在新中国成立后一个月，1949 年 11 月 1 日，中国科学院就成立了。新中国成立前后两个科学院的建立，体现了中国共产党对科学事业、教育事业的一贯重视。事实证明，我们国家的兴旺发达，与中国共产党对科学和教育始终一贯的重视和支持是分不开的。

两个科学院的建立，在思想上是一贯的；但从组织上说，它们是两个独立的机构，并无传承的关系。

在抗日战争烽火中诞生的延安自然科学研究院

延安自然科学研究院是中国共产党在解放区创办的第一个自然科学研究机构，于 1939 年 5 月开始筹办，第二年，1940 年初即被改组为高等理工科学校延安自然科学院。而后者存在的时间为 1940～1945 年，也只有六年，时间都不长。

1. 延安自然科学研究院（1939 年 5 月至 1940 年初）

1939 年，国民党反动派消极抗日，积极反共，掀起抗日战争期间第一次反共高潮。他们对陕甘宁边区实行经济封锁，边区财政和人民生活产生困难。面对严峻的形势，中共中央确定了自力更生发展边区经济的方针，并且于 1939 年 2～5 月，连续举办边区农业展览会和工业展览会。在工业展览会开幕时，毛泽东等领导人到会参观并讲话，号召边区人民发展工业，打败日寇。为了使边区工业生产进步，保证国防、经济建设成功，中共中央于当年 5 月，决定在延安创建自然科学研究院。

延安自然科学研究院由边区中央财政经济部领导，部长李富春兼任院长，留学德国归来的有机化工专家陈康白任副院长。延安自然科学研究院的主要任务为协助边区发展生产。

---

　　* 本文原载《薛攀皋文集》（内部交流），中国科学院自然科学史研究所院史研究室编印，2008 年 1 月，第 61－66 页。

延安自然科学研究院成立不久，国民党反动派加紧对陕甘宁边区的包围封锁，肆意制造"摩擦"，因此，国民党统治区的科技人员和知识分子难以进入延安，边区的科技力量极其缺乏。1939年年底，在财政经济部召开的自然科学讨论会上，与会者建议把延安自然科学研究院改为延安自然科学院，以现有的科技人员为师资，以延安自然科学院为基地，既从事科学实验研究工作，又大力培养科学技术的新生力量。同时，成立陕甘宁边区自然科学研究会，广泛动员并团结边区的科技人员，为建设抗日根据地服务。

中共中央同意以上建议，从此以后，作为专门研究机构的延安自然科学研究院就不存在了。

2. 延安自然科学院（1940年年初~1945年年底）

延安自然科学院于1940年初筹建，当年9月1日正式开学。学院设物理、化学、生物、地质矿产等四个学系，是中国共产党在解放区创建的第一个理工科高等院校。

中共中央规定学院的性质为培养党和非党的、高级和中级的、专门的科学和技术人才的学校。主管延安自然科学院的李富春和徐特立，据此提出科学院的教育方针和任务是：培养具有基本科学知识、创造精神和独立工作能力的革命通才与业务专家。

延安自然科学院的办院方针，自学院筹办起就有不同意见。到延安整风运动时，终于掀起一场教育方针的大讨论、大辩论。争论的焦点如下。①关于培养目标，是适应边区的需要，办短期训练班，培养初、中级干部，还是适应今后新中国成立的需要，办正规大学，培养具有一定理论基础的专门人才。②关于科系设置与课程安排，是侧重理论，还是侧重应用。争论的结果是侧重应用，把物理系、化学系、生物系分别改为机械工程系、化学工程系、农业系，地质矿产系因缺乏师资，并入化学工程系。

延安自然科学院全景　　　　　　　延安自然科学院科学馆

1943 年 11 月，延安自然科学院并入延安大学，成为延安大学的一个独立学院。

抗日战争胜利后，中共中央从解放全中国、建设新中国的全局出发，做出战略部署。延安自然科学院大学部最早的两个班，学生毕业由组织部分配到各解放区工作，其余的工科师生于 1945 年 11 月 15 日离开延安，向华北和东北地区转移。这部分师生到达张家口后，因战争形势变化，难以继续向东北地区挺进，遂就地与晋察冀边区工业专科学校合并，成为晋冀察边区工业专门学校。随后，晋察冀边区工业专门学校迁往河北省的建屏、井陉等地，并于 1948 年与晋冀鲁豫边区的北方大学工学院合并，成立华北大学工学院。1949 年初，北平和平解放，华北大学工学院进入北平，在院系调整时改为北京工业学院，即现在北京理工大学的前身。

延安自然科学院的历史在 1945 年年底也终结了。以上史料均见之于 1985 年中共党史资料出版社与北京工业学院出版社联合出版的《延安自然科学院史料》。

在解放战争即将全面胜利中筹建、在开国大典后成立的中国科学院

1. 中共中央决定筹建科学院，全国政协一届全会通过设立科学院

早在 1949 年 6 月，中共中央就决定设立科学院，由宣传部部长陆定一负责筹建，恽子强和丁瓒协助陆定一工作，钱三强与黄宗甄参与其事。恽子强和丁瓒分别来自解放区和国民党统治区。恽子强是化学家，曾任延安自然科学院副院长，时任华北大学工学院副院长。丁瓒是心理学家，曾任中央卫生实验院心理卫生研究室主任。他是中共南方局系统的党员，在知识界从事革命活动。

1949 年 7 月 13 日，周恩来在中华全国科学工作者代表大会筹备会（简称科代会筹备会）上讲话时，宣布不久的将来将成立为人民服务的科学院，希望科学工作者参加筹划。7 月 16 日，科代会筹备会提案工作组通过了向新政治协商会议（即后来的中国人民政治协商会议。它代行全国人民代表大会的职权）的提案，建议设立国家科学院，"以统筹及领导全国自然科学、社会科学的研究事业，使与生产及科学教育密切配合"。

8 月 22 日，周恩来在起草《新民主主义的共同纲领》第二稿的文化教育部分中写道："国家应设立科学院，并与各建设部门的具体研究工作合作，以促进科学的发展。"（根据新政治协商会议筹备常务委员会第一次会议的决定，1949 年 6 月 18 日，成立了六个工作组。其中第三工作组负责起草共同纲领，周恩来为该组组长）。9 月 7 日，周恩来在新政治协商会议筹备会各界代表会议上，作

有关新政治协商会议共同纲领、组织法与中央人民政府组织法等草案的说明。经修改后的《中国人民政治协商会议共同纲领》（草案），第 43 条规定"设立科学院为国家最高的科学机关"。

9 月中旬，丁瓒、钱三强奉命起草《建立人民科学院草案》。《建立人民科学院草案》经恽子强看后送陆定一。它建议以中央研究院和北平研究院为基础组建人民科学院，并扼要介绍两院所属研究所的基本情况，提出这些研究所的合并、调整和改组的初步意见。

9 月 21～29 日，中国人民政治协商会议第一届全体会议在北平举行。会议通过了《中华人民共和国中央人民政府组织法》，科学院是组成政务院的政府部门之一。

2. 中国科学院的建立

1949 年 10 月 1 日，中华人民共和国成立，10 月 10 日，中央人民政府任命郭沫若等分别为科学院的院长、副院长。这时科学院的正式名称还未确定。10 月 25 日，政务院第二次政务会议决定将科学院定名为"中国科学院"。10 月 31 日，中央人民政府主席毛泽东向郭沫若颁发中国科学院铜质印信，文曰："中国科学院印。"11 月 1 日，中国科学院开始办公，以后就以此日为中国科学院的正式成立日。

中国科学院成立后，以《建立人民科学院草案》为基本蓝图，于 1949 年 11 月 5 日、1950 年 3 月 21 日与 4 月 6 日，接收了中央研究院和北平研究院设在北京、上海、南京三地的所有研究所。此外，还接收了不属于两院的几个研究所，其中，华北大学历史研究部是唯一来自解放区的研究机构。1950 年上半年，中国科学院以这近 30 个研究机构为基础，加以调整，成立了 21 个新的研究所（含研究所筹备处、工作委员会）。

之后，郭沫若院长和中国科学院党组，都按以上的历史事实，向中国科学院、政务院和中共中央，报告建院的历史。例如，中国科学院"是在中央研究院和北平研究院的基础上建立起来的"（1950 年 6 月 26 日，郭沫若院长在中国科学院第一次院务扩大会议上的报告）。"主要以前中央研究院和北平研究院所属各研究所为基础，根据《共同纲领》第 43、44 条的精神，加以调整和改组而建立起来的。"（1951 年 2 月 2 日，郭沫若院长在政务院第 70 次政务会议上的报告《中国科学院 1950 年工作总结和 1951 年工作计划要点》）中国科学院是"在前中央研究院、北平研究院的基础上建立起来的，并先后接收了静生生物研究所、中国地理研究所、华北大学历史研究部，调整为 17 个研究单位和三个研究单位的筹备处和一个工作委员会"（1953 年 3 月，中国科学院党组《关于科学院 1952

年的工作情况和 1953 年的工作方针给中央的报告》)。

中国科学院早期建院的历史就是如此。事实说明，中国科学院和延安自然科学研究院是两个独立的机构，并无历史渊源关系。中国科学院建院的时候，延安自然科学研究院与延安自然科学院已于 10 年前和四年前结束。中国科学院没有接收过延安自然科学研究院的任何派生机构。从新政协筹备会酝酿成立科学院，到中国人民政治协商会议第一届全体会议通过设立科学院的过程中，并没有提到如何具体组建科学院的问题。《建立人民科学院草案》提出组建科学院的具体意见，也只是说以中央研究院和北平研究院为基础，并未涉及延安自然科学研究院等。延安自然科学研究院或延安自然科学院与中国科学院没有传承关系，这是非常清楚的事。

中国科学院建院 40 年后突然改写院史

1989 年 11 月，中国科学院在庆祝建院四十周年时，突然改写院史，对当初建院情况作了与事实不符的错误修改。在中国科学院第四任院长周光召的报告《四十年的追求与探索》中，在随后出版的《中国科学院四十年（1949—1989）》、《中国科学院》（中、外文版）中，把延安自然科学研究院作为组建中国科学院的基础之一，而且认定这是 1949 年 9 月中国人民政治协商会议第一届全体会议决定的。

中国科学院的历史并不遥远，当年参加筹建工作的人有的还健在，建院初期在院部工作过的都是知情人。有关建院的全部档案都还完整地保藏着。许多人对如此改写院史不能理解，明确表示反对，并向院领导反映当年建院的真实情况。事情清清楚楚，也不知道什么缘故，直至 1994 年 11 月，中国科学院在庆祝建院四十五周年时，此错误说法仍在采用。

这就导致了有的国家领导人，以及有些工具书的编者、作者，根据中国科学院的错误材料，在更大的范围以讹传讹。国家主席江泽民在 1994 年 11 月 1 日中国科学院建院四十五周年茶话会上的讲话《中国科学技术应该有一个大发展》中说："1949 年 11 月 1 日，在我们伟大的中华人民共和国宣告成立后仅仅一个月，我国就在原中央研究院、北平研究院和延安自然科学研究院的基础上，正式成立了中国科学院。"①。薄一波在《若干重大决策事件的回顾》② 中写道："1949 年 11 月，在原中央研究院、北平研究院和延安自然科学研究院的基础上，组建了中国科学院。"有的工具书说："1949 年 11 月召开的全国政协会议

---

① 中国科学院隆重庆祝建院四十五周年，见《中国科学报》海外版，1994 年 11 月 25 日。
② 薄一波. 若干重大决策事件的回顾. 北京：人民出版社，1997：519.

上，决定在原中央研究院和北平研究院以及延安自然科学研究院的基础上，组建中国科学院。"①

中国科学院为什么要修改建院历史，未见有文字说明。据说在当年的激烈争论中，有人认为曾经在延安自然科学研究院或延安自然科学院担任过院、系两级领导工作的老同志，如恽子强（延安自然科学院副院长）、乐天宇（原生物系后农业系主任）、武衡（地质矿产系教师）、陈康白（延安自然科学研究院副院长）、阎沛霖（原物理系后机械工程系系主任）、李苏（原化学系后化学工程系系主任）（以上按他们到中国科学院的时间先后为序）等几乎是一套领导班子的成员，搬到中国科学院来。他们在中国科学院院部或研究所担任要职，带来了延安的精神、作风和工作经验。他们为中国科学院的建立与发展，做出重要贡献，历史不应该忘记他们。

应该指出，这么多当年在延安自然科学研究院或延安自然科学院担任过院、系领导工作的老同志，到中国科学院来，与某个单位成建制地转归中国科学院，是不同的两码事，不能混为一谈。原因如下。

第一，1949～1950年，已不存在延安自然科学研究院和延安自然科学院。有的只是它们的派生单位，如华北大学工学院。中国科学院无从接收前两者的任何机构，也未从后者接收过任何单位。

第二，上述老同志到中国科学院前所在的单位（除恽子强来自华北大学工学院外）与华北大学工学院都没有关系。华北大学工学院虽是由延安自然科学研究院逐步演变而成，但它已经不是原来意义上的研究机构延安自然科学研究院，只是一所高等工科学院。

第三，这些老同志来中国科学院，纯属个人的工作调动，不能说是成建制的单位转制。例如，参与了科学院的筹建，并在中国科学院成立后一直担任副院长的著名科学家竺可桢，之前是浙江大学的校长。当时包括为"两弹"的研制做出卓越贡献的王淦昌、著名生物学家贝时璋等在内的多位浙江大学的学院院长、系主任、教授，都调进中国科学院工作。虽然如此，也不能说，事实上也没有人说中国科学院是在前中央研究院和北平研究院，以及浙江大学的基础上建立起来的。

1999年11月，中国科学院在建院五十周年大庆时出版的《中国科学院编年史（1949～1999）》、画册《中国科学院辉煌五十年（1949～1999）》，编者、作者在表述中国科学院建院历史时不唯上，实事求是地恢复了1989年10月以前的准确提法，还历史以本来的面貌，不再把延安自然科学研究院牵扯进来。可惜这

---

① 张文彦，支继军，张继光. 自然科学大事典. 北京：科学技术文献出版社，1992：1154.

两本书印数不多，不足以消除由中国科学院自己错误改写院史造成的影响。

延安自然科学研究院和延安自然科学院已经完成了它们的使命，它们为新中国培养了一大批科学技术干部，在中国科学发展史上占有一定的地位。当时创业者的艰苦奋斗为人民服务的精神，值得中国科学工作者学习与发扬。但它们与中国科学院并无组织上的传承关系。

中国科学院生物学科技队伍的建设亟待加强*

薛攀皋　季楚卿

一

国际有识之士预测，20 世纪 90 年代生物科学与医药科学将会有较大突破，21 世纪将是生物科学的世纪。1989 年 12 月，美国国家研究委员会发表了长达 425 页的调查研究报告《生物学中的机会》，指出生物学已进入了一个黄金时代，在这个黄金时代，医学、农业、环境管理将有很大进展。报告还提出未来 20 年内生物学研究的重点领域，以及人才培训和使用、仪器设备、资金等有关方面的建议。美国国会还通过了"命名 90 年代为脑的十年"的提案。日本在 1986 年 12 月公布并开始实施为期 12 年、耗资 10000 亿日元的"人类前沿科学计划"之后，又在筹备它的"后续计划"，准备在深入研究人的大脑结构和功能的基础上，开发智能机器和制造技术。1988 年 12 月，苏联部长会议通过了《苏联国家科学技术规划》，该规划概括了今后十几年的 15 项国家重点科技领域的发展方向，其中与生物科学有关的有人类基因组计划、最新生物工程方法、粮食高效生产以及对主要常见病的新的诊治方法与药物等四项。1990 年给这四项的拨款，占当年为该科技规划拨款总数的 1/4。可以看出，由于生物科学在研究解决农业、医药、环境保护等方面重大问题以及发展高技术方面，将显示越来越大的作用，所以受到了一些国家政府部门的更加重视。

在国内，与生物科学关系密切的农业、林业、农业工程、医学、药物、环境科学等学科领域都有了专业的科学院或研究院，他们的力量已不断加强，设备日臻完善。高等学校也建立了一批生物学研究所（室）和国家重点实验室，研究力量和条件都得到了加强。

当今，在经济和科技方面的竞争，实质上是人才的竞争。中国科学院的生物学研究能否适应国际生物学发展趋势和日益激烈的竞争局面，并为解决农业、医药、环境保护等方面的重大问题做出应有的贡献，关键的问题是抓好生物学科技

* 本文原载《中国科学院院刊》1991 年第 1 期，第 57 - 62 页。

队伍的建设。

二

中国科学院生物学科研队伍的状况如何，我们作了一些调查研究，其结果表明，这支队伍有一定优势，但也面临着不容忽视的问题。

（一）优势

有一支学科门类比较齐全、人员素质较高的研究队伍。中国科学院的多数生物学研究所，是以早在20世纪二三十年代建立的生物学研究机构为基础，经过新中国成立以后不断充实、调整和扩建发展起来的。现已拥有一支包括生物学十几个二级学科以及与其他各重要有关学科相互渗透交叉的专业研究队伍。通过两三代生物学工作者的努力，形成了较好的研究群体，有了比较扎实的科学积累。许多研究所有了自己的学科特色，成为我国生物科学最重要的研究基地之一。从数量上看，中国科学院生物学研究队伍在国内不占优势，但集中了一批素质较高的生物学工作者。以代表我国学术水平的中国科学院学部委员为例，1955年学部成立和1981年增选学部委员时，生物学部委员中，中国科学院的生物学家分别占全部的40%和43.4%。此外，还有一批老科学家和20世纪五六十年代初大学毕业的中年科研骨干。在青年研究人员当中，研究生毕业的占半数，具有较好的专业基础。

这支队伍有较强的承担国家科研任务的能力，并已对我国的社会主义建设做出了重要的贡献。"七五"期间，在国家重点科技攻关项目生物技术方面的研究课题中，由中国科学院主持的占总数的52%，参加的占90%。在"863"计划生物领域的课题中，中国科学院主持了其总数的33%，参加了50%。中国科学院组织编写《中国动物志》、《中国植物志》、《中国孢子植物志》，并承担一半以上的编写任务。这支队伍在其他科研工作中也获得了许多出色的成绩。其中包括动植物资源的合理开发利用和保护，国土开发整治和环境保护，为农业、医药卫生和保健服务，生物工程以及基础研究等方面。例如，关于东亚飞蝗的综合调查研究，使危害我国农业2000多年的蝗灾得到基本控制；在基础研究方面取得了一批成果，有些成果已居世界前列，如首先在世界上人工全合成获得具有与天然物同样结构和生物活性的蛋白质牛胰岛素与酵母丙氨酸转移核糖核酸。在1956年至今已经颁发的四届国家自然科学奖中，生物学方面，中国科学院获奖的项目占其总数的60%，比中国科学院其他各学科的获奖项目占全国授奖项目总数的百分比（49%）高，并囊括了全部一等奖，获得了78%的二等奖。

这支队伍拥有雄厚的培养人才的师资实力。经国务院学位委员会批准，现在中国科学院的 22 个生物学研究所都是硕士学位授予单位，共有 45 个学科点；博士学位授予单位 16 个，学科点 31 个。自恢复研究生制度以来，共招收硕士研究生近 2000 人，博士生 200 多人，已获得学位的过半数。还在 10 个生物学研究所设立了博士后流动站，共吸收国内外博士后研究人员学成归来和一直在国内工作的优秀中、青年科学家在各实验室工作，并做出了成绩。这里将是优秀青年科研人才成长的良好基地。

中国科学院生物学科研队伍的优势是数十年奋斗的积累，来之不易，应珍惜、保持和发展。

（二）存在的主要问题

中国科学院生物学研究所在科技队伍的群体结构，研究人员与技术系统、实验系统人员的比例，科技人员与行政人员的比例以及科研组织管理队伍的结构等方面，都或多或少存在着一些问题。但研究队伍尤其是学术带头人和研究骨干年龄老化，中青年优秀科研人员外流，从而造成 20 世纪 90 年代中后期队伍难以为继这一问题最为突出。

1. 高级研究人员年龄老化

根据 23 个生物学研究单位 1988 年年底的统计，在第一线工作的研究人员共有 3042 人（不包括技术、实验、图书情报、业务管理及党政等系统有专业技术职称的各类人员），其中高研 1138 人（研究员 276 人、副研究员 862 人）。他们的年龄分布情况如附表。

中国科学院生物学高级研究人员年龄分布表

年龄组	研究员			副研究员		
	人数	年龄分布/%	1989 年晋升的人数	人数	年龄分布/%	1989 年晋升的人数
61 岁以上	128	46	—	21	2	—
56~60 岁	93	34	—	195	23	—
51~55 岁	41	15	14	413	48	—
46~50 岁	14	5	3	211	24	—
41~45 岁	0	0	0	17	2	1
36~40 岁	0	0	1	5	1	7
31~35 岁	0	0	0	0	0	3
合计	276	100	18	862	100	11

从附表可以看出，研究员中 56 岁以上的占总人数的 80%，51~55 岁的占 15%，两者共占研究员总人数的 95%。45 岁以下的研究员仅有 1989 年破格提拔的一人（40 岁）；副研究员中 56 岁以上的占 25%，51~55 岁的占 48%，两者合计共占 73%。45 岁以下的，包括 1989 年破格提拔的，一共只有 33 人，其中 31~35 岁的仅三人。

从不同的研究所和不同的学科领域看，情况大体类似。有些学科，如微生物、植物和动物的分类区系研究，研究员的平均年龄在 60 岁上下。有些新兴学科领域同样存在着队伍年龄老化的趋势。以生物技术为例，在 457 位高级研究人员中，55 岁以上的 161 人，占 35.2%，45~55 岁的 286 人，占 62.6%，44 岁以下的只是极少数。

2. 课题组组长年龄老化

课题组组长是研究工作的骨干力量。1988 年年底，23 个生物学研究所共有课题组组长 1517 人，其中 51 岁以上的 1224 人，占 80.7%；41~50 岁的 251 人，占 16.6%；40 岁以下的只有 42 人，占 2.7%，而 30 岁以下的仅占 0.5%。

高级研究人员和课题组组长年龄老化，主要是因为"文化大革命"期间没有安定团结的政治局面，同时，与没有相对稳定的有关政策、晋升退休制度不健全等历史原因也有一定关系。20 世纪 50 年代初，中国科学院生物学方面研究员和副研究员取得高级职称时的年龄，前者在 26~45 岁（平均年龄 35.6 岁），后者在 24~40 岁（平均年龄 34.4 岁），多数在 30~40 岁。可见大学本科毕业生，在相对稳定的政策和工作环境下，他们当中的优秀者在 10 年左右的时间里成为高级研究人员是正常的事。有人研究了自 16 世纪以来自然科学重要发明发现者的最佳年龄，16 世纪为 25 岁，以后每百年以 3.5 岁的速度向后移，到 20 世纪的前 60 年，也仅有 37 岁。但是 1950~1956 年进入中国科学院工作的大学本科毕业生，除个别人外，少数第一批晋升为副研究员的是在 1978 年。他们经历了 20 多年漫长的岁月，当时也都已年近半百。

以某个研究所的科技人员晋升为高级职称时的年龄为例，该所自 1957 年建所以来，196 名人员晋升为高级职称时的年龄，在 45~54 岁的为 160 人，占 196 人的 82%。其中，在"文化大革命"前晋升的平均年龄为 41.2 岁；而在 1978~1986 年职称冻结前和晋升职称解冻后至今，晋升高级职称的人的平均年龄则分别为 49.6 岁和 49.5 岁。目前该研究所中级人员的平均年龄已达 46 岁。由此，虽然反映出"文化大革命"前晋升高级职称的年龄也偏高，但更说明"文化大革命"对人才成长的破坏，使得论资排辈熬年头的因素至今在研究人员晋升中还起一定作用。

目前生物学研究工作的主力主要是 20 世纪 50 年代和 60 年代初大学毕业的研究人员。进入 20 世纪 90 年代以后，他们将陆续进入退休年龄。如果按 60 岁退休计算，在今后三四年内，现有的 80% 研究员和 25% 副研究员将要离岗；七八年之后，现有的 95% 研究员和 73% 副研究员将要退出工作岗位，从而出现研究人员青黄不接的情况。

3. 人才外流

自改革开放以来，生物学各研究所的派遣出国留学人员工作促进了科技队伍建设和国际学术交流。至今，半数以上的出国留学人员已经回国，他们当中的大多数现在是高级研究人员、课题组组长，不少人担任了研究室主任或研究所所长。他们在各自的工作岗位上积极承担和完成国家重大科研任务，做出了成绩，并肩负着培养人才、建设生物学科技队伍的重任。

与此同时，出国留学人员逾期不归的人数近几年来有所上升。这一情况以上海和北京两地的各生物学研究所较为严重。据了解，中国科学院在上海生物学研究单位在 1978～1984 年出国逾期未归只是个别情况，1985～1986 两年，这类人数开始有所增加，1987 年骤然上升，1987～1989 年，未归人数占了出国人数的79.5%，其中主要是 35 岁以下的年轻初级人员，尤其是在外攻读学位的硕士生和博士生。北京某研究所，1980 年以来分配到所的大学生和研究生中，出国逾期不归的占出国人员总数的 97%。中年高级研究人员未归人数的增长虽然不大，但也呈上升趋势。其他地区的研究所也在不同程度上存在这个问题。大量人员出国不归，使研究所的新生力量得不到应有的补充，带来了研究骨干后继乏人之虞。

据反映，不少生物学科研人员出国不归，除了有关政策多变、失误和政治思想工作薄弱等因素之外，还有工作条件和生活条件等方面的问题。前者如缺乏良好的研究工作环境和条件，包括科研经费困难，实验动物、试剂、仪器配件等辅助条件跟不上，致使工作效率低，以及不能及时晋升职称，中青年研究人员有难熬到出头之日的心态。后者如工资待遇低，特别是住房困难，上海地区的高级研究人员一家几口住一间房，或住集体宿舍、租住农民旧房的不是个别现象。

20 世纪 90 年代，对中国科学院生物学科研队伍面临的形势，既不能掉以轻心，又不能无可奈何，听之任之。应抓住机遇，分析情况，采取有效措施，在新形势下稳定和发展生物学科研队伍的优势。

三

关于中国科学院科技队伍的建设问题，院人事局在大量调查研究的基础上，提出了若干具体措施，其中有的已开始实施。有些生物学研究所，也在根据本所的实际情况，为改善科技队伍的状况作了一些尝试。

建设好一支科技队伍，不只是院、所两级领导及人事部门的工作，而是要全院上下、各个部门共同努力才能办到的。当前重要的是要转变观念，统一认识；制订规划、形成制度、齐心协力、落实措施。据此，提出以下意见和建议。

（一）统一对科技队伍建设的紧迫性、重要性的认识

中国科学院 41 年的发展历史表明，在生物学方面取得的成就，无一不是与人才培养和队伍建设紧密关联的。20 世纪 90 年代和 21 世纪初，中国科学院在生物学方面能否为解决国家经济建设与社会发展中有关的重大问题做出贡献，能否在生物技术等高技术领域取得重大突破，能否在基础研究方面继续做出有国际影响的研究成果，关键就在于能不能保持一支有活力和实力的科技队伍。对此，全院应该对其紧迫性和重要性达成共识。

（二）关于队伍建设中的数量和质量问题

20 世纪 90 年代，中国科学院生物学方面的科技队伍建设，从总体上看，应该在适度收缩规模的基础上，注重人员的素质。没有较好素质的人才，是不会做出重要成果的，因此，科技队伍要精干，对人员素质的要求则要更高些。在未来10 年面临大量高级科技人员退休高潮的形势下，新补充的科技人员当然还要有一定数量，但不应以维持或超过现有规模为目标。

（三）重点是要加速培养和造就一支年轻的科技队伍，特别是年轻的骨干队伍

要不拘一格，大胆使用，提拔优秀中青年科技人员，重点还是要转变思想观念。经过二三年来的"破格"提拔，现今生物学科技队伍中，45 岁以下的研究员还只有一人，35 岁以下的副研究员只有三人。应该说，三四十岁的优秀中青年科技工作者成为高级科技人员是正常的事，不算是什么破格提拔。首先，要继续破除被历史扭曲了的事实所形成的观念，在全院树立起为发展科学，加速遴选、培养、重用和提拔中青年优秀科技人员的意识，为他们上岗承担研究任务创造一切条件。其次，应该使科技人员的晋升制度化和经常化。靠破格提拔只能是权宜之计。同时，在工作中，不论对从国外回来的，还是对长期在国内坚持工作的，都应一视同仁。从实际出发，按同一个原则择优，也就是要德才兼备，看水平、成绩和贡献。

对青年科技人员在加强政治思想教育工作的同时，要进行历史使命感的教

育。20世纪90年代和21世纪初，科学研究重担历史性地落在他们肩上，要求他们以主人翁的态度把握现在，面对未来。

（四）根据研究所和学科发展的需要，制订人才规划，要有长计划、短安排，落到实处

当前，困难和机遇并存，要在解决困难的过程中抓住机遇。研究所要把20世纪90年代科研工作的接班人，特别是年轻的高级研究员、课题组负责人的培养、使用和提拔，同研究所的方向任务以及学科领域规划紧密结合起来。一个好的研究群体的形成需要一定时间，因此，要有比较长远的考虑，而且要抓紧，并落到实处。

同时，要把这一目标的逐步实现，作为所长任期目标管理的重要内容，并纳入考核范围。

（五）在学科上，应有所选择、合理布局

20世纪90年代的全国生物学科技队伍状况，远非昔比。20世纪50年代初，除高等学校的生物系以外，所有的生物学专业研究机构几乎都在中国科学院。现在高校和地方设立的生物学研究所（室、中心），其数量超过了中国科学院。20世纪50年代初，与生物学关系密切的农、林、水产、医、药、计划生育、环境保护等学科都还没有设置全国性的科研机构，现在这些方面全国性的专业科学院、研究院都已壮大起来。因此，在20世纪90年代要充分发挥有限人力的有效作用，中国科学院无论是在生物学总体上的学科布局，还是各研究所的方向任务上，都有逐步适时调整的问题。力量分散、低水平重复、缺乏特色，是形不成优势、形不成有战斗力的群体的。

（六）培养造就人才，创造适合众多人才成长，能形成一个好的研究群体的良好科研环境和条件

（1）在中国科学院，当前要营造尊师爱生、学术民主、学风严谨等良好风气和浓厚的学术气氛，为青年科研人员参加各种学术活动和脱颖而出提供条件。

（2）为提高研究工作效率，要进一步大力提倡工作以科学研究为中心，各类人员要牢固树立为科学研究工作服务的精神。

（3）在现有基础上，进一步把开放实验室作为促进人才流动和培养优秀中青年科研人员的基地。有计划地逐步做到科技队伍年轻化、高级科技人员年轻化、课题组组长以上业务领导人员年轻化，并为此创造一切必要的条件。

（4）切实解决优秀中青年研究人员的工作和生活中的问题（包括职称、工

资待遇、住房等），对那些在国内坚持工作并做出成绩的中青年科技人员，应与从国外归来的科技人员一视同仁。当前，解决上海和北京两地生物学研究单位优秀中青年科技人员的住房问题，更是刻不容缓。

（七） 为加强生物多样性研究，抢救某些濒危的生物学学科领域，需要采取特殊的措施

生物多样性是宝贵的自然财富，我国生物资源丰富，中国科学院在这方面很有研究基础。但目前有关生物种质资源的调查、收集、保藏、引种驯化和分类区系等方面的研究工作，由于拨款制度的改变，获取经费十分困难。同时大学不设有关专业，青年研究人员来源断绝，后继乏人问题更加严重，这类学科将有灭绝的危险。因此建议：

（1） 由于这些学科领域研究的积累性强，又面临后继乏人甚至无人的问题，可否适当延长这些学科领域高级科技人员的离退休年龄，或者在按规定年龄离退休后，根据工作需要，回聘 3～5 年。

（2） 建议国家教育委员会，为解决这类学科领域科研和教学人员的接班问题，选择几个有基础的大学生物系开设有关课程，有的还可以考虑设置专业。

（3） 这些学科领域的研究工作应该吃"皇粮"，由国家拨付足够的经费。

（八） 关于派遣科技人员出国问题

（1） 建议国家在总结经验教训的基础上，面对世界人才争夺战愈演愈烈的形势，从长远出发，建立一套充分体现以我为主的、稳定的派遣出国的政策法规，既坚持改革开放，又起正确导向作用。

（2） 研究所对出国在外人员，尽可能多做维系感情和争取回国的工作。特别要瞄准确有真才实学、可能成为学术带头人或研究骨干者，做细致争取工作。

（3） 加强公派人员的计划管理，坚持按需派遣、保证质量、学用一致的原则，避免名为公派，实为个人自由联系的问题发生，避免出现失控局面。

（4） 研究所与国外的对口学术机构建立较长期的合作研究、联合培养等协作关系，是值得提倡的一种模式。

中国科学院生物学事业三十五年[*]

薛攀皋　季楚卿

地球上的生物种类繁多，有人估计仅现存的至少有 200 万种。它们千姿百态，使自然界绚丽多彩，生机勃勃。研究包括人类在内的各种生物生命活动的现象与本质，生物发生和发展的规律，以及生物之间、生物与环境之间的相互关系，就是生物学的任务。

人类在长期生产活动和生活实践中，很早就积累了有关微生物、植物、动物和人体本身的丰富知识。但是，直到 1802 年，"生物学"这一术语，才第一次被德国特雷拉努斯（G. B. Treviranus，1776～1837）和法国拉马克（J. B. de Lamarck，1744～1829）分别提出。19 世纪后期，生物学形成了比较完整的学科体系。由于物理学、化学、数学和工程科学的渗透，从 20 世纪 50 年代起，生物学突飞猛进，尤其是分子生物学的蓬勃发展，对生命本质的研究取得了一系列重大突破。20 世纪 70 年代初出现的基因工程，标志着人类开始跨入改造和创建新的生命形态的时代。生物学的发展对于促进医学和农业科学的进步，对于研究和解决当今人类社会面临的人口、粮食、环境、资源和医药保健等重大问题，越来越显示出重要作用。

在宏观方面，随着系统分析、数学模拟、遥感技术等新概念、新方法和新技术在生态学中的应用，生态学特别是生态系统的研究取得了重大进展，生态学的基本原则已被看成是经济持续发展的理论基础。

中国近代生物学的研究起步较晚。钟观光（1868～1940）是最早用近代科学方法研究生物的学者之一。他在 1912 年左右开始植物调查采集工作。20 世纪前 10 年，中国学者开始发表动、植物调查报告。与此同时，一些留学生，如邹树文（1884～1980）、秉志（1886～1965）、钱崇澍（1883～1965）等也在国外发表生物学研究论文。从 20 世纪 20 年代起，中国才有正规的、专门培养生物学人才的大学生物学系。1922 年，中国第一个生物学研究机构———中国科学社生物研究所在南京成立。它是民间学术团体中国科学社委托秉志、胡先骕（1894～1968）和杨杏佛（1883～1933）筹建的。1928 年，尚志学会和中华教育文化基

* 本文原载《当代中国》丛书之《中国科学院》卷，当代中国出版社，1994 年，第 305～335 页。原题为《当代中国》丛书的《中国科学院》卷第五编《生物学》的第十九章"概述"。

金会在北平创办静生生物调查所。从 1929 年起，中央研究院和北平研究院分别在南京、上海、北平等地先后建立了几个与生物学有关的研究所。在此期间建立的还有中山大学农林植物研究所（广州，1929 年）、中国西部科学院生物研究所（重庆，1931 年）和广西大学植物研究所（梧州，1935 年；1946 年迁桂林，改名广西大学经济植物研究所）等。到抗日战争爆发前夕，中国已有一支初具规模的生物学研究队伍，在许多领域开展了研究工作。1937 年，日本帝国主义发动大规模的侵华战争，中华民族灾难深重。许多生物学家在十分困难的条件下坚持教学和科学研究，取得了较高水平的成果，培养了人才，为中国生物学的发展奠定了基础。

第一节　中国科学院生物学事业发展梗概

中国科学院的生物学事业，是在旧中国遗留下来的几个生物学研究所的基础上开始起步的。它从小到大，有了很大发展，但前进的道路并不平坦。

一、研究机构的发展过程

中国科学院生物学事业的发展，从研究机构的设置与调整的状况，可以窥见一斑。

（一）初创阶段（1949 年年底至 1955 年）

1950 年，中国科学院以静生生物调查所，北平研究院的生理学研究所、动物学研究所和植物学研究所，以及中央研究院的医学研究所筹备处、动物研究所和植物研究所为基础，调整建立了四个研究所和一个委员会：①植物分类研究所（北京），及其在南京、昆明、陕西武功和庐山等地的四个工作站。1952 年，该所扩建为多学科的植物研究所。②水生生物研究所（上海）。该所于 1954 年迁往"千湖之省"湖北。同年，所属的青岛海洋生物研究室独立。③实验生物研究所（上海）。1953 年，该所一分为三，分建出植物生理研究所（上海）和昆虫研究所（北京，另在上海设工作站）。④生理生化研究所（上海）。⑤动物标本整理委员会（北京），1953 年发展为动物研究室。此外，还新建心理研究所筹备处。1953 年，改为心理研究室。

1951 年，建立菌种保藏委员会（北京）和遗传选种实验馆（北京）。前者于次年接收黄海化学工业研究社的发酵与菌学研究室。后者经过几次调整，成为植物研究所的遗传研究室。

1953 年，以原地质调查所的土壤研究室为基础，建立土壤研究所（南京）及其黄土试验站（陕西武功）。

1954 年，接收中山大学农林植物研究所和广西大学经济植物研究所，建立华南植物研究所（广州）及其广西分所（桂林）。同年，植物研究所西北工作站与土壤研究所黄土试验站合并，在陕西武功建立西北农业生物研究所（现西北水土保持研究所和西北植物研究所的前身）。与此同时，以原东北农学院农林植物调查研究所的一部分和成立于 1950 年的东北土壤工作队为基础，建立林业土壤研究所（沈阳）。

到 1955 年年底，中国科学院已经拥有 15 个独立的生物研究机构。同 1950 年相比，许多重要分支学科空白薄弱的状况有所改善，研究机构的地区分布，从集中于北京、上海两市，扩展到东北、西北、华南、华中等地。

（二）发展和调整阶段（1956～1965 年）

在 1956～1960 年，随着国家经济建设对生物学提出越来越多的要求，以及《1956—1967 年科学技术发展远景规划》中有关生物学研究机构布局方案的实施，中国科学院的生物学研究机构迅速发展，基本建成了学科门类比较齐全的研究体系。在这五年中，除 1956 年新建北京植物生理研究室、武汉微生物研究室筹备处（现武汉病毒研究所的前身）、武汉植物园筹备处（现武汉植物研究所的前身）、重庆土壤研究室四个研究室外，心理研究室同南京大学心理学系合并，建成心理研究所（北京，1956 年）；动物研究室和海洋生物研究室先后扩建为动物研究所（北京，1957 年）和海洋生物研究所（青岛，1957 年），后者于 1959 年改为海洋研究所；生理生化研究所分建为生理研究所和生物化学研究所（上海，1958 年）；应用真菌学研究所（建立于 1956 年）和北京微生物研究室（由菌种保藏委员会于 1957 年改建）合并为微生物研究所（北京，1958 年）；实验生物研究所北京工作组扩建为北京实验生物研究所（1957 年），次年改为生物物理研究所；植物研究所的昆明工作站和南京中山植物园先后独立改为昆明植物研究所（1958 年）和南京植物研究所（1960 年）；昆虫研究所上海工作站改为上海应用昆虫研究所（1959 年，现上海昆虫研究所前身）；植物研究所的遗传研究室和动物研究所的遗传研究组合并建立遗传研究所（北京，1959 年）；综合考察委员会的土壤队改为土壤及水土保持研究所（北京，1959 年）。

1961～1962 年，按照中共中央关于"调整、巩固、充实、提高"八字方针，中国科学院把北京植物生理研究室、昆虫研究所和土壤及水土保持研究所分别并入植物研究所、动物研究所和土壤研究所，昆明植物研究所改为植物研究所昆明分所，武汉植物园改由华南植物研究所领导。与此同时，"大跃进"期间各省建立的许多生物学研究所合并调整成 10 个，纳入中国科学院建制。调整后，中国科学院生物学研究机构数又增加了，如青海分院生物研究所（现西北高原生物研究所）、四川分院农业生物研究所（现成都生物研究所）、昆明分院动物研究所（现昆明动物研究所）和新疆分院水土生物资源综合研究所（现新疆生物土壤沙漠研究所）等。到"文化大革命"前夕，独立的生物学研究机构达到 33 个，它们及其附属机构分布在 19 个省、自治区和直辖市。

（三）"文化大革命" 阶段 （1966～1976 年）

在此期间，中国科学院直属的生物学研究机构只剩下微生物研究所、遗传研究所、生物化学研究所和生物物理研究所四个单位。其余的除心理研究所，以及北京和上海的两个生物实验中心被撤销外，均划归地方领导。

（四） 恢复阶段 （1977～1984 年）

1977 年起，中国科学院经国务院批准，收回了 18 个生物学研究所（仍有 10 个没有收回），其中，上海实验生物研究所改为上海细胞生物学研究所（1978 年），湖北微生物研究所改为武汉病毒研究所（1978 年）。重建了心理研究所（1977 年）。新建了发育生物学研究所（1979 年）、上海脑研究所（1980 年）和上海生物工程实验基地筹备处（1983 年）。此外，上海药物研究所从数理化学部划到生物学部。

二、曲折的道路

从 1950 年到"文化大革命"，国内政治运动接连不断，中国的生物学屡遭冲击，延缓了前进的速度，拉大了本来就已存在的同国际先进水平之间的差距。在这样的大环境中，中国科学院生物学的发展也走过了曲折的道路。

（一） 片面学习苏联带来的后果

新中国成立初期，在当时的历史条件下强调学习苏联，把政治上的一边倒带进了科学技术领域，生物学首当其冲。苏联以政治手段推行李森科学派遗传学，禁止摩尔根学派遗传学的错误做法，被移植到中国来。原来属于不同学术见解的争论，变成了正确路线与错误路线之争。在 1952 年半年之内，《人民日报》先后发表了《为坚持生物科学的米丘林方向而斗争》（1952 年 6 月 29 日）和《贯彻生物科学的米丘林路线，肃清反动的唯心主义影响》（1952 年 12 月 26 日）两篇文章。文中指出：不能以批评旧生物学家"唯心"、"反动"、"为资产阶级服务"

便算了事。应该说清楚生物科学上摩尔根主义与米丘林生物科学的斗争是"两种世界观在科学上的表现,是不容调和的根本性质的论争"。文章认为旧生物学的某些部分是伪科学,旧遗传学的某些结论是法西斯主义的理论基础之一,号召中国生物学界发动一个广泛深入的学习苏联米丘林生物科学运动,彻底改造生物科学的各部门。

这个学习运动是同当时的知识分子思想改造交织在一起的。在全国范围内,持摩尔根学派观点的生物学家受到批判并被迫违心作自我检查;经典遗传学和细胞学的研究工作被一扫而光,代之而起的是全国一窝蜂,包括中国科学院在内的全国生物学和农业科学机构,都在重复李森科的春化阶段和光照阶段的实验研究。在基因工程等新一代生物技术崛起并迅速发展的 20 世纪 80 年代,回过头来看国内遗传学、细胞学同国际先进水平的差距,不可否认教条主义照搬苏联的做法是其根本原因之一。

(二) 大跃进的冲击

"反右"运动扩大化严重伤害了知识分子的感情,挫伤了他们的积极性。接踵而来的"大跃进",违背科学和客观事物的发展规律,标榜"高指标",大刮"浮夸风",进行"瞎指挥",猛烈地冲击着生物学。它完全扰乱了科学研究的正常秩序,搅乱了人们的思想,浪费了大量人力、财力和物力。

(1) 提出不可能实现的高指标,迫使研究技术人员去完成。1958 年夏收,全国各地农村竞相放出的粮食作物高产"卫星"使人眼花缭乱。当年 7 月,在一次有中国科学院、中国农业科学院和高等学校有关人员,以及各地农民生产能手参加的丰产座谈会上,宣传部门的负责人责令中国科学院和中国农业科学院种"高产试验田",同农民比高低,扬言"比不过农民,就摘掉研究机构的牌子"。中国科学院生物学部被迫在会上提出高得吓人的应战指标:亩产小麦 6 万斤,水稻 6 万~6.5 万斤,籽棉 1.5 万~2 万斤,甘薯 40 万~50 万斤。[①] 就是这近乎神话的指标,也还是远远地落在农民后面。随后,中国科学院在京八个生物学研究单位的近 200 名研究技术人员,放弃原来的研究工作,不惜工本,竭尽全力种高产试验田。但由于违背了客观事物的发展规律,大量人力、财力和物力付诸东流。事前虽然也有个别科学家力陈其不行,但也无济于事。

(2) 基础研究受批判,实验室建设受到严重破坏。由于片面理解理论联系实际的方针,继思想改造运动之后,基础研究再次受到批判,除个别研究课题外,大部分被迫下马。按学科建立的研究室、组被拆散,许多研究技术人员被赶

---

① 1 斤 = 0.5 千克。

出实验室，下楼出院，到农村和农民或渔民同住、同吃、同劳动，总结粮、棉、鱼高产"卫星"的经验。在上海，对此持不同意见的科学家，如罗宗洛，被当做"右倾"保守的一面白旗，遭公开点名批判。上海植物生理研究所60%以上的研究技术人员被派往上海郊区和几个省的七个农村基点工作，实验室关闭了，新落成的五层实验大楼无用武之地了，被无偿送给别的单位。等到上述错误做法被纠正，研究技术人员撤回上海时，只得重新申请另建新的实验大楼。北京昆虫研究所取消了研究室建制，全所研究技术人员混编成几个害虫防治工作队，由研究实习员当队长，领导高、中级科学家到农村工作。实验室关闭了，仪器上交了，许多专用的仪器损坏殆尽。

（3）心理学被斥为"伪科学"。1958年，由教育革命运动引发的批判自然科学中资产阶级方向的风暴，重演了20世纪50年代初，把生物学中的一些学术问题上升为政治问题的错误做法。"批判心理学的资产阶级方向"的运动迅速波及全国。心理学被认为是"资产阶级意识形态"的"伪科学"，包括中国科学院心理研究所在内的全国有关单位的心理学家，几乎都被打成"资产阶级白旗"，受到错误批判，严重挫伤了心理学家的积极性。

（三）"文化大革命"

"文化大革命"使生物学事业受到空前的摧残和破坏。"四人帮"控制的某些报刊，对生物学进行了政治围剿。1968年，中国科学院革命委员会在《关于批判自然科学理论中资产阶级反动观点的报告》中，也决定先开始批判相对论，继而在生物学、地学领域中开展类似的批判。对生物学的批判，除了摩尔根遗传学等老对象外，还扩展到生物学其他分支学科和领域。在国际上发展迅速、生机勃勃的一些重要分支学科和研究领域也难逃厄运，如分子生物学被污蔑为还原论的产物、现代唯心主义形而上学的典型；遗传密码的研究被指责为在新的科学水平上宣扬机械论；遗传工程或基因工程的研究，则被斥为是关于改变遗传结构的荒唐见解，是为资本家愚民政策服务的。心理学又一次成为"伪科学"，对它的批判，导致了中国科学院心理研究所被错误撤销。

生物学的基础研究仍然被看做是脱离实际、"玄而又玄、九分无用、一分歪曲了的东西"。生物学研究机构不研究稻、麦、棉和马、牛、羊，就要被砸烂。中国科学院植物研究所的北京植物园就因为是研究所谓无用的花花草草，被撤销改成部队的副食生产基地，数以千计的珍贵植物被连根铲除。基础研究除人工合成核糖核酸和蛋白质晶体结构测定等少数课题，由于特殊原因得以保留外，其余都被一扫而光。

从新中国成立到"文化大革命"结束的27年中，由于缺乏长期连续的安定团结的政治局面，中国科学院的生物学研究工作能够在正常秩序下进行研究的时间，只有第一个五年计划和 20 世纪 60 年代初这两个每次为期不到五年的短暂时期，这对学科的积累和人才的成长都非常不利。科学研究需要正确的政策和稳定的环境，经不起频繁的大折腾。粉碎"四人帮"后，在人才培养、实验室建设、国际合作交流等方面，做了大量工作，使大伤元气的中国科学院生物学事业恢复了生机。

三、生物学事业概貌

中国科学院生物学事业的建设，从小到大，到 1984 年，已有一定规模。

（1）培养和建立起一支具有一定水平的生物学研究技术队伍。据 1984 年年底的统计，研究技术人员总数达 5960 人（其中研究人员 3877 人），为 1950 年 119 人（其中研究人员 90 人）的 50 倍。此外，在中国科学院综合考察、地学、化学和农学等研究所中，还有一批从事生物学工作的研究技术人员。

（2）建立了学科门类比较齐全和配套的研究体系。在生物学部下属的 27 个研究所（见附表）中，不少是国内该领域的重要研究基地。为摸索建立开放的、人员流动的新型研究机构，经国家计委批准，1983 年起，开始筹备分子生物学、植物分子遗传、淡水生态三个国家重点实验室，建成后将向国内外学者开放。

（3）建成北京植物园、华南植物园、武汉植物园、昆明植物园、西双版纳植物园五个植物园，为植物引种驯化研究提供了试验基地。

（4）在不同自然地带建立了各种类型的、长期的野外定位研究站或实验站，如鼎湖山亚热带森林生态系统定位研究站（广东肇庆）、长白山森林生态系统定位研究站（吉林安图）、小良热带人工林生态系统定位研究站（广东电白）、会同森林生态实验站（湖南会同）、内蒙古草原生态系统定位研究站（内蒙古锡林郭勒）、海北高寒草甸生态系统定位站（青海海北）、东湖生态系统实验站（湖北武汉）、封丘农业生态综合实验站（河南封丘）、鹤山南亚热带丘陵综合实验站（广东鹤山）、吐鲁番治沙站（新疆吐鲁番）和莫索湾治沙站（新疆石河子）等。上述定位站有的已有 30 多年的历史。通过常年连续不断的观测或实验，积累了大量系统的科学资料，有的站已在国土整治等方面做出了成绩。今后将进一步向国内外同行学者开放。

（5）建立了国内贮藏量最多的动物、植物标本馆和菌种保藏中心，为生物学研究提供了丰富的基本资料。

（6）建设了为开展生物学研究需要特殊装置的大型实验室，如人工气候楼、低压舱、负压实验室等。农场、养鱼池、养虫室、温室、冷库、中间工厂等附属设施也基本具备。

中国科学院生物学研究机构简表

机构全称	简称	建立年份	所在地	主要研究领域
武汉病毒研究所	武汉病毒所	1956	武汉市	病毒学、环境微生物学、农业微生物学
微生物研究所[①]	微生物所	1958	北京市	细菌分类、真菌分类、病毒及微生物生理生态、微生物代谢、微生物酶、微生物遗传、菌种保藏
植物研究所	植物所	1950	北京市	植物分类、植物生态学与地植物学、植物形态学、植物细胞学、古植物学、植物生理生化、光合作用、生物固氮、植物化学、植物引种驯化
华南植物研究所	华南植物所	1954	广州市	植物分类、植物生态、植物生理生化、植物资源、植物形态、植物遗传、植物引种驯化、园林
昆明植物研究所	昆明植物所	1958	昆明市	植物分类地理、植物化学、植物生理、植物引种驯化、木材、植物形态解剖
武汉植物研究所	武汉植物所	1956	武汉市	植物分类、植物化学、植物生理、植物引种驯化、经济植物栽培、实验植物群落
云南热带植物研究所[②]	云南热植所	1970	西双版纳景洪县	植物分类、植物化学、植物生理、植物引种驯化、经济植物栽培、实验植物群落
上海植物生理研究所	上海植生所	1953	上海市	光合作用、营养生理、植物激素、生长发育、生物固氮、细胞生理、环境生理、物质运输、分子遗传、微生物生理与遗传
动物研究所[③]	动物所	1957	北京市	无脊椎动物分类区系、昆虫分类区系、脊椎动物分类区系、动物生态、昆虫生态、昆虫生理、昆虫激素、昆虫毒理、内分泌学、细胞学
昆明动物研究所	昆明动物所	1958	昆明市	脊椎动物分类区系、细胞遗传学、昆虫学、资源动物化学、灵长类生物学

机构全称	简称	建立年份	所在地	主要研究领域
上海昆虫研究所	上海昆虫所	1959	上海市	昆虫区系分类及昆虫生态、昆虫生理、昆虫毒理、昆虫病毒、化学生态
水生生物研究所	水生所	1950	武汉市	鱼类学、白鳍豚生物学、鱼类遗传育种、鱼病学、藻类学、水体生态学、水污染生物学、水库渔业
成都生物研究所④	成都生物所	1958	成都市	植物、植物细胞、遗传育种、微生物、生物能源、环境微生物、生物化学、两栖爬行动物
西北高原生物研究所⑤	西北高原生物所	1959	西宁市	生态学、植物学、动物学、农业（作物育种及高产规律）
上海细胞生物学研究所⑥	上海细胞所	1950	上海市	细胞的生长、分裂、分化、免疫和癌变等生命现象，以及在这些生命活动中基因的表达及其调节控制
发育生物学研究所	发育所	1979	北京市	用细胞核移植、引入外源遗传信息物质和人工嵌合生物的方法，研究高等生物个体发育过程中遗传性状的可控性和变化规律，及其在后代中的传递问题
遗传研究所	遗传所	1959	北京市	分子遗传与遗传工程、植物细胞遗传与细胞工程、进化遗传、应用遗传、动物遗传、人类医学遗传学、遗传育种新技术新方法
上海生理研究所⑦	上海生理所	1958	上海市	神经肌肉系统的一般生理学和生物物理学、中枢神经系统生理学、特殊感觉器官（主要是听觉和视觉）生理学、呼吸与循环生理学、生殖生理学、生物电子学、计算机在生理学中的应用
上海脑研究所	上海脑所	1980	上海市	痛觉的产生和控制机制、脑内神经元间的联结关系，脑的自主功能、精细运动的神经基础、视觉中枢的神经元线路、体外培养的神经细胞的形态与功能、行为的神经基础、脑发育

续表

机构全称	简称	建立年份	所在地	主要研究领域
生物物理研究所[8]	生物物理所	1957	北京市	辐射生物物理、核酸、酶、生物膜、生物大分子晶体结构、感受器生物物理、细胞学、肿瘤、生物物理工程技术、生物物理实验技术
上海生物化学研究所	上海生化所	1958	上海市	多肽激素、核酸、酶、生物膜、蛋白质及病毒学、分子遗传与基因工程、分子识别与代谢调控、甾体激素、肿瘤生化、理论生物学、生化仪器及生化试剂
心理研究所[9]	心理所	1956	北京市	发展心理、感知觉、生理心理和病理心理、心理学基本理论、工程心理
上海药物研究所	上海药物所	1953	上海市	生物活性物质的结构、功能、作用原理和人工合成，活性物质与机体的相互作用
上海生物工程实验基地（筹备处）	上海生物工程基地	1983	上海市	生物工程关键技术的开发、生物工程产品的中试
南京土壤研究所	南京土壤所	1953	南京市	土壤地理、土壤 - 植物营养化学、土壤物理化学、土壤生物化学、土壤盐渍地球化学、土壤电化学、土壤物理、土壤微生物、土壤环境保护、土壤生态
林业土壤研究所	林土所	1954	沈阳市	森林、森林气象、植物、土壤资源、土壤肥力、微生物生态、微生物固氮、农田生态、污染生态
新疆生物土壤沙漠研究所[10]	新疆生土所	1961	乌鲁木齐市	植物、动物、微生物、土壤、沙漠

①微生物研究所的前身为应用真菌学研究所（建立于1956年）和北京微生物研究室（由1951年建立的菌种保藏委员会于1957年扩建而成）。②云南热带植物研究所是在昆明植物研究所的西双版纳植物园的基础上，于1970年建立的。③动物研究所的前身为1950年成立的动物标本整理委员会，该会于1953年改为动物研究室，1957年动物室扩建为动物研究所。1962年昆虫研究所并入动物所。④成都生物研究所的前身为成立于1958年的中国科学院四川分院农业生物研究所，1971年改由四川省领导，称四川省生物研究所，1978年改为现名。⑤西北高原生物研究所是1962年在中国科学院青海分院生物研究所（建立于1959年）的基础上建立的。⑥上海细胞生物学研究所是1978年由实验生物研究所改建的。⑦上海生理研究所和上海生物化学研究所的前身为建立于1950年的生理生化研究所。⑧生物物理研究所的前身为北京实验生物研究所，是在实验生物研究所北京工作组的基础上于1957年建立的，1958年改为生物物理所。⑨中国科学院于1950年成立心理研究所筹备处，1953年心理所改为心理研究室。1956年心理研究室与南京大学心理学系合并，成立心理研究所。⑩新疆生物土壤沙漠研究所原名新疆水土生物资源综合研究所，1974年改为现名。

生化试剂和实验动物是开展生物学实验研究所需要的条件，已建立的上海生化所东风生化试剂厂和生物物理所生化试剂厂，研制并生产多种生化试剂和生化药品，仅前者就生产700多种，支持了生物学研究，节约了外汇。在北京、上海两地建设的实验动物中心，一边建设，一边开始向研究所提供一部分合格的实验动物。

从20世纪60年代起，一些研究所建立起精干的金工车间，结合研究工作试制各种实验仪器，已自制多种常用小型仪器，满足研究工作的需要。有些大型精密仪器也可自行设计研制。

第二节　生物学的主要研究成果

中国科学院的生物学工作者，在生物和土壤资源的调查、合理开发利用，基础资料的积累、整理和出版，为国防建设和经济建设服务，以及基础理论探索等方面，做了大量工作，有的研究成果在国际上享有盛誉。

一、生物、土壤资源的调查与开发利用研究

中国科学院建院以来，根据国家建设需要，组织过一系列大规模的自然条件与自然资源的考察队。通过综合调查研究，为有关地区的区域规划、生产力布局、自然资源合理开发利用、国土整治，以及大型建设工程前期工作，提出了方案或建议。生物学和土壤学工作者，除完成上述综合考察任务外，还进行了大量本专业的调查考察和研究工作。

（一）生物、土壤的调查与分类研究

生物区系调查和分类研究是摸清生物资源家底的基础工作。35年来，从全国各地采集了大量动植物标本和菌种，发现、描述、鉴定了动物、植物和微生物的很多新属、新种、新亚种，甚至新的科。对一些科、属的研究，澄清了分类学上有争论的问题，调整修改了旧的分类系统，提出了新的分类系统。有的工作采用了新的、综合的分类方法。

为了满足资源利用、科学研究和教学的需要，中国科学院组织院内外专家，合作编纂《中国孢子植物志》、《中国植物志》和《中国动物志》，以汇集区系调查和分类研究的成果。《中国植物志》共80卷，已出版28.5卷，其中由中国科学院有关研究所承担的有24.5卷。此外，还出版了一系列专类和地区的植物志、动物志或专著，如《中国真菌总汇》、《中国鞘藻目专志》、《中国鲤科鱼类志》，

以及《海南植物志》、《西藏植物志》、《云南植物志》等。

土壤学工作者同有关单位合作,基本查清了中国土壤的类型和分布特点;初步制定出土壤系统分类制度,为土壤分类的规范化和定量化打下了良好基础,对土壤资源的数量、质量作了初步分析评价;编制出版了以土类或亚土类为基础的、不同比例尺的全国土壤图和《中国土壤图集》。

(二) 生物资源的开发利用

1. 微生物资源

收集保藏了 300 多个属、1300 个种、近 14 000 株丝状真菌、酵母、放线菌和细菌的菌种。从中选育出的许多优良菌种,已用于化工、轻工、食品、医药、农业的生产。每年向全国有关研究、教学和生产单位提供菌种 2 万株以上。

2. 植物资源

进行了植物资源普查和植物成分的分离、提取和应用的研究。初步摸清了中国野生植物资源的情况,发现许多有利用价值的原料植物,有的已用于生产。①药用植物方面。富含利血平和其他吲哚生物碱的云南萝芙木和海南萝芙木的发现,使萝芙木总碱制剂(降压灵)满足了国内需要;许多含有生物活性的生物碱、萜类等化合物用于研制抗癌、抗疟、治疗心血管疾病、镇静止痛和避孕或抗早孕的药物,有的已投产,有的正在做临床试验。②原料药物方面。薯芋的发掘利用,为激素工业、避孕药、冠心病药物生产提供了丰富的原料来源。从露水草中找出世界上罕见的高含量的蜕皮激素,现已大量生产和应用。③香料植物方面。发现资源丰富的含柠檬醛(合成名贵香料紫罗兰酮的原料)的山苍子和含黄樟油素的云南油樟,满足了国内生产需要,还能出口;富含香草醛、甘松酯等资源的发现,有应用前景。④多糖方面。找到了资源丰富的田菁胶,代替进口瓜尔胶用作石油水基压裂液原料,已用于增产石油;槐豆胶用作纺织助染剂等。⑤植物油脂方面。发现一些新的食用油脂资源,一些植物油脂已用于油漆、洗净剂、试剂(癸酸)、航空和轧钢机用的优质锂基润滑油,或抗凝、增粘的增效剂的生产。

植物引种驯化的研究,在重要乡土植物的引种驯化方面,推广了多种引种驯化成功的速生优质用材树种;发掘了一些木本油料植物;数以百种计的野生药用植物已经在进行栽培试验和推广;多种野生名贵花卉和果树的引种驯化获得成功。在国外经济植物的引种驯化方面,除花卉和园林植物外,材用树种、木本和草本油料植物、香料植物、热带水果、珍贵或特效药用植物、食品添加剂植物等的引种也获得成功,有的已推广应用。

3. 动物资源

通过多年调查,对全国的兽类、鸟类、两栖类、爬行类、鱼类,以及有经济价值的软体动物、虾类、蟹类等的种类和分布,有了基本了解,出版了一系列经济动物志。在对长江鱼类资源进行了长期调查研究的基础上,预测葛洲坝枢纽工程建设,可能引起的鱼类资源变化,提出了保护和发展鱼类资源的措施,仅不必修建过鱼道一项建议,就节约工程投资约5000万元。蛇毒、蝎毒等毒类的分离、纯化、分析和应用的研究,分离纯化得到的几种毒蛋白和酶,已分别开发为治疗脑血栓、急性心肌梗死和镇痛的药物。原产印度的蓖麻蚕引种驯化也获得成功。对珍稀濒危动物,如白鳍豚、朱鹮、大熊猫等的保护,也进行了许多研究,取得成绩。为了保存和利用云南野生动物的种质资源,建立了珍稀动物细胞库,已保藏了近40种动物的细胞和组织。

二、为国防建设服务

中国科学院生物学工作者在抗美援朝战争期间,同医学家、农学家合作,以确凿的证据,揭露了美国在朝鲜北部和中国东北地区发动细菌战的罪行。为打破帝国主义的封锁禁运,在发展国内天然橡胶和紫胶资源的研究方面,做了有价值的工作。同有关部门合作,在南方六省、区找出橡胶宜林地,对橡胶种植区北移做出了贡献。从1958年年底起,同有关部门协作开展了中国第一次较全面的放射性本底调查,建立了一套核监测技术和方法,并为制定剂量防护标准,提供了科学数据,还研制出中国第一代治疗急性放射病的药物。针对化学毒剂的检测,研制出的高灵敏度的酶法侦检管和自动报警器,已实际应用。配合空军建设,协助有关部门用心理学方法选拔和训练飞行员,使飞行员淘汰率大为降低;对飞机座舱的仪表显示、信号和照明等进行航空工程心理学研究,为国产歼击机的设计和改变其座舱照明,提供了所需的数据。配合航天任务,1964年同七机部合作,发射了中国第一支生物探空火箭。发射前,在动物的选择和训练、舱体设计等方面,进行了一系列研究;发射后,取得了大量数据,为中国奠定了生物高空实验的基础。

三、与农业有关的生物学问题研究

(一) 植物育种的研究

育成一批优良的小麦、玉米、油菜、大豆、甘薯、棉花新品种,在各地推广种植，取得显著经济效益。此外，还进行育种和良种快速繁殖新技术、新方法的研究。例如，用花药培养和单倍体育种的方法，获得了小麦、水稻、橡胶等的较好品种或品系，有的已推广；利用雄性不育配制的杂交高粱，增产效果显著；由杂种优势选配得到的玉米单交种，1979 年推广 1300 万亩。西北植物所对小麦与长穗偃麦草的远缘杂交进行了 30 多年深入的研究，将长穗偃麦草抗旱、抗干热风、抗多种病害的基因导入小麦，育成的"小偃 6 号"小麦新品种，在黄河中下游十个省、自治区推广，累计推广面积 3000 万亩，增产小麦 18 亿斤。

（二）土壤改良和土壤肥力的研究

黄淮海平原旱涝盐碱的调查和综合治理试验研究，从 20 世纪 50 年代起持续至今。对华北平原 13 万平方公里的土壤进行调查，明确了以治水为中心的综合治理方案。20 世纪 60 年代起，在河南封丘和山东禹城进行井灌井排和农业措施相结合的综合治理试验，农作物产量逐年以较大幅度上升。对红壤的基本性质和开发利用研究，已有 30 多年。针对大面积红壤的特性，提出了利用改良区划和合理施用磷肥、钾肥的增产措施。根据对水稻土特性进行研究的结果，提出了因土调整耕作制、合理施肥等综合措施，供农业生产上采用。在土壤微量元素方面，基本摸清了它在国内主要类型土壤中的含量、形态和分布规律，并根据其肥效和有效施用条件试验的结果，提出了合理施用微量元素肥料的方案。选育出的一批高固氮效率的根瘤菌，以及转化有机磷效率高的菌种，已成为增加土壤肥力的一种有效途径。

（三）水土保持的研究

研究了黄河中游黄土区土壤侵蚀规律和水土流失防治途径。通过多点综合试验，提出了农林牧综合治理、防止水土流失的土地合理利用优化模式，并在典型试验区实施，收到较好效益。为了治理南方丘陵山区的水土流失，在江西、广东设立了定位试验站，研究工程、生物、耕作等综合防治措施。广东电白小良地区水土流失已有百余年历史。经 20 多年试验，建立了稳定的人工森林生态系统，水土流失得到根治，土壤肥力不断提高。

（四）植物病虫害和鼠害的防治研究

20 世纪 50 年代，进行了蝗区类型、结构，以及改造途径与措施的综合研究，为根治长期为害中国东部几省的蝗灾，做出了贡献。根据 10 多年在全国各大棉区对棉花害虫发生规律的研究，提出防治方法，收效显著。对黏虫迁飞规律的研究，为预测预报和综合防治这一粮食作物的重大害虫做出了成绩。为减少化学农药对环境的污染，合成并投产了几种高效低毒杀虫剂，同时积极开展生物防治研究。其中，棉红铃虫、梨小食心虫等害虫的性信息素，可以用于棉田、果园的虫情预测预报，减少农药施用量；用细菌（如苏云金杆菌等）防治大面积的松毛虫和其他鳞翅目害虫，以及用病毒防治桑毛虫、棉铃虫都取得了成功。鉴定了数十种病毒（包括类病毒）、类支原体、类菌原体等新的病原微生物，为诊治这些植物病害提供了科学依据。利用弱毒的干扰作用，已达到防治由黄瓜花叶病毒引起的青椒、番茄病害。东北林区，内蒙古、青海牧区，以及新疆、青海农区鼠害防治的研究，取得良好效果。

（五）果蔬保鲜的研究

开展了水果、蔬菜的采后成熟、衰老的生理生化变化规律的研究。在国内首先建立的果蔬气调保鲜技术，经推广获得较大的经济效益，并推动了国内果蔬保鲜技术的研究和开发。用塑料小包装、硅窗气调，以及采后药物处理方法，建立了苹果调运流通和长期储藏的配套技术，储藏期达 6～8 个月。此外，还有一些研究取得了显著的经济效益：用植物激素，使蒜苗长期保鲜；将激素和防腐剂配合使用，提高柑橘保鲜效果；用理化方法速冻贮藏荔枝；对鸭梨采前处理、采后冷藏，消除黑心病；哈密瓜贮藏保鲜综合措施等。

（六）淡水鱼类养殖的研究

培育成功团头鲂（武昌鱼）、异育银鲫、丰鲤、细鳞斜颌鲴等优质鱼类新品种，已在近 20 个省、市安家落户，有的还被国外引种。在武汉东湖创造的大水面养鱼高产稳产记录，为湖泊养鱼做出了典范。根据稻鱼共生互利结构的生态模式，进行稻田养草鱼鱼种试验，获得了稻、鱼双丰收的良好效果，为各地所采用。对草鱼出血病的免疫和粘细菌性鱼病防治的试验研究结果，解决了草鱼的两种严重病害，大大提高了其成活率。此外，人工合成了促黄体生成素释放激素及其高效类似物，用于青鱼、草鱼和花链、白鲢等养殖鱼类催情，使鱼苗繁殖率提高了数倍。

（七）家畜繁育的生物学研究

在治疗家畜的不育症方面，就其不同情况，注射外源促滤泡素或促黄体素，调整患畜体内激素失调，获得显著效果；用前列腺素 F 类似物治疗母牛持久黄体不育症，90% 以上患畜恢复了生育能力。控制大批家畜同步发情的新方法，能缩短人工配种时间，便于冷冻精液集中配种，已在畜牧业中推广应用。

（八）林业和固沙造林的研究

对森林采伐更新、森林保护、农田防护林、固沙造林等进行了研究。提出的东北红松－落叶阔叶混交林更新主伐方式，以及红松人工林和落叶松林抚育更新的意见，对林业生产起着重要的作用。植物固沙的研究取得很大成绩，用草方格种植沙蒿等植物固沙的方法获得成功。自 1958 年以来，包兰铁路兰州至宁夏沙坡头路段，免被大面积流沙威胁，火车通行无阻。新疆吐鲁番等地的固沙造林试验，也取得了显著效果。

（九）人工胶茶群落的研究

经过 10 多年的试验和推广，在海南和云南成功地建成了 10 万亩以上的橡胶大叶茶双层结构的人工群落，为合理开发与利用热带植物资源，改善和合理利用热带生态环境开辟了新途径，取得了很好的经济效益、社会效益，是中国农业生态工程的成功范例之一。

（十）农村沼气的研究

研究了农村大、中、小沼气池池型，沼气发酵原料的配比，产气细菌的富集，产气细菌和甲烷细菌混合发酵，沼气二步发酵法等工艺，以及沼气池的管理方法，提高了沼气的产量和甲烷的含量。对沼气微生物的区系、分类鉴定及其在沼气发酵中的作用也进行了系统研究。这些工作为促进沼气进入群众性的实用阶段作出了贡献。

四、与工业有关的生物学问题研究

对微生物菌种选育、发酵的生理生化过程、代谢产物调控、物质转化、菌体利用及有害微生物的控制，进行了研究。许多成果被推广后，取得了很好的经济效益和社会效益。

（一）化工产品

采用微生物连续发酵方法生产有机溶剂丙酮丁醇，不仅生产周期缩短了，产量也成倍提高，节省了大量劳力和能源。用酵母发酵方法，进行石油脱蜡和生产单一长链二元酸和混合二元酸（工程塑料、合成纤维、麝香型香料和医药的原料），取得成功。

（二）抗生素

新中国成立初期，国内抗生素生产水平落后。中国科学院同卫生部、轻工业部联合组织了抗生素的研究、中间试验和工业生产大协作，促进了中国抗生素事业的发展。中国科学院几个研究所在完成当时的金霉素等的协作研究任务后，又研制出 10 多种医用和农用抗生素。

（三）氨基酸

20 世纪 50 年代末，在国内首先实现了谷氨酸发酵的工业化生产，取代了用面筋水解生产谷氨酸的旧工艺。还选育出产生 L－赖氨酸、丙氨酸、异亮氨酸、缬氨酸、色氨酸、苏氨酸、精氨酸和亮氨酸的菌种。L－赖氨酸产生菌已推广。

（四）维生素

创造了二步发酵生产维生素 C 的新工艺，1975 年，在世界上首先用于工业生产。该工艺流程简单，省去易燃易爆和有毒的化工原料，减少环境污染。除在国内推广外，还转让给瑞士。

（五）甾体激素

化学法与微生物转化法结合，先后研制成可的松、氢化可的松、强的松（泼尼松）、强的松龙（泼尼松龙）等多种甾体激素类药物。为开辟原料来源，研究出以蕃剑麻皂素代替薯芋皂素，生产大力补（美雄酮）和地塞米松等。

（六）酶制剂

培育出一批酶活性高的菌种，已分别用于食品、酿酒、皮革、纺织、洗涤剂、医药和饲料等行业，生产所需要的各种酶制剂，如淀粉酶、蛋白酶、脂肪酶、纤维素酶、果胶酶等。其中，葡萄糖淀粉酶活性高的菌种在白酒和葡萄糖生产中广泛应用，仅据 1982 年白酒行业统计，全国节粮 400 万吨。

（七）细菌冶金

利用细菌从低品位矿石或矿渣中浸出稀有贵重金属的研究，取得成功，已在湖南水口矿区进行了细菌浸出铜、铀的工业性生产。还用细菌浸出法浸出钴和锰。

（八）工业循环水管道杀菌除藻

为避免化工厂、化肥厂、炼油厂循环水管道，因微生物结垢与腐蚀，每年停产检修的损失，研究出不停产处理的新工艺，效果显著。

（九）防霉剂

筛选出一批防霉剂，已用于油漆、电器、皮革和光学仪器生产，减少了因霉菌生长造成的经济损失。

五、环境保护的生物学研究

在环境背景值调查，区域环境质量评价，污染物在环境中的迁移、累积和生态效应，水气土壤污染的处理，生物监测与净化技术，以及各种标准的制定等方面，做了大量工作。分离出一批能分解毒物的菌种，用于净化含酚、氯丁橡胶、腈纶、三硝基苯、黑索金、硫氰酸钠等的工业废水，结合处理工艺，提高了处理效果。建立氧化塘藻－菌共生系统，处理湖北鄂城鸭儿湖、上海金山、北京燕山、江苏吴江等农药厂及石油化工厂的废水；用生物转盘和塔式滤池法处理本溪焦化废水除苯和氰；用表面加速曝气法处理抚顺化纤厂丙烯腈纶的混合污水，都取得成功。筛选出上百种对大气或水质污染反应敏感，或具有抗性和有净化作用的植物，有的已分别用于工厂地段的生物监测、环境绿化和净化。

六、与医疗保健有关的生物学研究

（一）癌细胞生物学研究

建立了第一个人体肝癌细胞系，并进行了系统的生物学特性的研究。与上海医学部门合作，首先在国内建立了人甲胎蛋白琼脂扩散法用于肝癌普查。随后又建立更为灵敏的甲胎蛋白放射免疫测定法，并制成药盒，供全国数十个临床单位使用。对肝癌细胞中甲胎蛋白的基因结构和功能、肝癌细胞的逆转等也进行了研究。

（二）与人口控制有关的生殖生物学研究

进行生殖内分泌活动的规律、激素作用原理、胚泡着床机理的研究，发现了在子宫内膜和人滋养层细胞中的促黄体生成素释放激素（LH－RH）受体；以及胚泡对子宫代谢和受体有显著影响。探讨了人滋养层细胞的激素自我调节控制系统，以及颗粒层细胞和睾丸细胞激素的调节机理。还进行了一些避孕药物作用原理的研究。

（三）人类及医学遗传学的研究

开展了中国人群体遗传的研究，对中国 10 多个民族的近亲结婚频率与类型等进行了调查，得到大量系统数据和资料。对了解中国一些民族的起源和演变，以及遗传流行病学和优生学有理论和实际意义。建立了几种技术和方法，为开展染色体异常疾病的孕早期产前诊断，奠定了一定基础。

（四）医学心理的研究

先后对神经衰弱、高血压和精神分裂症等心因性疾病，进行了以心理治疗为主的综合疗法，取得显著疗效。儿童多动症心理测量方法已被临床部门采用。进行失语症的研究，初步摸索出一套适合国内临床应用的检查方法和分类方法。编制的记忆量表，经临床试用证明，是评定记忆能力和检查记忆障碍的一种有效工具。

七、为教学服务的心理学研究

对儿童心理发展和结合数学教学等进行了大量研究。改编小学算术教材，实验班用四年的课时学完现行教材六年课时的内容，未加重学生的负担，成绩还优于对比班。根据心理学原则自编的中学数学自学辅导教材，用于实验班，学习效果好，已在 26 个省、市推广。对智力落后和智力超常儿童的心理发展特点也进行了研究。

八、生物技术的研究与开发

（一）基因工程

20 世纪 70 年代后期起步，取得了可喜的进展。预防乙型肝炎和预防仔猪腹泻病的基因工程疫苗已进入中间试验。构建的青霉素酰化酶基因工程菌，已在制药厂进行半合成青霉素的中间生产试验。此外，还构建了人胰岛素原和人生长激素的基因工程菌。培育抗病植物品种的研究，获得了抗烟草花叶病毒的烟草、抗除草剂的大豆植株，和抗枯萎病的棉花。转基因鱼和转基因兔的试验，获得初步成功。

（二）细胞工程

（1）动物细胞工程。与医学部门合作，成功地制备了抗人肝癌和肺癌专一的单克隆抗体。正在试图用于肝癌、肺癌的早期诊断和体内定位诊断，以及与毒蛋白、抗癌药物结合，制成"生物导弹"，定向治疗肝癌和肺癌。鱼类细胞工程的研究，运用"异精雌核发育效应"和异科异属鱼类核移植技术，已分别获得了杂种鱼；在异源四倍体鱼和人工复合三倍体鱼方面也取得重要突破，开辟了鱼类育种的新途径。为加速良种家畜迅速繁育，进行了家畜受精卵、胚胎移植和胚胎分割实验研究，均取得成功。

（2）植物细胞工程。进行培养细胞的形态发生、分化、脱分化等基础研究，并开展大量应用研究。①花药培养和花粉单倍体育种，获得 40 种以上植物的花粉植株，选育出一批较好的水稻、小麦品种或品系，橡胶、人参等花粉无性系；②经济植物和花卉无病毒种苗的快速繁殖，以提高产量或质量。通过马铃薯茎尖组织培养技术与常规种薯生产技术相结合，建立了马铃薯脱病毒种薯生产及繁育体系，已在 20 多个省、市、自治区推广，取得很大经济效益；③花卉、蔬菜、瓜果、药用植物、香料植物、林木优良品种无性快速繁殖，取得成绩，有的已商品化生产，如建立年产 400 万株苗的优良香蕉品种快速繁殖基地等；④中国珍稀植物银杉和水杉的种质保藏，快速繁殖成功。此外，植物细胞大量培养生产有用物质的研究和人工种子的研究取得进展。植物原生质体培养和体细胞杂交的研究，获得了水稻、玉米、大豆等 10 多种植物的原生质体再生植株，其中玉米、大豆等是世界上首次培养成功。

（三）固定化酶和固定化细胞

固定化 5′ - 磷酸二酯酶在工厂应用，获得满意结果，这是国内建立的第一个工业规模的固定化工艺。固定化大肠杆菌细胞，已分别用于 6 - 氨基青霉烷酸的工业生产，以及生产半合成的头孢霉素中间体，进一步生产头孢立新。

（四）发酵工程

见本节四，"与工业有关的生物学问题研究"。

九、生物学的基础研究

新中国成立后到"文化大革命"时期，由于缺乏相对稳定的政策和环境，生物学的基础研究几次"忽上忽下"，尽管如此，生物学工作者还是做了不少工作。粉碎"四人帮"后，基础研究逐步恢复，并开拓了一些新的领域。

（一）分子生物学的研究

（1）生物大分子的结构、功能与人工合成。在蛋白质与多肽、酶、核酸等方面进行了许多研究。20 世纪 50 年代初，对琥珀酸脱氢酶作了深入研究，首次用先进的方法进行该酶的分离纯化，并在国际上第一个报道了酶与异咯嗪辅基会以共价键相结合，为以后呼吸链有关酶系的分离和重组的系统研究，开辟了道路。1965 年，上海生物化学研究所（钮经义、龚岳亭、邹承鲁、杜雨苍等）、上海有机化学研究所（汪猷、徐杰诚等）和北京大学化学系（季爱雪、邢其毅等），在世界上首次以人工方法合成了有生物活性的蛋白质——牛胰岛素。这一研究成果，是三个单位有关人员，在王应睐、汪猷领导下，经过六年半的合作，同国外几个实验室竞争中取得的。蛋白质空间结构的研究，由物理研究所、生物物理研究所和北京大学生物系年轻的科学工作者合作，先后得到了猪胰岛素晶体衍射的 2.5 埃（1971 年）、1.8 埃（1974 年）和 1.2 埃（1984 年）分辨率的结构测定结果，均达到了当时的国际先进水平。进入 20 世纪 80 年代后，研究了蛋白质功能基团的改变与其生物活性的关系。对于用化学修饰方法，在定量的基础上判断必需基团，以及酶的不可逆抑制的失活动力学，进行了理论探讨。所提供的方法，已被国际上广泛采用。核酸研究方面，上海生化所、上海细胞所、上海有机化学所、生物物理所、北京大学生物系和上海试剂二厂六单位，在人工合成核糖核酸协作组领导下，经过 13 年锲而不舍的努力，于 1981 年完成了酵母丙氨酸转移核糖核酸的人工全合成。这一成就标志着中国在另一类生物大分子的人工合成方面，也进入了国际先进行列。协作组的成员有王应睐（组长）、汪猷（副组长）、邹承鲁（副组长）、罗登（副组长）、王德宝（学术组长）等。

（2）分子遗传学的研究。20 世纪 70 年代中期才起步，先后纯化了 20 多种工具酶，建立了一系列基因克隆、基因库、酶切图谱，各种分子杂交、基因顺序测定、计算机数据处理技术等。在大肠杆菌、枯草杆菌、酵母和哺乳动物细胞等基因表达系统和真核基因离体转录系统方面，取得了研究成果。固氮基因精细结构的研究，测得 nif 基因的物理间距，矫正了国外关于 nif 基因组分为两簇，其间有静止区的论点。应用 DNA 重组和基因融合技术，对固氮调节基因，如 nigA 基因对结构基因起动部位的作用，提供了有效的研究途径。

（3）生物膜与生物能力学的研究。20 世纪 60 年代前期，主要集中于氧化磷酸化，以及膜上呼吸链系的琥珀酸脱氢酶的纯化与结构的研究。20 世纪 70 年代后期以来的工作包括：与物质运送有关的线粒体膜各种膜酶的分离、纯化和人工重组；与能量转换有关的线粒体电子传递链、光合膜与嗜盐菌紫膜的研究；与信息传递有关的胰岛素受体的研究，以及与膜结构有关的膜蛋白和膜脂相互作用的研究等。以上工作都取得较好的结果。

（二）细胞生物学的研究

动物细胞学的研究，原来较有基础的工作主要是结合胚胎发育问题进行的。

文昌鱼卵发育能力的分析研究，为国际上提供了重要文献，并为确定文昌鱼在动物分类学上的地位提供了进一步的证据。卵球成熟、受精和单性生殖的研究，创建了激素诱发蟾蜍和黑斑蛙卵巢体外排卵和成熟的实验体系，证实了在体外排出的成熟卵球具有完善的发育能力，得到了世界上第一批没有外祖父的"癞蛤蟆"，提出了受精的"三元论"。胚胎诱导作用和细胞分化的研究，证明了神经系统的区域性变化，是由于中胚层诱导物质和神经诱导物质的相对比值逐步变化，并观察到反应组织的年龄、诱导物质作用时间长短和浓度不同，都影响所产生的组织种类。20世纪60年代开始的细胞核和细胞质在鱼类和两栖类个体发育、细胞分化和性状遗传中的相互关系的研究，取得了成绩。植物细胞学的研究，50年代发现细胞核穿壁运动，随后进一步证明这种运动是植物体固有的生理现象，并提出"原生质胞间运动是有机物运输的一种方式"的假说。

（三）神经生物学的研究

在神经肌肉系统一般生理学方面，对神经肌肉系统细胞间营养性或长期性相互关系的研究，发现了一些新现象。在中枢神经系统生理学方面，利用电生理方法，对中枢神经系统活动进行了多方面的研究。20世纪60年代初，证明了吗啡镇痛的有效作用部位是第三脑室和导水管周围的中央灰质，这一发现在国际上被认为是吗啡镇痛作用原理研究的里程碑。有关针刺镇痛原理的大量研究，阐明了针刺信号是如何在神经系统的各个水平调节抑制痛觉的，并证明了脑内吗啡样物质及五羟色胺、去甲肾上腺素在针刺镇痛中的重要作用。阿片受体分离纯化和选择性配体的研究，得到很好的结果。研究对神经系统有作用的植物成分及其作用机理，发现一种新型的多巴胺受体阻滞剂。在视觉方面，就视觉中枢神经元回路，视网膜回路模型，视觉调制传递函数和水平细胞的性质等方面，进行了很好的研究工作，取得了一些受国际上重视的研究成果。对学习、记忆等脑的高级功能也进行了研究。从20世纪70年代开始，在神经生物学的前沿，如神经递质、神经肽和受体，可兴奋膜、神经网络与感觉信息加工，以及神经组织移植等领域也开展研究，并取得成绩。

（四）生态学的研究

（1）植物生态学与地植物学的研究。提出了以生态外貌为原则的植被分类和图例的系统，编写了《中国植被》和区域性植被专著，出版了几种小比例尺的中国植被图。植被分区和制图，作为自然地理条件、生物资源特点和空间位置的综合反映，在自然区划、农业区划，以及制订国土整治、环境保护和资源开发利用规划等方面，有重要意义。在综合研究的基础上提出的大农业发展和地区开发战略与措施已受到社会的重视。植物生态学的工作，以作物、林木、牧草和经济植物为主要对象，对其生物学生态学特征，特别是生态型与生态管理进行了研究，为林木和作物育种、适地适种生态区划提供了依据。20 世纪 50 年代末期以来，在热带森林资源开发利用、沙漠治理、草原合理利用，以及防治水土流失等方面，相继开展了生物地理群落和其他类型的生态学定位研究，都取得成果。

（2）动物生态学研究。主要结合鱼类资源的合理开发，虫害、鼠害防治进行工作。鱼类方面，对长江鱼类产卵场生态学的研究，基本摸清了家鱼产卵场的自然条件和促使产卵的主要外界因素；对长江中游通江湖泊鱼类江湖洄游规律的研究，阐明江湖阻隔对鱼类资源的影响，提出了保护和合理利用鱼类资源的措施。害虫方面，东亚飞蝗生理生态学研究、黏虫生态地理特性和迁飞规律的研究，以及害虫种群动态及综合防治理论研究等，对植物保护工作有重要的指导意义，受到国际同行重视。鼠害方面，对东北林区，内蒙古草原，华南、新疆、青海农区和京津地区害鼠的生态特征、种群动态和数量变动规律等进行了大量研究，为控制鼠害提供了科学依据。

（3）生态系统的研究。20 世纪 50 年代末，由植物学、土壤学、地理学工作者合作进行的西双版纳热带森林能量转换与物质循环规律的研究，是国内生态系统研究的先声。自 20 世纪 70 年代后期开始，围绕着国土整治、环境保护、农田生态、城市规划、重大建设工程的生态效应预测与评价等，开展了许多研究工作，并开始了自然生态系统的定位研究和复合生态系统的综合研究。在东北地区、内蒙古、青海和湖北武汉东湖等地设立的生态系统定位研究站，进行森林、草原、高寒草甸和淡水湖泊等生态系统的研究，揭示了第一性生产力的动态与形成过程、物质循环的特性。这些研究将为生产提供科学依据，对生态学的发展有一定推动作用。

（五）光合作用和生物固氮的研究

光合作用机理的研究，1961 年完成了光合磷酸化量子需要量的测定，证明了光合磷酸化是可以作为光合作用的部分反应。1962 年，在国际上最早发现了光合磷酸化高能态的存在，使光合作用机理的研究迈进了一步。此后，又提出了高能态有多种存在形式，以及偶联因子的变构与高能态的散失有关等新见解。生物固氮的研究在 20 世纪 70 年代起步。获得了钼铁蛋白的结晶。对酶活性中心金属原子簇的种类、数量、氧化还原特性，以及底物络合催化活性功能基团和催化反应动力学特件的研究，获得了一系列参数。

中国科学院生物学事业的建设是有成绩的。但从总看，与国际先进水平比较仍然有较大差距。回顾新中国成立以来的正反两方面的经验，生物学的发展更需要安定团结的政治环境和长期相对稳定的科学技术政策。

遗传学与百家争鸣*

——薛攀皋先生访谈录

访问时间：1986 年 7 月 12 日
地　　点：中关村
访 问 人：蒋世和　周永平

　　薛攀皋，中国科学院生物学部副主任。1927 年 12 月出生，福建省福清县人，1951 年毕业于原福州大学生物学系。

　　大学毕业后，一直在中国科学院（调查研究室、计划局、学术秘书处、生物学部）从事生物科学方面的科学研究组织管理工作。其间，1956～1966 年，曾先后兼任国务院科学规划委员会生物学组和国家科委生物学组秘书。1983 年，任国家科委、国家计委、国家经济委员会联合组织的全国科学技术长远规划办公室生物工程规划组组长，组织编制《1986—2000 年全国科学技术发展规划轮廓设想纲要（草案）》中的生物技术规划。

　　1956 年 8 月，在青岛召开的遗传学座谈会，到现在，已经 30 年了。这次遗传学座谈会，是"百家争鸣"方针提出后，我国自然科学方面第一次较大规模的学术会议。

　　青岛遗传学座谈会是为了纠正新中国成立初期，在生物科学尤其是遗传学方面教条主义地照搬苏联错误做法而召开的。这种错误的做法就是，混淆政治与科学的界限，用行政手段支持米丘林学派，给摩尔根遗传学派扣上"反动的"、"唯心的"、"资产阶级的"、"法西斯的"帽子，予以粗暴的批判、压制，甚至加以禁止。它严重地阻碍了我国遗传学的发展。青岛遗传学座谈会在良好的政治气氛和正确的"百家争鸣"方针指导下，使学术思想严重分歧对立的不同学派的科学工作者，捐弃前嫌，平心静气地在一起，开展学术讨论和争鸣。这次座谈会无疑是我国遗传学发展史上一次有重大意义的历史转折点。

　　青岛遗传学座谈会开创的良好局面没有维持多久，历史就出现了严重的曲

---

　　* 本文由任元彪整理，原载《遗传学与百家争鸣——1956 年青岛遗传学座谈会追踪研究》（任元彪等编），北京大学出版社，1996 年，第 73－76 页。收入本书时略有补充修改。

1956 年 8 月在青岛召开遗传学座谈会与会人员合影

折。从反"右派"斗争运动扩大化，到 1978 年 12 月中国共产党第十一届三中全会召开，除了少数单位、部门外，全国许多地方、部门、单位，没有认真贯彻执行"百家争鸣"的方针，对摩尔根遗传学派的政治批判连绵不断。曾经被纠正过的错误，又简单地重复发生达 20 年之久。下面列举几个不同时期的事例，由此可见一斑。

1958 年，在贯彻党的教育方针时，许多地方的大学掀起了一次批判摩尔根遗传学的高潮。武汉大学组织了战斗司令部，由副校长领导，在党内提出了要业务、政治一齐打。他们认为大学生物系贯彻党的教育方针，就是贯彻米丘林方向。米丘林学派和摩尔根学派的斗争是两条道路的斗争，是两种世界观、两个阶级之间的尖锐斗争在生物学中的反映。为帝国主义服务，是摩尔根学派的反动本质。为此，一批摩尔根学派的遗传学家都受到重点批判。批判的结果是，许多教师不敢沾摩尔根的边，绝口不提摩尔根遗传学的内容，不敢批评米丘林学说的缺点。

1959 年，农业部副部长程照轩认为，在 1956 年青岛遗传学座谈会上，米丘林学派失败了，要开一次会扭转一下形势。为此，他支持在 1959 年开一次会专门批判摩尔根遗传学。会议的通知已拟好了，但由于有关部门的反对，这个会没有开成。

1960 年，在学术思想批判浪潮中，全国各地又掀起了一次讨伐摩尔根遗传学的高潮。他们仍然把两个学派不同学术观点的争论，上升为两个阶级、两种世界观在生物学中的反映。湖南农学院党委组织了 120 名教师和 510 名学生对该校遗传学教授裴新澍进行重点批判，除大会、小会批判外，还贴了 2 万多张大字报。20 世纪 50 年代初，裴新澍是原福建协和大学农学院教师，教过我生物统计学。他是湖南人，后来回湖南农学院执教。与此同时，湖南医学院党委强迫遗传学家卢惠霖在 500 多名学生面前，承认自己的"资产阶级学术观点"。辽宁大学生物系，以党政负责人为首组成的"红旗战斗队"，全盘否定摩尔根遗传学。有人主张米丘林学派和摩尔根学派两派合作，取长补短，但"红旗战斗队"批判这"是取消两种世界观的斗争"，"是生物学研究中的现代修正主义"。在批判会议上还有人提出："相信摩尔根就是拒绝世界观的改造，就是不要毛泽东思想作指导。"由于中央有关部门的干预和陆定一的多次讲话，指出这场批判运动是严重违背"百家争鸣"的原则性错误，才没有继续下去。

在史无前例的"文化大革命"运动中，摩尔根遗传学又一次面临厄运。在姚文元授意下，上海的一个"四人帮"御用写作组，于 1970 年 7 月前后，抛出了一套共六册、包括《遗传学》在内的"现代西方自然科学理论及其主要流派介绍"。在《遗传学》这一册中，虽然貌似公允地对米丘林遗传学和摩尔根遗传学各打 50 大板，但批判的矛头主要还是指向后者。对米丘林学派，文中仅仅说它是"走上了外因论的极端，完全抹杀了生物体遗传变异的内部矛盾性，实际上也就否定了生物的遗传性"。而对摩尔根遗传学，文中认为它是"二十世纪以来流毒很广的最反动的资产阶级自然科学理论体系之一"。在"文化大革命"中，许多遗传学家受到批判斗争。

1976 年 3 月，在我国最早宣传米丘林学说、粗暴批判摩尔根遗传学，曾在他领导的一所大学里，禁止开设摩尔根遗传学和生物统计课程的一位米丘林学派的科学家，当他看到有些摩尔根遗传学家的著述中，介绍国外分子遗传学和基因工程的进展动向，以及闻悉中国科学院一局召开有关遗传工程的会议时，他批判说："从林奈的'杂种基因'起，到分子遗传学，所谓'基因工程'，都是资本家的御用学者们为了抬捧其主子所设立的一套套愚民政策服务的所谓'遗传学'。其实，这种'遗传学'永远不会，也不能与生产实践产生任何联系。"

"四人帮"被粉碎后，1977 年 2 月 15 日，一位中学的美术教师，在前面提到的那位米丘林学派遗传学家的鼓动和不断提供"炮弹"下，打着肃清"四人帮"流毒的旗号，向当时的中共中央主席华国锋，以及叶剑英、中央宣传口负责同志上书，要求开展对"反动的"、"唯心的"、"资产阶级的"摩尔根遗传学和新的基因论遗传工程、基因工程，进行批判。这位中学教师在上书时，附上了几位著名生物学家写给他的支持信。

从以上的历史回顾中，我们看到了贯彻执行"百家争鸣"方针的艰巨性。

在遗传学中，用行政手段，粗暴批判、压制一个学派，支持另一个学派的错误做法，严重阻碍科学的发展。这一沉痛的教训是我国"百家争鸣"方针提出的重要背景之一。那么，已经被明确纠正过的错误，为什么在以后的20多年里又能够不断地重复发生呢？这是一个值得人们思索的问题。我想，这不是某一个人、某一个单位、某一个地区的问题，而是整个国家总的指导思想和社会思潮发生了偏差的问题。只有总的指导思想和社会思潮端正了，局部的问题才比较容易得到解决。否则，同样的错误，在这个人身上，在这个单位或这个地区解决了，而在另一个人身上，另一个单位或地区还会重犯。陆定一在晚年提出："反右派以后，'百花齐放，百家争鸣'的方针，形式上没有被废除，但实际上停止执行了。"毛泽东同志提出：百家争鸣基本上是两家，资产阶级一家，无产阶级一家。这句话对科学和艺术部门来说是不对的。照此去办，科学和艺术部门只能是一言堂，而且会使'政治帽子'流行起来。对科学和艺术中的学派、流派，乱贴政治标签，用简单化的办法来区分何者为资产阶级的，何者为无产阶级的，是不科学的，也就无复'百家争鸣'可言"。[①] 这大概是粗暴批判摩尔根遗传学的错误做法不断地简单反复出现的主要原因。

党的十一届三中全会以后，通过拨乱反正，逐渐消除阶级斗争扩大化的影响，使我们党和国家的政治生活逐渐活跃起来。"百家争鸣"需要宽松的政治环境和生动活泼的气氛，肃清"左"的流毒，仍然不容忽视。

① 陆定一．"百花齐放，百家争鸣"的历史回顾——纪念"双百方针三十周年（1986 年 4 月 19 日）//陆定一．陆定一文集．北京：人民出版社，1992：840－845.

回顾"十二年科学规划"*

——薛攀皋先生访谈录

薛攀皋（口述）熊卫民（访问、整理）

受访人：中国科学院生物学部原副主任 薛攀皋高级工程师（以下简称薛）
访谈人：中国科学院自然科学史研究所博士生 熊卫民（以下简称熊）
访谈时间：2006 年 5 月 9 日
访谈地点：中国科学院黄庄小区

熊：薛先生，我知道您参与过"十二年科学规划"的制订工作。能不能请您从自身经历出发谈一谈该规划的制订过程以及实施情况？

薛：虽然参与了"十二年科学规划"的制订工作，但当时我也就 20 多岁，只是生物学地学部办公室一个普通的科员，所从事的主要是一些服务工作——准备文字材料（作记录、编简报、校对印发规划草稿）、管管代表们的吃喝等具体事务——这些个人经历没什么值得谈的。但我愿意根据你拟订的访谈提纲，讲一讲我所了解的"十二年科学规划"。其中有一些内容还很少报道过。

制订长远的科学规划，先行一步的应该是中国科学院。中国科学院给国家提出了重要的建议，并最早启动这方面的工作。

中国科学院建议制订科学远景规划

薛：1954 年 6 月，为适应国家计委会制订全国经济建设长远计划的需要，中国科学院召开了一系列的会议，邀请院内外科学家，就数学、物理学、化学、生物学、地学、技术科学，以及水利、电器、动力机械等方面的科学长远计划问题，交换了意见。但这只是一些普通的座谈会，一直到 1954 年结束，都没有进入长远计划的具体制订阶段。

1954 年 10 月，苏联专家柯夫达奉派来中国任中国科学院院长顾问。在中国科学院学术秘书处学术秘书贝时璋教授的陪同下，他花了两三个月时间在北京、

---

* 本文原载于民主与科学，2009 年第 5 期，参见：孙伟林. 民主与科学文集. 北京：学苑出版社，2009：197-204. 原题为《回顾 12 年科学发展规划》，收入本文集时个别处有所改动。

南京、上海、杭州、广州等地考察中国科学院和其他部门的研究机构。1955 年 1 月，他从宏观角度写了一份比较详细的建议，题为《关于规划和组织中华人民共和国全国性的科学研究工作的一些办法》。[①] 除了前言外，该办法共提出了 11 个问题，还有一个附件，提出在最近必须按程序付诸实施的六条措施。在该办法和措施的第一条中，柯夫达都建议要尽快编制中华人民共和国科学事业十五年远景规划。

熊：这个想法是柯夫达原创的，还是他在访问研究所的过程中从中国科学家那儿获得的？您刚才谈了，在他之前，已有一些中国科学家讨论过类似的问题，是不是他们又向这位院长顾问讲了一遍？

薛：他主要的翻译赵同（现在已经去世了）和其他几位翻译都没有提过这样的事——当然，也可能是我看到的资料有限。另外，苏联也没有制订过长期的科学规划。柯夫达是苏联科学院通讯院士、著名的土壤学家，来中国之前，任苏联科学院共产主义建设协助委员会副主任，已经从事过多年的科学组织领导工作，他的视野是很开阔的。他还建议开展自然区划、经济区划等工作，这些也都被纳入"十二年科学规划"之中。

柯夫达关于制订远景规划的建议得到了中国科学院充分的研究讨论。1955 年 4 月 7 日，郭沫若院长给周恩来总理和当时分管科学工作的陈毅副总理写了一份《关于贯彻院长顾问柯夫达建议向国务院的报告》（以下简称《报告》），提到了制订长远规划的问题。《报告》说：柯夫达的建议"是完全正确的，对于全面规划和组织我国科学研究工作，推动我国科学事业的发展具有极重要的意义"。[②] 4 月 29 日，张稼夫在中国科学院党组会议上传达说：4 月 20 日中共中央政治局讨论了党组的三个文件。最后刘少奇作结论说，柯夫达来不久即提出许多建议。他的建议很重要，值得重视。要国家计委、中国科学院和有关部门提出如何实现这些建议的意见，提交中央讨论解决。[③]

1955 年 6 月 26 日，柯夫达夫人在莫斯科病逝。6 月 27 日，柯夫达匆促离开北京回苏联。由于健康原因，柯夫达以后没有再到中国来。为此，苏联改派技术科学方面的专家拉扎连科接替他任中国科学院院长顾问。拉扎连科于当年 12 月 25 日到北京，这时"十二年科学规划"的第一阶段工作已经启动，他立即参加了有关工作，提出了许多意见和建议。武衡在回忆录中提到，应周恩来总理的要

① B. A. 柯夫达. 关于规划和组织中华人民共和国全国性的科学研究工作的一些办法. 中国科学院年报，(1955)，中国科学院办公厅编，1956：55-63.

② 郭沫若. 关于贯彻院长顾问柯夫达建议向国务院的报告. 中国科学院年报（1955）：中国科学院办公厅编，1956：64-66.

③ 庞真. 有关十二年科学规划的几点史实问题的来信. 院史资料与研究，1997，(5)：51-56.

求，苏联部长会议主席布尔加宁派出以苏联科学技术情报所所长柯夫达通讯院士为首的 16 位科学家来华帮助规划工作①，这大概是出于记忆错误，所谓"以柯夫达为首"似乎是"以潘若夫为首"之误。

那时候，苏联建国虽已将近 40 年，但还没有制订过科学发展的长远规划。当国务院向文教总顾问、苏联专家马里采夫通报我国将制订"十二年科学规划"时，马里采夫认为这是中国党和政府的英明决定，规划将成为中国科学事业的总路线。对我国打算邀请苏联科学家协助规划工作的意图，马里采夫表示愿意大力支持，并立即通知在北京的苏联专家，同时向苏联科学院和苏联国家计划委员会通报②。"十二年科学规划"在正式编制过程中，得到过许多苏联专家的帮助。柯夫达虽然未能留在中国目睹他的建议变成现实，并参加实际的规划工作，但作为第一位向中国建议编制全国科学远景规划的苏联专家，以及他的那份《关于规划和组织中华人民共和国全国性科学研究工作的一些办法》，似乎不应该被遗忘。

一些名人的回忆未必准确。比如于光远在《参加第一个科学规划的经历》一文中提到，科学院曾征求过柯夫达关于制订远景规划的意见，柯夫达的想法没有拉扎连科积极，多少偏于保守。③ 这和实际情况颇有偏差。制订远景规划的意见就是柯夫达提出的。而他离开中国时，我国还没有对制订远景规划问题做出正式决定。

1955 年 6 月 1～10 日，中国科学院学部成立大会在北京举行。有关制订科学远景规划的问题成为这次会议讨论的热点之一。

6 月 2 日，郭沫若院长在学部委员全体会议上的报告中，申述了制订科学远景规划的重要意义。他说："我国科学工作必须有计划地进行。国家大规模的建设事业是长远的，科学家的培养和科学成果的收获也都需要相当长远的时间。一般说来，一个刻苦努力的大学毕业生培养成为科学家要 5～10 年的岁月；一个新成立的研究机构，也要经过大约 5 年时间，才能出有价值的科学成果。因此，科学发展的远景计划尤其重要。只要有了远景计划，才能够正确安排今天的工作。"④ 会议期间，学部委员对此进行了热烈讨论。6 月 10 日全体会议通过的《中国科学院学部成立大会总决议》中提出：中国科学院应迅速拟订十五年发展远景计划，并在一年内提出草案；全国科学事业的规划，亦应协同政

---

① 武衡. 科技战线五十年. 北京：科学技术文献出版社，1992：167.

② 科学规划小组第三次会议记录，见时任国务院第二办公室副主任范长江秘书的林自新的工作记录本（简称《林自新工作记录》）.

③ 于光远. 参加第一个科学规划的经历. 中国科学报，1996-06-30.

④ 参见：郭沫若院长在中国科学院学部成立大会上的报告. 中国科学院办公厅. 中国科学院年报（1955），1956：3-11.

府有关部门特别是国家计委、高等教育部从速制订。全体学部委员应积极参加这些工作。①

学部成立大会之后，中国科学院在工作总结报告中向周恩来总理和陈毅副总理再次提出：制订全国性的科学发展规划，确为目前发展科学事业的迫切需要。由于这项工作牵涉的方面和包括的范围很广，必须根据国家的远景计划的要求来制订，所以建议由国家计委主持，吸收中国科学院和政府有关各部参加，迅速进行此项工作。报告还说：中国科学院已将此项工作作为今年下半年的中心工作之一，并尽量吸收学部委员参加。②

中国科学院制订十五年发展远景计划

薛：1955年9月15日，中国科学院第39次院务常务会议通过了《关于制订中国科学院15年发展远景计划的指示》（以下简称《指示》）③。科学院把第一个五年计划已经过去的三年也算上，那就成了十五年规划。

从10月开始，中国科学院各研究所先从本单位所包括的各门学科出发，按照《指示》要求的内容，进行讨论研究提出远景计划草案（比如动物研究所就编过无脊椎动物学、脊椎动物学的发展纲要）。各学部在此基础上再汇总、平衡，就本学部范围内科学事业发展的步骤、速度、地区布局进行全面规划，编出本学部远景计划草案。我那时候是生物学地学部的科员，亲历了这些工作。在各学部之上有一个综合组，是院学术秘书处组织的。他们对各学部的草案进行综合平衡，在邀请科学家讨论后，向中国科学院院务常务会议提出全院的远景计划草案。从1956年1月23日开始到2月11日，学术秘书处和三个学部组织约360位科学家，写出了中国科学院远景计划的初稿。其中重大项目经反复讨论确定了53项（其中既有学科规划，又有任务规划）④，许多项目后来被吸收到全国"十二年科学规划"中，当然在内容上有了大大扩展。因此，在制订长远的科学发展规划方面，中国科学院先行一步。

① 参见：中国科学院学部成立大会总决议．中国科学院年报（1955），中国科学院办公厅编．1956：47，48．

② 参见：学部成立大会工作总结报告．中国科学院年报（1955），中国科学院办公厅编．1956：50-54．

③ 参见：关于制订中国科学院15年发展远景计划的指示．中国科学院年报（1955），中国科学院办公厅．1956：115-118．

④ 竺可桢．竺可桢日记·Ⅲ．北京：科学出版社，1989：658．

国家制订"十二年科学规划"的经过

熊：随即，国家又开始制订科学规划了。它是在什么背景下进行的？

薛：有不少地方提过背景。那个时候，社会主义改造完成了，五年计划也已开始，大量的任务提了出来，国家开始感到科学技术水平落后、人才不够。怎么办？向科学进军！采取了两大措施：①开知识分子问题会议，对知识分子的"阶级属性"稍微作一点改动——由原来的"资产阶级"改成"工人阶级的一部分"——以调动知识分子的积极性。②制订"十二年科学规划"（没包括第一个五年计划已经过去的三年，那就成了十二年规划），号召国人向科学现代化进军。

熊：中央政治局从什么时候开始议论科学规划之事？

薛：这恐怕要到有关档案解密之后才能弄清楚。有人认为，是毛主席最早提到此事。理由是，1955 年 7 月 31 日，毛主席在《关于农业合作化问题的报告》上批示："全面规划，加强领导，这就是我们的方针。"[1] 但我觉得这个说法有些勉强，因为毛主席并没有明确说要规划科学。不过，政治局肯定在 1955 年底前议过此事，因为科学规划十人小组就是在那个时候成立并开始活动的。

1956 年 1 月 5 日，李富春给各部门党组负责人写信，要求各部门在 1 月底以前提出各部门的科学和技术工作关键性问题的基本规划。各部门的规划应各有重点，"科学院主要作重要学科的发展计划；各产业部门对重要学科和重要专题规划，都应考虑；高教部则主要应考虑培养干部的计划，同时对学科和专题也应尽可能提出意见。"

在公开场合谈起此事，最早的大概是周恩来。1956 年 1 月 14 日，他在《关于知识分子问题的报告》中说，国务院已经开始着手准备编制"十二年科学规划"。

1 月 21 号，在中南海怀仁堂开了一次 1300 人左右的大会，请科学院的副院长、学部主任们去报告国内外科学发展的水平、现状、趋势等（吴有训报告数理化学、竺可桢报告生物学和地学，严济慈报告技术科学），听报告的是各部门、各省市党的负责人，以及毛泽东、刘少奇、周恩来、李富春（最早由他来负责规划之事，后改由陈毅负责）、陈毅、邓小平等领导人。当时的科学家对此反响很大，竺老在日记中记载到："没想到人民政府看科学这么重。"

1 月 25 号，毛主席在最高国务会议上有一个讲话："我国人民应该有一个远大的计划，要在几十年内努力改变我国在经济上、科学上落后的面貌，迅速达到

---

① 武衡.科技战线五十年.北京：科学技术文献出版社，1992：160.

国际先进水平。"这实际上提出了"十二年科学规划"的目标。

1月31日,开了编制该规划的动员会。这个会是陈毅主持的,李富春作了关于编制"十二年科学规划"的报告。陈毅在会上要求各部门的领导、党员负责干部要取消门户之见,在搞科学规划问题上要团结,特别要注意和科学家找到共同的语言,要打破学科界限,发挥科学家的积极性。

搞规划,特别是基础学科的规划,容易产生求全的倾向。不管谁主持,一旦规划不全,规划者就会挨骂。部门之间也有这种情况。陈毅注意了这个问题。所以,他事先打了个预防针,要求各部门的领导干部、科学家团结协作。他特别强调,某些领导干部不要成为搞规划的障碍。

会议还宣布了两个事情。一个是宣布成立以范长江同志为首的科学规划十人小组,由他们具体组织、领导规划工作。十人小组的成员,由与科学关系密切的单位的有关负责人组成,具体包括国务院第二办公室、第三办公室、第四办公室、第六办公室、第七办公室副主任,以及中国科学院、高等教育部、卫生部、中宣部科学处等单位的负责人。一直都叫十人小组,但实际上人员有调整,正式的名单不止10个人。再就是宣布规划工作分成两个阶段:第一阶段,在2月底以前,由中国科学院、产业部门、高等教育部分别提出本部门的规划草案。第二阶段,从3月起,以中国科学院的物理学数学化学部、生物学地学部、技术科学部为基础,集中全国600多位科学家对各部门的规划进行综合、审查和平衡,编出全国的规划。

综合组以科学家为主,实际于2月下旬就开始工作。它在综合中国科学院和各部门的规划草案的基础上,提出了50个重大项目,并在3月16~20日,向集中参加规划工作的数百名科学家逐项介绍其内容。经过数百名科学家充分讨论后,项目的数量与内容都有了扩展,最后,到8月份,形成了"十二年科学规划"(草案)的57项重大任务。规划的程序、大致的运行方式就是这样。

关于综合组的成员名单,目前还尚难确定,但在不完整的会议记录——林自新(范长江的秘书)的工作笔记中先后出现的22名科学家(其中,是学部委员的16人;是在科学院工作的专家14人)。

苏联专家所起的作用

熊:在规划工作中,苏联专家起了哪些作用?

薛:那个时候,我们跟苏联的关系还算可以。拉扎连科来中国之前,苏联科学院和有关部门对他说,搞规划要注意国外的已有成果,不要什么事情都从头做起;还授权给他,中国方面需要什么,包括一些成果,甚至还包括工艺,苏联方面都可以无偿地提供。拉扎连科就开了一个名单——这是他和苏联科学院商量的结果——建议请16位苏联专家过来帮助搞规划。

熊：来中国后，他们起的作用到底有多大？

薛：他们这些人来，最主要是作学术报告，把苏联的及其他国家的最新成果介绍给大家。相对说他们的眼界要宽一点。这些报告对开阔我们的眼界是有一定作用的。但是搞长远规划，对他们而言也是第一次。对于他们起的作用的评价，我觉得应该恰如其分，既不宜宣扬得太高，又不宜贬得过低。

熊：对于国际上科学技术的发展，我国科学家应当也能做出比较恰如其分的分析吧？至少国际上的期刊、书籍我们也能读到嘛。

薛：我们的科学相对落后，但也不要妄自菲薄。我国还是有一大批有水平的、视野开阔的科学家。他们所起草的"十二年科学规划"包括600多个中心问题的说明书。其中，苏联专家提不出意见或只提少量补充修改意见的大约占90％。

可我国科学家处的环境确实不尽如人意。那时，我们一方面受以美国为首的发达资本主义国家的封锁，一般的外文资料很少。就只有龙门书局在翻印进口的书刊，可印刷的质量较差，而且时间总要落后一些，我国的科学家不能那么及时地看到最新的资料。另一方面，我们又采取自我封闭政策。苏联专家能参加各种国际学术活动——我们只有很少量的人能参加——一般来说，他们掌握信息要快一点。

后来，苏联专家对我们的规划又提过一些重要的建议。1957年5月，我国政府将"十二年科学规划"（草案）送交苏联政府，请他们组织有关部门、科学家和专家研究，提供意见。同年10月，以郭沫若为团长的中国科学技术代表团近120人访问苏联，一方面听取苏方科学家和专家对规划（草案）的意见；另一方面，同苏联政府商讨并签订中苏两国在我国第二个五年计划期间的科学技术全面合作协定。代表团于1957年10月下旬开始实际工作，1958年1月18日签订了中苏两国共同进行和苏联帮助中国进行重大科学技术研究协定。

苏联政府动员了六七百位科学家和专家，从1957年8月起，对我们规划的57项任务和600多个中心问题，分组进行了研究，做了大量工作，至10月20日止，提出了1200页的书面意见。我国代表团到苏联后，苏联方面听取了我方各小组对规划的补充和修正情况的报告，同我方科学家面对面讨论后，又提出了补充意见约800页，两者加起来共约2000页，合中文近100万字。

对于整个规划草案，苏联部长会议国家科学技术委员会主席马克萨廖夫和苏联科学院院长涅斯米扬诺夫还有一份总结性的书面意见。

苏方对我们规划草案的意见是："基本正确，缺点不少，实现规划，任务巨大。"据不完全统计，我们规划的项目，苏方完全没有提意见的约占11%；认为基本正确，有些补充修正的约占78%；认为原则上有错误或者有重大遗漏等缺点的约占11%。

苏方批评或建议中比较典型的有几个方面。

（1）应该掌握苏联和其他国家已有的成就，结合中国实际，把它们应用到中国建设中去。苏联可以无条件地供给一切研究成果，如规划中，稀有金属、重有机化学产品、高分子化合物、轴承铸造工艺等苏联或其他国家早已解决的问题，规划还把它们列为长期研究的课题。

（2）应该总结中国优秀的科学遗产和群众经验，如农业、医药、药用植物、针灸等方面的知识。

（3）有些科学工作缺乏目的性，特别是经济上的考虑。例如，橡胶栽培北移成功希望极小；用热能、超声波和高频电流强化碎矿作业，成本将非常高；对世界劳动卫生工程与工业毒理学研究认识不足；对新建改进工矿企业中劳动卫生、劳动保护的卫生标准研究不重视，而对近代工业十分重要的毒理学的研究，则未列入规划。

（4）有些科研工作缺乏对综合性技术措施的研究。例如，农业方面只注意个别病虫害问题，没有注意分区综合性的植物保护制度的研究；防治人体主要疾病方面，也有同样问题。

（5）对有些项目的工作量估计不足，使得有些规定不可能如期实现。例如，自然区划部分要求在第三个五年计划期间制成各式各样的百万分之一的地图，不仅不可能如期完成，而且也没必要，只要完成土壤等少数项目的百万分之一地图就可以了。植物和地貌方面也不必做全面的百万分之一图，应先集中力量在与国民经济建设有重要关系的地区或典型地区进行工作。

（6）有些项目包罗万象，像教科书，没有提出重点和要解决的主要问题，如第28项"重有机化学产品和高分子化合物的生产过程的研究"、化学学科规划、昆虫学学科规划等。

（7）在组织措施方面，对实现规划的干部培养问题注意不够。对一些机构的建立，要吸收苏联教训，如海洋台站规划建700个，苏方认为建100个就差不多。

郭沫若在1958年3月科学规划委员会第五次会议上所作的有关报告认为："苏联同志的意见是对《十二年科学规划》在高度科学水平上的鉴定。""大体上说来，我们的规划基本上是适合中国社会主义建设的需要，而且反映了世界科学发展的动向。但由于科学水平和思想认识的限制，也还有不少缺点。特别是在组织措施上，更由于当时客观条件尚未具备，还没有能够切实地进行研究。因此苏联同志所提的各种批评和建议是应该十分加以重视的。"

熊：看来那个时候"赫鲁晓夫同志"对我国的帮助确实是真心实意的。我国是否确实充分吸取了苏联专家的意见？是否对规划草案作了重大调整？

薛："十二年科学规划"（草案）编制完经中央批准后开始实施，我奉组织之命兼任国务院科学规划委员会生物学组的秘书，在著名生物学家贝时璋领导下工作。在执行过程中，规划草案内容与进度有过个别调整，但不都是苏联专家的作用。例如，第56项任务的修订，明确提出要人工合成胰岛素是我国科学家自己的主张。

我个人认为应该实事求是地肯定苏联政府和苏联科学家对我国制订"十二年科学规划"的大力支持和帮助。中苏人民、中苏科学家之间的友谊是永恒的。1960年中苏关系恶化后，柯夫达、拉扎连科等苏联专家对我国去苏访问的科学家依然诚恳热情接待，难能可贵。

规划编制过程中的争论

熊：在制订规划的过程中，出现过哪些有影响的争论？

薛：争论过的问题不少，大致可将它们罗列如下。

（一）我国科学发展的方针

这牵涉到规划编制指导思想。一种意见是"重点发展，迎头赶上"。另一种意见是在这八个字中间还加几个字："重点发展，推动全面，加强基础，迎头赶上。"还有一个相关的争论是，我们"迎头赶上"，是一切都靠中国自己力量、自力更生呢，还是在自力更生前提下，先学会世界上已有的成就，在这基础上研究、创新、继续提高、继续前进？

实际上，有关的指导思想在1956年1月的知识分子会议上就有所阐述。周恩来在1月14日作的《关于知识分子问题的报告》中就已经提出："必须按照可能和需要，把世界科学最先进的成就尽可能迅速地介绍到我国的科学、国防、生产、教育部门中来，把我国科学界所最短缺而又是国家建设所最急需的门类尽可能迅速地补足起来，使十二年后，我国这些门类的科学和技术水平可以接近苏联和其他世界大国。"

但是在讨论当中，这两方面的意见还是争论得比较激烈。大多数人认为发展科学技术应坚持自力更生，但世界上已经成功的先进科学技术成果都是人类创造的财富，只要人家愿意提供，不应持排斥态度，应虚心学习、利用、掌握，把它们变成自己的东西，再进一步研究、创新、提高，只有这样才能达到事半功倍的效果。

郭沫若在讨论中举了一个例子：铝镍钴合金，日本20世纪30年代就做出来了，而我们新中国成立后还要搞，可搞来搞去很困难。他提出，只要人家愿意提供材料，我们应该尽量地去学习，这样可以事半功倍。

争论最后汇报到了周恩来总理那儿。他强调：①要瞄准当代世界新兴学科和技术，采用世界先进技术，不失时机地迎头赶上。②要根据国力有限的实际情况，在选择、确定科研项目上要有重点。因此，"重点发展，迎头赶上"的方针是在争论中产生和确立的。

（二）编制规划的方法

薛：是从"任务出发"，还是从"学科出发"？当时不是让中国科学院和产业部门等先各自规划嘛，到第二阶段集中时，发现它们五花八门：有的从"任务"出发，有的从"学科"出发。中国科学院是以学科规划为主，也兼顾了任务。而产业部门的规划大多以任务为主。同样是从任务出发的，由于掌握的资料不同，不同部门提出的方案水平深浅不齐，表达方式也各异。这就使得很难综合。于是大家争论，到底该从什么出发。

大多数人认为该从任务出发，不应该考虑学科。他们说，我们国家基础薄弱，好多生产上的问题解决起来都很费劲，不应该分散力量去搞基础研究。而主张从学科出发的人则认为，应用研究的基础是理论研究，所以不能排斥理论研究。持后一种观点的人少。最后，实际采用的是少数服从多数。武衡在回忆录中说，当时科学家一致主张"任务带学科"。实际情况不完全是那样，科学家还有向总理告状的。所以，周恩来总理听汇报时，对于"任务带学科"迟疑了一会儿。他说：那些"任务"带不动的学科怎么办？是不是应该补充一项发展各学科的学科规划？所以，增补了第56项任务"若干重要基本理论问题的研究"和《基础科学学科规划》。

熊：您的意思是说，是因为科学家告了状，周恩来总理才问那句话？

薛：不仅如此。在知识分子问题报告中，周恩来总理对于基础和应用的关系就有一个很精辟的论述："在过去几年中间，我国的各种工作都在开始，我们在目前需要和技术工作方面多投一些力量，而对于长远需要和理论工作方面注意得比较少，这是难免的，也是可以理解的。但是到了现在，如果我们还不及时地加强对于长远需要和理论工作的注意，那么，我们就要犯很大的错误。没有一定的理论科学的研究作基础，技术上就不可能有根本性质的进步和革新。但是理论力量的生长，总是要比技术力量的生长慢一些，而理论工作的效果一般也是间接的，不容易一下子就看出来。正因为这样，有许多同志现在还有一种近视的倾向，他们不肯在科学研究方面拿出必要的力量，并且经常要求科学家给他们解决比较简单的技术应用和生产操作方面的问题。当然，理论决不可以脱离实际，任何脱离实际的'理论研究'都是我们所必须反对的，但是目前的主要倾向，却是对于理论研究的忽视。"作为国家最高层的领导，那么全面、尖锐地提出重视理论研究的，在我的印象里只有他一个。

熊：是不是因为周恩来总理有过这样的论述，科学家觉得他能与自己产生共鸣，于是才向他告状，进而催生了第56项任务？

薛：那我就说不好了。应该说在相当长的一段时间里，我国对基础研究和基本理论研究的政策缺乏连续性。每次政治运动一来，从事这方面研究的科学工作者都免不了受到冲击。因此在编制国家科学技术发展远景规划的时候，面对科技圈里的人士对基础研究和基本理论研究如此近视和冷漠。他们作为弱势群体，向周恩来总理告状，既是出于无奈，又是出于对周恩来总理一向支持并提倡基础研究和基本理论研究的信任。

（三）重点任务

薛：规划草案把国家重要科学技术任务归结为12个方面57项——有的方面可能六七项，有的可能只一二项。有些人反对把第11、第12个方面列为重点——它们分别为"危害我国人民健康最大的几种疾病的防治和消灭"和"自然科学若干重要理论问题"——理由是重点已经够多了，不要齐头并进。

后来聂荣臻副总理等人不同意。他们动情地说：我国有几种疾病（如血吸虫病）严重地危害着几千万人民的生命，不是一件小事。如果不能体现为人民谋幸福的话，我们的规划又算什么？所以，第11个方面后来还是通过了。再就是基础研究，它该不该被列为重点的争论一直持续到规划草案完成、由陈毅副总理主持召开国务院科学规划委员会扩大会议时，但最后还是通过了。

熊：周恩来总理发过话嘛。每位科学家都觉得自己的学科、方向重要，可不是任何人的方向都能被列为重点。究竟列谁的，这是不是也会引起争论？

薛：综合组中肯定有很多这样的争论，但当时我不在综合组，具体细节就不清楚了。

（四）科学研究工作体制

薛：还有两个与科学研究工作体制相关的问题。其一为中国科学院的技术科学部是否应该继续存在？实际上也牵涉到长远和目前、基础跟应用的关系。这个争论发生在1956年8～10月由陈毅副总理主持召开的那几次国务院科学规划委员会扩大会议上。有人认为：技术科学应该完全由产业部门来搞，中国科学院不必有（或暂时不必有）技术科学部。陈毅副总理等人在《关于科学规划工作向中央的报告》（1956年10月29日）中说："这意见不对。科学院的技术科学部要多负责理论性的研究，对发展技术科学关系重大，是绝对不能取消的。但科学院技术科学部应该主动地注意加强和产业部门的联系，适当分工协作，摊子不要铺得过大。"①

其二为规划编制完之后，要不要保留一个常设的科学规划委员会？少数党员领导干部认为，多了这样一个机构，反而不好工作。而包括郭老（郭沫若）在内的全部科学家和大多数负责干部都认为要有一个常设的机构。他们的理由是：这个规划是全国性的，涉及几个系统（中国科学院、教育部、产业部门三个系统，加上航空工业委员会和原子能工业委员会），应该有高级协调机构去监督、协调规划任务的落实与执行。否则，可能会造成某些任务产生不必要的重复，而有的重要任务可能落空。所以要有一个常设的机构。我很理解郭老的处境。中国科学院一直想摘掉政府部门的帽子，为此不知道他呼吁了多少次。陈老总（陈毅）也支持保留科学规划委员会。他说得很动情。据武衡回忆，当时陈老总说：我们对科学家不能采取"招之即来、挥之即去"的态度，这不是我们党的作风。我作为国务院科学规划委员会主任，就是要保留这个委员会。哪怕一年只开一次会也好。陈老总越说越激动，在这次会议之后，就没人再提要撤销科学规划委员会了。②

1956年11月，中央批准了陈毅等人的报告。1957年5月10日，国务院批准成立一个常设的国务院科学规划委员会，任命聂荣臻任委员会主任。1958年，国务院科学规划委员会与国家技术委员会（1956年6月成立，由黄敬任主任）合并，成立国家科委，从而结束了一个空白，使中国有了一个统一领导科学、技术的政府机构。管文化、卫生、教育的文化部、卫生部、教育部基本上新中国成立后就有了，而管科技的政府职能部门直到1958年才确立。

熊：新中国成立之初不是由中国科学院行使这样的职能吗？

薛：那是1954年宪法颁布之前的事，在那之后，中国科学院就不再属于政府职能部门了。郭老说过：中国科学院是个可怜的机关，我辞职都辞了好几次。由中国科学院来管全国的科学、技术，事情确实很难办。你想试，上面又不让你试。比如说中国科学院曾经想成立科学工作委员会，可上面说不要搞像院士之类性质的组织，科学家的事权不宜过重。后来想成立各种学科专门委员会，因为有"会"又不成，所以只搞个松散的专门委员聘任制。再后来郭老又想模仿李四光

① 陈毅，李富春，聂荣臻. 关于科学规划工作向中央的报告//中共中央文献研究室. 建国以来重要文献选编. 第九册. 北京：中央文献出版社，1994：432.

② 武衡. 科技战线五十年. 北京：科学技术文献出版社，1992：166.

的地质计划指导工作委员会，在中国科学院搞一个类似的机构，也没了下文。核心的问题，是对知识分子的不信任。

规划的执行情况

熊：规划的执行情况如何？

薛：规划刚编制完，某些部门的领导干部就吹起不负责任的冷风：他们认为规划对各部门没有约束力，有关部门或研究单位可干可不干，主要负责单位也难以指挥，因而"规划是纸糊的"。这句话被传到了周总理那儿。他在最后一次听规划委员会汇报时，比较严厉地说：党中央、毛主席对"十二年科学规划"都非常重视，经过600多位科学家的辛勤劳动，搞出来了。中央批准后，中国科学院和各部门都要认真贯彻执行，怎么能说是"纸糊的"？在场的人哑口无言，有人点头表示承认错误。

熊：那人说的是不是反话？规划执行起来恐怕也并不顺利吧？

薛：1958年、1961年，国家科委曾就规划的执行情况进行过两次检查。1962年又通过一系列专业学术会议组织科技专家对规划的执行情况进行了一次全面检查。检查的结果是：57项任务中，50项基本已达到1962年原定的目标，五项没有完成，两项放缓（如西藏高原和康滇横断山区综合考察及其开发方案的研究）。还有一些统计数字，比如科研机构从1956年的381个增加到1962年的1296个；专门从事研究的人员从1956年的6.2万增加到1962年的20万等。

然后，聂荣臻和国家科委得出结论：我们提前五年完成了"十二年科学规划"。这个说法一直流传到现在，但实际上是说不通的。就规划来讲，有明确指标的一般只提到1962年，后面的几年根本就很少定指标，所以你能够检查的，也就只是到1962年的指标。

至于1962年时我国的科学技术达到了什么水平，现在的说法不一样。《当代中国的科学技术事业》——《当代科学丛书》中关于国家科委的那本——说该规划完成后大体上达到世界先进国家20世纪40年代水平，而《聂荣臻传》——国家科委主任的传记——则说，完成后达到了20世纪50年代中期的国际先进水平。

熊：检查而得出的那些数据是不是水分很大？您想一想，"大跃进"期间建立了多少研究机构，进了多少人！可1961年年底时那些研究机构又有很多被撤销掉，同时还有很多的人被精简。

薛：这里头水分肯定有。拿中国科学院来说，1958年3月时，因为成都会议上毛主席的一句话——每个省都要办科学分院——除北京、西藏外，其他各省、直辖市、自治区都建起了分院，每个分院内又都建有很多研究所。那个时候不管你中国科学院愿意不愿意，我先把牌子挂起来，然后去备案。到 1961 年 11 月开始贯彻"八字方针"时，这些分院和研究所又大多数被砍了下来。

熊：那个时候的人民公社也常常办有"大学"。一些人上午还是农民，中午洗洗脚，走进学校，就成了"教授"。你说这种"教授"教出来的学生又有几位能够作科学研究？

薛：我觉得在整个规划中，真正有效果的还是"四大紧急措施"。对于这几项措施，财、物、人都有保证：钱不用说，经费是充沛的。物方面，就中国科学院而言，马上就筹建计算技术研究所、自动化研究所、电子学研究所和半导体研究室；研究所没有房子，国家马上从宾馆拨了几栋楼。人才方面，学校调整了专业，在培养干部方面做了很多工作。

那时候，中国科学院所属研究机构的经费分两个口管理，一个是新技术局——管国防军工尖端研究；另一个是计划局——管民用和基础研究。

在"十二年科学规划"中，新兴学科被置于重要地位。中国科学院所承担的重点发展的几个学科，几乎都是新兴学科。为了加强对国防尖端科研的组织管理，1958 年 9 月，成立了中国科学院党组新技术办公室。1960 年 7 月，该室扩建为中国科学院新技术局，负责管理全院有关国防尖端的科研工作。归口由该局管理的研究机构达 47 个。为了加强保密工作，国家计委党组规定，中国科学院新技术局及其属研究单位，对外业务联系，使用"04 单位"代表。这些单位的经费都较充足。一句话，四大紧急措施以及与"两弹一星"研制有关的任务规划执行得好。

由计划局归口管理的生物学研究单位，承担"十二年科学规划"中，西藏、新疆、青海、甘肃、内蒙古、热带地区的自然条件与自然资源的综合考察与开发研究任务，执行较好；而在《基础科学规划》方面的执行情况不尽如人意。原因是基础科学规划的面铺得很广，重点不突出；在实施的过程中，它们受到了几次政治运动冲击，被错误作为理论脱离实际进行批判；再加上三年困难时期，国家没有对基础科学研究给予专项经费保证，所以很难做成什么事。

生物学方面的基础研究，到十年科学规划时，好不容易才有一项——建立分子生物学的研究基础——被列入国家重点。当时基础科学规划一共有 32 项"国重之重"，建立分子生物学基础是第 30 项。国家科委答应给 80 万美元。有多少个单位等着要分这笔钱？！北京、上海的研究所，还有高等学校……为此，在国家科委生物学组召开的分子生物学会议上，时任高等教育部副部长兼北京大学校长的陆平与中国科学院党组成员、副秘书长谢鑫鹤多次商谈这 80 万美元的分配问题。可这一点钱最后还一分都没给。十年科学规划和"十二年科学规划"还不一样，刚启动就开始"四清"运动，"四清"运动没结束就"文化大革命"……

熊："十二年科学规划"也是运动不断嘛，启动不到一年就"反右派"、然后又"大跃进"、"反右倾"……

薛："十二年科学规划"的实施可以说是正确与错误、科学与愚昧反复较量，正确与错误交错。错误嘛，"反右派"斗争、"大跃进"、"反右倾"机会主义；正确嘛，为纠正"大跃进"以来的错误，贯彻执行1961年1月中共八届九中全会批准的"调整、巩固、充实、提高"八字方针（以下简称"八字方针"）、1961年7月19日，中共中央下发的国家科委党组、中国科学院党组《关于自然科学研究机构当前工作的十四条意见（草案）》（1961年6月）（简称《科学十四条》），以及1962年2月16日至3月12日国家科委在广州召开的全国科学技术工作会议。而十年科学规划实施中的政治大背景则是一错再错。

熊：就"十二年科学规划"而言，我看也是绝大部分时间都在错。起点正确，然后运动不断，大错特错，转入正确的"八字方针"、《科学十四条》之后不久，又宣布"十二年科学规划"提前完成、胜利结束了。受到那么多、那么大的干扰，我不知道它凭什么能够提前完成。如果只用1/10的预定力量就能完成那个规划，是不是那个规划本身订得很没水平？

薛："十二年科学规划"提前完成是有水分的。1959年7月开始的庐山会议，原定要纠正"大跃进"以来"左"的错误。由于彭德怀写信给毛泽东，反映当时的实际情况，毛泽东错误地批判彭德怀，从而引发了以党内为主的"反右倾"运动，并导致1960年的更大规模的"大跃进"。1960年1月26日，中共中央政治局扩大会议在上海召开，决定要提前五年，也就是在1962年，实现10年赶上英国的口号；实现《1956—1967年全国农业发展纲要》；实现"十二年科学规划"。

熊：没被规划进去的科研项目能得到足够大的支持吗？

薛：那恐怕就很难了。回到前些天的话题，在科学界为什么也会一哄而上，产生一股一股的"风"？这是因为一般的项目根本就得不到支持，所以大家都想在规划中挂一个号，向省里、学校里要一点钱。分子生物学在十年科学规划中被列为重点之后，全国各地都要搞。可那个时候，全国的生物系中，有能力搞分子生物学的能有多少？即使是复旦大学遗传学研究所，要搞分子遗传学，也没什么条件。虽然实际上主要的单位也没能拿到钱，但没办法啊，你不挂号，更拿不到钱。于是，大家一哄而上。

我们国家对科研经费的投入不多，另外，大量的人力、财力和物力资源，又在惊人的低水平重复中被浪费掉。被列入规划中的项目，常常不是几家、几十家，而是几百家、上千家在搞。1994 年 8 月，美国植物学家彼得·雷文参加了在北京举行的"学科前沿与国家自然科学基金优先资助领域的国际研讨会"。他在所提供的论文《生物学与中国的前途》中提到，20 世纪 70 年代和 80 年代，中国有上千个单位在同时从事花药培养和及单倍体育种工作。我相信这个数字。那个时候，有一个什么项目，往往是从公社到国家最高的科学机关、最好的高等院校，全搞。然后，又一窝蜂全下。

熊：分子生物学的一窝蜂是从什么时候开始？

薛："文化大革命"前就开始了。"文化大革命"后在生物学方面中国科学院能够做的几项工作，都是上面讲过话的——生命起源、细胞起源、蛋白质、核酸——其他的研究，毛泽东没讲话的，聂荣臻没讲话的，全部一扫而光。中国科学院很多生物学研究所都交出去了，留给自己管的，在上海就剩了一个生物化学研究所，北京嘛，动物研究所、植物研究所没人要，还下放给了北京。因为毛泽东讲过种花花草草是资产阶级的东西，在"文化大革命"中，中国科学院植物研究所北京植物园被撤销了。

熊：中央领导人里面，朱德挺喜欢种花的。

薛：正是因为毛泽东说过这样的话，朱德把自己养了多年的、心爱的兰花都处理掉了。

在"十二年科学规划"生物学基础研究方面也取得了一些重要成果，如人工合成牛胰岛素等。最后我应该说明，在"十二年科学规划"编制时，我只是工作人员，在编制工作结束后，国家科委（含其前身国务院科学规划委员会）成立生物学组，我是生物学组的秘书，所以我所知道的仅限于生物学方面，上面所说的可能有以偏概全之嫌。

追忆广州全国科学技术工作会议[*]

——薛攀皋先生访谈录

薛攀皋（口述）　熊卫民（整理）

1962 年的广州全国科学技术工作会议（本文简称广州会议）历来以一次重要的知识分子会议而知名。可是，长期以来，对它的研究非常之少。就连其中最著名的陈毅副总理的讲话，也只是在《陈毅传》、《聂荣臻传》、胡绳的《中国共产党的七十年》、薄一波的《若干重大决策与事件的回顾》和武衡的《科技战线五十年》等书中披露过冰山之一角。除了"脱帽加冕"，陈毅副总理在那次会议上还讲了哪些重要内容？为什么那些话没能传达开？持续了近一个月的会议还讨论过哪些重要问题？作为会议的亲历者，记忆力极佳而又喜欢收集史料的薛攀皋先生的回忆无疑有助于回答这些问题。

薛攀皋（1927～），研究员级高级工程师，1951 年毕业于原福州大学生物系，同年分配到中国科学院院部，从事生物学科研组织管理工作，历任见习科员、科员、生物学部办公室副主任，生物学部副主任等职，直到退休。

受访人：薛攀皋高级工程师（以下简称"薛"）

访谈人：熊卫民（以下简称"熊"）

访谈时间：2005 年 11 月 25 日

访谈地点：北京中国科学院黄庄小区

熊：根据咱们的访谈计划，今天该谈 1962 年国家科委在广州召开的全国科学技术工作会议了。您当时是什么身份，在那次会议中做了哪些工作？

薛：当时，除在中国科学院生物学部当科员外，我还兼任国家科委生物学组的秘书（生物学组还有两位秘书，一位是北京大学生物系顾孝诚，代表高等教育部；另一位是中国科学院华东分院计划处蒋成城）。作为广州会议的会务人员之一，生物组的会议纪要是我和国家科委综合计划局的杨廷秀两人负责整理的。那时候我们很辛苦，先得认真倾听、作记录。小组会议一完，马上就要整理出会议

---

[*] 原载《科技中国》.2006 年第 11 期，第 8－13 页，原题为《追忆广州会议》，收入本文集时增加部分内容。

纪要，交组长签字。组长签完字后，再将会议纪要交给简报组，供他们挑选，重要的内容还要找讲话者再核实。简报印出来之后，我们再将其发给与会代表。

对研究广州会议而言，那些简报是非常宝贵的材料。简报的数量很多，经常一天好几期，到整个会议结束，出了 75 期。简报比较灵活，编辑时的标准是：重要、及时、简明。对于尖锐言语，记录时一般用原话。因为它是只对内不对外的机密材料，所以看完后要收回。会议结束时，不但与会代表，连我们这些工作人员也都不准留一个纸片。这是纪律。我们作记录的笔记本（上面发的）也得上交。我唯一保留了的就是抄在自己的笔记本上的陈毅副总理、聂荣臻副总理的讲话。这个笔记本在"文化大革命"时期被抄走，后来又发还了。

领导干部带头检讨

熊：请您介绍一下会议的基本情况。

薛：会议由国家科委主任聂荣臻副总理主持，中南局第一书记陶铸是东道主。与会的有 310 位科学家和中央各部委、各省市自治区主管科学的领导干部 100 余人。会议的召开时间现在有两三个版本，根据我的记录，应为 1962 年 2 月 16 日至 3 月 12 日。地点在广州羊城宾馆。

会议选在广州召开，我估计跟当时的经济状况有关。那时候困难阶段尚未过去，北京的供应还相当紧张。广东气候好，作物生长期长，粮食供应相对充足一点。我记得很清楚的是，在广州的街道上不用粮票就能买到紫薯，这在北京根本是不可能的。而且，广州街上吃的花样还挺多，这也是北京所不能比的。

会议的议题是讨论制定《1963—1972 年科学技术发展规划》的方针、原则、具体方法等，另外也有贯彻"七千人大会"和《关于自然科学研究机构当前工作的十四条意见》的精神之意。为了开好这个会，聂荣臻号召大家知无不言、言无不尽，对于新中国成立以来，尤其是"大跃进"以来科技工作中存在的问题，尽管放开胆子讲。即使讲错了也没关系，会议的原则是"不打棍子，不扣帽子，不抓辫子"。他还带头指出了前几年科技工作中存在的一些问题：

我看，在我们科学组织领导工作中，最重要的经验教训就是不够实事求是，听取各种不同意见不够。比方说，我们的人力物力有限，国家对科学技术工作的要求非常迫切。但是我们还不能很好地根据这些实际情况来安排工作，力量没有组织好，很分散。你搞一点，我搞一点，重复浪费很大。人才不配套，这里一个，那里一个。仪器设备也不配套。有些"热门"课题，许多单位"一窝蜂"

地去搞，而且互相封锁，不肯分工协作，结果谁都没有过关。[1]

陶铸作为东道主也讲了话，他同样要求大家畅所欲言，"把这三年'大跃进'回顾一下，到底有多少错误，有多少正确"。为了营造一个提意见的气氛，他更是一开场就向科学家道歉。他说："这几年我们搞了些瞎指挥。丁老（指丁颖）赞成多植，但不赞成植那么多，我们反而跟他作斗争，现在证明他的意见是正确的，我已经作了三次检讨了。需要时还可以再作检讨。你们工作中的瞎指挥比我们少，我们做了许多蠢事情。"他坦率地承认，前面一些年，"我们对科学家的供应物资很少，精神鼓励又差，甚至虐待"，"我们的缺点是民主不够"。他还说："工作有缺点会改的，我是有决心改的，党内许多同志也是有决心改的。"[2]

在陶铸的带领下，一些领导人也作了自我批评。

1962 年 2 月 17 日，中国科学技术协会党组书记范长江在化学组的会议上说：1960 年在西安开的化学化工学会年会上，我对化学教学改革问题的掌握上有片面性。当时超声波和管道化运动把高等学校的化学化工课程冲击得很厉害，许多教师感到照原样，课是教不下去了。因此都要求化学化工年会讨论这个问题。我……没有按照"双百"方针办事……结果使黄子卿、傅鹰等几位不主张大改的人在会议过程中挨了批评，受了委屈……对此我负责，应向黄子卿、傅鹰先生等道歉。[3]

中共中央宣传部科学处处长于光远也在会上作了检讨，其中心内容是自己不该支持宣传农民放亩产万斤的"卫星"。前些年我专门写文章谈过这件事。[4]

1962 年 3 月 5 日，陈毅副总理发表讲话，转述周恩来总理的意见，对少数"不认真执行党的政策，工作有毛病，起码是官僚主义、死官僚主义"，喜欢乱扣帽子、乱整人、"比较恶劣"的领导干部进行了尖锐的批评，并要求他们"会后检查自己"。

次日下午，中国科学院党组书记张劲夫、秘书长杜润生又分别在生物组和物理组作了检讨。

张劲夫的检讨是我整理出来登到简报上的，我印象特别深刻。他着重检讨了两个问题。第一，执行政策有片面性，没有把科学上的社会主义道路和资本主义道路的界限划清楚，致使下面出现了较大的偏差。比如某些青年被错误地戴上

① 参见：聂荣臻同志在广州全国科学技术工作会议第一次会议上的讲话，1962 年 2 月 16 日。
② 参见：陶铸在"广州会议"开幕会上的黑话. 科研批判（首都批判刘邓科研路线联络委员会主办），1967（2）：33－35.
③ 范长江同志在化学组作了自我批评发言（1962 年 2 月 17 日），见《广州会议简报》，第 1 期。
④ 薛攀皋. 与农民竞赛放"卫星"——1958－1959 年生物学部种高额丰产田的回忆. 科技日报，1993-11-14；1993-11-21.

"白专"帽子，微生物所曾错误地用"科学工作中两条路线道路斗争"的提法来批判老科学家（邓叔群）。中国科学院党组对这些偏差有责任。第二，工作中的"浮夸"和"瞎指挥"。在"大跃进"期间，党组不该给各研究所施加很大的压力。"胰岛素人工合成、有机半导体，组织大兵团作战，是"浮夸风"与"瞎指挥"的坏典型，院党组要直接负责。1960年的技术革新技术革命运动，在北京地区是我亲自督战的，要各单位几天内改变面貌。这类事情很多，这些都是我们直接领导的。至于各所工作中的缺点，有的虽未直接过问，也应由我们负主要责任。"

张劲夫还对产生以上缺点和错误的原因进行了检查，将原因总结为"二无二不"："二无"，是无知识、无经验；"二不"，是不虚心、不民主。如果说1958年的"浮夸风"、"瞎指挥"是由于无知识无经验，尚情有可原。1960年又重新犯，则是由于我们不虚心、不民主。1960年重犯1958年的错误，教训是最沉痛的。我们决心改，请大家多帮助。①张劲夫的检讨是比较深刻的，但也只局限在自己这个层次，未能言尽其意，直往根子上说。

杜润生1955年在中共中央农村工作部任秘书长时，就曾和部长邓子恢一道，被毛泽东批评为"小脚女人"；到中国科学院后，他的院党组副书记职务在1960年时又被毛泽东的一句话给免掉了。此时的他更不敢说什么"大不敬"的言论。他在作检讨之前，首先为上层开脱了一番：

陈总讲话中，谈到科学工作中有些问题中央也有责任。就科学院的工作说，有许多缺点错误，主要责任应该在院党组。不应该叫中央作检讨……工作中出了些问题，正是科学院党组没有很好贯彻执行中央政策的结果。②

然后，跟张劲夫一样，他主要检讨了中国科学院党组的"瞎指挥"行为。他将中国科学院党组所犯错误归结为如下几类。

（1）我们自己出了些坏主意，如1958年5月间，"大跃进"时，中关村开跃进大会，实际上是用了摆擂台方法。会议是我发起的，从此助长了浮夸作风，说大话，说做不到的事情。物理所的"小太阳"也是那个时候提出来的……

（2）学习别人的经验，不问具体情况乱搬……

（3）对下面的工作情况不明，一些不正确的做法，没有及时发现、纠正。有些甚至默许、支持……

（4）还有，没有很好体会与执行好党的政策……②

在中关村设跃进擂台一事，我可以下次再详谈。在这里，只简单说两句。那个时候，各研究所都不得不上擂台说出自己的宏伟计划，想法一个比一个狂妄。

① 参见：张劲夫同志在生物组的发言摘要（1962年3月6日）. 广州会议简报，（62）.
② 参见：杜润生同志在物理组的发言摘要（1962年3月6日）. 广州会议简报，（62）.

物理所提出要制造"小太阳",用它把祁连山、天山等处的冰川融化,进而使大西北的沙漠变成亿万亩良田。那个时候的中国科学家够浪漫吧!

科学家大提意见

熊:有中央领导号召大家提意见,省部级领导还带头进行自我批评,再加上1962年年初中国的政治气氛相对比较宽松,在这样的氛围之下,科学家该提了不少意见吧?

薛:反"右派"运动之后,让知识分子再次开口提意见,确实是比较难的。但是,聂荣臻的发言,尤其是陶铸、范长江等高级领导人的检讨,还是把党和科学家之间的距离给拉近了。科学家们开始响应号召。当然,要大家不怕打棍子、不怕戴帽子、不怕抓辫子,推心置腹,把可讲可不讲的话都讲出来还是比较难的。从简报上反映的情况来看,有些部委的专家一直都近乎噤若寒蝉,而中国科学院的科学家发表的意见更多一些,这可能跟张劲夫、杜润生等领导的作风更开明有关。

虽然通过简报也知道其他组的一些情况,但除大会发言外,我只亲历了生物组的会议。所以在这里我主要介绍一下我最了解的生物口专家的意见。

生物组讲得最多的是新中国成立以后刮起的几股"风":米丘林风、巴甫洛夫风、针灸风、总结农业丰产经验风(1958年时,中国科学院植物生理所党委提出要把实验室搬下乡。所长、学部委员罗宗洛反对,但没有任何作用,他反被贴大字报批判)、抱大西瓜风(比如人工合成牛胰岛素,好多家都要抢着做。还有些单位设法包装自己,想出名堂抱大西瓜。例如,植物研究所就把去西藏调查植物的项目取名为"把高山荒漠变成花园"),等等。

农业组那边,除米丘林风、总结农业丰产经验风外,还有下乡风、综合研究风(反对单因子实验,做实验都得做多因子综合实验,结果弄得没法分析)、高产风、远缘杂交风(如牛和猪杂交),等等。

卫生组方面,则还有综合快速疗法风、慢病快治风、柳枝接骨风(就是用柳树的枝条代替骨头接骨)、组织疗法风(就是从胚胎、胎盘中抽取一些液体或组织,将其埋到切开的肌肤里,或者注射到人体内,说能包治百病。那也是学自苏联,可能跟勒柏辛斯卡娅有关)等。医药卫生组的专家们还特别反对"批判西医观点"、"西医不学中医,只等于半个医"、"在两三年内找出对十大疾病有效的药物"等口号。

有科学家反映,这些"风"一刮起来,就把科学的常规和方法都刮走了。写论文变得不按"老八股",把过去人家的工作一笔抹杀不提,做实验时也可以变得不要对比。而且，有风就要争风，争风必然吃醋，结果协作变得非常艰难。两个单位协作，一旦成功，经常是一个单位跑出去献礼、作报告，根本不提合作者。

熊：为什么会有那么多"风"呢？它们从何处而来？为什么刮那么大？对于这些问题，当时可有总结？

薛：生物组对原因作过分析，别的组似乎没有，至少从简报中看不出来。生物组的总结是，那些风：①来自外国。所谓外国，就是苏联。我国搞"学习苏联"运动，结果把许多不好的东西学了过来。②来自领导。③来自宣传报道。④来自名牌单位。所谓名牌单位，高等教育系统主要指北京大学等重点院校，科研部门主要指中国科学院的各研究所。这些单位怎么做，大家都跟着怎么做。⑤来自科学家。科学家作自我检讨，承认在自己的队伍中也有少量兴风作浪的人。对那些"风"有异议的，也因为"怕吃亏"、"赶时髦"、"心中无数"等原因，未能发表意见坚持真理。平时大家都慷慨激昂说要做疾风中的劲草，但实际上"风"一吹来就都倒下了。

这个总结既批评了领导，又把自己摆进去了，虽然限于当时的形势，在分析原因时也没能说到点子上，但这几点总结我觉得还是不错的。

熊：除了那些"风"，科学家们还有哪些意见？

薛：学术争论政治化，这是每个组都批评的问题。这方面的例子很多。生物组的摩尔根遗传学和米丘林遗传学之争当然不在话下啦。其他如农业、林业生产中具体问题，像保花保果、疏花疏果之争，也被上升到了两条路线斗争的高度。有关领导轻信了少量不疏花不疏果而增产的例子，根本就不考虑品种、条件、时间等因素，将这一栽培方法推广到全国。持反对态度的人都被戴上两条道路斗争、资产阶级思想等帽子。

在红松采伐和更新问题上，科学家和林业部门有不同意见。林业部门往往把树木全都剃光，然后再种，这样好进行机械化操作。但问题是红松喜荫，没有一些东西给幼树挡光，它根本就长不好。因此科学家主张在砍掉大的母树的同时，还留着中、小树，以创造一个荫蔽环境。这本来只是一个生产和学术上的问题，可在反"右派"运动中，某森林工业局的党委书记对这场争论作了政治结论，说这是两条道路的斗争，把研究森林生物学规律的人说成是自然主义学派和忽视人的主观能动性等，并在《红旗》杂志和黑龙江林业杂志上发表了批判的文章。这样一来，就谁都不敢讲话了。

教育部门反映出的问题更多，五花八门，十分可笑。就生物学方面来说，大学课程改革，北京师范大学生物系动物学专业的课程是如何改的呢？以鱼为纲，把脊椎动物学和无脊椎动物学合并，一切围绕着鱼，与鱼有关的就教，与鱼无关的就不讲。无脊椎动物讲什么呢？讲鱼的寄生虫和鱼的食物。甚至植物学也要围绕鱼来讲。还有武汉大学，他们讨论把最基础的动物学、植物学、微生物学三门课合并的问题，主张三门课全合并的被认为是先进，主张三门合并两门的是中游，主张不合并的是落后。还有某大学更荒唐，农学系评职称，种小麦每亩搞到 7000 斤才能做教授，搞到 5000 斤的才能做副教授，到不了的，什么都不是。还有代表反映，有的中学生物学教研室评定老师好不好，就看他菜种得好不好，猪养得好不好。这些措施并不是教育部定的，而是在极"左"的思潮之下，各学校各显神通自己弄的。

周恩来、陈毅被请来解答马大猷的问题

熊：您所提到的这么多意见我以前都基本没听说过。我所知道的，只是马大猷先生提的那个关于知识分子阶级属性的意见。

薛：那个意见确实最著名，所以我留在最后讲。在会议的第二天，中国科学院电子学研究所副所长①、学部委员马大猷就在物理组会议上说：

昨天报告讲"三不"，不扣帽子，可是我们头上就有一顶大帽子——资产阶级知识分子。如果凭为谁服务来判断，那就不能说我们还在为资产阶级服务。如果说是有资产阶级思想，或者是思想方法是资产阶级的，所以是资产阶级知识分子。那么脑子里的东西，不是实物，是没法对证的。这个问题谁能从理论上说清楚？②

会议纪要整理出来后，会议秘书处没敢立即把它印到简报里，而是将其登在了油印的《情况反映》之中。后面这个材料是绝密的，只登极敏感的问题，发给聂荣臻、张劲夫、蒋南翔、韩光等少数几位核心的会议领导小组成员看。他们看了之后，大概稍微犹豫了一下，还是决定将其公开到简报上。因此，这个 1962 年 2 月 17 日的发言，我们到 2 月 20 日才看到。

简报一登，所有代表马上都知道了。大家对这个问题的感触都太深了，现在马大猷先开了口，讨论就热烈了。有人说：地主劳动三年可以摘帽，我们都工作 10 多年了，资产阶级的帽子还戴在头上，什么时候才能摘掉？但这些话语没有被登到简报上。

周恩来总理和陈毅副总理于 2 月 26 日到广州，他们是聂荣臻副总理专门

---

① 当时中国科学院声学研究还没有从电子学研究所独立出来。

② 转引自：黑云滚滚的"广州会议"．科研批判（首都批判刘邓科研路线联络委员会主办），1967（2）：11 – 15.

请来，解答马大猷提出的问题。① 周总理看过会议简报后，召集聂荣臻、陶铸、张劲夫、范长江、杜润生、于光远、武衡等，研究知识分子的阶级属性问题。在这小范围的会议上，有人请陶铸先发言。

熊：为什么要陶铸先发言呢？

薛：因为早在 1961 年 9 月，陶铸就已经在中南区五省（自治区）宣布，今后一般不要用资产阶级知识分子这个名词。

熊：请您讲讲陶铸为中南区五省知识分子"脱帽加冕"的情况。

薛：陶铸从 1961 年 2 月就开始对广东省的知识分子情况进行摸底。当年 7 月，中共中央批准试行国家科委党组和中国科学院党组《科学十四条》。9 月 15 日，中共中央又批准试行《教育部直属高等学校暂行工作条例（草案）》（简称《高教六十条》）。陶铸根据中央关于讨论和试行这两个条例的要求，于 1961 年 9 月 28 日，邀请广东一批高级知识分子参加广东省委召开的座谈会。这是一次被广东知识分子称之为"久旱遇甘霖"的座谈会。

在座谈会上，陶铸作了一次感情充沛、马上引起争议的有关知识分子阶级属性问题演讲。陶铸说：

12 年的时间不算短，知识分子可以说已同我们结成患难之交。几年来物质条件比较困难，没有猪肉吃，大家还是积极工作，没有躺倒不干。酒肉之交不算好朋友，患难之交才算，"疾风知劲草"，"岁寒然后知松柏之后凋"。现在的问题是团结高级知识分子不够，对他们信任不够。……现在我们是要把团结提高到新的水平，一是尊重，二是关心。所谓高级知识分子，就是比一般人多读了一点书。……今后对于思想认识问题，只能采取关心、倾谈、切磋、诚恳帮助的办法，要把思想问题与政治问题严格区分开来，今后不能采用大搞群众运动的办法来解决思想问题……对于过去批判搞错的，应该平反、道歉、老老实实认错。"等价交换"，在什么场合戴的帽子，就在什么场合脱帽子，不留尾巴。凡是三年来斗争批判错了的，我代表中南局和广东省委向你们道歉、认错。如果连这一点也都做不到，那能谈得上新的团结。……同时，我还建议：今后一般不要用资产阶级知识分子这个名词，因为这个帽子很伤害人。其次，凡属思想认识问题，一律不准再搞思想批判斗争会。第三，不准用"白专道路"的帽子。……"红透专深"这个提法陈毅同志不大同意，我也有同感。什么叫红透？红透就是优秀的马克思主义者。共产党员是不是就红透了？我就是没有红透的，我还不敢有这个要求，为什么要这样要求专家呢？②

---

① 周均伦．聂荣臻年谱．北京：人民出版社，1999：815．

② 见陶铸在广东省市高级知识分子座谈会上的讲话，原件藏广东省档案馆．本文转引自陆键东．陈寅恪的最后二十年．北京：生活·读书·新知三联书店，1995：338，339．

陶铸说得铿锵有力："我代表中南局和广东省委向你们道歉认错"的声音，在广东科学馆内回荡，不少人当场流下了眼泪。1958年以来，在科研机构和高校的各类伤害知识分子的政治运动，在陶铸的讲话中被基本否定。

12天后，陶铸亲自筹划召开并主持"中南区高级知识分子座谈会"。河南、湖北、湖南、广西和广东五省（自治区）的高级知识分子102人汇集广州，然后移师从化温泉，听取了数场"尚不敢相信，尚未回过神来"的报告。陶铸在会上再次发挥：

我们不能老是讲人家是资产阶级知识分子，我看要到此为止了。现在他们是国家的知识分子，民族的知识分子，社会主义建设的知识分子。因此，我建议今后在中南地区一般地不要用"资产阶级知识分子"这个名词了，那个名词伤感情。……陶渊明"不为五斗米折腰"，你们（指在场的高级知识分子）现在只有24斤米（不到五斗米）还是跟着我们搞，所为何来！现在，我们的物质条件很差，精神上也对人不那么尊重，人家还有什么想头呢！①

在20世纪50年代中后期至60年代初期，经济困难与批判"资产阶级知识分子"及其"资产阶级思想"的大网，笼罩得知识分子快要窒息的时候，陶铸早于全国科学技术工作会议（广州会议）五个多月，为中南地区知识分子刻意营造一个春天——为他们脱去"资产阶级知识分子"的帽子，戴上社会主义建设的知识分子的"桂冠"。我想，这就是为什么要让陶铸先发言的原因。

熊：那么，陶铸在周恩来总理召集的小范围会议上讲了什么？

薛：陶铸说，我已经宣布今后在中南区五省（自治区），一般不要用资产阶级知识分子这个名词。但这只是"地方粮票"，不能在全国通行，中央领导人说了才算是"全国通用粮票"。在场几位领导同志都表示赞同。

最后，周恩来总理说：不要一般的称知识分子为资产阶级知识分子，是属于劳动人民的范围。

陈毅给全国知识分子"脱帽加冕"

1962年3月2日，周恩来总理在全国科学技术工作会议上作了《论知识分子问题》的报告。

周恩来总理说，从旧时代过来的知识分子往往出身于剥削阶级家庭，受过资产阶级乃至封建主义的教育，曾经为旧社会服务过，因为这三个"根"，因此，"不管现在如何，过去都属于资产阶级知识分子类型"。但新中国成立后经

---

① 见陶铸在中南地区高级知识分子座谈会上的讲话，原件藏广东省档案馆。本文转引自陆键东.陈寅恪的最后二十年. 北京：生活·读书·新知三联书店，1995：339.

过七年时间的自我改造，已经有了根本的变化和极大的进步，他自己在 1956年，刘少奇主席、毛泽东主席在 1957 年的讲话中都承认和宣布过这一点。虽然最近几年进行过反"右派"等运动，但实际上，党对知识分子的估计是一贯的，"我们历来都把知识分子放在革命联盟内，算在人民的队伍当中"。①

可以说，周恩来总理的讲话，基本重申了自己 1956 年在知识分子会议上的讲话精神，在表述上没有明确宣布摘掉知识分子的资产阶级帽子。与会的科学家们一方面为获得了"劳动者"、"非党员同志"的称号而高兴，另一方面也觉得不"过瘾"。后一类观点在简报中有较多的反映。

稍后，陈毅副总理也到了会场。他肯定知道代表们的这些意见。所以，1962 年 3 月 5 日下午在科学家会议上，3 月 6 日在戏曲家会议上②，陈毅副总理又讲了这方面的问题。在周恩来总理 4 日离开广州之前，陈毅副总理已经把自己的讲话要点跟周恩来总理说了。周恩来总理也同意陈毅的提法。

陈毅副总理关于知识分子的讲话，最激动人心的是下面这几段：

同志们听了周恩来总理的报告很满意，但有的同志说周恩来总理没有明确脱帽子。那么我今天明确一下，是劳动人民的知识分子。总理报告中讲得很清楚，是资产阶级出身，这几年有很大进步嘛……如果说一个科学队伍 12 年还不能改变，说明共产党没有本领，社会主义不代表真理，对工作作了过低的估计。人是可以改变的，是能服从真理的。为旧社会服务，是资产阶级知识分子，那么为社会主义服务，怎么不承认是社会主义知识分子……总理讲的就是这个意思……

我们是人民的知识分子，是社会主义知识分子，是劳动人民联盟一部分。工人、农民、知识分子，是国家的三只脚。我们是三大部分之一，是国家的一只脚。

陈毅说，我今天来讲话，就是要为大家"脱帽加冕"的。他边说边给大家鞠躬。在给知识分子脱帽加冕的同时，陈毅副总理还向大家公开承认错误："我们……相信了一亩地打十万斤，不听专家的话，做了蠢事"；"几年来连续几次大运动，是正确的，方针、目标是正确的，但具体方法上有毛病，国务院有责任。"他要求别的犯过错误的领导者也作检讨，并对那些喜欢教训人的领导者进行了尖锐的批评：

现在还有人依旧以领导者的口吻讲话。知识分子最讨厌就是阿猫阿狗随便上台教训人……我们没有好多知识，不如科学家，没有什么好吹的。马列主

① 周恩来．论知识分子问题//中共中央文献研究室建国以来重要文献选编．第 15 册．北京：中央文献出版社．1998：223－240.

② 同期文化部还在广州召开了中国戏曲家协会创作座谈会，也称为广州会议。

义，你有多少？究竟有几斤？八斤、七斤？别狂妄，党没有给你权利教训人。都以胜利者、改造者自居，谁能接受？我是胜利者，你是俘虏，这种做法能团结谁？

陈毅副总理声音洪亮，富有儒将风度。他的报告很长，从国际形势和国内形势讲起，他最后讲的知识分子问题部分，尤其是上面这些内容确实动人心弦。在他说这些话的时候，整个会场掌声雷动。他给大家鞠躬行脱帽加冕礼，更让大家热泪盈眶。

后来讨论陈毅副总理的讲话时，在小组会议上，有些科学家也是讲着讲着就哭了。大家真是舒心极了。这从简报和聂荣臻的总结报告上可以看出来：

有同志说，听了陈毅副总理的报告，确实是如坐春风，其乐也融融，一席话真说到了心底深处，福气不小……有同志说，胜食十斤人参……有同志说，听了报告后，像食了通心丸一样，心情无比舒畅。[①]

会议基本解决了对知识分子的估计与看法，解了疙瘩、脱了帽子，是劳动人民知识分子，脑力劳动者。大家很满意，我也很满意。……有人说会议出了气、通气、和气、争气和扬眉吐气。[②]

在会议的最后几天，大家才把主要精力集中到会议最初的议题，也即讨论《1963—1972 年科学技术发展规划》上来。大家对编制规划的方法提出意见，也初步提出一些重点研究项目。然后，聂荣臻副总理总结讲话，会议就散了。

小结和尾声

广州会议的大概情况就是这样。用现在流行的话来说，那次会议，总的气氛比较和谐。虽然大家对以前的工作，尤其是"大跃进"运动提了很多尖锐的意见，但并不意气用事。有些人挨过整，但他们并没有在会上发泄怒气。有些领导作了检讨，但那些反思并没有降低他们的威信。大家普遍感觉和党的距离拉近了。

就我的感觉而言，那个时候科学家们都开心极了。

最重要的是，陈毅副总理代表周恩来总理，并声称代表"中央精神"给知识分子摘掉了头上的紧箍咒。同时，包括陈毅、陶铸、张劲夫等人在内的高级干部当众向知识分子承认了错误，表示要改正，并虚心地向他们征求意见。而后者也确实吐出了大量肺腑之言，出了憋了数年的闷气。上下通了气，与会的知识分子的心情都非常舒畅。独乐乐不如众乐乐，有人还提议："这春风之福

---

① 参见：让全国的知识分子分享春风之福（1962 年 3 月 6 日）. 广州会议简报，(57).
② 聂总总结报告（1962 年 3 月 12 日上午），引自薛攀皋的广州会议笔记。

不能由到会的科学家独享，建议大会把周总理和陈副总理的讲话，以及大会总结印发给全国，让全国的知识分子也分享这春风之福。"①

可惜的是，我们没能高兴多久。参会的有些高级干部，比如有些部委的部长、副部长对陈毅副总理的讲话根本就不服气，而更高层的柯庆施、陆定一②等人更是很快就明确地反对陈毅副总理的提法，所以他的讲话长期以来都没能公布。不但他陈毅副总理代表不了中央，周恩来总理也代表不了中央，甚至连全国人民代表大会和中央会议通过了的决议也会被轻易地否定掉。仅仅过了几个月（1962 年 8 月），毛泽东又在北戴河大讲阶级斗争，明确表示不同意摘掉知识分子头上的"资产阶级"帽子。9 月 11 日，毛泽东批评陈毅说："人家请你讲话是有目的的，总要沾点光，没有利益他不干。我对总司令讲过，你到处讲话要注意。"③ 于是，知识分子刚刚被摘掉的帽子很快又被戴了起来。然后就是"四清"、"文化大革命"，不少科学家还因为在广州会议上提的那些意见在那次运动中受到打击。

---

① 见《广州会议简报》，第 57 期。

② 陆定一晚年反思："有人把我国知识分子队伍说得漆黑一团，周总理不同意这种看法，他说：'我国知识分子绝大部分是好的，他们听党的话，愿意为社会主义服务。'周总理把为谁服务的政治态度作为划分知识分子阶级属性的唯一标准……我在这个问题上的观点，当时曾经是偏'左'的，所以是错误的。"参见：陆定一. 怀念人民的好总理——周恩来同志（1979 年 3 月 6 日）. 光明日报，1979-03-06.

③ 薄一波. 若干重大决策与事件的回顾. 北京：中共中央党校出版社，1991：1006，1007.

在科学与政治之间：1964 年的北京科学讨论会*

——薛攀皋先生访谈录

薛攀皋（口述）　熊卫民（整理）

1964 年的北京科学讨论会是中华人民共和国成立后举办的第一次大型国际学术会议。这是一次科学会议，却被赋予了反对帝国主义和新老殖民主义等政治内涵。会议在当时得到了极高规格的宣传报道，并长久地留存于一些参会人员的记忆之中①，但当前外界人士对此知之甚少。作为会议理科组的副组长，薛攀皋先生的回忆有助于我们弄清楚这次会议的背景和经过。

薛攀皋（1927～），研究员级高级工程师，1951 年毕业于原福州大学生物系，同年分配到中国科学院院部，从事生物学科研组织管理工作，历任见习科员、科员、生物学部办公室副主任，生物学部副主任等职。1956～1966 年先后兼任国务院科学规划委员会和国家科委的生物学组秘书。

访谈时间：2006 年 8 月 7 日

访谈地点：北京中国科学院黄庄小区

1. 背景和会议的主题

熊卫民（下面简称熊）：根据计划，今天请您谈 1964 年的北京科学讨论会。这个会议现在很少有人提及了，但它值得关注。

薛攀皋（下面简称薛）：北京科学讨论会是政治斗争的产物，当时我国多少有点想扛"反帝"、"反修"的旗帜。它名义上由中国科学技术协会（以下简称"中国科协"）和世界科学工作者协会（以下简称"世界科协"）北京中心举办，实际上是中国、朝鲜、越南、印度尼西亚、日本五个国家的共产党在运作——它们先确定原则，然后这五个国家的科协再分头活动。

早在 1952 年 5 月，当时的世界科协主席、法国著名科学家约里奥·居里

---

*　本文原载《薛攀皋文集》（内部交流），中国科学院自然科学史研究所院史研究室编印，2008 年 1 月，第 258－270 页。

①　可参阅：张九辰. 希夏邦马峰考察与"北京科学讨论会"——施雅风院士访谈录. 中国科技史杂志. 2007（2）：165－172.

就曾在该协会的第十一届执行理事会上建议设立世界科协北京中心，以后的每次会议也都有人提议，我国对此是赞成的，但由于美国和苏联的先后干扰，这个区域中心直到 1963 年才成立。世界科协北京中心的主任是清华大学的张维教授。①

按照世界科协会章的规定，世界科协的中央办事处和区域办事处将根据执行理事会的需要而设置。当时，中央办事处设在伦敦，并先后设立了三个"区域中心"，即布拉格中心（中、东欧），印度中心（西亚）和北京中心（东亚）。前面这段历史我没有亲历，不是太清楚。只知道那时候不仅世界科协的政治斗争很激烈，在国际科学联合会理事会（以下简称国科联）中，两个"中国"问题的斗争也很尖锐。

世界科协北京中心成立后，马上就筹备北京科学讨论会②。1964 年 2 月初，中国科协和世界科协北京中心在北京召开中国、朝鲜、越南、日本和印度尼西亚五国代表会议，商讨 1964 年北京科学讨论会的开法。上述五国代表将负责组织本国科学家参加北京科学讨论会，并争取其他国家在学术上、社会上有地位的科学家参加。1964 年 3 月 5 日，中国科协主席李四光和世界科协北京中心主任张维向世界有关国家发出了"1964 年北京科学讨论会邀请书"。讨论会的主题为"有关争取和维护民族独立，发展民族经济和文化，改善和提高人民生活的科学问题"③，打的是反对帝国主义、反对新老殖民主义的旗号。亚洲、非洲、拉丁美洲、大洋洲这四大洲是新老殖民主义统治的地方，过去科学落后，被人家瞧不起。现在这些国家的科学家成了国际科学会议的主人，说明在摆脱殖民统治之后，科学依然可以在这些国家发展。

2. 会上会下

熊：请您介绍一下会议的基本情况。

薛：讨论会于 1964 年 8 月 21～31 日在北京举行，有亚洲、非洲、拉丁美洲、大洋洲一共 44 个国家和地区的 367 位代表参加，共提交了 299 篇论文。④

熊：这意味着有不少代表没有提交论文。

薛：是的。我国有很多科学家参加了社会科学组的讨论，但都不提交论文。为什么会有这个规定我不清楚，可能是避免引起争论，因为很多人对社会

---

① 张维（1913～2001），力学家，1955 年被选聘为中国科学院学部委员。

② 筹备会议于 1963 年 9 月 27～30 日在北京举行。

③ 参见：亚非拉和大洋洲二十二国科学家在京举行筹备会，决定明年在北京举行科学讨论会，各国科学家将紧密团结促进这些地区科学文化事业的发展．人民日报．1963-10-01.

④ 参见：1964 年北京科学讨论会公报．人民日报．1964-09-01.

主义制度不一定都赞同。

会议通过协商产生主席团（由每一国的代表团或代表推选一人组成），并选出范长江为大会秘书长。讨论会的学术委员会由周培源任主任，负责有关学术活动方面的工作，包括论文的审定、学术性会议的组织、会议期间的专业参观、会后对各国学术水平的估价等。委员会下设理、工、农、医、社会科学五个组和学术秘书处。具体的学术活动分别由下列部门来组织：理科由中国科学院组织；工科由国家科委组织；农科由农业部组织；医科由卫生部组织；社会科学（含政治与法律，经济，教育、语言与文学，哲学与历史四个分组）由中国科学院哲学社会科学学部组织。该学部由中共中央宣传部管，与中国科学院已脱离关系。在学科组内设有分组，总共是八个学科组、27 个分组交叉进行。我是理科组的副组长（张文佑、顾功叙这两位学部委员任组长），对理科更熟悉一点。它下分为五个分组：数学组、物理天文组、化学组、生物组、地质地理组。学术活动以分组宣读论文、分组讨论为主，还召开了一些整个学科的会议和更大的全体会议。全体会议比较少，我印象最深的是越南南方（它作为一个独立地区参会）代表团团长阮文孝的报告。他在会上控诉美国的各种暴行，包括使用各种化学毒药对越南南方人、畜、树木、庄稼的毒害，反响很强烈。

熊：总共只有 367 位代表，参会的人数倒也不算太多。

薛：正式代表 360 多人（其中外国代表 273 位，不含代表的夫人和工作人员）。中国代表团由 61 人组成，另外有特邀代表 32 人。周培源任团长，张劲夫、范长江、张友渔、张维、张忠信、于光远是副团长。为会议服务的工作人员据说有上千人。当时还特意在友谊宾馆盖了一个北京科学会堂，在会堂内安装了几套同步翻译设备。

熊：翻译属于工作人员？

薛：是的，大约有 200 名翻译。还有大会秘书处的人也属于会议的工作人员。大会使用汉语、英语、法语、西班牙语四种官方语言，要求送来的论文在母语之外得附另外三种文字的摘要（其中中文摘要归我们负责）。举个例子，如果某国代表提交的是英文论文，则他还需附上法文、西班牙文的摘要。可有不少外国代表根本不遵照规定，那些事情就只能由我们来代办。那时候西班牙文翻译很难找，颇费了我们一番工夫。

各种各样的杂事很多，我们差不多在 1964 年初就集中了。这个会议被作为特殊的政治任务，文章随到随印，外文印刷厂和中国科学院在通县的印刷厂随时待命。论文来了之后，翻译、打印、校对，工作量很大。

熊：除印制论文，还有哪些需要你们应对的杂事？

薛：比如说会前我们还要与外国代表进行摸底谈话，估计可能会出现哪些问题，并研究应对策略上报会议领导小组（成员包括张劲夫、范长江等）。我们理科的会务组（抽调各研究所搞外事工作的同志组成，大家的外事经验都比较丰富）遇到的最大麻烦是印度尼西亚一位研究原子能的女科学家西瓦贝西夫人。在摸底谈话时发现她要求在大会上发言，反对并谴责发展一切原子武器。中国当时正在秘密研制并马上（1964 年 10 月 16 日）就要爆炸自己的第一颗原子弹了。会议要表现得民主，又不能不允许她发言。所以会议秘书处挺紧张的。我们后来采取了这个方法：组织中国几个研究原子能的科学家在正式开会前跟她座谈，阐述不能笼统反对原子武器的理由，最后把她的思想工作给做通了。我们的处理方式得当，并没有强加于人，效果还可以。

熊：你们还要负责外国代表的思想政治工作，难怪要用那么多的工作人员。

薛：那个时候就是这样。国际会议关系国家的形象，对于这样的事情，我们向来不惜工本。一直到现在，我们国家组织会议的本领都没得说。会议期间和会议之后我们还开放中国科学院、高等院校和产业部门的研究机构，让外国代表们参观。相关的陪同、翻译工作量也很大。

熊：会议都在北京科学会堂举行吗？

薛：全体大会在人民大会堂举行，其他会议在北京科学会堂举行。中国科学院院长郭沫若致开幕式欢迎词[①]；副总理兼国家科委主任聂荣臻致开幕式贺词[②]；中国科协主席李四光致闭幕词[③]。这对国家外事部门而言也是一件大事。国家对外文化联络委员会副主任、党组书记张致祥一直盯在会上。会议闭幕之后，副总理兼外交部长陈毅在外交部为会议代表们举办的宴会上发表了讲话。[④] 中共中央主席毛泽东、国家主席刘少奇，以及朱德、周恩来、邓小平、彭真、陈毅、聂荣臻、谭震林、陆定一、罗瑞卿、林枫、杨尚昆、叶剑英、郭沫若、包尔汉、张治中等党和国家的领导人接见了全体代表，刘少奇还与他们合了影。

熊：中国的主要领导人和科学界的头面人物几乎全部出动，这次会议的接待规格确实是非常之高。我还注意到，仅 1964 年 8～9 月，《人民日报》就发表了相关报道 100 余篇，连"古巴一客人回国"[⑤] 这类小事也要报道，而且经常动用

---

① 参见：四大洲的科学家在新的基础上团结起来 把科学文化推进一个复兴繁荣的新时期 中国科学院院长郭沫若在北京科学讨论会开幕式上的欢迎词. 人民日报. 1964-08-22.

② 参见：只有实现彻底的民族民主革命任务 科学事业才能够真正为人民所掌握 聂荣臻副总理在北京科学讨论会开幕式上的贺词. 人民日报. 1964-08-22.

③ 参见：北京科学讨论会体现了科学和民主精神将对人类的进步科学事业产生深远影响 中国科学技术协会主席李四光在北京科学讨论会闭幕式上的讲话. 人民日报. 1964-09-01.

④ 参见：建立世界科学家广泛的统一战线 为和平和科学造福人类共同奋斗 陈毅副总理在招待北京科学讨论会各国科学家宴会上的讲话. 人民日报. 1964-09-01.

⑤ 参见：古巴一客人回国. 人民日报. 1964-08-31.

多个整版的篇幅，对这个会议的宣传规格也可谓高到极处。

薛：许多国家的参会代表资格也很高，比如作为会议的发起国之一的印度尼西亚和日本。日本派出了一支以坂田昌一为首的由 60 多位科学家组成的代表团。外国代表中有 17 位政府部长和高级官员，如叙利亚前总理阿兹迈德，印度尼西亚文教部部长普里约诺、司法部部长阿斯特纳维纳塔，阿拉伯联合酋长国科学研究部部长图勒基，布隆迪卫生大臣马拉布科等，还有 20 多位大学校长和科学研究院院长，40 多位研究所所长和大学系主任。

熊：印度参加了吗？

薛：邀请了印度，但印度没派代表参加。巴基斯坦参加了。印度是世界科协的西亚中心所在国，这个中心比北京中心成立得还要早一些。它于 1964 年 7 月 27～30 日在新德里开始举行了为期四天、名为"科学与国家"的科学讨论会，邀请了 28 个国家的 45 个外国代表出席。这在当时被看成是在"苏修"的指使和支持下和我们唱对台戏的行为。①

熊：在这之前中国举行过多学科的学术会议吗？

薛：没有。这是新中国成立后举办的第一次大型的多学科国际学术会议。其他国家即使有先例，也不会多。单科会议放在科学不发达国家开的也极少。

熊：现在很少见到这种几乎包含所有学科的会议了。这类会议，组织起来特别费力，而代表们集中起来之后，由于大部分议题超出了自己的研究范围，又很难进行深入的讨论。

薛：讨论的状况还可以。总的印象是，刚刚摆脱殖民主义统治的非洲国家比我们落后；澳大利亚、日本的科学水平相对较高，代表们发言比较踊跃一点。代表的水平差距很大。有世界级的，如澳大利亚的射电天文学家克里斯琴森教授，他是射电天文的开创者。日本的坂田昌一和武谷三男在会上提出了一种原子核模型，他们在物理天文组的水平也是很高的。我们中国由钮经义、邹承鲁、汪猷、邢其毅所报告的《从胰岛素 A 及 B 链重合成胰岛素以及 A 及 B 链肽段的合成》，在化学组是水平很高的。我们还有几个高水平的工作，如施雅风、刘东生的《希夏邦马峰地区科学考察的初步报告》，引起的反响很大。外国代表中也有水平较低的，本来规定要在会议之前递交论文，可少数人到会时才交来用铅笔写的论文，其中的一位是来自非洲的中学地理教师。

熊：当时提供的生活条件如何？

薛：我们工作人员不跟代表们在一起吃饭，所以我不是特别清楚。反正友谊宾馆的标准是非常高的。

---

① 参见：北京科学讨论会向国务院的报告及国外对会议的反映（1964 年 9 月）. 中国科学院档案处档案 . 64-1-28.

熊：大会花了多少钱？

薛：我不知道。数目肯定很高。会议的来回旅费很可能都是我们包了。会议期间还有参观活动，参观原子反应堆、一些大的工厂等。会后愿意走的先走，绝大部分人都留下来，分七路赴上海、南京、无锡、苏州、杭州、哈尔滨、长春、沈阳（抚顺、鞍山）、西安（延安）、武汉、广州等地参观访问了一两周。最后走的时候我们还送有重礼——最初计划每人送一个中国制造的金手表，后来不知道什么原因改送了一支特制英雄金笔。总而言之，代表们生活上的待遇非常高。[①]

熊：中国代表也发金笔吗？

薛：国内的代表没有。我们当时从三年困难时期走出来不久，经济还很困难，可为了扛起"反帝"、"反修"的旗帜，不惜代价。

熊：在查档案时，我还注意到，东非科学院的代表奥廷诺曾要求我国给予他经济援助。他宣称东非科学院秘书长接受美国援助、勾结印度反对他。他急需经济援助，以便在知识界中发展进步力量，在两三年内重新掌握东非科学院。我国没有满足他的要求，他对此颇为不满，说："你们一直反对新老殖民主义，为何在我面临这种困难时而不予支持。"[②]

薛：这件事情我不知道。那时候我们国家刚从"大跃进"所导致的国民经济濒临崩溃的困难中走出来，并不宽裕，确实难以满足某些人的欲望。有些人就是这样狮子大张口向你要钱要物。我国人民勒紧裤带援外，如果不能完全满足他，就得挨骂。所以金元外交是交不上什么真正的朋友的。

熊：您陪同外国代表参观了吗？

薛：没有。当时各个学科的工作人员很少，我不单管生物方面的，其他理科学科也得管，所以管的事情很多，会议期间经常泡在印刷厂里。会后则忙着处理印论文集等善后事宜。在北京很难找到西班牙语翻译。开会时翻译马马虎虎对付了过去，印论文集时他们根本就不管，而文字稿更应该字字推敲。我费了很多周折，才通过学部委员、中国医学科学院副院长沈其震找到一位在北京工作的外国专家帮忙校对、审核西班牙文论文。会议只开了11天，可我从1964年初到1966年1月2日去河南农村参加"四清"运动前，主要被派去忙这个会。

陪外宾参观也是苦差。在北京科学讨论会前后我曾两度陪外宾参观。第一次是在1964年夏初，陪朝鲜科学院微生物研究所分所的金所长到石家庄去考察华

① 与会的外宾普遍对"中国主人"所给予的"无微不至的照料、关心"和"极为令人感动的款待"十分感激。参见：亚洲非洲拉丁美洲和大洋洲的科学家在北京科学讨论会闭幕式上的讲话. 人民日报，1964-09-01.

② 北京科学讨论会领导小组办公室. 北京科学讨论会工作简报（第145期）.1964-09-08.

北制药厂。① 当时我寒酸得很，连一套像样的服装也没有。不是买不起，而是因为没布票。我只好向邻居借了一条西裤、一件衬衣。衬衣每天晚上都要洗，第二天早上不管干没干都得穿。第二次（1965年夏天）是陪罗马尼亚科学院院士马科夫斯基在北京、上海、杭州，进行生物化学方面的考察访问。这时候国家的经济状况好一点了，我一下子买了两三套不要布票、可在外事场合穿的上衣和裤子，没那么寒酸了。但由于这位院士有点调皮，我一路都相当紧张，生怕应对不慎出差错。当时接待有身份的外国科学家的规矩是，从头到尾有一个人主陪；到某个地方还由某位业务对口的人员负责陪同，请对方吃饭、看戏等；此外还有一个翻译。我们每到一个城市都得向当地的外事部门及时汇报接待情况与问题。那时候大家头脑中都有一根阶级斗争的弦，应对得不好，有人可能会告你一状。那次陪同的法语翻译在"文化大革命"时是造反派，我当时很捏了一把汗。②

熊：不就是接待一个外国人嘛，搞得那么复杂，这么紧张。

薛：我们那时候就是这样，所谓"外事无小事"，搞不好就出事。

熊：您前面提到的那种低水平的"论文"也得放到文集中去？

薛：那当然得放啦。让那些独立不久、还相对落后的国家的代表写出高水平的论文本来就不太现实。朝鲜金凤汉那篇弄虚作假的经络系统的文章，已经被中国科学家证伪了，仍在医学组宣读。我们是哑巴吃黄连。后来讨论会的文集总算印出来了，装帧得非常好（用烫了金的最好的暗黄色咔叽布精装封面），却发行不出来——因为有刘少奇主席接见全体代表的照片在里面，此时"文化大革命"已经开始，他已成了被打倒对象——后来中国科协的同志一本一本地撕，把那些咔叽布封皮撕下来，其余部分则送回造纸厂制纸浆。

熊：费了这么多的力气，因为上面有一个人的照片就不能发行？

薛：这类事在我们中国一段时间里是常见的，我也很不理解。论文集共有理、工、农、医、哲学社会科学五卷，每卷都有中文版、外文版，每种至少印了上千套，其印刷成本也是很可观的。可它们最终未能发行出来，而我为理科论文集中、外文版的编辑和出版所付出的时间和精力，全都白费。我甚至没能拥有一

---

① 那位朝鲜的金所长是留学过苏联的，对这座东亚最大的抗生素生产厂十分感兴趣，提出了一份索取技术资料、某些关键零部件的清单。经该厂请示化工部后，出于两国军队、人民在抗击美国中由鲜血凝成的友谊，中方满足其全部要求。金所长大喜过望。——薛攀皋注

② 在杭州参观访问期间，由浙江省科学技术委员会蒋副主任陪同。某日在游西湖时，他向马科夫斯基大谈"反修防修"的道理，上游艇后依然滔滔不绝。虽然出于外交礼貌，马科夫斯基刚开始时还洗耳恭听，但不久之后就有众多明显的厌烦表现。而蒋副主任不顾我的暗示，仍毫无停止说教之意。我只好跟翻译讲，请他别译太尖锐的话。到中午吃完午饭后，考虑再三，我还是给浙江省交际处打了电话，建议他们提醒蒋副主任适可而止，不要把我们的政治主张强加于人。接受交际处的招呼后，那天下午蒋副主任终于不再宣教了。但是，我也担心有朝一日，这会成为我阻挠宣传毛泽东"反修、防修"思想的罪状。——薛攀皋注

套理科论文集留做纪念。

3. 会后

熊："文化大革命"期间这个会议挨批判没有?

薛:这个会议是科协举办的,不知他们那边的造反派批判过没有。在我的印象里,中国科学院没专门批这个会议,反正我的"罪状"里没这一条。"文化大革命"时中国科学院有几十个各种名目的大批判"联络站",批得较多的有广州会议、《科学十四条》、"72条"、"三高"、"修正主义科研路线"等,没有批这个会议的。

熊:对,应当没有。"文化大革命"兴起之后我国还一度想在1968年召开第二次北京科学讨论会呢。为了筹备这个会议,我国特意上马了胰岛素晶体结构测定、酵母丙氨酸转移核糖核酸、人工合成烟草花叶病毒蛋白质亚基等科研项目。

薛:1964年8月31日通过的会议公报说将于1968年召开第二次北京科学讨论会,还说将在两次全科会议期间再开一两次单科或专题性的会议。① 1966年7～8月,虽然"文化大革命"已经开始,我国仍在北京召开了暑期物理讨论会。1968年之所以没有召开第二次北京科学讨论会,有"文化大革命"的原因,更主要的是1965年9月在布达佩斯召开的世界科协第八届全体大会上,苏联代表团以组织的手段将中国排挤出世界科协。因此,1966年中国科协被迫中断了与世界科协的联系。

熊:40多年过去了,您现在如何看待这次会议?

薛:当年我国媒体对这个会议的评价是很高的,称它"对四大洲各国以及全世界科学界的团结合作的进一步发展,对四大洲各国以及全世界科学事业的发展将产生重大和深远的影响"①,甚至说它是"新科学的起点"②,开创了"世界科学史上的新纪元"③,标志着"帝国主义者垄断科学的时代结束了"④。但它对第三世界实际起了哪些作用不好说。我们是为了扛"反帝"、"反修"的大旗才举办这个会议。但我们付出那么大的代价,究竟有什么收获,我是打问号的。假如说这个会议还有一些正面影响,在"文化大革命"开始之后,也被冲击得荡然无存。

熊:从我接触到的材料来看,会议"反修"的色彩不浓。但反对美国的目的似乎是达到了。会议结束时,不是有270名代表在《我们抗议美帝国主义侵略

---

① 参见:一九六四年北京科学讨论会公报. 人民日报. 1964-09-01.

② 参见:新科学的起点——坂田昌一教授谈北京科学讨论会. 人民日报. 1964-08-30.

③ 参见:开创世界科学史上的新纪元——北京科学讨论会揭幕侧记. 人民日报. 1964-08-23.

④ 参见:亚非拉科学家热烈赞扬北京科学讨论会成就四大洲科学家携手迈前进的步伐帝国主义者垄断科学的时代结束了. 人民日报. 1964-09-20.

越南》的申明上签了名吗？①

薛：这个申明的精神本来想写到大会的公报中去，但遭到了不少代表的反对——只有270人签名，意味着还有一小半外国代表不同意。更明确地说，他们不敢得罪美国，怕回国后日子不好过。所以后来采取的是不写入公报、由代表自愿在申明上签名的形式。这次会议还是有民主协商精神的。

熊：中国举办这次政治意义大于科学意义的会议，目的还是在于宣传，为当时中国的政策和意识形态提供辩护。宣传受众有两类：一类是外国人，一类是本国人。外国人不容易影响到，主要目标还是影响本国人，这个目的大概也还是达到了吧。通过报道多国代表对中国的好评②，似乎从此可以看出我们是第三世界的领头国家，而处于我们敌对地位的美国则是邪恶的。如果没有这样的宣传，国内的青少年恐怕不会长时间相信世界上还有2/3的人民尚处于水深火热之中，有待我们去拯救。

薛：这个说法有一定的道理。北京科学讨论会对中国的科学发展还有一个影响。它触发了毛泽东对科学的兴趣。在接见坂田昌一等会议代表之后的次日晚上（即1964年8月24日晚上），他约了中国代表团团长周培源、副团长于光远去中南海谈话。他从坂田昌一的《新基本粒子观对话》一文出发，谈论了他对一些科学问题的看法，从"物质无限可分"，一直讲到"关于生命起源要研究一下"、"关于细胞起源要研究一下"等。前者促使中国的一些物理学家在不久后开展基本粒子的结构研究，并于"文化大革命"前夕提出"层子"模型。后者促使一些生物学家、化学家、物理学家在"文化大革命"期间开展细胞起源、蛋白质起源、生命起源的研究。你前面提到的胰岛素晶体结构测定、酵母丙氨酸转移核糖核酸、人工合成烟草花叶病毒蛋白质亚基等项目，之所以能够在"文化大革命"期间开展，在相当大的程度上是因为它们被纳于"生命起源"研究的大旗之下。这几个涉及数百位科研人员的项目使中国的基础研究在"文化大革命"中仍保留了一点血脉。这大概也可以说是北京科学讨论会一个无心插柳之收获吧。

---

① 参见：四大洲二百七十位在京科学家联合签名抗议美帝侵略越南坚决支持越南南方人民的正义斗争美国政府必须严格履行日内瓦协议. 人民日报. 1964-09-01.

② 由这些出自外国代表之口的话语可见一斑："十五年前，中国是个落后而不发达的国家。而今天，仅仅过了十五年，它已置身于世界的第一流国家之列。"（亚洲非洲拉丁美洲和大洋洲的科学家在北京科学讨论会闭幕式上的讲话. 人民日报，1964-09-01.）"在数年之内，中国在科学上并不是不可能达到同美国和苏联同等的地位。"（印度尼西亚一大学校长说：中国核爆炸成功具有重大意义. 参考消息，1964-11-27.）"从来不知道中国的重工业发展得这样好"、"中国的成就主要是由于社会主义制度好"、"毛主席比列宁更加伟大"、"毛主席是世界人民的领袖"、"帝国主义是纸老虎——千真万确"、"中国是小国的靠山"、"中国将成为世界上最发达的国家"。（后面的引语引自北京科学讨论会领导小组办公室. 1964年北京科学讨论会工作简报（第145期、155期））。

北京科学讨论会的意义和影响如何，是一个值得讨论的问题。我们重复交学费的东西太多，最关键的问题就在于不认真去总结历史。

附1：1964年北京科学讨论会简要日程

8月19日　下午3~6点，预备会——团长联席会议

8月20日　上午9~12点，预备会——主席团会议

　　　　下午3~6点，预备会——全体会议

　　　　晚上7点，中国科协主席李四光举行招待会

8月21日　上午9~12点，开幕大会

　　　　下午3~6点，开幕大会

8月22日　上午8：30~12点，学术活动

　　　　下午3~6点，学术活动

8月23日　上午8：30~12点，学术活动

　　　　下午4~6点，中国共产党中央委员会主席毛泽东接见全体代表

8月24日　上午8：30~12点，学术活动

　　　　下午3~6点，学术活动

8月25日　上午8：30~12点，学术活动

　　　　下午3~6点，学术活动

　　　　晚上8~10点，学术活动

8月26日　上午8：30~12点，游园（颐和园）

　　　　下午3~6点，主席团会议

8月27日　上午8：30~12点，学术活动

　　　　下午3~6点，学术活动

8月28日　上午8：30~12点，学术活动

　　　　下午3~6点，学术活动

8月29日　上午8：30~12点，学术活动

　　　　下午3~6点，学术活动

8月30日　上午8：30~12点，主席团会议

　　　　下午休会

8月31日　上午9~12点，闭幕大会

　　　　下午3~6点，闭幕大会

　　　　晚上7点，中华人民共和国副总理陈毅举行宴会

（注：会议的学术活动包括论文宣读、讨论、专业参观、专业旅游、专业座谈会、专业会见等。）

附 2：1964 年北京科学讨论会部分论文

1. W. N. 克里斯琴森（澳大利亚）. 射电天文的研究及其若干问题.

2. 席泽宗，薄树人（中国）. 中朝日三国古代的新星记录及其在射电天文学中的意义.

3. 1964 年北京科学讨论会日本物理学执行委员会东京－名古屋小组（日本）. 日本基本粒子物理学中的方法论 II. 基本粒子的坂田模型方法.

4. P. M. 西瓦贝西夫人（印度尼西亚）. 印度尼西亚的原子能和平利用.

5. 钮经义，邹承鲁，汪猷，邢其毅（中国）. 从胰岛素 A 及 B 链重合成胰岛素以及 A 及 B 链肽段的合成.

6. 黄鸣龙（中国）. 甾体化学在我国的发展.

7. 施雅风，刘东生（中国）. 希夏邦马峰地区科学考察的初步报告.

8. 陶诗言，叶笃正，谢义炳（中国）. 东亚夏季大气环流.

9. 倪志福，于启勋（中国）. 倪志福钻头.

10. 唐应斌，宋大有（中国）. 12000 吨锻造水压机的焊接生产.

11. 丁颖（中国）. 中国水稻品种的生态类型及其与生产的关系.

12. 裴辉答（越南民主共和国）. 关于越南北方水稻的生长和发育.

13. 何塞·路易斯·阿尔奈斯（墨西哥）. 墨西哥棉花及其最新耕作法.

14. 兴恩（柬埔寨）. 灌溉需水量的测定.

15. 阿卜杜拉希·艾哈迈德（索马里）. 索马里畜牧业概况.

16. 穆塞鲁·鲍文图尔（布隆迪）. 布隆迪畜牧业现.

17. M. 海德尔（东非科学院）罗非鱼的繁殖生物学及其经济意义.

18. 桂应祥（朝鲜民主主义人民共和国）. 蚕体解剖学研究上的几点新的考察.

19. 伍献文，钟麟（中国）. 鲩、青、鲢、鳙的人工繁殖在我国的进展和成就.

20. 越南南方民族解放阵线代表团（越南南方）. 关于美帝国主义者及其仆从使用化学毒剂作为战争手段的报告.

21. 拓植秀臣，张辉岳，金山行孝（日本）. 网状结构在食物运动性条件反射中的作用.

22. N. G. 巴普蒂斯（锡兰）. 在发展中的国家如何解决蛋白质的供应以消灭营养不良的问题.

23. 阮文孝（越南南方）. "特种战争"——新殖民主义的产物和美帝国主义新殖民主义在越南南方的最后阶段.

24. 井上清（日本）. 美帝国主义的对日文化侵略和反对他的斗争.

143

25. 金熙一（朝鲜民主主义人民共和国）. 目前南朝鲜人民的反美救国斗争.

26. 冈仓古志郎、土生长穗（日本）. 论新殖民主义.

27. O. C. 埃姆姆（尼日利亚）. 尼日利亚经济发展的障碍.

28. 布索诺·维禾霍（印度尼西亚）. 用爱国主义和国际主义精神从事科学和研究.

29. N. C. 奥廷诺（东非科学院）. 新殖民主义——是神话还是现实.

30. 汤川和夫（日本）. 论毛泽东及其民主思想.

31. 胡里奥·勒·里维兰（古巴）. 古巴科学院全国委员会代表在哲学历史学科委员会上的发言.

32. 桑巴·恩迪阿埃（塞内加尔）. 黑非洲的民族志和阶级结构.

33. 胡里奥·勒·里维兰（古巴）. 古巴革命史概要.

34. 莉迪亚·孔特雷拉斯·菲古埃拉（智利）. "Se" 的意义和作用.

35. 山克·普拉萨德·普拉德汉（尼泊尔）. 尼泊尔中级科学考试成绩的统计研究.

"乐天宇事件"与"胡先骕事件"*

在 1956 年中国共产党提出"百花齐放，百家争鸣"的方针（本文简称"双百"方针）前，受当时政治大环境的影响并在上级主管部门的部署下，中国科学院在处理"乐天宇事件"和"胡先骕事件"中，对待生物学科中不同学派或不同学术观点的争论方面，有过两次较大的失误。本文将目前已查到的资料加以整理，为关心此事者提供一些线索。

一、"乐天宇事件"与 1952 年的生物科学工作座谈会

1952 年 4～6 月，政务院的文化教育委员会计划局科学卫生处（它与中共中央宣传部科学处是一套人员两块牌子），会同中国科学院计划局，在北京召开了三次生物科学工作座谈会，批判乐天宇同志在生物科学工作上的错误，讨论国内生物科学的状况，并对今后工作交换意见。座谈会前两次的结论，由文委计划局科学卫生处副处长赵沨执笔成文，然后提到第三次座谈会讨论。与会者基本同意文中的论点。会后，结论以《为坚持生物科学的米丘林方向而斗争》（以下简称《斗争》）为题，全文发表于 1952 年 6 月 29 日的《人民日报》。发表时，该报加了编者按，见《人民日报》，1952 年 6 月 29 日。①②③ 在我国，由官方文章在中国共产党中央机关报上公开支持米丘林学派，粗暴批判压制摩尔根学派，就始自《斗争》。它产生了严重后果。

乐天宇

---

* 本文原载谈家桢等主编的《中国遗传学史》，上海科学技术出版社，2002 年，第 422－440 页。

① 人民日报在发表《为坚持生物科学的米丘林方向而斗争》时所加的编者按，人民日报 . 1952-06-29.

② 龚育之 . 科学·哲学·社会 . 北京：光明日报出版社 . 1987：337－339.

③ 李真真 . 何祚庥先生访谈录——在科学院与中宣部科学处之间 . 院史资料与研究 . 1993（1）：10, 11.

145

（一）"乐天宇事件"的由来

1949 年 10 月，由北京大学农学院、清华大学农学院，以及从老解放区迁到北京的华北大学农学院，合并组成北京农业大学。乐天宇（1901～1984）出任北京农业大学校务委员会主任委员。

原北京大学农学院和清华大学农学院的遗传学和有关学科的教授，都持孟德尔－摩尔根学派的学术观点。华北大学农学院以乐天宇为首的遗传学和有关学科的教师，都持米丘林学派的观点。三校合并后，乐天宇用粗暴的态度和方式，批评摩尔根遗传学，说它是"唯心的"、"反动的"、"为资产阶级服务的"和"法西斯的"等，停开摩尔根遗传学课程，取消田间设计、生物统计等课程。校内遗传学家李竞雄教授改行教栽培学；吴仲贤教授改教家畜饲养学。[①] 从事群体遗传学研究的李景均教授（原北京大学农学院农艺系主任，新中国成立前曾保护过该校的地下党同志），因为不同意批判孟德尔－摩尔根遗传学，忍受不了这种粗暴的做法，愤而离开了内地，去了中国香港，[②③] 后来去了美国。李景均到中国香港时给美国友人写信，说明出走的原因。美国《遗传学杂志》以《遗传学在中国死亡》为题摘登了该信的内容，[④] 从而，摩尔根遗传学派在中国受到压制的消息传向世界各国，影响极坏。

乐天宇的做法，造成了党和知识分子关系上的一些尖锐矛盾，引起了党的领导机关的注意。刘少奇同志也表示了关注。1950 年 6 月 2 日，乐天宇同志给刘少奇同志写了一个报告，叙说情况并有所申辩。7 月 5 日，刘少奇将这个报告送给毛泽东、朱德、周恩来以及中共中央宣传部、教育部的领导人传阅。7 月 16 日，毛泽东同志批示"这个报告里所表现的作风是不健全的"，这位同志"思想似有很大毛病"。同一天，毛泽东同志还批阅了反映同一问题的另一份材料，指示必须清查"并做适当的处理"，要求将这份材料与上述 6 月 2 日的报告一并讨论。[⑤] 随后，教育部派了一个工作组去北京农业大学调查，工作组成员有中国科学院植物分类研究所副所长吴征镒。[⑥] 查处的结果是：1951 年 3 月解除了乐天宇同志的北京农业大学校务委员会主任委员的职务。[⑤]乐天宇同志离开了北京农业大学。

---

① 中宣部. 几个学术机构在遗传学中执行双百方针的情况（内部资料）. 1991：11.

② 周家炽. 有关遗传学问题的早期回忆. 院史资料与研究，1993（3）：59，60.

③ 李佩珊等. 百家争鸣——发展科学的必由之路. 北京：商务印书馆，1985：4，6，7.

④ Genetics Dies in China. The Journal of Heredity. 1950，41（4）：90.

⑤ 龚育之. 科学·哲学·社会. 北京：光明日报出版社. 1987：337－339.

⑥ 樊洪业等. 吴征镒先生访谈录. 院史资料与研究，1992（3）：6. 关于工作组成立的时间，吴先生误忆为 1952 年。

1951 年 6 月 13 日，政务院批准成立中国科学院遗传选种实验馆，由乐天宇同志任馆长。这个实验馆相当于一个研究所，它是以乐天宇创办的北京农业大学农业生物研究室（成立于华北大学农学院）的部分人员为基础建立的。

乐天宇同志到中国科学院后，"也还是和科学家格格不入。中央很有意见，要批评乐天宇同志，由中宣部科学处来办这件事"。[①] 1952 年 4～5 月，中国共产党中国科学院支部多次开会批评乐天宇同志，支部大会认为，乐天宇同志所犯错误的性质是属于严重的无组织无纪律，严重的脱离群众的学阀作风，以及学术工作上的严重的非马克思主义倾向。支部大会决议：给予乐天宇同志以留党察看一年的处分。5 月 31 日，竺可桢副院长去遗传选种实验馆，宣布撤销乐天宇同志的馆长职务。[②] 随后，乐天宇离开中国科学院，去华南农垦局工作，以后到中国林业科学研究院，是该院一级研究员。

在中国共产党中国科学院支部开会批评乐天宇同志的同时，文委计划局科学卫生处会同中国科学院计划局召开了前述的生物科学工作座谈会。参加座谈会的，除主管单位的领导、干部外，还有北京大学和清华大学生物系的负责人和教师，北京农业大学的教师，华北农业科学研究所负责人，农业部代表，以及中国科学院有关研究单位的负责人、研究人员，共约 30 人。

（二）生物科学工作座谈会的结论

座谈会的结论《斗争》共分五个部分，1 万余字。概括起来有三方面的内容：一是对乐天宇同志在生物科学工作中所犯错误的分析和批判；二是中国生物科学的现状及其问题；三是必须坚持米丘林生物科学方向，系统批判摩尔根主义，用米丘林生物科学彻底改造旧生物科学。[③] 其主要结论如下。

1. 乐天宇同志是我国在学习、研究米丘林生物科学工作中发生一种经验主义和教条主义偏向的主要代表者

《斗争》指出，乐天宇同志的经验主义偏向，表现在以下几方面。

（1）"重视点滴的生产经验，忽视系统的农学理论；强调从生产中学习，否定实验室工作；认为'农场就是实验室，大自然就是课堂'。……把理性知识和感性知识对立起来，割裂开来，强调一面忽视另一面……"

（2）"错误地、幼稚地把理论和实际对立起来。""说什么'我们在显微镜下

---

① 李真真. 何祚庥先生访谈录——在科学院与中宣部科学处之间. 院史资料与研究. 1993，（1）：10，11.

② 竺可桢. 竺可桢日记. Ⅲ. 北京：科学出版社，1989：283，292，299，609，613，690.

③ 参见：为坚持生物科学的米丘林方向而斗争. 人民日报. 1952-6-29.

解决问题，老百姓从栽培上解决问题。老百姓如果不靠自然规律解决问题，就要饿死。学者们没有生活问题，可以不靠自然规律来作。老百姓是唯物论，学者们是唯心论'。"

（3）"'左'倾幼稚观点全盘否定了传统生物科学。……既然物种是一直在变化着的，植物分类学自然一无用处了。"他"对待像生物统计一类的学问，也是采取完全否定的态度"。

《斗争》认为"这种轻视理论的经验主义偏向，本质上便是非马克思列宁主义的"。

《斗争》指出乐天宇同志的教条主义偏向表现在：他"不把米丘林生物科学看作实践的指针，而把它用作吓人的符咒"。"只是牵强附会地搬用哲学术语，把唯物辩证法的一般规律去代替生物科学中的一些具体规律。"他"写的《遗传选种要义》一书，基本上是抄袭李森科、特洛申等人的著作而成的，并且抄袭得颠倒混乱，使人不知所云。更表现在牵强附会地搬用哲学术语上"。

《斗争》还指出乐天宇同志武断的非科学态度，以及用米丘林生物科学作为一根鞭子打人的恶劣作风。例如：

（1）他"对于科学工作采取一种武断、肤浅的非科学态度。他在批判旧遗传学时便采取这种态度"。他武断地说："基因不但任何人没有看见过，连摩尔根自己也没有看见过。他拿这种虚伪的基因来肯定生物遗传的性状，这种看法是不真实的，是不可掌握的，而是一种幻想，幻想就是唯心论。"乐天宇"只用见过或没有见过的理由来批评一种科学上的假设，是太不充分了"。

（2）他"自己既不好好地研究米丘林，也阻碍别人研究米丘林。如有人对他的工作提意见，他就说是反对米丘林；有人反对他的恶劣作风，他就说对方政治有问题，别有用心。……他不许别人学米丘林，因为那是投机，也不许别人不学米丘林，因为那是反动。"

《斗争》认为"乐天宇同志用这样的态度对待科学，用这样的作风来领导国家的科学研究工作，用这样的态度来对待群众，自然只会使国家的科学事业遭到重大的损失。""严重地影响了米丘林生物科学在中国的发展和推广。"

2. "我国生物科学的现况已经到了不能容忍的地步"

《斗争》就我国生物学界对米丘林生物科学的态度，诸如反对的，认为只是"一家之言"的，或者把它与摩尔根遗传学等量齐观、予以调和的等，逐一进行批判后写道："大学中生物科学各部门甚至基本上原封不动，旧生物学的观点仍然贯穿在课程的各方面，米丘林生物科学只是一个'学期课程'。……在中学生物学教科书中，米丘林生物科学只占一个章节。在讲到生物科学的研究方法时，对于科学工作中指导思想的作用，根本没有适当地加以说明，竟把'用思想研究问题'和所谓的科学观察、试验方法对立起来。"

"在实际工作中，有些农业科学机构仍把主要的工作放在抗病育种上，纯系育种的方法仍然是基本的方法，纯系的理论仍然是基本的指导理论。""纯系根本是不存在的，纯系育种就只好如摩尔根主义者那样，把所谓科学建筑在偶然的巧遇上，求助于统计和幸运。……进行盲目性、偶然性的挑选以图找到所谓'同质的基因配合'。这除了引起资财人力的浪费外，一定只会招致品种的退化和毁灭。……我们的一部分农业科学家，连辩证唯物论的基本观点都还没有接受。"

"米丘林生物科学的伟大，在于它彻头彻尾为提高农业生产、改造自然服务。但这一点好像没有引起我们的生物学者的注意。我们的植物分类工作，仍然片面地致力于野生植物，且为分类而分类。不注意植物的分布、产量、生活习性、经济价值等方面的研究，因而不能密切联系实际工作。大学中的研究工作，也往往提倡做些冷门的工作以求成名，比如学生要研究臭虫生活史来消灭臭虫，但教授要学生研究腔肠动物。比如学生要研究改良役畜品种，但教授要学生研究腔肠动物或者青蛙的肝糖变化……"

"上述情况说明，我国生物科学的现况已经到了不能容忍的地步，如果长此以往，'生物科学为国家建设事业服务'，将只是一句空谈。"

3. "米丘林生物科学是生物科学的根本革命"，要"用米丘林生物科学彻底改造生物科学的各部门"

《斗争》用了几乎 3/5 的篇幅高度评价米丘林生物科学。[①] 例如，"米丘林生物科学是自觉而彻底地将马克思主义应用于生物科学的伟大成就"；"它把生物科学发展到了全新的、更高度的阶段"；"米丘林生物科学完全改变了生物科学的面貌。""以米丘林生物科学为指导，苏联生物学者在生物科学的各方面获得了伟大的成就。巴甫洛夫揭发了生物的心理与生理职能之相互依属和影响的事实；勒柏辛斯卡娅成功地证明了新细胞的形成不仅是经由细胞本身的繁殖，而且还直接从非细胞体中发生；波什扬确定了微生物与病毒是从同一有机体发展的不同阶段，滤过性病毒可以转变为微生物形态，微生物也可能变为病毒……[②]所有

---

① 米丘林是一位伟大的园艺学家，他一生培育出 300 多种果树新品种，造福于人类，至于"米丘林生物科学"、"米丘林学说"等，是李森科强加给米丘林的，应该读做李森科主义、李森科学说。

② 巴甫洛夫（1849～1936）是苏联生理学家，他的科学贡献主要在心脏生理、消化生理和高级神经活动生理三方面，1903 年获诺贝尔生理和医学奖。他和米丘林（1855～1935）是同时代人。勒柏辛斯卡娅和波什扬的"成就"，由于行政部门的干预支持，也曾风行一时。随着时间的推移，一个被揭发实验有误；另一个被揭发弄虚作假，两人的实验室都被关闭。

这些，说明了米丘林生物科学对生物科学各部门有着多么大的启发意义，证明了米丘林生物科学绝不是生物科学中的'一个部门'，而是生物科学的根本变革。"

《斗争》为米丘林生物科学带上各种桂冠的同时，给"旧"生物科学特别是遗传学贴上了政治标签和哲学标签。其中写道："旧遗传学的思想是反动的"；"旧遗传学中所捏造的'基因'，自然是一种臆造"；"我们不能批评旧生物学家'唯心'、'反动'、'为资产阶级服务'、'法西斯'便算了事。我们应该说清楚，生物科学上摩尔根主义和米丘林生物科学的斗争是两种世界观在科学上的表现，是不容调和的根本性质的论争。旧生物学某些部分已经证明是伪科学，旧遗传学的某些结论是法西斯主义的理论基础之一，某些旧的农学在实践中被证明'差不多全是坏的'"。"所以它必须加以改造"，因此，"认真地系统地学习米丘林生物科学，彻底批判摩尔根主义在生物科学上的影响对于我国生物学界是迫切的需要"。

《斗争》号召："我国的生物学界应该发动一个广泛深入的学习运动，来学习米丘林生物科学。""学习米丘林生物科学，最重要的是学习它的根本，不是学习它的枝节。……要认清米丘林生物科学是生物科学中的根本革命，纠正'米丘林生物科学仅是生物科学中的一个部门'的错误说法，介绍苏联科学界基于米丘林生物科学而发展的……成就，彻底改造生态学、细胞学、胚胎学、微生物学……①等生物科学的各部门"；"要从批判旧生物学、旧遗传学的工作中来学习米丘林生物科学。大学生物学系，应把各种课程彻底地加以改革；要认真地把纯系理论加以彻底批判，生物统计、生态学等部门中的有害部分也要予以批判"……

（三）座谈会结论的发表产生的严重后果

1. 一些摩尔根学派的遗传学家被迫作了违心的公开检讨

一些摩尔根学派的遗传学家检讨了站在资产阶级的立场上，留恋摩尔根遗传学，错误地对待"先进的"、"无产阶级的"米丘林生物科学。

谈家桢教授（当时在浙江大学任教）在读了《斗争》后写道："摩尔根遗传学是为帝国主义及一小撮资产阶级而服务。我过去受了资本主义思想体系的假科学理论的毒害极深，还夸耀自己是摩尔根的所谓'入室弟子'，自以为很了不起……""我是基本上没有认识到新旧遗传学是根据两种不同哲学基础——辩证唯物主义和唯心主义，表现着两个不同世界——侵略阵营和和平阵营的思想体系。""今日我认识到，我过去的'超政治'、'超阶级'是代表帝国主义者和资

---

① 此处的省略号是原文所有的。

产阶级的利益，站在反人民的立场，来看先进的米丘林生物科学，当然是不会正确的。"他说："我是完全同意和坚决拥护《为坚持生物科学的米丘林方向而斗争》的论点，并且有勇气和信心为这个科学革命而努力。"①

戴松恩（华北农业科学研究所副所长）也检讨说："我曾说过一句话：'米丘林生物科学是正确的，但是还没有成为完整的一套'。今天检讨起来，仅仅这一句话已足够说明我还是留恋着摩尔根的老一套，认为老一套虽有问题，但已成为完整的一套。这明显地表示我起初对米丘林生物科学基本上是抵抗的。""今天我认识到我为什么不能从基本上来接受全部米丘林生物科学，就是因为我是站在资产阶级的立场去对待无产阶级的新科学。今后我必须叛变我原来的资产阶级立场，才能从基本上接受新科学。"②

2. 有些米丘林学派的学者把两个学派的争论上升为路线斗争

1952 年 7 月，北京农业大学米丘林遗传学教研组以《为贯彻生物科学的米丘林路线肃清反动的唯心主义的影响》为题，作了三年工作总结。③ 总结写道："我们看到《人民日报》发表的《为坚持生物科学的米丘林方向而斗争》的文章……深切地感到了目前存在于我国农学界和生物学界的问题，确实是十分严重的……高等农业教育和农业科学的试验、研究工作，基本上还是老一套，还是为摩尔根主义的思想体系所控制着的。""米丘林遗传学是科学的，是人类改造自然的武器，而摩尔根遗传学则是虚伪无用的，它已经成为帝国主义发展侵略战争的理论根据。因此，我们就不应该再以这种虚伪的谬论去毒害青年，而应该与同学一起去学习先进的科学的米丘林遗传学。""有少数动机不纯或别有用心的人，他们对米丘林科学，不仅不虚心学习，反而抱着敌对态度……例如，当讲到米丘林生物学的哲学基础时，他们就说'苏联的遗传学带着政治色彩，不是纯科学'。""在他们看来，米丘林遗传学与摩尔根主义之争，完全是无意义的，是苏联制造出来的。因此，在谈到 1948 年全苏列宁农业科学院的会议揭穿反动的生物学路线实质这一重大事件时，④ 他们就说'这是苏联的大错，以后的事实会证

---

① 谈家桢. 批判我对米丘林生物科学的错误看法. 科学通报，1952，3（8）：562.
② 戴松恩. 我对米丘林生物科学采取了错误的态度. 人民日报，1952-06-30.
③ 参见：为贯彻生物科学的米丘林路线肃清反动的唯心主义影响——北京农业大学米丘林遗传学教研组三年来工作总结. 人民日报，1952-12-26.
④ 1948 年 8 月全苏列宁农业科学院会议，李森科在会上报告《生物科学现状》，得到苏共中央和斯大林的批准。在大会上和大会后，李森科学派取得了"全面的胜利"。一系列"消灭"摩尔根学派的措施被采取了：摩尔根学派被戴上"资产阶级"、"反动"、"唯心主义"、"形而上学"、"伪科学"的帽子；摩尔根遗传学被禁止在学校讲授；摩尔根学派的实验室被封闭；摩尔根学派学者担任的职务被撤销。李森科学派则自称为"米丘林生物学"，长期标榜自己是"无产阶级的"、"辩证唯物主义的"……李森科本人也青云直上，在苏联生物科学界一度形成了李森科一派独霸的局面。

明的。'今天应该告诉他们，三年来的事实证明了，以后并将不断地证明着，错了的不是苏联，而正是摩尔根主义拥护者的主观愿望。"

《人民日报》发表这份总结时加了编者按，指出"这个总结说明了贯彻生物科学的米丘林路线，乃是一个严重的斗争过程。"

党中央的机关报，在半年之内发表了《斗争》和这个总结，公开支持米丘林学派，压制摩尔根学派，反映了当时中国领导者的思想状况。

3. 大学摩尔根遗传学课程基本停止，以摩尔根学派理论为指导的研究工作全部停顿

"这篇文章（注：指《斗争》）发表以后，各有关部门、各高等院校有关的系，都为贯彻文章的内容而进行了部署。从 1952 年秋季开始，摩尔根学派遗传学课程在各大学内基本停止，明显地以摩尔根学派理论为指导的研究工作也全部被迫停顿。在多数农业系统的院校和研究机构中，已有明显成就的杂交育种工作，也被视为'摩尔根主义的碰运气的方法'而全部中断了。甚至中学教材也按照这一指导思想重新编写。学术刊物上则只登李森科一派观点的文章。直到 1956 年青岛遗传学座谈会召开时，情况基本如此。"农业科学研究工作部门还发生几起"毁掉育种材料的事件"。①

中国的遗传学经历了一场浩劫。

4. 座谈会没有纠正乐天宇同志的根本错误，乐天宇同志也没有接受教训

座谈会批评乐天宇在介绍、宣传、推广、研究米丘林学说工作中的经验主义和教条主义偏向，以及武断的非科学态度等，有其正确的一面，其中也有一些很好的提法。例如，批评乐天宇同志"把辩证法的一般规律替代生物科学中的一些规律"。批评哲学代替论，在国内这是第一次。

乐天宇同志的根本错误在于粗暴地批判和压制摩尔根遗传学派。座谈会在这个问题上，不仅没有触动乐天宇同志，而且恰恰与乐天宇犯了同样的错误，使用了与乐天宇同样的语言。

生物科学工作座谈会虽然正确地提出："处理学术问题和处理政治问题应该有所区别"，"我们可以说旧遗传学的思想是反动的，但不能说信服旧遗传学的学者一定就是政治上的反动分子"。但是随后它又用李森科、乐天宇的语言，否定了这些正确的论点，混淆了学术问题与政治问题的界限，给所谓的旧生物学家，给摩尔根遗传学戴上了"唯心"、"反动"、"为资产阶级服务"、"法西斯"等帽子。

---

① 李佩珊等. 百家争鸣——发展科学的必由之路. 北京：商务印书馆，1985：4，6，7.

给孟德尔－摩尔根遗传学所扣的种种帽子，不是座谈会的发明。在这以前，在来中国的苏联专家的报告中，在国内学者的著译或文章中，早已屡见不鲜，但那都只是个人的语言，没有行政上的约束力。而座谈会的结论《斗争》，作为官方文章，首次在党中央机关报上为摩尔根遗传学定性；而且《人民日报》编者按公开号召"关于摩尔根主义对旧生物学各方面的影响，需要继续展开系统的批判"，意味着是经过党中央认可的，就不同凡响了。这就是为什么座谈会不但没有纠正乐天宇同志的根本错误，反而一呼百应，在全国范围内引发了批判与压制摩尔根学派的高潮，产生严重后果的原因。

事实证明，乐天宇同志没有从处分和批判中接受教训。在经历了20多年的风风雨雨之后，1976年至1977年年初，当他得知中国科学院一局召开基因工程会议后，又企图树起讨伐摩尔根遗传学和当代生命科学的前沿分子遗传学和基因工程的旗帜。他写道：

"从林奈的神创论，到孟德尔的'遗传因子'，到魏斯曼的'物质不灭'，到富有宗教思想的摩尔根提出神创论的总和，而伪装为'基因论'。现代基因论者乃发展为'DNA基因论'。资产统治阶级御用的'学者们'代代相传，都是以伪装的面貌出现。"

"从林奈的'杂种基因'起，到目前的'分子遗传学'（即细胞遗传学的发展），所谓'基因工程'，都是资本家（如诺贝尔财团等）的御用学者们，为了抬捧其主子，所设立的一套套的为愚民政策服务的所谓'遗传学'。其实，这种'遗传学'是永远不会，也不能与生产实践发生任何联系。"

"所谓的'基因论'设想和人造的'基因工程'流毒甚广，致使生物科学长期为资产阶级所利用。"

乐天宇同志还把有关的遗传学家称为"资产阶级的卒子"。[①]

在乐天宇的鼓动下，一位中学教师上书中共中央和华国锋同志，要求重新开展对摩尔根遗传学的批判。这是历史的倒退，自然不能得逞。

从1953年Watson和Crick发表DNA分子结构的文章，到1973年Cohen和Byer共同报道体外组建的重组质粒在细菌中繁殖成功，这20年中，国际上分子遗传学取得了许多突破性的进展，发展速度一日千里。可是反观国内，对摩尔根遗传学的讨伐始终没有停息过，而且还要批判已经见之于事实的"基因工程"，这实在是一个悲剧。

---

① 乐天宇给王欣如的信（1976年3月4日，1977年2月）。参见王欣如上书华国锋、叶剑英等的附件，全件藏原遗传研究所档案室。王欣如是江西省南城县的一个中学的青年美术教师，在乐天宇授意下，上书要求对摩尔根遗传学、分子遗传学与基因工程进行批判。

二、"胡先骕事件"

胡先骕（1894～1968）先生，字步曾，是我国植物分类学的奠基者之一。1922年，他同我国生物学前驱秉志先生共同创办了中国第一个生物学研究机

构——中国科学社生物研究所。1928年，他又同秉志先生一起创办了静生生物调查所，并从1932年起直至1949年止，任该所所长。新中国成立后，他一直是中国科学院植物研究所研究员。他为发展我国的植物分类学做出过重大贡献。

胡先骕

（一）《植物分类学简编》出版引发的风波

1955年3月，高等教育出版社出版了胡先骕先生所著的高等学校教学用书《植物分类学简编》（以下简称《简编》）。[①]

《简编》第十二章（"植物分类的原理"）第三节为"分类的方案与范畴"。胡先骕先生在讨论物种和物种形成问题时，对李森科的物种新见解进行了批评。他写道："李森科'关于生物学种的新见解'在初发表的时候[②]，由于政治力量的支持，一时颇为风行。接着便有若干植物学工作者发表论文来支持他的学说：报道黑麦'产生'雀麦，橡胶草'产生'无胶蒲公英，作物'产生'杂草，白桦'产生'赤杨，鹅耳枥'产生'榛，松'产生'枞，甚至向日葵'产生'寄生植物列当。但不久即引起了苏联植物学界广泛的批评。自1952年至1954年各项专业的植物学家先后发表了成百篇的专门论文，对于李森科的学说作了极其深刻的批评，大部分否定了他的论点。苏联《植物学期刊》编辑部根据这大量论文所提供的资料与论据，发表了一篇《物种与物种形成问题讨论的若干结论及今后的任务》。这篇论文认为'李森科观点的拥护者犯错误的最主要原因在于实际材料的局限，以及没有利用关于物种及物种形成的极其不同并且相当具体的知识……''他们进行实验的方法水平很低，研究得不够精确和不足为据'……'李森科忽视了祖国和外国研究者的已有的一切经验，显示出他以不可容忍的虚无主义的态度对待像分类学这样的生物部门。'这篇论文还指出了李森科的新学说对于动植物选种，农业工作

---

① 胡先骕. 植物分类学简编. 北京：高等教育出版社, 1955, 342, 343.
② 李森科于1950年发表《科学中关于生物种的新见解》。1952年最后一期的苏联《植物学杂志》刊登了两篇批评李森科新见解的文章，由此揭开一场新的大论战。

者与杂草作斗争，开垦草原地，植物学，资源学，森林学，苔原学，地层学各种科学实践都有害处，因之须予以根本的否认。"

胡先骕先生接着写道："这场论争在近代生物学史上十分重要。我国的生物学工作者，尤其是植物分类学工作者必须有深刻的认识，才不致于被引入迷途。"

《简编》出版后，有人认为胡先骕先生反苏、反共，反对共产党领导科学。

当时在高等教育部工作的苏联专家"就此书提出'严重抗议'，说'这是对苏联在政治上的诬蔑'"。[①]

北京农业大学六位讲师、助教给高等教育出版社写信，认为《简编》"是一本具有严重政治性错误，并鼓吹唯心主义思想的著作"。胡先骕"诋毁苏联共产党和政府，反对共产党领导科学"。"在生物学上，他也是个唯心的形而上学的孟德尔－摩尔根主义者。""不能容忍这本书继续毒害青年，贻误学界。我们建议立即停止出版胡先骕的著作，收回已售出的书。"还要求"胡先骕彻底检查，公开检讨，真正下决心改正"；高等教育出版社"应当深刻地进行检查，吸取教训"。

信里批评中国科学院说："胡先骕是中国科学院植物研究所的研究员，出版了这样反动的一本书，这说明中国科学院在政治思想教育和学术思想批判上进行得很不够，今后应当加强，才能领导我国科学界前进。"[②]

（二）在米丘林诞生一百周年纪念会上胡先骕受到批判

1955年10月28～31日，中国科学院与全国科联举办了"伟大的自然改造者伊·弗·米丘林诞生一百周年纪念会"。在全体会议和分组讨论中，胡先骕先生受到政治批判。

10月28日，中国科学院生物学地学部副主任童第周在开幕式上作了题为《创造性研究和运用米丘林学说为我国社会主义建设服务》的报告。他在报告中不点名批评胡先骕说："在生物学界中也还有一些人坚持孟德尔－摩尔根主义，对米丘林学说采取盲目反对的态度。个别的人，在他的研究工作中，完全忽视米丘林学说，在他的生物学著作中一字不提米丘林，又不以科学家的态度来进行学术论争，却别有用心地利用苏联科学家们对物种问题的学术争论，利用苏联一些生物学家在物种问题上对李森科持有不同的学术见解，来贬低米丘林学说的意义，歪曲苏联共产党对科学事业的正确的政策，说什么李森科关于物种的新见解在初发表的时候，由于政治力量的支持而风行一时，但不久就引起了学术界的批评，大部分否定了李森科的论点云云。十分明显，这种论调是完全不符合事实。"报告用胡先骕同样的话提醒"我国的生物学工作者必须对此有十分深刻的认识，

---

① 李佩珊等．百家争鸣——发展科学的必由之路．北京：商务印书馆，1985：4，6，7.

② 参见：举办米丘林诞生一百周年纪念会的有关材料．中国科学院档案，1955-16-02.

才不致被引入迷途"。

报告还批判说:"宣传什么共产党支持错误的理论,宣传什么科学家如果尊重共产党的领导,就要被引入'迷途',是完全违反科学家应有的实事求是的态度的。""这种思想的错误性质是极其严重的……因此,我们在这里仍要提请大家注意加以批判。"①

会议的九个小组也"一致热烈地批判了个别科学工作者在著作中别有用心地歪曲和贬低米丘林学说的意义,歪曲共产党对科学事业的正确的政策"。

10月31日,中国科学院副院长、生物学地学部主任竺可桢在闭幕式上作会议总结时说:"在纪念会中开展了学术思想的批判,特别是对胡先骕先生在《植物分类学简编》一书上的错误思想,进行了一次深刻的批评。会上一致指出,胡先生在政治上的错误,诬蔑苏联共产党支持错误的思想,暗示科学应该脱离政治,脱离党的领导。……在学术思想上,他系统地宣传唯心主义,反对米丘林学说。这种错误引起了科学工作人员的愤怒,一致加以严格地批判,同时大家仍希望胡先生改变错误立场,改造思想,做一个爱国的科学工作者。"

竺可桢副院长接着检讨说:"在此,我个人作为科学院的一同人……没有做好工作给胡先骕先生以必要的帮助,使胡先骕先生能提高认识改变立场。院里边同人尤其是植物研究所同人也没有尽到他们的责任。经过这次大家的批评给我们以当头棒喝,应该使我们在麻痹大意中清醒过来,要大家以切磋琢磨的方式来给胡先生以帮助。"②

11月1日,《人民日报》发表了童第周副主任的报告。

胡先骕先生受到批判,《简编》一书"被全部销毁","此后一段时间,我国的生物学家都不敢再公开发表不同于李森科的学术见解"。③ 对胡先骕先生进行政治批判,也是中共中央宣传部直接部署的。陆定一同志曾经说过,那时候批判胡先骕先生,就是着重他的政治问题,因为他那个时候骂苏联,所以我们就气了,是在米丘林纪念会上有几个人讲话讲到他,我们掌握了这一点,就是报纸上一个名字都不讲,因此还没有和他撕破脸。

(三)秉志反对批判胡先骕,胡先骕未作公开检讨

1. 米丘林诞生一百周年纪念会前,秉志坦陈不同意批判胡先骕

1955年10月23日,竺可桢副院长去中关村会晤秉志先生,谈胡先骕先生

---

① 童第周. 创造性地研究和运用米丘林学说为我国社会主义建设服务. 人民日报, 1955-11-01.

② 竺可桢. 闭幕词. 见中国科学院全国科联米丘林诞生一百周年纪念会材料,原生物学部资料,1955年。

③ 李佩珊等. 百家争鸣——发展科学的必由之路. 北京:商务印书馆, 1985:4, 6, 7.

《简编》一书的问题。中国生物学事业的开拓者与奠基人秉志先生明确表示不同意批判胡先骕先生。据竺可桢副院长的当天日记记载："农山〔即秉志〕认为要步曾检讨不但不现实，而且无需要。"秉志"对于李森科的科学造诣有意见，认为许多人是盲从了。"①

真理有时候在少数人的手里，但很难力挽狂澜。

2. 米丘林诞生一百周年纪念会后，中国科学院的领导动员胡先骕写文章作自我批评

1955 年 11 月 5 日，竺可桢副院长偕植物研究所副所长张肇骞赴石驸马大街83 号看望胡先骕先生，"适张稼夫副院长和过兴先已先在，谈胡著《植物分类学简编》中胡犯错误事。步曾自己承认对于批评苏联以政治势力推行学说语的不妥当，决定由他写一篇关于学习米丘林一文，述他对于物种成功的见解，同时批评自己立场的错误，稼夫认为满意"。①

3. 胡先骕先生未作公开检讨

胡先骕先生真的写了一篇学习米丘林的文章，但未作公开检讨。究竟是出于坚持自己的观点，拒绝检讨；还是由于这时党已提出了"百家争鸣"，可以不作检讨，就不得而知了。

1956 年 8 月，《科学通报》发表了胡先骕先生写的长达两万余字的学术性很强的文章《我国学者应如何学习米丘林以利用我国的植物资源》。他写道："米丘林是一个为人民大众的事业而服务的人民科学家"，"他为人民大众的事业而工作了 60 年，直至临终前还指示他的助手们修正工作计划和提纲。这种人民的科学家爱祖国爱人民的忘我精神，是我们生物学与农学工作者首先要学习的"。"米丘林以 60 年漫长的时间从事于改良果树品种……300 多种优良果树品种，便是他的学说的根据与工作方法的基础。"

他在简述了米丘林的主要育种方法和理论后说："这些工作方法与理论都是我们生物学与农学工作者应该学习的。但是他的工作方法是精深而繁复的，不是轻易能掌握的，我们的农学工作者必须在长期工作中亲身体验才能运用自如。他的理论在他的论文中有着详细说明，也要精心研讨，尤不可为似是而非的学说所惑。"②（文中的着重点是胡先生自己加上的。）

胡先骕先生在这篇文章中没有点李森科的名字，但明显地看出他反对带引号的米丘林学说，也就是他反对李森科学说、李森科主义的初衷不改。他告诫人们

---

① 竺可桢. 竺可桢日记. Ⅲ. 北京：科学出版社，1989：283，292，299，609，613，690.

② 胡先骕. 我国学者应如何学习米丘林以利用我国的植物资源. 科学通报，1956，(8)：3 - 14.

学习米丘林的工作方法和理论，要从米丘林的原著中去学习，才能不为似是而非的李森科学说所迷惑。这就是他的潜台词。

（四）向胡先骕先生道歉

1956年，毛泽东和中国共产党提出了"百花齐放，百家争鸣"的方针。

在"双百"方针酝酿的过程中，1956年4月27日中共中央政治局扩大会议上，中共中央宣传部部长陆定一发言，提到对于学术性质、艺术性质、技术性质的的问题要让它自由时，对当年发动批判胡先骕一事进行了反思。

陆定一说：那个时候就是着重政治问题，因为胡先骕骂苏联，所以我们就气了。他讲的问题是生物学界很重要的问题。在米丘林纪念会上有几个人讲话讲到他，我们掌握了这一点，就是报纸上一个名字都不讲。这时，毛泽东插话：胡先骕的那个文章对不对？陆定一回答说：他批评李森科的那个东西很好，那是属于学术性质的问题，我们不要去干涉比较好。（康生插话说：我问了一下于光远，他觉得胡先骕还是有道理的。胡先骕是反对李森科的，但胡先骕说李森科吃得开是有政治势力支持着的，其实，斯大林死了以后，苏共批评了李森科，没有支持李森科，所以胡先骕这一点没有说对。但是整个来讲，胡先骕讲得还是对的，他只讲错了一个例子，我们不应该去抓人家的小辫子，就说他都是错误的）。陆定一接着说：那倒不一定去向他承认错误。[①]

但是，1956年5月1日，周恩来同中国科学院负责人谈科学与政治的关系问题时指出：如果李森科不对，我们应该向胡先骕承认错误。[②]

"百花齐放，百家争鸣"方针的提出，把学术问题同政治问题严格区别开来，胡先骕教授的冤案才得以平反。

1956年7月1日，竺可桢副院长到胡先骕家，代表有关方面，就去年米丘林诞生一百周年纪念会上对他的错误批判，向他道歉；同时，邀请他出席即将于同年8月在青岛举行的遗传学座谈会。这次座谈会是陆定一建议，并在中共中央宣传部科学处指导下，由中国科学院和高等教育部联合召开的。它是自然科学方面为贯彻"百家争鸣"方针而召开的第一个会议。胡先骕教授参加了座谈会，作了10多次发言。1958年，胡先骕教授被禁售销毁的《简编》，由上海科学技术出版社再版问世。

---

① 陆定一. 对于学术性质、艺术性质、技术性质的问题要让它自由//陆定一. 陆定一文集. 北京：人民出版社，1992：494，495.

② 舒以，曹英. 周恩来同中国科学院负责人谈科学与政治的关系问题//百年恩来. 北京：中国经济出版社，1998：1222，1223.

三、余　言

历史事件的发生总是同当时的时代背景紧密相连的。20 世纪 50 年代初，政治上向苏联一边倒，几乎是带有阵营性的问题。以苏联画线，不可避免地扩及科学技术等领域中。在学习苏联的过程中，照搬苏联的做法，似乎是顺理成章的事。对老大哥确实存在的缺点或错误，哪怕是很委婉提出批评或善意劝告，也会被视为政治上反苏反共的大逆不道的行为。我当时也是这样认识问题的，尽管我只是一名普通的工作人员。

在国内，用粗暴批判和行政手段压制摩尔根学派的严重后果，至极而反，终于成为我们党提出"百花齐放、百家争鸣"方针的一个重要的历史背景。1956 年 8 月，中国科学院会同高等教育部在青岛召开遗传学座谈会，以此纠正错误。在这以后，中国科学院的领导在生物科学工作中，一直正确贯彻执行党的"双百"方针。在"反右"斗争以后，历史经历了严重曲折，"百家争鸣"方针受到肆意践踏，全国各地在 1958 年开展科研工作两条道路斗争，以及贯彻党的教育方针中；1960 年在开展"兴无（无产阶级）灭资（资产阶级）"，进行学术思想批判时，又掀起了两次讨伐摩尔根遗传学的高潮。对此，中国科学院执行"双百"方针没有动摇过（"文化大革命"期间，由"革命造反派"控制的"中国科学院革命委员会"曾计划批判遗传学的资产阶级流派，没有执行）。1959 年，中国科学院组建由米丘林学派和摩尔根学派共处的遗传研究所时；同年，遗传研究所部分科学家负责编写《十年来的中国科学》遗传学部分，只写米丘林学派的成就，只字不提摩尔根学派的工作时；在 1962～1963 年制订国家十年自然科学规划，一部分科学家否认米丘林生物学是遗传学，拒绝把有关工作纳入遗传学规划时，等等，中国科学院的领导都依据"双百"方针，细致地做"两派"的工作，妥善地解决了问题。

对摩尔根遗传学的讨伐，在中国科学院以外，尽管有了"双百"方针，却一直持续到 20 世纪 70 年代末、党的十一届三中全会前，这是一个耐人寻味的问题。在一种思潮，或者说一种总的指导思想没有得到彻底的清算前，许多问题看来是解决不了的。某些事，在中国科学院解决了，而在另一个地区、另一个单位，或另一个人身上，没有解决，又会重犯同样的错误。在我国，"左"的思想长期占统治地位，阶级斗争扩大化的偏差，也许是这个问题能够持续近 30 年的总根子吧！

历史证明，当年支持米丘林学派支持错了，压制摩尔根学派更加错误。认识

的局限，政策的失误，使我国遗传学的发展，走过了一段很大的弯路。惨重的代价换来的教训是：在对待学术问题的争论上，只有通过学术界的自由讨论和进一步的科学研究来解决。用行政手段支一派、压一派，无助于科学的兴旺发达，还会适得其反。但愿这笔学费不要白交了。

"百花齐放，百家争鸣"方针救了植物学家胡先骕[*]

1955 年初，植物分类学家胡先骕在他的专著中，批评苏联全苏列宁农业科学院院长李森科的物种与物种形成的"新见解"缺乏科学依据。这本是生物科学中学术是非问题的评论，却招致一场政治批判，胡先骕被扣上了反对苏联、反对共产党、反对共产党领导科学的罪名。最后，在周恩来总理支持下，才得以摘掉这顶帽子。

一、胡先骕其人其事[①②]

植物学家、教育家胡先骕（1894～1968），是中外学者公认的中国近现代生物学尤其是植物分类学的奠基者之一。

胡先骕字步曾，祖籍江西省新建县，出生在南昌的一个官宦家庭。他于 1909年进京师大学堂预科学习，1912 年秋通过了江西省留学生考试，次年到美国加利福尼亚大学农学院攻读森林植物学，1916 年 11 月学成归国。他在江西省庐山森林局任副局长期间，对当地的植物资源进行过较详细的考察，发表了我国最早的植物学调查研究报告。1918 年 7 月，他应聘任南京高等师范学校农业专修科的生物学教授。1921 年，该校农业专修科扩建为农科本科，设六个学系，秉志、胡先骕等在这里共同创办了中国第一个正规的大学生物学系。

胡先骕提倡"科学救国"。1922 年，他同秉志、杨铨（杏佛）倡议并创办了中国第一个生物学研究机构——中国科学社生物研究所（南京），秉志任所长，他任植物部主任。1928 年，胡先骕又同秉志一起受委托负责筹建静生生物调查所（北京），秉志任所长兼动物部主任，他任植物部主任（后任所长）。1934 年，他又创办了庐山森林植物园。1948 年，胡先骕因在中国植物分类学研究的杰出成就和贡献，当选为前中央研究院院士。

胡先骕在生物科学上取得丰硕研究成果的同时，还培养了一大批生物学教学

---

[*] 本文原载《炎黄春秋》，2000 年第 8 期，第 2－7 页。

① 俞德浚．"胡先骕"，谈家桢．中国现代生物学家传．第一卷．长沙：湖南科学技术出版社，1986：70－85.

② 施浒．胡先骕．//卢嘉锡．中国现代科学家传记．第四集．北京：科学出版社，1993：423－433.

与科学研究人才。毫不夸张地说，中国老一辈的生物学家，大多出于秉志、胡先骕等人的门下。

胡先骕憧憬新中国。北平解放前夕，有人劝他去南京，被他拒绝。后来又有人给他送去往美国的飞机票，他又以自己是研究中国植物的科学工作者，坚决予以拒绝。他与徐悲鸿、马衡、杨人楩等知名人士冒险参加座谈会并发言，力劝傅作义将军顺从民意，以北平人民的生命财产安全，以及历史文化名城免遭战火为重，接受和平改编。新中国成立后，胡先骕把苦心支撑了20多年的民办静生生物调查所完好地交给了国家。今天，我国最大的综合性植物学研究机构——中国科学院植物研究所，就是在原静生生物调查所植物部和北平研究院植物学研究所的基础上，建立与发展起来的。胡先骕在这里继续从事植物分类的研究，发现了许多新种，创立了被子植物的分类系统。胡先骕教授于1968年7月18日在"文化大革命"中受迫害致死，一生中出版了20多部学术专著，发表研究论文140多篇。他为中国植物分类学的建立与发展奉献了毕生精力。

二、政治干预酿造胡先骕事件

胡先骕非常重视编写适合于中国大学生使用的教材。早年在南京东南大学生物系执教时，他就与邹秉文、钱崇澍合著《高等植物学》。该书于1923年由商务印书馆出版发行，成为当时国内各大学主要的生物学教学用书。新中国成立后，

《植物分类学简编》封面

他又先后编著出版了《种子植物分类学讲义》（1951）、《经济植物学》（1953）和《植物分类学简编》（1955）等，深受大学教师和学生的喜爱与欢迎。

《植物分类学简编》（以下简称《简编》）是胡先骕应四川大学等高等院校的几位教授的联名要求而编写的，1955年3月由高等教育出版社出版。全书430页，涉及植物分类学的一系列基本理论问题，内容翔实，附有164幅精美的插图，得到在校师生和农林干部好评。

《简编》是胡先骕一部纯学术的专著。该书第十二章"植物分类学的原理"[①] 除了介绍已经沿用了几百年的古典分类学的种的概念外，也提到了近来出现的许多"种的新概念"。他说明这些新概念分别以生物学某些分支学科或育种学

---

① 胡先骕. 植物分类学简编. 北京：高等教育出版社，1955. 342，343.

的成就或方法为基础，总的目的在于使生物的种的概念，变得更加客观、更有广阔事实为依据，使人们能更清楚地了解种的自然单位，是怎样演化而成的。胡先骕同时也指出这些新概念、新方法，目前都只应用于较少的植物类群的分类上，能否普遍应用有待于进一步深入研究。

胡先骕以高度责任感，还特别提醒生物学工作者尤其是植物分类学工作者，不要为似是而非的"新概念"、"新见解"所迷惑，特别是苏联李森科所提出的关于物种和物种形成问题的新见解。

李森科认为新种总是由量变到质变，飞跃而成为与母种截然不同的种，其例证是，在外高加索山区的小麦穗中发现黑麦的籽粒，把这些籽粒继续播种，便会长出杂草型的黑麦植株。虽然李森科的新见解缺乏科学依据，但李森科的《论生物科学现状》是经斯大林亲自看过、经苏共中央批准的，因此，不仅李森科的追随者纷纷发表论文，支持李森科的"新见解"，报道他们发现黑麦变雀麦、鹅目枥变榛树、橡胶草变无胶蒲公英、向日葵变寄生植物列当……报刊舆论也由于"斯大林、苏共中央不会有错误"的思维定势，不能对李森科的观点提出任何怀疑。

胡先骕根据1952年年底起，苏联植物学界关于物种和物种形成问题的论战情况①，以及他从事植物分类研究几十年所积累的丰富的分类学理论和实践经验，明确提出：李森科及其追随者所进行的实验，方法与水平很低，研究工作不精确和不足为据，李森科的新见解必须予以根本否定。

《简编》出版后，胡先骕陆续受到政治批判，首先是当时在我国高等教育系统工作的一位苏联专家提出严重抗议，认为胡先骕的《简编》对苏联进行了政治诬蔑。②

国内有些支持李森科主义的人或刊物，也开始对胡先骕进行政治批判，认为《简编》是一本有严重政治错误、鼓吹唯心主义思想的著作；胡先骕是"唯心的形而上学的孟德尔－摩尔根主义者"，他"诋毁苏联共产党和政府，反对共产党领导科学"，"动机是不纯的"。北京农业大学六位讲师、助教联名写信：不能容忍这本书继续毒害青年。建议立即收回已售出的《简编》，公开揭发其政治错误与学术错误。联名信还指责中国科学院允许其研究员胡先骕出版这样"反动"的书，说明中国科学院在学术批判上进行得很不够。③

对胡先骕及其《简编》的政治围剿，集中在1955年10月28～31日，中国

---

① 李森科于1950年发表《科学中关于生物种新见解》的文章，由此揭开一场新的大论战。

② 李佩珊等. 百家争鸣——发展科学的必由之路. 北京：商务印书馆，1985：6，372－420.

③ 宋振能. 胡先骕著《植物分类学简编》出版和随后的批判. 中国科学院生物学发展史事要鉴（1949－1956），1993：191－193.

科学院和全国科联联合召开的米丘林诞生一百周年纪念会上。由于中共中央宣传部门的授意，许多人在纪念会的全体会议、分组讨论和大会发言中，声讨胡先骕所谓的反苏、反共、反对共产党领导科学的罪行。《人民日报》在有关会议的报道与刊发的报告中，不点名地批判胡先骕。①

纪念会的主题报告认为，胡先骕"别有用心地利用苏联科学家们对物种问题的学术争论，利用苏联一些生物学家在物种问题上对李森科持有不同的学术见解，来贬低米丘林学说的意义，说什么李森科关于物种新见解在最初发表的时候，由于政治力量的支持而风行一时，但不久就引起学术界的批评，大部分否定了李森科的论点云云。十分明显，这种论点是完全不符合事实的"。主题报告把胡先骕在《简编》中"不要为似是而非的（李森科的）'新概念'、'新见解'所迷惑"的提醒，演绎成胡先骕"宣传什么共产党支持错误的理论，宣传什么科学家如果尊重共产党的领导，就要被引入'迷途'，是完全违反科学家应有的实事求是的态度"。会议主题报告指出这种错误其性质是极其严重的，号召与会者"注意加以批判"。于是，在分组讨论和大会发言中，人们纷纷谴责胡先骕"在著作中，别有用心地歪曲和贬低米丘林学说的意义，歪曲共产党对科学事业领导的正确政策"。②

"胡先骕事件"的后果，导致《简编》一书未售出的全部被销毁；中国生物学家在一段时间里，再也不敢公开发表不同于苏联李森科的见解或观点。

三、李森科是推行伪科学的骗子

为了弄清"胡先骕事件"的深远背景，真正记取政治干预学术论争的深刻教训，有必要对李森科的"新见解"及其在苏联的际遇作以下介绍。③④

李森科（1894~1976）出生于乌克兰一个农民家庭，1925年毕业于基辅农学院后，在一个育种站工作。1929年，他的父亲偶然发现在雪地里过冬的小麦种子，在春天播种可以提早在霜降前成熟。李森科在此基础上，提出了"春化处理技术"和"春化作用"的概念。那时，乌克兰常常发生霜冻，过冬作物大幅度减产。李森科夸大自己的发现是解决这个问题的灵丹妙药，为此，乌克兰农业部决定在敖德萨植物育种遗传研究所里，设立专门研究春化作用的部门，并调李森科来负责。

---

① 参见：首都举行的米丘林诞生百周年纪念会闭幕. 人民日报, 1955-11-01.
② 童第周. 创造性地研究和运用米丘林学说为我国社会主义建设服务. 人民日报, 1955-11-01.
③ 石希元. 李森科其人. 自然辩证法通讯, 1979,（1）：125–157.
④ 夏伯铭. 科学泰斗，还是知识瘟神. 民主与法制, 1988,（9）：36–39.

春化处理在俄国的农业史上曾经有过，李森科的功绩在于给予理论上的解释。至于这种技术和理论，在指导农业生产上的价值与作用，需要由实践来检验，而李森科推广这种技术，不是依靠严格的科学实验，而是借助于弄虚作假。这样，理所当然地要受到正直科学家的批评。

李森科从 20 世纪 20 年代后期，苏联政治干预遗传学等学术争论的事件中得到启发，决定借助政治把批评者打倒。1935 年 2 月 14 日，他利用斯大林参加全苏第二次集体农庄突击队员代表大会的机会，在会上作了"春化处理是增产措施"的发言。他谎称自己在坚持春化处理的实验与推广的过程中，遭受到"阶级敌人"的种种打击，同某些所谓的科学家进行了各种各样的争论。他危言耸听地说，在春化处理战线上难道没有阶级斗争吗？阶级敌人永远是阶级敌人，不管他是科学家或者不是科学家。

这时，斯大林从座位上站起来为他鼓掌，并大声地说：讲得好，李森科同志讲得好！

李森科把学术问题上升为政治问题，上升为阶级斗争，初战告捷。对春化处理有异议者不再说话了。尽管在乌克兰 50 多个地点进行了五年（1931～1936）的连续实验，表明经春化处理的小麦并没有提高产量，但这动摇不了李森科已经取得的胜利。1935 年，李森科获得乌克兰科学院院士、全苏列宁农业科学院院士的称号，并当上了敖德萨植物遗传育种研究所所长。

随着地位和权力的上升，李森科处心积虑，步步为营，为确立自己遗传学的新概念，消灭与自己对立的遗传学派作准备。遗传学上不同学术观点的争论，同样被升级为揭露"人民敌人"的斗争。1938 年和 1940 年，全苏列宁农业科学院院长莫拉洛夫与前任院长、创立栽培植物起源中心学说和植物免疫性学说的科学泰斗瓦维洛夫先后被捕入狱（瓦维洛夫后屈死于萨拉托夫监狱）。李森科于 1938 年取代莫拉洛夫成为全苏列宁农业科学院院长；并于 1940 年取代瓦维洛夫，任苏联科学院遗传研究所所长。

苏联卫国战争胜利后，苏联遗传学界的不同学术观点的争论，随着李森科的"新理论"、"新见解"的不断出笼，而重新展开。李森科为了把自己在遗传学上的敌人彻底打倒，进行了理论上和组织上的精心准备。

李森科深知自己的那一套"理论"难以令人信服，需要拉虎皮当大旗。他看上了毕生培育出了 300 多个果树和浆果植物新品种而深受苏联人民爱戴和尊敬的、已故的果树育种专家米丘林（1855～1935）。米丘林在丰富的育种实践中，总结出一些带有规律性的东西，写成《工作原理和方法》、《六十年工作总结》等，但他从未说过自己创立过什么学说，或建立过生物学或遗传学的新体系。李森科却自称继承和发展了米丘林学说。李森科还用马列主义的词句，自然辩证法的术语，包装自己的"新理论"、"新见解"，并美其名曰"米丘林生物学"（笔者注：应该读做"李森科主义"）。

在组织上，李森科取得科研机构的领导大权后，在他力所能及的关键部门培植和安插亲信，甚至违背全苏列宁农业科学院新增院士必须由原有的院士大会民主选举产生的规定，暗中向苏联最高当局提出一个增加新院士的名单。1948 年 7 月 28 日，部长会议公布了增加 35 名新院士的法令，李森科的许多拥护者成为院士，院士大会的力量对比，一夜之间向李森科倾斜。

李森科认为，他一统天下的时机成熟，于 1948 年 7 月 31 日至 8 月 7 日，召开 1000 多人参加的全苏列宁农业科学院会议（又称"八月会议"）。李森科在大会上作了《论生物科学现状》的报告。他把自己全部的"新理论"、"新见解"（包括关于物种和物种形成问题），概括为几个方面，作为"米丘林生物学"的主要内容，声称"米丘林生物学"是"社会主义的"、"进步的"、"唯物主义的"、"无产阶级的"；而孟德尔－摩尔根遗传学则是"反动的"、"唯心主义的"、"形而上学的"、"资产阶级的"。李森科在大会上宣布，这次会议"把孟德尔－摩尔根－魏斯曼主义从科学上消灭掉，是对摩尔根主义的完全胜利，具有历史意义的里程碑，是伟大的节日"。

"八月会议"使苏联的遗传学遭到浩劫。在高等学校禁止讲授摩尔根遗传学；科研机构中停止了一切非李森科主义方向的研究计划；一大批研究机构、实验室被关闭、撤销或改组；有资料说，全苏联有 3000 多名遗传学家失去了在大学、科研机构中的本职工作，受到不同程度的迫害。"八月会议"的恶劣影响，波及包括中国在内的社会主义阵营国家。

"八月会议"之所以会有这么大的冲击波，是因为李森科所作的《论生物科学现状》的报告，是经斯大林亲自审查修改并由苏共中央批准的。莫洛托夫说："关于生物学问题的科学讨论，是在党指导性影响下进行的。这里，斯大林同志指导性思想也起着决定作用，为科学和实际工作开辟了崭新和宽广的境界。"李森科本人也春风得意地炫耀说：斯大林"直接校阅了《论生物科学现状》的草稿，详细地向我解释他修改的地方，指示我讲演中个别地方应该怎么讲。斯大林同志关注着八月会议的结果"。

正是由于苏联最高领导人和苏共中央政治干预，支持一派，压制并禁止另一派，李森科主义才在苏联风靡一时，成为生物学中不可侵犯的教义。

物极必反。由苏卡切夫院士主编的苏联《植物学杂志》于 1952 年年底起冲破阻力，发出了与李森科不同的声音，揭开了苏联关于物种和物种形成问题的大论战的序幕。之后，该刊发表大量文章，揭露李森科及其追随者弄虚作假的事实和不道德的行为。例如，所谓的松树变为云杉，鹅耳枥树干上长出榛树，都是两者嫁接的结果；至于说栽培作物本身产生了自己的杂草（如黑麦产生野黑麦，燕麦产生燕麦草，向日葵产生列当，等等），也被揭露全无事实根据。而李森科及其追随者则坚持"八月会议"的结论，继续压制批评，但由于手中没有真理，"还击"也显得苍白无力。事态发展到1955年年底，300多位苏联著名科学家联名写信给苏联最高当局，要求撤销李森科的全苏列宁农业科学院院长职务。1956年2月，苏共第二十次代表大会后，对于斯大林的个人崇拜受到批判，李森科迫于形势提出辞职，并得到苏联部长会议的批准。

李森科不甘心失败，伺机东山再起。1958年年底，他为了取得赫鲁晓夫的信任，极力支持赫鲁晓夫的农业政策。他以夸大所谓育成含脂量高的奶牛新品种等骗取赫鲁晓夫的欢心。1958年12月，李森科抓住苏共中央执行委员会开会的机会，声称由《植物学杂志》发起的那场物种和物种形成问题的大论战是"西方帝国主义者的阴谋"，那些批评他的文章都是"谎言"。李森科借此请求苏共中央予以保护。

赫鲁晓夫重蹈斯大林的覆辙，以政治力量干预学术论争。1958年12月14日，《真理报》发表了题为《论农业生物学兼评〈植物学杂志〉的错误立场》的社论，指责《植物学杂志》发起的那场论战，错误地否定了李森科。接踵而来的是重现了1948年"八月会议"后的局面，苏卡切夫院士被解除了《植物学杂志》的主编职务；一大批反对李森科物种和物种形成"新见解"的科学家被撤职；一批实验室被关闭。1961年李森科被重新任命为全苏列宁农业科学院院长。1964年10月，赫鲁晓夫被赶下台。在苏共中央列举赫鲁晓夫的诸多错误中，支持李森科是其中的重要一条。李森科也随着彻底垮台了。

四、胡先骕拒绝作检讨

真理有时在少数人一边。

在米丘林诞生一百周年纪念会召开前，1955年10月23日，中国科学院副院长竺可桢到中关村，看望中国近现代生物学先驱者之一的秉志教授，告以在纪念会上将要批判胡先骕《简编》一书的"错误"。秉志对李森科的学术见解同样持否定态度，他坦率地批评许多人是盲从李森科。[①]

对于胡先骕的批判，中国科学院是奉命行事，无论是副院长竺可桢，还是科学家秉志，都无能为力予以改变。

纪念会开过之后，中国科学院的党组书记张稼夫、副院长竺可桢于11月5

---

① 竺可桢. 竺可桢日记·Ⅲ. 北京：科学出版社，1989：609，613，690.

日，去北京市西城区石驸马大街 83 号宿舍看望胡先骕，希望胡先骕写一篇学习米丘林学说的文章，借以承认关于苏联以政治力量推行李森科"学说"的说法欠妥，并批评自己的错误立场。

胡先骕答应写学习心得的文章，但拒绝检讨。他在长达数万字的《我国学者应如何学习米丘林以利用我国的植物资源》一文中，把米丘林同李森科严格地区别开来。他高度赞扬米丘林是一个为人民大众事业而服务的人民科学家。米丘林以 60 年漫长的时间从事改良果树品种，培育出 300 多个优良果树品种，这便是他的学说的根据与工作基础。他的工作方法与理论，都是生物学工作者应该学习的。而学习，应该学米丘林的原著，"尤其不可为似是而非的学说所迷惑"（着重点是胡先骕亲自加上的——本文笔者注）。胡先骕在文章中虽然没有点出李森科的名字，但明确地表达了他反对李森科主义、反对伪科学的初衷不改。①

在强大的政治压力下，胡先骕保持了一个正直的科学家的本色，讲真话，坚持真理不低头。

五、"双百"方针救了胡先骕

1956 年，毛泽东和中国共产党提出了"百花齐放，百家争鸣"的方针（本文简称"双百"方针）。

在"双百"方针酝酿的过程中，1956 年 4 月 27 日中共中央政治局扩大会议上，中共中央宣传部长陆定一发言，提到对于学术性质、艺术性质、技术性质的问题要让它自由时，对当年发动批判胡先骕一事进行了反思。陆定一说：

"从前胡先骕的那个文件我也看了一下，看一看是不是能够辩护一下，那是很难辩护的。那个时候我们给他加了几句，就是着重他的政治问题，因为他那个时候骂苏联，所以我们就气了。他讲的问题是生物学界很重要的问题，这个人在生物学界很有威望。（毛主席插话：不是什么人叫我们跟他斗一斗吗？）后来我们把那个东西和缓了，报纸上没有提他的名字，是在一个什么米丘林的纪念会上有几个人讲话讲到了他，我们掌握了这一点，就是报纸上一个名字都不讲，因此还没有和他撕破脸。（毛主席插话：胡先骕的那个文章对不对？）他批评李森科的那个东西很好，那是属于学术性质的问题，我们不要去干涉比较好。（康生插话：我问了一下于光远，他觉得胡先骕还是有道理的。胡先骕是反对李森科的，什么问题呢？李森科说，从松树上长出一棵榆树来，这是辩

---

① 胡先骕. 我国学者应如何学习米丘林以利用我国的植物资源. 科学通报, 1956, 8：13, 14.

证法的突变，松树可以变榆树（笑声），这是一个突变论。毛主席问：能不能变？康生答：怎么能变呢？那棵松树上常常长榆树，那是榆树掉下来的种子长出来的。这件事情胡先骕反对是对的。但胡先骕说李森科所以吃得开是有政治势力支持着的，其实，斯大林死了以后，苏共批评了李森科，没有支持李森科，所以胡先骕这一点没有说对。但是整个的来讲，胡先骕讲得还是对的，他只讲错了一个例子，我们不应该去抓人家的小辫子，就说他都是错误的。）那倒不一定去向他承认错误。（毛主席插话：那个人是很顽固的，他是中国生物学界的老祖宗，年纪七八十了。他赞成文言文，反对白话文，这个人现在是学部委员吗?）不是，没有给。（毛主席插话：恐怕还是要给，他是中国生物学界的老祖宗）。"①

陆定一说不一定要向胡先骕承认错误，但是，周恩来认为，如果李森科不对，我们应该向胡先骕承认错误。1956年5月1日，周恩来同中国科学院负责人谈科学与政治的关系问题时指出：

"可以先把二者分开，科学是科学，政治是政治，然后再把它结合起来。比如对李森科的学说，首先应在科学领域内进行研究，看看那些是对的或是不对的。其次再对李森科否定的那些学说进行研究，看哪些是对的不应否定，哪些是不对的应该否定。然后再对中国科学家胡先骕批评李森科的文章进行研究，看看批评对不对、对了多少。如果李森科不对，我们没有理由为李森科辩护，我们就向被批评的胡先骕承认错误。对一切科学，都要这样。"②

1956年7月1日，竺可桢副院长到胡先骕家，代表有关方面，就去年米丘林诞生一百周年纪念会上对他的错误批判，向他道歉。

受益于"双百"方针的提出，胡先骕教授的冤案，才得以较快地平反。可是，一年后，"双百"的方针名存实亡，许多善良的人们又为此付出了惨重代价。

① 陆定一．对于学术性质、艺术性质、技术性质的问题要让它自由//陆定一．陆定一文集．北京：人民出版社，1992：494，495.

② 舒以，曹英．百年恩来．北京：中国经济出版社，1998：1268，1269.

小议陆定一的《"百花齐放，百家争鸣"的历史回顾》*

　　1956 年 5 月 26 日，中共中央宣传部部长陆定一，应中国科学院院长、中国文学艺术界联合会主席郭沫若的邀请，在中南海怀仁堂向部分自然科学家、社会科学家、文学家和艺术家，作了题为《百花齐放，百家争鸣》的报告。"百花齐放，百家争鸣"（本文简称"双百"方针）作为促进艺术发展和科学进步，促进社会主义文化繁荣的方针，在知识界引起强烈反响。

　　1986 年 4 月 19 日，由于有些同志问起当年提出"双百"方针的情况，陆定一写了《"百花齐放，百家争鸣"的历史回顾——纪念"双百"方针三十周年》（本文简称《回顾》），"一并答复，以存史实"。《回顾》叙述"双百"方针提出的历史背景；执行的曲折过程；"反右派"斗争扩大化后它在形式上没有被废除，但实际上被停止执行的原因是，毛泽东提出"百家争鸣"基本上是两家，资产阶级一家，无产阶级一家，这样就无"百家争鸣"可言。《回顾》不无感慨地写道："双百"方针是一个好方针，认真执行将使我国受益无穷，不执行就会吃亏。听了李四光的地质学说，我国由"无油国"变成了有油国；不用马寅初对人口问题的意见，吃了亏。这都是例证。陆定一最后又重复写道："为存史实，让后代知道和借鉴。"①

　　陆定一着眼于写历史教训，作为后人决策镜鉴，用心良苦。《回顾》不失为一篇好的历史文献。陆定一写《回顾》时已是 80 岁高龄，可能记忆淡漠了，因而所叙述的个别史实，与实际情况有出入。陆定一这样写道："有一位老同志，在苏联学了米丘林学派的遗传学回国，在中国科学院负责遗传选种实验馆的工作。他同我谈话，贬摩尔根学派是唯心主义的，因为摩尔根学派主张到细胞里去找'基因'。不但如此，请他编中学的生物学教科书，他不写'细胞'一课（后来请他补写了）。我对于遗传学是外行，但已看得出他的'门户之见'了。我问他，物理学、化学找到了物质的原子，后来又分裂了原子，寻找出更小的粒子，

---

* 本文原载中国科学院《院史资料与研究》，1994 年第 1 期，第 76 – 78 页，原题为《对陆定一〈"百花齐放，百家争鸣"的历史回顾〉一文中部分史实的订正》，收入文集时有较大补充修改。

　　① 陆定一. "百花齐放，百家争鸣"的历史回顾——纪念"双百"方针三十周年. 光明日报，1986-05-07；陆定一. 陆定一文集. 北京：人民出版社. 1992：841，842.

难道这也是唯心主义的么？马克思主义的哲学认为，物质是可以无限分割的。摩尔根学派分裂细胞核，找出去氧核糖核酸，这是极大的进步，是唯物主义的而不是唯心论的。苏联以米丘林学派为学术权威，不容许摩尔根学派的存在和发展，我们不要这样做。应当让摩尔根学派存在和工作，让两派平起平坐，各自拿出成绩来，在竞争中证明究竟哪一派是正确的。这个同志很好，他照办了。因而我国的遗传学研究就有了成绩，超过了苏联。"

文中提到的那位老同志，指的是乐天宇。这件失真的"史实"，既涉及乐天宇，也涉及陆定一本人。

第一，有关乐天宇的情况，与事实有出入的是：乐天宇没有去苏联学习过。他于 1939 年从国民党统治区去延安后，一直在老解放区工作，新中国成立后，也未去过苏联。

乐天宇从未正确对待过摩尔根遗传学派。早在 1941 年他就在延安《中国文化》发表"遗传正确应用的商讨"，批判孟德尔、摩尔根学说。这是我国最早批判摩尔根遗传学派的文章。[①] 1949 年 8 月他在新华广播电台的讲演中说，自从1941 年他的文章发表后，"解放区的各地区，已经没有摩尔根等唯心论学派的技术设施"。[②] 同年，他出任北京农业大学校务委员会主任委员，禁止开设摩尔根遗传学、田间设计、生物统计等课程，粗暴地批判摩尔根遗传学是"反动的"、"资产阶级的"、"法西斯的"，压制摩尔根遗传学派的科学家，迫使该校遗传学家李景均离开内地出走。1952 年，他在中国科学院受到党纪、政纪处分后，仍不忘在中国消灭摩尔根遗传学。1976 ~ 1977 年，他不仅继续煽动批判经典的摩尔根遗传学，还要批判新兴的分子遗传学、遗传工程与基因工程。[③]

第二，陆定一本人在遗传学问题上，并非像他说的那样一开始就清醒地认识不能步苏联后尘，用政治力量和行政手段，推行一个学派，压制禁止另一个学派。他说通过他对乐天宇谈话，中国遗传学避免了重蹈苏联覆辙，因而研究有了成绩，超过了苏联。这也不是事实。

实际情况是，中共中央宣传部在对待米丘林生物学（应读做李森科主义）和摩尔根遗传学的问题上，教条主义地照搬苏联的做法，造成严重后果。1952年 6 月 29 日，《人民日报》发表由中共中央宣传部科学处副处长、政务院文化教育委员会科学卫生处副处长赵沨执笔的《为坚持生物科学的米丘林方向而斗争》（本文简称《斗争》）并发表编者按。《斗争》批评乐天宇在介绍、宣传、推广、

---

① 乐天宇. 遗传正确应用的商讨. 农讯, 1949 (15), （该文曾于 1941 年在延安《中国文化》上发表）

② 乐天宇. 在新华广播电台的讲演. 农讯, 1949 年 8 月.

③ 参见乐天宇. 致王欣如的信（1976 年 3 月 4 日，1977 年 2 月）.

研究米丘林生物学工作中的学阀作风与关门主义；但对摩尔根遗传学的态度，却与乐天宇惊人地相似。《斗争》与《人民日报》编者按，号召全国生物学界对"反动的、唯心的"摩尔根主义展开系统批判，用米丘林生物科学彻底改造旧生物科学的各个部门。宣传米丘林生物学，否定摩尔根遗传学，原来只是乐天宇的个人行为，至此转化成与苏联一样的，以政治力量和行政手段，推行一个学派，禁止另一个学派的组织行动。在全国范围内，摩尔根遗传学的教学与实验研究被迫停止。中国遗传学遭受灾难性的浩劫，拉大了与国外的差距。

1955 年，基于胡先骕反对李森科关于物种形成的谬论，指出这一邪说靠政治力量支持，才得以在苏联风行一时，陆定一部署了对植物学家胡先骕的政治批判。为此，胡先骕被认定为反苏、反共、反对共产党领导科学，他的专著《植物分类学简编》成为禁书。中国学者从此不敢公开评论李森科的伪科学。①

对以上两个历史事件深刻教训的反思，这才是遗传学问题成为"双百"方针提出的重要历史背景之一。

"双百"方针提出后，到"文化大革命"前，中共中央宣传部在遗传学方面贯彻"百家争鸣"方针，旗帜鲜明，态度坚决。1958 年和 1961 年，一些地方、高校的党委重新掀起讨伐摩尔根遗传学的群众运动，中共中央宣传部均给予严厉批评和制止。这是有目共睹的，也正是前事不忘，后事之师的作用吧！

陆定一为"双百"方针的提出及其贯彻执行做出过重大贡献。他写《回顾》既然是"为存史实，让后代知道和借鉴"，那么，所披露的史实就应该力求准确无误。

陆定一同志晚年在谈到毛主席所犯错误的同时，作了认真的自我批评。他说："我是中央领导成员之一，主管文教和宣传工作，主席在这方面的错误，我也有份，有着不可推卸的责任。……我们不能抱着'局外人'的态度。""我做中央宣传部部长这么久，我的工作犯了很多左的错误，斗这个斗那个，一直没有停。许多是毛泽东同志嘱咐的，我照办了，……也有一部分是自己搞的，当然由我负全责。"② 但愿他所说的一开始就正确地对待摩尔根遗传学派，只是他晚年记忆的错误！

① 薛攀皋. 乐天宇事件与胡先骕事件. 院史资料与研究，1994，（1）：47 – 73.
② 陆德. "要让孩子们上学！要让人民讲话！" //张黎明. 我的父辈. 上海：上海人民出版社，2009：192.

对土专家进中国科学院当研究员的反思[*]

新中国成立后，党的知识分子政策经历过几次曲折。

20 世纪 50 年代初，我国开始大规模经济建设后，知识分子队伍无论在数量方面，还是业务水平方面，都不足以适应社会主义建设急速发展的需要。当时对知识分子的使用和待遇中的某些不合理现象，特别是某些党员的宗派主义情绪，低估知识界新中国成立后在政治上和业务上的巨大进步，低估他们在社会主义建设事业中的重大作用，更在相当程度上妨碍了知识分子作用的充分发挥。为了解决这些矛盾，中共中央于 1956 年 1 月召开了知识分子问题会议。会议指出：社会主义建设事业，必须依靠体力劳动和脑力劳动的密切合作，依靠工人、农民、知识分子的兄弟联盟；知识分子是我们国家各方面生活中的重要因素，他们中间的绝大部分已经成为国家工作人员，为社会主义服务，已经是工人阶级的一部分。会议的最后一天，毛泽东讲话，号召全党学习科学知识，同党外知识分子团结一致，向科学进军。这次会议极大地调动了知识分子建设社会主义的积极性。知识分子问题会议的成果，不久就被一笔勾销。1957 年的"反右"斗争运动，使我国知识分子政策发生了历史性的倒退。知识分子的阶级属性改变了，资产阶级帽子又戴到他们的头上。

（一）"卑贱者最聪明，高贵者最愚蠢"

1958 年"大跃进"浪潮席卷全国，3～5 月，毛泽东提出"卑贱者最聪明，高贵者最愚蠢"的思想，号召工人、农民、干部、小知识分子自己起来创造。

一石激起千层浪。

1958 年 5 月，党刊《红旗》发表署名文章《青年农民能不能成为科学家》，宣传陕西省礼泉县烽火农业生产合作社主任、只上过两年小学的丰产能手和育种家、27 岁的王保京，称赞他是名副其实的科学家，是我们党培养起来的新型科学家；他帮助人们打破了科学的神秘观念，打破了对科学家的迷信。[①]

5 月 22 日，党报《人民日报》在头版头条，以"鼓舞劳动人民打掉自卑感，振奋大无畏精神"为总标题，报道了三位样板人物的事迹，同时配发了题为

---

* 本文原载《中国科技史料》，1999 年，第 20 卷第 4 期，第 346－351 页。

① 惠庶昌．青年农民能不能成为科学家．红旗杂志，1958，（4）．

《科学并不神秘》的社论。这三位青年，除了前述的王保京外，还有只有初中一年级文化水平的 36 岁的防治白蚁的土专家李始美和只上过四年小学的发明一台既能刨薯丝、切薯片、磨薯粉、铡猪草，又能打稻、打麦、打高粱、摘花生的农业机械"八用机"的青年农民曹文韬。社论说，李始美研究出来的防治白蚁方法的效果，超过了国际水平，比专门科学家们研究出来的方法还完善，打破了对学院式研究的迷信；王保京的成就，说明科学技术并不神秘深奥、高不可攀，大学教授能做，同样是人的农民也能做到。社论接着说，不要以为只有受过高等教育的专家，或者得过什么学位的人才能搞科学，搞发明。历史上的中外重要发明家，大多出于被压迫阶级，即说，出于那些地位较低，年纪较轻，学问较少，条件较差，在开始时总是被人看不起，甚至受打击受折磨的那些人。社论号召工人、农民、小知识分子和新老干部打掉自卑感，砍去妄自菲薄，破除迷信，振奋敢想敢说敢做的大无畏创造精神。①

《人民日报》的号召，正式揭开了许多土专家被吸收为学会会员，被聘请为大学教授、科研院所研究员的序幕。随后从中央到地方的各种报刊，纷纷刊登土专家进科研单位、上大学讲坛的消息或专题报道。另外，许多专家被"拔白旗"，受到了批判。

（二）治白蚁的土专家当科学院的专职研究员

在竞聘土专家的大潮中，广东省新会县治白蚁的土专家李始美，成为一些昆虫学科研、教学单位争夺的对象。最后，他被中国科学院聘任为专职研究人员。他是在这次大潮中，被中国科学院接纳的唯一土专家。

1. 李始美其人其事

白蚁是一类主要危害木材的昆虫。在我国长江以南，尤其华南、东南、西南等地区，它为害木质房屋、桥梁、铁路枕木、电线杆、船只、水闸、堤坝等，给国家和人民生命财产造成巨大损失。

一个偶然的机会，使李始美走进了防治白蚁的领域。

1953 年 1 月，一位住在广东省江门市的亲戚，委托李始美请私营白蚁行去他家除治白蚁。白蚁行索价昂贵，技术保密，盛气凌人。李始美为此下决心钻研防治白蚁的方法。这一年他 30 岁。从这时起到 1956 年 6 月，李始美攻读了许多昆虫学和有关白蚁的文献资料，接着在广东、广西、湖南的 19 个县市白蚁高发区，观察白蚁的生活习性，并对受白蚁侵害的 2000 多间房屋，数十座桥梁、水闸，

---

① 参见：科学并不神秘．人民日报，1958-05-22.

80 多艘轮船进行除治白蚁试验，从而了解了白蚁世界的秘密，找到除治白蚁的有效办法。在除治试验的过程中，李始美受到 14 家私营白蚁行联合排挤打击或威胁利诱。在他最困难的时候，新会县会城镇人民政府帮助他解决了经费和实验工作用房等问题，多次鼓励教育他为着人民的利益坚持工作，使他没有因白蚁行的威胁利诱而动摇。

实验成功后，李始美没有把防治白蚁技术据为己有。他在会城镇人民政府举办的防治白蚁学习班上，无保留地把这些技术传授给学员。1957 年 12 月，会城镇人民政府把这些学员组成防治白蚁工作队，镇长任队长，李始美任副队长。经过两个月苦战，工作队对全镇机关团体、企业、商店和住户的 5036 座房屋进行全面检查，对查出有白蚁为害的 1388 间进行施药除治，此外，还除治了 9 座桥梁、1560 根电线杆的白蚁。一个半月后复查，会城镇的白蚁已被消灭，该镇被宣布成为无老鼠、麻雀、苍蝇、蚊子和白蚁危害的"五无镇"。①②

李始美根据实地观察，对白蚁生活习性和规律提出一些重要的观点。他认为：白蚁蚁王有两种不同类型，一种是专门司繁殖作用的，另一种是管理兵蚁、工蚁等事务的；白蚁巢分主巢和副巢，副巢中的白蚁，一切行动都受主巢中的蚁王指挥。他还发现了蚁巢中的"吸水线"，将"吸水线"堵塞，四天内全巢白蚁就会因缺水而死亡。③④

昆虫学家对李始美防治白蚁的成就给予高度赞赏和肯定；对李始美提出的若干新观点，认为很有价值，但有待于进一步研究验证。

2. 聘不聘李始美是方向道路问题

在 1958 年的政治大环境中，李始美同志身不由己地被接纳为中国昆虫学会会员，同时被中国科学院聘任为专职研究员。

1958 年 5 月 4 日，时任国务院科学规划委员会秘书长、全国科联党组书记的范长江同志，在文化俱乐部召开科学家座谈会。他在座谈会上提出，像李始美这样的人，能不能当中国昆虫学会的会员。他的潜台词自然是肯定的。⑤ 5 月 20 日，全国科联主持报告会，邀请李始美同志向北京科技界作报告。次日，北京昆虫学界集会欢迎李始美，集会由中国昆虫学会、中国科学院昆虫研究所和中国昆虫学会北京分会联合主持。会上宣布中国昆虫学会理事会通过接受李始美同志为

① 参见：科学工作者的榜样，白蚁专家李始美到京作报告. 人民日报, 1958-05-22.
② 李始美. 我怎样研究和防治白蚁. 文汇报, 1958-05-24.
③ 朱弘夏. 正确的科学道路. 文汇报, 1958-05-24.
④ 参见：揭示白蚁世界的秘密. 文汇报, 1958-05-23.
⑤ 参见：赵星三副所长谈科学家对李始美的看法. 科学简讯, 1958-07-19（新 3 期）. 中国科学院档案.

中国昆虫学会会员。①

但是，李始美同志受聘为中国科学院研究员的过程并不顺畅。

在是否聘请李始美为特约研究员或专职研究员的问题上，当时中国科学院昆虫研究所的昆虫学家们持谨慎态度。他们委婉地表示不赞成以此作为奖励或鼓励土专家的唯一方式。他们之所以不同意，既不是轻视、蔑视"卑贱者"，也不是认为没有上过大学的人，没有受过正规训练的人，就注定做不了科学研究工作，成不了科学家。他们是出于以下的考虑。

一个考虑是，在防治白蚁的众多土专家中，实际存在着"浙江派"与"广东派"之争，很难说这一派一定强于那一派。就广东省防治白蚁的土专家中，除李始美外，也还有一些颇有建树的其他土专家。基于以上情况，在没有确认李始美就是防治白蚁土专家中的顶尖人物之前，聘请他一人，会不会引发出其他的问题。

另一个考虑是，聘请李始美为研究员，涉及中国科学院规章制度的修订、补充，研究员标准的重新界定等问题，这些，都不是一个研究所所能自行其是做出决定的。

在讨论问题时有不同意见，这本是正常的现象，但因上述意见有悖于毛泽东的指示，聘请不聘请李始美为昆虫研究所研究员，被上纲上线为政治方向道路问题。

中国科学院昆虫研究所党组织的负责人，眼看着某大学聘请李始美同志为教授即将成为事实，他不甘落后，却又"阻力重重"。作为党领导科学在研究所的具体体现者，焦急之情可以理解。另外，他自身受"左"的影响较深，因此，他在向中国科学院领导和有关部门反映科学家对李始美的看法与态度时，一一点名批评持不同意见的竺可桢副院长、生物学部的学术秘书、昆虫研究所的科学家所长和副所长。5月14日，中国科学院党组副书记裴丽生在生物学部同地学部的联合"跃进"大会上讲话时，批评中国科学院在李始美能不能当研究员的问题上，大大落后于形势。昆虫研究所再度开会，才同意聘请李始美为该所特约研究员。昆虫研究所党组织负责人在李始美问题上取得了胜利，接着他又办成了一件贯彻"卑贱者最聪明、高贵者最愚蠢"的"大事"。他大刀阔斧取消了所里研究室建制和基础研究工作，把全所研究技术人员组成几个害虫防治工作队，由研究实习员、技术员领导老科学家和高中级研究人员到农村工作，实验室全部关闭，使该所工作一度受到严重损失。

5月27日，中国科学院党委邀请李始美向京区数百名科学工作者作了"白

---

① 参见：科学工作者的榜样，白蚁专家李始美到京作报告．人民日报，1958-05-22.

蚁的研究和防治方法"的报告。党委号召科学工作者向土专家学习，"走社会主义的科学道路。"

6月7日，中国科学院生物学部第29次常务委员会会议，讨论并同意昆虫研究所的报告，但建议将特约研究员改为研究员。[①] 7月11日，中国科学院第8次院务常务会议，讨论并通过了聘请李始美任昆虫研究所研究员。会议决定："白蚁专家李始美同志在研究白蚁的防治方面已创造出重大成就，值得学习推广。他的工作提出了许多新的重要的问题，如白蚁的新巢形成，白蚁的种型，药剂的配制等，都需要进一步研究。为了提高白蚁的防治技术和科学理论水平，我院准备在广州分院下设立白蚁研究工作站，作为昆虫研究所的一个工作站。会议通过聘请李始美同志担任这个工作站的研究员。"[②]

3. 李始美的殊荣与遗憾

中国科学院第8次院务常务会议后，中国科学院以郭沫若院长的名义向李始美颁发研究员聘书。李始美是全国土专家中唯一获此殊荣的。聘请土专家为研究员，在中国科学院院史中（不包括"文化大革命"期间）是从未有过的事。

1958年年初，毛泽东在成都会议上讲话，号召各省（直辖市、自治区）要办中国科学院分院。之后，中国科学院地方分院及其研究机构在数量上和规模上都急剧膨胀。中国科学院广州分院原定的机构设置方案被打乱了，中国科学院院务会议决定在广州分院下面设立隶属于昆虫研究所（北京）的白蚁研究工作站没有建成，一个独立于昆虫研究所之外的另一个昆虫研究机构却诞生了。随着机构调整和体制变化，这个研究机构的名称与隶属关系几经变化，先后成为中国科学院中南分院昆虫研究所与现在的广东省昆虫研究所。

1959年，李始美成为这个研究所的正式职工，分院给他定的技术职称是副研究员。分院作为下级推翻上级中国科学院院务常务会议聘李始美为研究员的决定，其原委不清楚，但至少反映上下级党政领导部门对此事的看法是不一致的。当时没有适用于土专家的职称条例、规定及合法的评议系统，只凭领导机关或首长意志认可了事。李始美虽然只被定为副研究员，但月工资165元，是这个新建研究所的所有研究技术人员中工资最高的。

中南昆虫研究所的党政领导很重视对李始美的帮助和培养，为李始美创造各种学习和工作的条件。他们除了在研究所里指派一位昆虫学研究人员和一位外语老师，一对一地辅导李始美学习外，还送李始美去中山大学生物学系听课进修。20世纪80年代，李始美从广东省昆虫研究所退休。李始美从36岁那一年进这个

---

① 参见：中国科学院生物学部第28次常务委员会会议记录. 中国科学院档案，1958-16-8.
② 参见：我院举行第8次院务常务会议聘请白蚁专家李始美为研究员. 风讯台，1958-07-29.

研究所到退休，一直受到尊重。但在退休前的20多年中，他防治白蚁的技术方法没有明显的改进和提高，其经验没有上升为理论，也没有验证出他当年提出的有关白蚁的若干重要问题和观点。

李始美进科研单位后，在白蚁的研究方面没有新的建树，人们不免为此感到遗憾。据了解，当年进科研单位任专职研究人员的土专家中，像李始美同志这样的情况，不是个别的，能有新建树者，几乎是凤毛麟角。

（三）对历史现象的反思

李始美等同志进科研单位后，研究工作进展不大，也许当初他们就不该进科研单位。李始美进了研究所，并没有实现当事者们的"期望值"，这一切，他们本人无须负责。因为没有李始美的话，还会有张始美、周始美、王始美……走进研究所。面对着政治需要，面对着一场运动，李始美们是无法摆脱、无法抗拒的。

这样说，并不意味着那些没有受过系统的高等教育和专业训练的人，就不能成为教授、研究员，或不能进研究所，上大学讲坛。建设"四个现代化"的社会主义强国，呼唤着千千万万优秀的人才。通过各种学校，有计划地大量培养、造就建设人才，与不拘一格从自学成才的人员中选拔优秀人才，都是伟大的社会主义建设事业所必不可少的措施。

古今中外，没有受过高等教育和专业训练的人，成为科学家、教授的例子并不少见。中国科学院有的研究所就有把中学生培养成高级科学家和院士的成功例子。吸收"土专家"进大学、科研院所也不是坏事。全国各地、各部门、各行业，不间断地涌现出先进模范人物。他们之中，不少人原先文化程度不高，但在工作中刻苦学习，在实践中不断提高，掌握了系统的科学知识，成为各行各业的专家。他们之中，肯定还会有人进大学、研究所工作，但是进高校或研究所工作，不应该是最大程度地发挥他们作用的唯一途径与选择。关键是根据他们的具体情况，给予相应的培养与帮助，更加合理地安排他们的工作。

不拘一格选拔人才，应该是一项细致的工作，不应该政治运动式地"一哄而起，一哄而下"。选拔工作也应该有民主程序和科学的评选系统，切忌简单地由党政领导部门长官凭主观好恶先行决定。千里马难求，伯乐更不易得。

在中国社会主义建设事业中，需要祖国各民族人民和各阶层人士的紧密团结。只有人人受到尊重，人们才能最大地发挥他们的积极性。"土专家"要受尊重，"洋专家"、"洋教授"（这里是相对于"土专家"而言，并非指外国的专家、教授）也应该受到尊重。王保京自己坦言，他在农村搞科研能取得成绩，是农业科学家们手把手地教他的。有些新闻媒体故意回避或无视这样的土洋专家亲密合作，相得益彰的基本事实，不实事求是地抬高"土专家"，贬低"洋专家"、"洋教授"，有意使他们成为对立面的做法，是在"左"的思潮影响下酿成的悲剧。历史上的失误不该重演，人们应该从过去的事件中吸取教训，才能变得更聪明、更实事求是。可惜我们不大习惯于去反思，因而，在"文化大革命"中，还派工农兵进研究所"掺沙子"，在全国更大范围、更大规模、持续时间更长地伤害了知识分子的感情。

在庆祝祖国五十周年华诞，欢呼中国取得伟大成就的时候，谁也无权好了伤疤忘了痛！

为麻雀翻案的艰难历程[*]

历史事件有时会重演。18 世纪 40 年代，普鲁士执政者曾因错误地下令扑灭麻雀，自酿苦果。19 世纪 60 年代，法国重蹈覆辙。谁会料到，在世界科学发展突飞猛进的 20 世纪 50 年代，已经为历史和科学证明是错误的消灭麻雀的事件，竟在新中国重又发生。

现在 50 岁以上的人，对我国 20 世纪 50 年代的轰轰烈烈的全民灭雀运动记忆犹新。那场规模空前的灭雀大战是毛泽东发动的。部分生物学家冒天下之大不韪，反对消灭麻雀。他们执著地为麻雀翻案，走过了近五年的漫漫长路，直到毛泽东把麻雀从"四害"名单中除名时止。

听信农民经验，毛泽东决心消灭麻雀

1955 年，我国农业合作化运动进入高潮，中共中央预计全国农业生产高潮即将到来，并将转而促进我国整个国民经济和科学、文化、教育、卫生事业的大发展。为了使全国人民，特别是农民，对于我国农业的发展有一个长期的奋斗目标，中共中央着手起草一个从 1956 年到 1967 年的全国农业发展纲要草案。

1955 年冬，毛泽东在组织起草《一九五六年到一九六七年全国农业发展纲要（草案）》时，听到农民反映：麻雀成群，祸害庄稼，一起一落，粮食上万。来自农村的毛泽东决定把麻雀同老鼠、苍蝇、蚊子一起，作为必须予以消灭的"四害"写进纲要。

这一年的 11 月间，毛泽东在杭州和天津，分别同 14 位省委书记及内蒙古自治区党委书记讨论并商定了《农业十七条》（即《一九五六年到一九六七年全国农业发展纲要（草案）》，又称《农业四十条》的前身），其中第 13 条为："除四害，即在七年内基本消灭老鼠（及其他害兽）、麻雀（及其他害鸟，但乌鸦是否宜于消灭，尚未研究）、苍蝇、蚊子。"①

---

* 本文原载《炎黄春秋》1998 年第 8 期，第 9 – 15 页，原题为《历史教训　决策镜鉴　为麻雀翻案的艰难历程》。《新华文摘》1999 年第 3 期第 142 – 145 页，全文转载。

① 毛泽东. 征询对农业 17 条的意见//毛泽东. 毛泽东选集. 第五卷. 北京：人民出版社，1977：260 – 263.

在酝酿《农业十七条》的过程中，农业部一负责人曾约见中国科学院动物研究室研究员、鸟类学家郑作新，就该不该消灭麻雀听取意见。郑作新表示：国内有关麻雀的研究资料很少。麻雀在农作物收成季节吃谷物，是有害的，但在生殖育雏期间吃害虫，是有相当益处的。对付麻雀的为害，不应该是消灭麻雀本身，而是消除雀害。

但是，科学家的理性思考，斗不过农民的所谓经验，郑作新的意见没有被采纳。

1955 年 12 月 21 日，毛泽东为中共中央起草发给中共上海局、各省委和自治区党委的通知《征询对农业十七条的意见》①。1956 年 1 月间，《农业十七条》扩展成《农业四十条》，即《一九五六年到一九六七年农业发展纲要（草案）》（以下简称《纲要草案》）。《纲要草案》中的第 27 条要求："从 1956 年开始，分别在五年、七年或者十二年内，在一切可能的地方，基本上消灭老鼠、麻雀、苍蝇、蚊子。"②

随着《纲要草案》的通过与实施，麻雀成为"法定"的被消灭对象，与"过街老鼠"同处于"人人喊打"的命运。

事实上，1955 年冬，消灭麻雀运动就已经在全国各地展开。甘肃省就有"百万青少年齐出动，七天消灭麻雀 23.4 万只"的报道。

尊重科学，部分生物学家呼吁为麻雀缓刑

在全国上下众口一声要消灭麻雀的时候，也有少数生物学家挺身而出，为麻雀鸣冤。他们认为，定麻雀为害鸟，根据不足。

1956 年秋，在青岛举行的中国动物学会第二届全国会员代表大会，召开了一次麻雀问题讨论会。尽管不少人由于灭雀运动是领袖和中央的决策而不愿意发言，还是有几位同志出于科学家的责任感，坦陈麻雀不是害鸟，反对消灭麻雀。

首先发言的是实验胚胎学家、细胞学家、中国科学院实验生物研究所研究员兼副所长朱洗。他引用了大量史料，尤其是 1878 年出版的经典著作《自然界的奥妙》中"麻雀篇"的许多科学资料。他说，1744 年，普鲁士国王弗里德里希（也称腓特烈大帝），因为讨厌麻雀每天"唧唧啾啾"叫个不停，而且还偷吃樱桃园里的果子，就下令悬赏扑灭麻雀，谁杀死一只麻雀就可以得到六个芬林的奖金。于是大家争相捕雀，结果麻雀没有了，但果树的害虫因没了天敌，越繁殖越

①　见《毛泽东选集》第五卷第 260 页《征询对农业十七条的意见》一文的注释．

②　参见：毛泽东主席召集最高国务会议，讨论中共中央提出的 1956 年到 1967 年全国农业发展纲要草案．人民日报，1956-01-26.

多，把果树叶子都吃光了，结不出一个果子来。大帝不得不急忙收回成命，并且被迫去外国运来麻雀，加以保护和繁殖。朱洗在继续引用美国纽约及附近城市，澳大利亚为扑灭害虫从国外引进麻雀的成果后说：我们如果公平地衡量利弊得失，应该承认麻雀在某些季节确实有害，更多的时间是有益的。他郑重地提出："因此，是否应该消灭麻雀尚应考虑。"

郑作新接着发言，重申他多次在不同场合以不同形式表达过的两点意见："一，防治雀害的问题不是消灭麻雀本身而应是消灭雀害；二，麻雀在饲雏期间是会吃虫的，故在这一阶段是有相当益处的。"他说："对麻雀的益害还不能一概而论，应该辩证地对待这个问题。在农作地区，它吃谷物是有害处的，但在城市、公园中，或山区森林地带，它是否同样有害，尚属疑问。""在农业发展纲要中，关于除四害的指示，说的是在一切可能的地方消除麻雀。为明确起见，似应该说在一切麻雀可能为害的地方消除雀害。"

华东师范大学教授薛德焴、复旦大学教授张孟闻、西北农学院教授兼院长辛树帜、福建师范学院教授丁汉波等几位动物学家认为，定麻雀为害鸟的根据不足，建议在没有得到科学结论之前暂缓捕杀麻雀，政府不要轰轰烈烈地发动灭雀运动；同时呼吁有关部门组织力量，对麻雀的益害问题进行深入研究。

鉴于座谈会上也有人拥护捕杀麻雀，而且把麻雀列为"四害"之一又是毛主席和中央的决策，主持会议的中国动物学会理事长、北京大学教授李汝祺在会议总结发言时说：目前对这个问题我们很难做出结论。希望大会将记录整理出来送农业部参考。我们建议所谓的为麻雀"缓刑"和修改政府法令，是不适当的。①

会议过后，关于麻雀益害问题的争论仍在继续。上海《文汇报》于1956年冬至1957年春，陆续刊出一些生物学和农学工作者反对或赞成消灭麻雀的文章。

力主为麻雀翻案的薛德焴连续发表文章，历数国外保护麻雀和扑灭麻雀的正反两方面的经验，并在分析麻雀的生活习性与食性后认为：麻雀之益不能一笔抹杀。他特别提醒大家注意，鸟类与鼠类不同，就老鼠来说，它有百害而无一益。在找出一种和老鼠有同等资格的害鸟，实在是不可能的。②

华东师范大学教授张作人也从尊重历史、尊重科学的角度，主张"可以把麻雀作为控制的对象，不要作为扑灭的对象"。他在《对麻雀问题提一点参考的意见》一文中，特别就在青岛举行的中国动物学会第二届全国会员代表大会上，许多专家因为"扑灭麻雀"已定为国家政策，而不愿发言的情况，谈了自己的看

---

① 1956年10月，在青岛召开的中国动物学会第二届全国会员代表大会关于麻雀问题的讨论记录. 青岛.

② 薛德焴. 再谈麻雀问题. 文汇报，1956-12-03.

法，他说："其实这是行政上的事务，是一种想增加农业生产的行政事务，应当可以修正。"①

在争论声中，《纲要修正草案》为麻雀网开一面

1956年1月23日中共中央政治局提出《纲要草案》，经1月25日最高国务会议讨论，并广泛征求意见作了修改后，成为《一九五六年到一九六七年全国农业发展纲要（修正草案)》（以下简称《纲要修正草案》）于1957年11月公布。

赞成并拥护消灭麻雀的代表人物是当时任教育部副部长的生物学家周建人。他的文章《麻雀显然是害鸟》刊于《北京日报》。《北京日报》编者所加的按语，明确指出编发这篇文章，是针对朱洗在中国动物学会第二届全国会员代表大会上有关麻雀益害问题的发言，以及《文汇报》刊出的几篇文章。

周建人以自己幼年在农村的体验，断定"麻雀为害鸟是无须怀疑的"，"害鸟应当扑灭，不必犹豫"。他尖锐地批评那些反对消灭麻雀的人，是"自然界的顺民"与"均衡论"者。他写道："社会已经改变了，但旧社会的某些思想方法或观点仍然会残留着。过去时代不少人把自己看做自然界的顺民，不敢有改造自然的想头，当然也不敢把自己看做自然界的主人"。"还有叫做均衡论的见解，也妨碍人们改造自然的决心"，"均衡论只强调了静止的一面，忽略了生物的历史是一个过程"，"均衡论叫人害怕自然界如失掉均衡会闹出乱子"。周建人最后强调："今日已明白地有了这样一种思想，自然是能够改造的，人们也有改造自然的勇气和信心。人类是能支配自然的，决不是顺民。"②

周建人陈述自己赞成消灭麻雀的见解，无可厚非，但他给反对消灭麻雀者扣上"自然界的顺民"、"均衡论者"的帽子，未必是实行"百家争鸣"应有的方式和态度。

从这里可以看到，部分生物学家为麻雀翻案，不仅要冒犯上的风险，还难免受到某些同行的指责。他们走出这一步实属不易。

1957年5月7日，来访的苏联科学院自然保护委员会委员、生物学家米赫罗夫在回答《文汇报》记者的提问时说：麻雀对人有害呢，还是有益呢？这不能一概而论，要看麻雀在什么地区而定。苏联北部和森林地区田少树多，麻雀对人益多害少。城市里麻雀多半吃虫，对人完全有益。对以上地区的麻雀，苏联人不予消灭。在苏联南部田野间，如遇麻雀成群吃谷，苏联人常作小规模斗争。在森林、田野、城市相连地带，麻雀对人同时有益也有害，故只在成群吃谷时予以消

---

① 张作人. 对麻雀问题提一点参考的意见. 文汇报，1957-01-30.
② 周建人. 麻雀显然是害鸟. 北京日报，1957-01-18.

灭才是对的。当时在东北师范大学讲学的莫斯科大学教授、生态学家库加金，也持与米赫罗夫同样的看法。[①]

可能是接受了中外生物学家的部分意见，1957年10月26日，《人民日报》公布经过修改后的《纲要修正草案》中，"除四害"的条文改为"从1956年起，在十二年内，在一切可能的地方，基本上消灭老鼠、麻雀、苍蝇、蚊子。打麻雀是为了保护庄稼，在城市和林区的麻雀，可以不要消灭"。[②]

这同1956年的《纲要草案》比较，基本消灭四害的期限由"五年、七年或十二年之内"改为"十二年内"，最重要的修正补充是提出了可以不消灭城市和林区的麻雀。

"大跃进"殃及麻雀，城乡大打灭雀战

1957年《纲要修正草案》中有关麻雀问题的修正墨迹未干，很快就被"大跃进"、"浮夸风"所否定。

进入1958年，中央要求在几年时间内提前实现《纲要修正草案》。消灭"四害"尤其是消灭麻雀的期限自然也随着大大地提前。

1958年2月12日，中共中央、国务院联合发布《关于除四害讲卫生的指示》。指示提出"消灭四害，不但可以在十年内实现，而且完全可能提前实现"。

2月13日《人民日报》在一篇社论中称：除"四害"是前无古人的壮举。要争取在十年内甚至更短时间内，在全中国除尽"四害"，使我国成为富强康乐的"四无"之邦。

3月17日，中央爱国卫生运动委员会与卫生部联合召开除"四害"、消灭疾病竞赛会议，口号是："争取提早成为四无国。"

在中央号召之后，决定提前实现"四无"的省和直辖市就有：北京（定为两年）、河南（定为三年）、上海（定为3～5年）、江苏（定为四年），山东、山西、浙江、福建、广东、云南、甘肃、黑龙江（定为五年），安徽（定为5～8年）。

随着全国上下头脑发热，除"四害"的牛皮也越吹越大。12月30日，中央爱国卫生运动委员会负责人在全国农业社会主义建设先进代表会议上，谈到1959年的除"四害"任务时提出："全党动员，全民动员，争取在全国一切可能的地方，基本实现'四无'，迎接建国10周年。"

麻雀也许在"四害"中被认为是最好对付的，因此，从1958年3月起，就

---

① 参见：苏联生物学家米赫罗夫答记者问. 文汇报. 1957-05-09.
② 参见：1956年到1967年全国农业发展纲要（修正草案）. 人民日报. 1957-10-26.

在全国范围内掀起了全民灭雀运动的高潮。《纲要修正草案》曾经做出的关于在城市和林区的麻雀可以不要消灭的规定，被抛到九霄云外了。

全民围剿聚歼麻雀运动首先从四川开始，3月20～22日，全省灭雀1500万只，毁雀巢8万个，掏雀蛋35万个。随后，天津、哈尔滨、杭州、长春、镇江、北京等城市纷纷效法，这些城市到4月6日共灭雀1600万只。首都北京4月19～21日，捕杀麻雀401160只。我国最大的城市上海，4月27～29日捕杀麻雀505303只。据不完全统计，截至1958年11月上旬，全国各地共捕杀麻雀19.6亿只。对小小的麻雀来说，这是一场灾难性的大屠杀。

全国各地全民动员围剿麻雀时，新闻媒体作了大量报道。《人民日报》更认为，这是人类向自然开战，征服自然的历史性伟大斗争的一个重要组成部分。文艺工作者也奉命讴歌"这场人类征服自然的历史性伟大斗争"。时任中国文学艺术界联合会主席、中国科学院院长郭沫若作《咒麻雀》诗一首，刊于1958年4月21日的《北京晚报》。诗曰：

> 麻雀麻雀气太官，天垮下来你不管。
> 麻雀麻雀气太阔，吃起米来如风刮。
> 麻雀麻雀气太暮，光是偷懒没事做。
> 麻雀麻雀气太傲，既怕红来又怕闹。
> 麻雀麻雀气太娇，虽有翅膀飞不高。
> 你真是个混蛋鸟，五气俱全到处跳。
> 犯下罪恶几千年，今天和你总清算。
> 毒打轰掏齐进攻，最后方使烈火烘。
> 连同武器齐烧空，四害俱无天下同。

郭沫若同许许多多人一样，只能紧跟形势，无法站在科学一边，却去咒骂无辜的、小小的麻雀，歌颂错误的灭雀大战，这是那个时代的悲剧。

国际友人"唱反调"，韩素音等谴责中国捕杀麻雀

国外舆论与国际友人对我国灭雀大战的评论，与国内的评价大相径庭。

著名的英籍女作家韩素音为新中国不知唱过多少赞歌，替中国人民不知说过多少好话，但这位老朋友却在捕杀麻雀问题上同我们"唱反调"。

1958年3月19日，正在新加坡的韩素音接到父亲在北京病逝的噩耗，3月24日赶来北京料理父亲的丧事，她目击了北京数百万人民围歼麻雀的全过程。过后，她写了一篇很长的报道《麻雀即将灭亡》，发往美国的《纽约客》杂志。她不仅记下了北京锣鼓喧天，鞭炮轰鸣，房上树上真人齐声呐喊、假人随风摇

摆，撒开天罗地网聚歼麻雀的情景，更坦露对这场麻雀战的厌恶心情。她写道：在三天的灭雀大战之后，一望无际的天空已见不到一只麻雀。她哀叹：灭雀战破坏了自然界的平衡，是愚蠢的。这是科学的死亡。她飞抵印度加尔各答，看到许多鸟自由飞翔时，情不自禁地发誓：我永远不愿再看到这样的麻雀战！① 后来，她在《韩素音自传》中又提及此事。她写道：《纽约客》杂志接到她关于麻雀的文章后，编辑罗杰·安吉尔曾建议她把结尾部分删掉，说它会使许多中国人不高兴，然而被她拒绝了。②

中国科学院化学研究所顾问、苏联化学家米哈伊尔·阿·克罗契科，以同样的心情评价北京的灭雀战。他在下榻的西郊友谊宾馆目睹所有的人被动员起来参加灭雀战斗。他写道"整个运动首先是由党内某些头面人物发动的，他们认为麻雀糟蹋了太多粮食"，他们不懂得"麻雀虽然吃粮食，但它们也消灭了许多害虫，而这些害虫要比鸟糟蹋更多的庄稼"，并说"我们俄国人怀着厌恶的心情注视着这场对麻雀的屠杀"。③

不计得失安危，生物学家继续为麻雀翻案

在《纲要修正草案》规定"在城市和林区的麻雀，可以不要消灭"之后几个月，全国许多城市开展了轰轰烈烈的围剿麻雀运动，生物学家对有关部门的言而无信很不理解。

无视自然界的客观规律，不尊重科学，忽视生态平衡，必然要受到惩罚。在动员全民扑灭麻雀之后，由于缺少了抑制条件，1959 年春夏，上海、扬州等城市树木害虫泛滥，有的地方的人行道，树的叶子几乎被害虫吃光。生物学家更加强烈要为麻雀翻案。

但是，毛泽东还没有意识到发动消灭麻雀的错误。1959 年 7 月 10 日下午，他在庐山会议上讲到《农业四十条》，即《纲要修正草案》时，又提到了麻雀问题。他不无情绪地说：有人提"除四害"不行，放松了。麻雀现在成了大问题，还是要除。

尽管如此，特别是中共八届八中全会发布《中共中央关于反对右倾思想的指示》，以及全会通过《为保卫党的总路线、反对右倾机会主义而斗争的决议》之后，一些生物学家仍置个人安危于不顾，继续为麻雀翻案。

---

① 〔英〕韩素音. 麻雀即将灭亡. 纽约客, 1959-10-19：43 - 50.
② 〔英〕韩素音. 韩素音自传：吾宅双门. 中国华侨出版公司, 1991；255, 256.
③ 米哈衣尔·阿·克罗奇科. 一位苏联科学家在红色中国. 赵宝骅译. 院史资料与研究, 1992, (6)：43 - 45.

朱洗、冯德培、张香桐尖锐批评上海不执行《纲要修正草案》关于城市不要消灭麻雀的规定。

朱洗说：国外，德、法等国是保护麻雀的；日本是春天保护秋天打；苏联也保护麻雀，除了麻雀成群危害作物外，一般不打麻雀。中国历史上没有有组织地打过麻雀。吃虫的鸟类很多，但到城市里生活繁衍的种类不多，只有白头翁、喜鹊和麻雀等少数几种，但前两种数量相对较少，最多的是麻雀。麻雀可以打，但要在适当时间和适当地区打，如在秋季打一批，不是打光，不能全城动员打。

神经生理学家、中国科学院生理研究所研究员兼所长冯德培认为，麻雀对人是害多抑或益多还是个问题，而老鼠、苍蝇、蚊子对人是有百害而无一利的。把麻雀与老鼠、苍蝇、蚊子同等看待，列为"四害"之一不公平。

脑研究专家、中国科学院生理研究所研究员张香桐说：麻雀在果园和森林地带益多害少。即使对农作物来说，麻雀的益害比例还需要进一步研究。一只麻雀吃的粮食有限，而它吃了害虫可以减少庄稼的许多损失。如果算一笔账，还是保护麻雀为好。

理论生物物理学家、中国科学院生物化学研究所研究员徐京华甚至说：为麻雀翻案，比替曹操翻案意义大。[①]

毛泽东终于发话：麻雀不要打了，代之以臭虫

由于许多生物学家强烈反对消灭麻雀，中国科学院有关部门的同志打算写一个报告向上反映。经请示中国科学院党组，党组书记、副院长张劲夫决定以反映科学家不同意见的方式写报告。

1959 年 11 月 27 日，以中国科学院党组书记张劲夫的名义，将《关于麻雀益害问题向主席的报告》送请胡乔木转报毛泽东。随该报告附送了一份《有关麻雀益害问题的一些资料》。该资料共分三个部分：一是外国关于麻雀问题的几个历史事例；二是目前国外科学家的一些看法；三是我国科学家的一些看法。扼要介绍了朱洗、冯德培、张香桐和郑作新四位生物学家反对消灭麻雀的意见。[②]

毛泽东很快看到报告，并于 11 月 29 日签署：印发各同志。这个报告后来作为中央杭州会议文件之十八散发给与会者。[③]

按照中国科学院党组的部署，中国科学院生物学部于 1959 年 12 月 29 日和 1960 年 1 月 9 日召开麻雀问题座谈会，酝酿成立"麻雀研究工作协调小组"，以

① 参见：生物学家对消灭麻雀的不同看法. 科学简讯，1959，新（28）.

② 参见：张劲夫. 关于麻雀问题向主席的报告. 中国科学院党组档案.

③ 参见：毛主席的批示. 中国科学院党组档案.

便尽快制订计划并组织力量分工协作，开展麻雀益害问题的研究。由有关国家机关和诸多科研单位人员组成，并由中国科学院生物学部主任童第周任负责人的协调小组于3月4日正式成立。①

就在"麻雀研究工作协调小组"开展工作的时候，毛泽东在3月18日起草的《中共中央关于卫生工作的指示》中提出："再有一事，麻雀不要打了，代之以臭虫，口号是'除掉老鼠、臭虫、苍蝇、蚊子'。"②

1960年4月6日，谭震林代表中共中央、国务院向第二届全国人民代表大会第二次全体会议作《为提前实现全国农业发展纲要而奋斗》的报告。他在谈到"除四害"、"讲卫生"运动，成绩之大有目共睹、有口皆碑之后说："麻雀已经打得差不多了，粮食逐年增产了，麻雀对粮食生产的危害已经大大减轻；同时林木果树的面积大大发展了，麻雀是林木果树害虫的'天敌'。因此，以后不要再打麻雀了，纲要所说的"除四害"中，应当把麻雀改为臭虫。"③ 报告虽然没有直接说当年定麻雀为害鸟并予以消灭的决策是错误的，但总算以一段巧妙的文字表述，在一定程度上为麻雀恢复了名誉。麻雀终于解脱了整个家族将在中国灭顶的厄运。

毛泽东最终还是尊重科学，尊重历史，收回了灭雀的成命。虽然这个过程显得长了一些。但是，不管用什么方式纠正自己的失误，麻雀得以避免灭顶之灾总是令人高兴的。

一些生物学家从1955年冬开始为麻雀的命运而抗争，在近五年后的1960年春，才成功地翻了麻雀冤案。他们的责任感，为了真理敢冒风险、锲而不舍进言的精神，难能可贵，历史应该记下他们的功勋。

问题并未完结，麻雀一案留给后人诸多思考

然而，谁也不会想到，这些生物学家，在席卷全国的"反右派"斗争中，没有因为反对毛泽东和中央消灭麻雀的决策而受到冲击，但是在史无前例的"文化大革命"期间，却为之付出了沉重代价。

早在1962年因癌症谢世的朱洗，因为首先提出要以史为鉴，吸取外国灭雀的教训，避免重蹈前人的覆辙，被认为胆敢把伟大领袖毛泽东号召消灭麻雀，同封建帝王普鲁士腓列特大帝下令扑灭麻雀类比，公开反对毛泽东。被作为"反动

① 参见：两次会议记录. 中国科学院党组档案.
② 毛泽东. 征询对农业十七条的意见. 注释//毛泽东. 毛泽东选集. 第五卷. 北京：人民出版社，1977：263.
③ 谭震林. 为提前实现全国农业发展纲要而奋斗. 人民日报，1960-04-07.

学术权威"，朱洗受到掘坟、砸碑、曝尸骨的惩罚。直到 1978 年 11 月 26 日，人们才为他重新安葬，并按原来的墓志勒碑，纪念这位在实验胚胎学、细胞学的理论研究领域卓有建树，对经济鱼类人工繁殖和蓖麻蚕驯化研究也做出重要贡献的生物学家。

郑作新作为鸟类学家是反对灭雀者中唯一亲自研究过麻雀的生物学家。从灭雀运动还处于酝酿阶段时起，他就明确提出：对麻雀益害问题，不能一概而论，要依不同季节、不同地区和环境区别对待。在反右派斗争运动席卷全国时，他又在《动物学杂志》和《人民日报》上发表麻雀全年食物分析的研究报告。这个报告是他及其同事们对从产果区和农作区采集到的近千只麻雀，进行逐个解剖和研究的结果。报告充分印证了他的论断。然而，他的实事求是的科学态度，在"文革"中也成为弥天大罪。他的罪名是为麻雀评功摆好，利用麻雀做文章，反对伟大领袖，反对最高指示。为此，他挨过没完没了的批斗。"文革"结束后，他的冤案才得平反昭雪。他的事迹被编入全日制小学《思想品德》试用教材的"为麻雀平反"的课文中，教育儿童向这位正直的科学家及其无私的科学精神学习。

麻雀的冤案，以及随之而来的一些生物学家的冤案，至此都一一平反了。捕杀麻雀高潮的 1958 年已过去了整整 40 年了。然而，回顾历史，仍有许多问题值得人们反思。例如，在决策民主化和科学化的过程中，如何正视少数人的意见，尤其是少数人的反对意见；如何正确处理经验与科学的关系，真正尊重科学，将科学论据作为决策的依据和基础；如何正确看待已有的历史事件，真正引以为训，不重蹈前人覆辙；一旦决策失误，如何建立一套有效的反馈系统，及时纠正错误；如何为广开言路创造生动活泼的政治环境等。这些问题在重人治的时候难以做到，即使在强调法治的时候，也不能轻易地做到。

为什么说真话那么难

——从科学家与农民竞赛放"卫星"谈起*

1957 年 11 月 13 日，《人民日报》发表社论，题为《发动全民，讨论四十条纲要，掀起农业生产的新高潮》。它同"反冒进"针锋相对，提出了"大跃进"的口号，从此揭开了"瞎指挥"、"浮夸风"、弄虚作假的序幕。

1958 年夏季，全国各地农村的小麦、早稻、花生等作物的高产"卫星"竞相"上天"，令人眼花缭乱。在"人有多大胆，地有多大产"等口号的影响和支配下，放高产"卫星"运动席卷全国，有些科学研究机构、高等学校也被迫卷入这一场神话般的竞赛中。

一个假命题把两家科研机构逼上梁山

1958 年 7 月 1 日上午，中国科学院党组书记张劲夫在院第二届党代会上讲话，谈到全国已经出现很多亩产 1 万斤的小麦试验田。这时，坐在台下的全国科联代表聂春荣递上纸条，上面写道：湖北、河南、河北等地小麦高产能手，准备向北京的中国农业科学院、北京农业大学和其他有关单位挑战。张劲夫当场号召中国科学院组织各方面专家，连夜开会提出办试验田的研究计划，向农民生产能手应战。①

1958 年 7 月 5~9 日，全国科联和中华全国自然科学专门学会联合会北京分会（简称"北京科联"）为在科技界中"破除迷信，解放思想，促使科学家深入实际、虚心向群众学习"，组织首都科学家与湖北、河南、浙江、江苏、河北、安徽、陕西等省及京郊的 30 多位小麦、水稻、棉花高产能手，在北京东城南河沿文化俱乐部举行丰产座谈会。中国科学院生物学部和中国农业科学院、北京农业大学的有关负责人、科学家应邀参加。范长江、于光远主持座谈会。范长江、于兴远当时都是国务院科学规划委员会党组成员。于光远提出：科研单位要同农

* 本文原载《炎黄春秋》2010 年第 5 期第 12 - 18 页，原题为《科学家与农民竞放"卫星"》。
① 见《文汇报》，1958 年 7 月 6 日。

民开展种高额丰产田的竞赛，如果竞争不过农民，就要摘掉科研单位的牌子。在这种压力下，根本不容许讨论，中国科学院生物学部和中国农业科学院被迫仓促上阵应战。

科学家与农民打擂台竞放"卫星"

1958年7月5～6日，会议组织者安排各地丰产能手介绍丰产经验、大胆创造的事迹，以及当年下半年和次年的计划。7月7日，各地丰产能手参观有关研究所。7月8日，分为小麦、水稻、棉花三组座谈。名为交流经验，实际是展开了高指标大战。

为了迎接这次农业丰产座谈会，中国科学院生物学部早在7月2日晚就召开了有北京地区生物学研究单位的负责人、科学家参加的准备会。在会上，中国科学院副秘书长谢鑫鹤同志讲了话。他说：目前科学的发展落后于工农业"大跃进"的形势。科学工作者要从6亿人民的利益出发，打破常规，跟上形势。"大跃进"的关键在于政治挂帅，应该不断解放思想，以虚带实，走群众路线，提倡集体主义、大协作。在研究工作中应该贯彻以任务带动学科，并把它作为主要的方法。这样，不仅研究目的性明确、具体，可以吸引更多人参加工作，而且通过综合性的研究，可以促使不同学科的发展。科学工作者要多快好省进行工作，就必须把实验室的工作同6亿人民的创造结合起来。他鼓励大家办试验田，并表示中国科学院院部将给予大力支持。但是他没有对产量提出具体要求。

在预备会上，大家表示要"通过试验田的工作，在思想上、耕作技术栽培管理上、理论上和作物产量上来四个大丰收"。会议决定由土壤队、北京植物生理室、北京微生物室、动物所、昆虫所、应用真菌学所、植物所和遗传室等八个单位大协作，把试验田办起来；并且商定了向农民丰产能手应战的1959年丰产试验田单季亩产指标，第一本账：小麦1.5万斤，水稻2万斤，籽棉3000斤，甘薯15万斤；第二本账：小麦2万斤，水稻3万斤，籽棉4000斤，甘薯20万斤；第三本账：小麦3万斤，水稻4万斤，籽棉6000斤，甘薯26万斤。

7月5日和6日听取农民丰产能手的报告后，大家觉得原定的应战指标已经远远落后了。7月7日，借农民丰产能手参观有关研究机构，丰产座谈会暂时休会之机，生物学部召开了会议，把亩产指标调整如下：小麦2万斤，争取3万斤；水稻2万斤，争取3万斤；甘薯30万斤，争取40万斤；籽棉6000斤，争取1万斤。

7月8日，分组座谈。原定是交流经验，但是会议一开始就展开了指标大战。

在小麦组的会议上，湖北谷城新气象五社主任王家炳首先发难，提出1959年小麦亩产3万斤的指标。紧接着出现了拍卖行里经常见到的那种竞相抬价的景象，亩产从3.2万斤、3.5万斤，迅速提升到4万斤，话音未落，那边又冒出了4.2万斤……竞争主要在农民丰产能手之间展开。

在紧张的第一回合较量中，中国科学院生物学部彻底输了，不仅不敢向农民挑战应战，就连中国农业科学院发出的挑战（小麦亩产指标4.5万斤），还犹豫了好久才应战。就在中国科学院生物学部仓皇应战时，河北邢台丰产能手一下子把小麦亩产指标提到5.5万斤。

7月8日晚，中国科学院生物学部召开紧急会议，连夜讨论新的高产指标和保证措施。9日上午是丰产座谈会的最后一次会议。中国科学院生物学部向中国农业科学院贴出了挑战书，亩产指标是：小麦5万斤，争取6万斤；水稻6万斤，争取6.5万斤；籽棉1.5万斤，争取2万斤；甘薯40万斤，争取50万斤。

到9日会议召开时，这些指标又迅速退居下游了。河南、陕西两个农业生产合作社提出小麦亩产指标10万斤；江苏一个农业生产合作社的水稻亩产指标为7万斤。

多数科学家和农民都心知肚明，亩产万斤是绝无其事，但只能假戏"真做"。

中国科学院不惜血本放小麦"卫星"

丰产座谈会开过后，中国科学院生物学部组织了一个由中国科学院在京的生物学单位负责人、科学家、青年科技人员、农场工人代表组成的中国科学院生物学部丰产试验田委员会，下设小麦、水稻、甘薯、棉花四个小组，并由几个研究所（室）党组织的书记组成领导小组，立即着手进行丰产试验田的准备工作。

由于中国科学院生物学部所属京区研究机构没有合适的试验用地，实际在北京只种了小麦高产"卫星"田，而且是借用中国农业科学院南墙外的6亩地进行试验。

紧接着是采购颗粒肥料、混合肥料和有机肥料。7月中旬，从内蒙古采购的几火车皮马粪运抵北京清华园车站。中国科学院院部调动10多辆卡车，中国科学院生物学部各研究所（室）派出50多名职工，把这些马粪从火车上卸下装上卡车转运到试验地，从当天中午直到晚上10点钟才抢运完。我参加了这次抢运劳动。

8月8日开始进行深耕整地，按对比试验的要求，根据不同耕翻土地的深度、播种量和施肥量整理出许多试验小区。为此，生物学部京区单位抽调出396名职工和研究技术人员，采取军事化组织，分为三班每昼夜24小时不停地轮流施工。据会议的记录，土地耕翻的深度和每亩施用肥料（底肥）的种类和数量如下。[①]

耕翻深度/cm	折合每亩施肥量/斤
0 ~ 20	马粪 50 000，粒肥 3 500
25 ~ 50	马粪 60 000，粒肥 10 500
50 ~ 100	混合肥 120 000，粒肥 24 000
100 ~ 150	混合肥 100 000，粒肥 14 000
150 ~ 200	混合肥 60 000，粒肥 10 000
200 ~ 250	混合肥 94 000，粒肥 8 000
250 以上	混合肥 54 000

9 月 26 日播种小麦。各试验小区的播种量折合每亩从 50 斤以下到 50 斤、100 斤、200 斤、240 斤，最多的竟高达 460 斤。

1959 年，小麦越冬返青逐渐生长茂盛。试验田里，为促进通风，增加二氧化碳，强化光合作用，白天鼓风机齐鸣；为增加光照，晚上灯光如同白昼。许多研究技术人员使出了浑身解数，投入到明知注定要失败的高产试验中。可土地并不按照"人有多大胆，地有多大产"的主观臆想作酬答。1959 年 6 月底收获麦子，7 月 11 日，中国科学院生物学部丰产委员会技术指导小组宣布产量[②]：

地号	实际面积/亩	折合亩产量/市斤
1	1.41	711.6
2	0.78	727.5
3	1.38	541.4
4	0.84	827.6
5	0.94	633.1
6	0.45	711.7
7	0.42	902.0

中国科学院生物学部不但亩产 6 万斤小麦"卫星"上不了天，甚至连亩产千斤也没有达到，但这是老老实实劳动的结果。前年在擂台上，陕西、河南两个农

---

① 参见：生物学部丰产试验田委员会技术指导小组 1958 年 8 月 7 日下午会议记录. 中国科学院办公厅档案处档案，1959-16-03.

② 参见：生物学部丰产试验田委员会技术指导小组 1959 年 7 月 11 日会议记录. 中国科学院办公厅档案处档案，1959-16-3.

业生产合作社的代表扬言要超过科研单位，放小麦亩产10万斤的"卫星"，其结果也不怎么样。原先于光远同志声称，科研机构赛不过农民就要摘牌子，这件事也就不了了之。

中国科学院生物学部除奉命与农民竞赛种小麦"卫星"试验田外，还派出大约200名研究技术人员，到国内10多个省、市、自治区去设立基点。让研究技术人员与农民"同住、同吃、同劳动、同研究、同总结"，向农民学习并系统总结农民种植水稻、小麦、玉米、油菜和棉花的大面积丰产和放"卫星"的经验，并"力争在思想上、生产上、技术上、理论上四大丰收，把自己改造成为忠于社会主义事业的又红又专的科学干部"。在农村设立的基点：1958年20个，1959年30个，1960年25个。其中，1960年的25个基点分布在北京、天津、上海、黑龙江、吉林、辽宁、内蒙古、河北、陕西、河南、湖北、广东、江苏、江西、四川等15个省、市、自治区，在那些地方进行"五同"的有15个研究所派出的193名研究技术人员。这么多研究技术人员在农村坚持了三年。由于天灾人祸，农业生产连年减收，农村粮食严重短缺，他们的处境变得越来越困难。从1961年起，他们陆续撤离回到原研究所工作。这么多人，在那么多基点待了那么长时间，却没有发现一颗"卫星"是真的，也没有找到大面积的高产丰产田。

毛泽东确信亩产万斤、几万斤

"大跃进"运动中，毛泽东在成都会议和党的八大二次会议期间大讲破除迷信、解放思想的问题，还作了"卑贱者最聪明，高贵者最愚蠢"的断语。他鼓励工人、农民、老干部、小知识分子打掉自卑感，砍去妄自菲薄，破除迷信，振奋敢想敢说敢做的大无畏创造精神，去剥夺"翘尾巴"的高级知识分子的资本。他提出，要在15年赶超英国的基础上，10年赶上美国。在急于求成思想已占主导地位的情况下，"破除迷信"，实际上是破除了科学；"解放思想"，实际上是鼓励了浮夸。于是，一些离谱的"创造"诞生了。

1958年1月，广东汕头报告了晚稻亩产3000斤。一个月后，这个记录就被贵州金沙县一季稻亩产3025斤打破了。入夏后，全国小麦"卫星"目不暇接，争相耀眼。6月12日，《中国青年报》发表文章，称河南遂平卫星农业生产合作社继放出小麦亩产2105斤的"卫星"之后，又放出亩产3530斤的"卫星"。对此，著名的爱国科学家钱学森写了一篇题为《粮食亩产量会有多少？》的短文刊于该报。他提出：

土地所能给人们的粮食产量碰顶了吗？科学的计算告诉人们，还远得很！今后，通过农民的创造和农业科学工作者的努力，将会大大突破今天的丰产成绩。因为，农业生产的最终极限决定于每年单位面积上的太阳光能，如果把这个光能换算农产品，要比现在的丰产量高出很多。现在我们来算一算：把每年射到一亩地上的太阳光能的30%作为植物可以利用的部分，而植物利用这些太阳光能把空气里的二氧化碳和水分制造成自己的养料，供给自己发育、生长结实，再把其中的五分之一算是可吃的粮食，那么稻麦每年的亩产量就不仅仅是现在的两千多斤或三千多斤，而是两千斤的20多倍！①

钱学森的短文很快得到了毛泽东的注意。1958年8月4日、6日、9日，毛泽东先后到河北徐水、河南新乡、山东历城视察。他对群众干劲冲天放粮食亩产万斤、几万斤的"卫星"确信无疑。在徐水时，他还提出了粮食生产多了怎么办的问题。8月初，他在接待来华访问的赫鲁晓夫时，以无比兴奋的心情说，自1949年新中国成立以来，"只有这次大跃进，我才完全愉快了，按照这个速度发展下去，中国人民的幸福生活完全有指望了！"他甚至问赫鲁晓夫，苏联有没有粮食多了怎么办的经验。②

1958年10月27日，在参观"中国科学院跃进成就展览会"时，毛泽东和钱学森有如下对话③：

"你在青年报上写的那篇文章我看了，陆定一同志很热心，到处帮你介绍。你在那个时候敢于说4万斤的数字，不错啊。你是学力学的，学力学而谈农业，你又是个农学家。"钱学森同志回答说："我不懂农业，'只是按照太阳能把它折中地计算了一下，至于如何达到这个数字，我也不知道，而且，现在发现那个计算方法也有错误。'"主席笑着说："原来你也是冒叫一声！"这句话把大家引得哈哈大笑。（"可是主席接着说：'你的看法在主要方面是对的，现在的灌溉问题基本上解决了。丰产的主要经验，就是深耕、施肥和密植。深耕可以更多地吸收一些有机物，才能长得多、长得壮。过去是浅耕粗收，广种薄收，现在要求深耕细作，少种多收。这样可以省人工、省肥料、省水利。多下来的土地可以绿化，可以休闲，可以搞工厂。'"）

得到最高领袖毛泽东的认可和中共中央宣传部部长陆定一的大力推介后，大科学家钱学森的这篇短文产生了极大的影响。1959年，钱学森在《知识就是力量》第8、第9合期发表《农业中的力学问题》，提出在我国平均纬度地方，稻、麦这一类作物利用太阳能，平均亩产可达3.9万斤。

---

①　钱学森．粮食亩产量会有多少？．中国青年报，1958-06-16.

②　李锐．直言——李锐六十年的忧与思．北京：今日中国出版社，1998：69.

③　本报记者集体采写《最大的鼓舞——记毛主席参观我们的展览会》，《风讯台》1958年11月15日。

1958 年 11 月 21～27 日召开武昌会议时，"大跃进"初期的狂热已过，乱象和问题出现不少，中央开始降温。在会议初始的一天晚上，毛泽东找秘书李锐谈话。在谈到粮食"放卫星"问题时，李锐特地问毛泽东：你是农村长大的，长期在农村生活过，怎么能相信一亩地能打上万斤、几万斤粮？毛泽东说，看了钱学森写的文章，相信科学家的话。[①]

说 真 话 难

俗话说，"上有好者，下必甚焉"。1958 年夏秋两季，在全国范围内，粮食"卫星"越放越大。毛泽东心情越来越愉快，而地方的干部和科学家面临的压力，则越来越大。

广东省委书记陶铸原本是一位注意调查研究、讲究实事求是的高级干部。1958 年 7 月在中南区五省农业协作会议上，兄弟省之间相互攀比增产指标非常激烈。其中，河南的高指标最为惊人，而广东明显落后，有人甚至和陶铸开玩笑说："你们广东还是只乌龟在后面爬！"陶铸在强大压力下坐不住了，回到广东就和其他负责同志说："再不浮夸就是态度问题了。"他立即召开全省县委书记会议，提出 1958 年全省晚稻要达到平均亩产 600 公斤，粮食总产量 300 亿公斤的高指标。[②] 为实现高指标，他进一步贯彻以"密植"为中心的多项技术改革（包括良种等）。他的高指标，以及盲目地高度密植、在广东推广种植辽宁高产的粳稻等，受到丁颖等科学家的质疑批评。7 月 18 日，陶铸写了《驳"粮食增产有限论"》长文（刊于《红旗》杂志）。文章写道："不久以前，科学家钱学森在《中国青年报》上发表一篇有趣的短文，如果植物能利用射到一亩地上的太阳光能的 30％，稻麦的亩产量就有可能达到 4 万斤。这说明了农业的生产潜力有多大。"陶铸在文中不点名地把质疑、批评、反对他的科学家批判为"粮食增产有限论"者，认为"粮食增产有限论"是同资产阶级的"土地报酬递减律"学说和反动的人口论异途同归的。[③]

中国科学院学部委员、植物生理研究所研究员兼所长罗宗洛，认为当时报纸上公布的水稻、小麦单季亩产几千斤、1 万斤、几万斤等是不可信的，并且不同意研究所有些人士提出的放弃植物生理学研究工作，去总结这些不可靠的高产经验的主张。他的这些意见在研究所内引发激烈争论。作为一个研究所的所长，他

---

① 李锐. 直言——李锐六十年的忧与思. 北京：今日中国出版社，1998：67.

② 郑笑枫，舒玲. 陶铸传. 北京：中共党史出版社. 2008：266，267.

③ 陶铸《驳"粮食增产有限论"》，原载 1958 年 8 月《红旗》杂志，全文收入严搏非主编的《中国当代科学思潮（1949－1991）》，上海三联书店出版，1993 年，第 195-199 页.

被贴了100多张大字报，对他的批判大小会持续不断，如狂风骤雨一般。但罗宗洛没有屈服，一直实事求是、据理力争。中国科学院上海分院某领导人只好动员罗宗洛的好朋友朱洗，向他转达警告：这是党的政策与路线问题，不是一般的农业生产问题，就此收场，不可顽抗到底。罗宗洛只好不再申辩了。他保持沉默，但拒不承认自己在这件事上有任何错误。①

现在，回到本文的主题上来。在全国科联丰产座谈会后，中国科学院遗传研究室从事甘薯育种研究的以凡同志私下对我说，一亩地单季产稻麦5万斤、6万斤，甘薯几十万斤是绝对不可能的。他说，他算过细账，拿白薯来说，打个形象的比方，如果每个白薯长得像体重30斤的小孩那么大，那么，亩产15万斤就相当于7个半小孩挤在一平方米的土地上；如果亩产50万斤，就相当于25个小孩挤在一平方米土地之内，这根本不可能。但是在反"右派"斗争中，不少说真话的人、一些诚心诚意向党提意见的人，被错误地打成了反党反社会主义的"右派"分子，不少人为此妻离子散，家破人亡。以凡说：我也是有家的人，家里有老人，有老婆，有孩子。我不能不考虑他们受株连的后果。当时的环境使得他和其他有识之士只能噤若寒蝉。

历史教训不该忘记

"反右派"、"大跃进"、高指标、浮夸风、瞎指挥等，给我国科学技术研究工作造成了巨大的困扰和损失，大大挫伤了研究技术人员的积极性和工作热情。为了扭转极"左"的不良作风，恢复科学研究工作的正常秩序，1961年7月6日，中共中央政治局讨论通过了国家科委党组和中国科学院党组《科学十四条》；并且由国家科委于1962年2月16日至3月12日，在广州召开了全国科学技术工作会议（以下简称广州会议），总结"大跃进"以来科技工作的经验教训。有几位领导同志在广州会议的大会上或小组会上，对自己做的过头事或说的过头话进行了自我检讨和批评。他们这样做，不仅没有降低自己的威信，反而拉近了与科学工作者的距离。

于光远同志在广州会议小组会上，检讨了自己于1958年组织农民同中国科学院生物学部、中国农业科学院的科学家打擂台，竞赛放粮食高产"卫星"这件事。我当时是会议的工作人员，听说他就此作了自我批评，但由于会议简报没有刊发他的发言，不了解具体内容。

1993年3月，中国科学院内部刊物《院史资料与研究》第1期，刊发了我

---

① 黄宗甄. 罗宗洛. 石家庄：河北教育出版社，2001：196，197.

的回忆文章《与农民竞赛放"卫星"：1958～1959年生物学部种高额丰产田的回忆》。当时，我在文中只写"一位宣传部门的领导同志"讲话，提出科研机构同农民竞赛种高额丰产田，如果比不过农民就要被摘掉科研单位的牌子。曾在中共中央宣传部科学处工作过的李佩珊同志问我那人究竟是谁，我告诉她是于光远同志。同年11月，《院史资料与研究》编辑部李真真同志，就中共中央宣传部科学处与中国科学院的关系问题，访问于光远、李佩珊同志。在谈到"大跃进"时期的几件事时，李佩珊提起"摘牌子"的事，于光远自我批评说：

我是参加过一个农民同科学家比高产的会，这话很可能是我讲的。会上指标越比越高，小麦亩产能到六万斤。我又觉得太玄了，就说"一万斤也不错嘛！"其实同他们的三万斤、六万斤相比，不过是五十步笑百步而已。我还写过一篇文章反映那次会议，但没有发表。这时期我还在《红旗》上发表过一篇讲小麦高产意义的文章，可见我的积极性。这都是我那时头脑发热干出来的事。①

于光远接着说：

还有一件事，聂总曾带张劲夫和我两人一同去中南海游泳池见毛主席，要张汇报科学院的情况，要我汇报全国科技的情况。因为那时我正负责编内部刊物《科技动态》。……我当时汇报得很糟糕。我讲了山东的农民把苹果苗插在正在生长的南瓜上，结果苹果同南瓜一起长。这是写在山东省委的报告上的。那时我思想上有一条，要相信党相信群众，省委的报告还能有错？无论如何，我担任着重要的科学工作，向毛主席汇报这种不科学的东西，后来越想越不是滋味，这是我一件丢脸的事。在这之后我就在科学处的工作方针上加了坚持科学性这一条，近十多年我就坚决反对"人体特异功能"之类的伪科学，就是坚持科学性这一条的表现。②

中国科学院学部委员、中国农业科学院院长、华南农学院院长、著名水稻专家丁颖反对盲目高度密植水稻③，不赞成在广东大面积推广种植辽宁高产粳稻。④陶铸不但不听，反而对他进行批判，结果造成广东水稻严重减产。在广州会议上，陶铸作为东道主在开幕式讲话时，一开始就向丁老当面道歉，承认错误。

陈毅副总理在给知识分子"脱帽加冕"的同时，也向大家道歉，承认错误。在他列举的许多事件中，也包括"相信了一亩地打10万斤以上粮食，不听专家的话，做了蠢事"。据我所知，1958年9月26日的《人民日报》刊发过他的

① 李真真. 中宣部与中国科学院——于光远、李佩珊访谈录. 百年潮.1999,（6）：27, 28.
② 李真真. 中宣部与中国科学院——于光远、李佩珊访谈录. 百年潮.1999,（6）：27, 28.
③ 转引自：黑云滚滚的"广州会议". 科研批判.1967,（2）：11-15.
④ 武衡. 科学战线五十年. 北京：科学技术文献出版社，1992：188.

《广东番禺县访问记》，其中提到，"亲眼看到广东省番禺县亩产 100 万斤番薯、60 万斤甘蔗、5 万斤水稻的事实"。

高级领导干部在众目睽睽之下承认错误是不多见的。这同样需要勇气，而勇气来自责任感。在广州会议的全体会议或小组会议现场，我耳闻目睹了几位高级领导自我检讨批评。当那么多高级知识分子用热烈的掌声予以回应时，我感受到了他们对这些领导同志的包容、谅解和尊重，尽管他们之中有许多人在"反右"、"拔白旗"、"反右倾"等一系列的政治运动中受到过不公正的待遇，有委屈，也有屈辱。

就我自己而言，那时是中国科学院生物学部办公室的科员，没有任何"官职"，并不处在决策的地位，只做具体工作，但也是放高产"卫星"的拥护者。在全国科联的丰产座谈会之后，我曾以《风讯台》通讯员的名义，写了一篇题为《学农民 赶农民 超农民——生物学部办丰产试验田》的报道，通篇都是当时时尚的套话。在那场放"卫星"的运动中，人们的心态不会是完全相同的。我读了四年大学，前两年是国民党统治时期；后两年是新中国成立以后。当时共产党和人民政府清廉亲民，让我从新旧社会的对比中，感到共产党好。因此，我对共产党号召要办的事，对于党报的报道，没有怀疑过。此外，我对农业生产没有感性和理性的知识，甚至对一亩地有多大都没有概念，况且那么著名的大科学家根据科学推算，稻麦如果能利用一年里照射到地上的太阳光能的 30%，那么亩产 4 万多斤是可能的。1958 年秋收前夕，我到湖北、河南农村，实地参观高产水稻"卫星"田，明显看到了把几亩甚至几十亩地的快要成熟的水稻，合并移植到一丘地上的弄虚作假的手法。至此，我才恍然大悟，一种莫名的上当受骗感涌上心头，也为前面提到的自己写过的那篇报道而汗颜。

单季水稻或者小麦亩产几万斤，是绝对实现不了的命题。而这个不具可行性的命题，没经过任何论证，就把两个国家级的科学研究机构（中国科学院和中国农业科学院）逼上梁山去跟农民竞赛比高低。这简直是中外科学史上极其罕见的天方夜谭式的事件。事件已经过去几十年了，主事的领导同志事后也承认错误，反思过。那么，这段历史留给人们的主要教训是什么呢？

"大跃进"是一场实实在在的大灾难，亲身经历过的人是永远不会忘记的。"大跃进"首先是从农业开始的，1958 年影响最大的失误，是农业的浮夸。农业的浮夸，导致了一系列决策的错误，而浮夸又是从"放卫星"开始的。薄一波同志认为问题出在我们丢掉了在革命战争时期形成的没有调查研究就没有发言权的优良传统。他说，1958 年通过报纸、广播放了那么多"高产卫星"，可是，当时省以上领导机关却没有任何一位负责干部，对任何一颗"卫星"的真实性作过认真调查。其实，那些天方夜谭式的神话，当地群众是一清二楚的，只要跑到当地去看看，住上一两天，神话就不难揭穿。①

　　问题是，就算这些负责干部调查了，也知道了真相，在当时情况下，又敢不敢说真话呢？1958 年 7 月，广东连县星子乡北庄把 60 多亩即将成熟收割的禾穗，集中到一亩田里，加上重复过称，放了一颗亩产 60 436 斤的水稻大"卫星"。陶铸对此是了解的，可他所能做的也只是带着深为内疚的心情对秘书马恩成说："我有生之年就这么一次，今后再也不能这样了。"②

　　说白了，虚报粮食产量放"卫星"，是各级干部层执行各自上级指示取得政绩之举。农民是不愿意做这种违心事的，因为他们不仅得不到实惠，反而会招来横祸。"高指标"之后是"高征购"，向农民征收粮食不按实际产量，而是凭干部强迫虚报的"高指标"。在农民的口粮、饲料粮、种子粮大部分被强行收走后，整个中国，尤其是农村，很快就从粮食多了吃不完怎么办的梦境，掉入粮食严重短缺，吃不饱、浮肿病、饿死人的深渊。

　　我想，作调查研究固然重要，而更实质的问题是党内民主的问题，党内民主遭到粗暴践踏，会使得党很难防止、抵制或者及时纠正后来发生的更大失误。

　　历史教训不该忘记。

① 薄一波. 若干重大决策与事件的回顾. 北京：中共中央党校出版社，1991：724-725.
② 郑笑枫，舒玲. 陶铸传. 北京：中共党史出版社. 2008：266，267.

向大自然进军　向地球开战

——生物学部、地学部联合举行京区单位"跃进"大会*

在中国科学院党组统一部署下，继中国科学院数学物理学化学部和技术科学部之后，生物学部和地学部于 1958 年 5 月 14、16 两日，联合召开所属学区单位"跃进"大会。①

从 5 月初以来，两个学部京区的许多研究所、室先后都举行过本单位的"跃进"大会。两个学部召开的这次大会，事实上，既是各所、室"跃进"的检阅大会，又是各所、室互相促进、互相支援的大会。在支援促进的形势下，把学部各单位的"跃进"推到新的高潮。

出席这次大会的，有两学部京区各所、室工作人员 1600 余人。大会由生物学部主任童第周、地学部主任尹赞勋主持。竺可桢副院长、裴丽生秘书长和郁文副秘书长先后出席大会，并讲话。

第一天开会时，裴丽生秘书长在发言中，号召大家响应党和毛主席的号召，以跃进的干劲向大自然进军，向地球开战。他指出：要敢说敢想敢干，就要解放思想破除迷信；要敢于接触生产实际，相信青年，相信群众；以共产主义的风格，自觉地参加到伟大的文化和技术革命中来。

控制台风　预告地震
利用高山冰雪　改变西北气候

地球物理研究所代表首先在大会上提出他们的"跃进"指标：在中、长期天气预报方面，要在三年内做到报一季，七年做到报一年，准确度达到80%；10年控制台风；五年内得出长江暴雨的理论。他们提出改造西北干旱地区气候的口

＊ 本文原载中国科学院《风讯台》第 36 期，1958 年 5 月 24 日。

① 1962 年 3 月 6 日下午，杜润生在广州全国科学技术工作会议物理组发言时说：1958 年 5 月间"大跃进"时，中关村开"跃进"大会，实际上是用摆擂台办法。会议是我发起的，从此助长了"浮夸"作风，说大话、说做不到的事情。物理所的"小太阳"也是那时提出来的。我不搞那个会，也不会提出来。有的同志搞"场论"，提不出跃进指标，就提出个带人的指标，说："不管给什么人，都能培养成天才。"（见《广州会议简报》第 62 期，1962 年 3 月 7 日）

号是："控制高山冰雪，防止沙漠南移，改善河西气候，扩大绿洲面积。"为了有效控制天气，他们还提出了加速云雾物理的研究，"三年建立基础，五年人工局部降雨与消雹"；加强海浪的研究，三年内利用海浪预测台风中心和强度。地震方面五年赶上国际水平，10年提出预报地震的新方法。

穿祁连　上昆仑　进西藏　建设世界屋顶花园

地质研究所提出："穿祁连，上昆仑，进西藏，建设世界屋顶花园。"他们倡议由生物学部、地学部的有关兄弟所共同组织综合考察队进西藏，支援藏族人民建设事业。这一倡议立即获得了地理研究所、地球物理研究所、植物研究所和动物研究所的支持。地质研究所还提出，将原定10年完成的"36种稀有及分散元素的矿床分布规律及其评价"，提前在1960年完成；四百万分之一的全国矿产预测，在1960年"五一节"完成，质量达到世界水平。水文地质和工程地质方面的口号是："追随农民，苦战三年，修好引洮工程，把黄土高原变成绿洲，使科学之花开遍西北。"

大地图集五年完成

地理研究所提出要把原定10年完成的、规模巨大的国家大地图集提前五年完成。两年内完成中华地理志。在区域性地理研究方面，要在五年内提出西北干旱地区用水的方案，并且提出改造黄河后，中下游水量平衡的综合调查研究报告。三年内提出西北沙地改造利用方案。

10年内成为世界古人类学研究中心

古脊椎动物研究所提出10年内发展中国古脊椎动物学的口号是："创三门（指对中国猿人化石、哺乳动物化石和爬行动物化石的研究）；填三白（指某些地层、某些分类群，和某些地区的空白）；还三愿（为地质地层服务、为生物演化研究服务、为研究人类文化服务）；把死动物变活（指经过装架、复原和再造，加上古生态学研究，体现当时生活状态），给人民献礼"。他们还提出把原定为20年赶上国际水平（法国）的古人类学研究，提前为五年；10年内争取成为世界古人类学研究中心。

进深山　探宝树　化无用为有用　变野生为家生
10 年内完成《中国植物志》编写计划

植物研究所要在两年内完成全国资源植物（特别是热带、亚热带地区和山区）的普查，并向产业部门提出全套附有有用成分分析的资源植物 1300 种。他们的口号是："进深山，探宝树，化无用为有用，变野生为家生，为增加国家财富，富裕人民生活而斗争。"植物分类组原定 60 年的《中国植物志》编写计划，提前在 10 年内完成，并且在质量上赶上世界最高水平——《苏联植物志》。生态地植物学的研究要"苦干五年，提出改造我国干旱地区草原和荒漠的方案"。北京植物园要争取在 10 年内使收集的果树、野生经济植物、绿化观赏植物的种类与品种的数量超过英美最大最专的植物园。

三年水稻无虫害　《中国昆虫志》、
《中国真菌志》十年完成

昆虫研究所提出了三年内消灭水稻虫害，并且在 1960 年"五一"节前，提出根治全国飞蝗灾害的方案；两年内提出适合于农业生产合作社运用的简单易行的棉蚜发生预测预报的方法。三年内完成包括 4000 种有益与有害种类的《中国经济昆虫志》，10 年内完成重要目科约 3 万种的《中国昆虫志》。

应用真菌研究所争取一年半内解决棉花黄萎病，马铃薯晚疫病、退化病，苹果腐烂病等，两年内提出防治稻病办法，三年内消灭小麦锈病，10 年内完成 12 个目科的包括 1 万种的《中国真菌志》。

心理学要进工厂

心理研究所提出了劳动心理学的研究，要在一年半内提出机器制造业中若干重要工种操作合理化建议、消灭事故和降低废品率。医学心理研究，要在两年内提出防止和治疗神经衰弱的办法。航空心理学的研究，两年半内达到国际水平，使国家飞行员淘汰率低于美国、英国和任何资本主义国家。

《中国脊椎动物志》六年完成

动物研究所计划加强啮齿动物的研究，两年内提出农业害鼠防治办法，三年

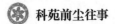

内提出主要害鼠数量变动预测预报办法。六年内完成为数 5000 种的《中国脊椎动物志》。在组织学和年龄衰老研究方面 10 年赶上国际水平，在神经形态学方面建立学派。

微生物的工业前途大有可为

北京微生物研究室保证 1959 年国庆节前，在保质保量的前提下，使菌种保存数量赶上英国和国际水平，1961 年"七一"赶上并超过世界最高水平（荷兰）。在现有成绩上选育几种国际水平工业菌种，向党的 40 周岁生日献礼。霉腐微生物研究，保证在三年内解决造纸、木材、竹材、纸张、布匹、皮革、油漆等六项工业原料或产品及热带电机仪表的防霉问题，并创制五种达到国际水平的杀菌剂。五年内解决电缆、低压电器的防霉问题。五年内在利用微生物探铜矿上得出结论。1962 年"七一"完成我国 16 个地区利用微生物探石油矿及天然气的研究，肯定方法的准确性，超过美国。

植物生理学要大显身手

北京植物生理研究室要在一年半内就水稻育秧壮苗、华北盐碱地区水稻合理灌溉用水及大面积机耕稻田化学除杂草等方面，提出具体的方案。1958 年国庆提出防止马铃薯等储藏运输过程发芽问题，1959 年国庆提出防止棉花落花落蕾落铃的办法。五年内建立具有世界水平的植物及电生理、微量元素、植物代谢等三个研究室。

1959 年建成放射性生物园

遗传研究室要在三年内选育早熟抗倒伏水稻品种，四年内培育抗锈倒伏小麦品种供推广。加强基本理论研究，1959 年建成放射性生物园，10 年内达到国际水平。

一切工作都要"跃进"

除了研究工作的"跃进"以外，仪器研制和技术改革也以"大跃进"来支援研究工作。地球物理研究所地震仪器组只有三个年青技术人员，他们的口号是：一年赶先进（一年内使地震台站的仪器设备赶上超过世界水平）；两年几百万（造出放大几百万倍的地震仪）；三年自动化（使地震台站的记震工作自动化）。他们生动的事例和干劲一再博得大家的鼓掌。北京实验生物研究所在国庆前要造出一架远远超过美国 Spinco 牌的比地心吸力大 100 万倍的超超速离心机，在 1958 年 4 月 14 日跃进大会后，连夜苦战，已做出核心部分，计划在明年提高到 800 万倍。地质研究所化学分析工作人员提出要"跟研究人员上山下水飞天，地质研究工作到哪里，分析工作也到哪里，为国家节约大量的标本运输费"。地理研究所制图晒图的同志也提出了"跃进"计划并向地质研究所提出挑战。

在大会上，俄文翻译工作同志和行政工作同志也都提出了"跃进"指标。

在大会进行过程中，台上台下相互挑战、应战、反挑战，相互促进，提高指标，掀起了比先进、比干劲的高潮。例如，西北干旱地区天气与气候问题、水稻丰产、各种动植物志的完成年限和种数、向西藏进军等，在有关所之间，反复数次展开了竞赛。地学部几个所的翻译同志之间，也展开了挑战和竞赛。

在大会发言中，科学工作者都表示要走出实验室，更多地接触大自然和生产实践，要"一箭三雕"：既解决问题，又可提高干部水平，又能力争世界科学水平上游。他们普遍要求打破组界、室界、所界、院界，团结院内外力量完成或超额完成指标。

两天的大会，有 57 位同志在大会上发言，但是由于时间的限制，还有许多已报名的同志没有得到发言机会。大会在结束前，听取了竺可桢副院长关于参观天津专区改造洼地感想的报告和郁文副秘书长的讲话。

郁文同志指出：各单位在这次大会上提出的跃进计划以及向党的八大二次会议表示的决心，都是个好的开始。他号召大家继续跃进，在各所掀起跃进运动，进一步讨论制定具体保证的措施，紧密团结，不断拿出成果贡献给社会主义建设事业，从胜利走向胜利。

"粮食多了怎么办?"*

　　1958 年上半年，毛泽东多次在会上批评周恩来、陈云，说他们反冒进泄了 6 亿人民的气，是政治方向错误。于是拔白旗，插红旗，大跃进在全国兴起。大跃进突出一个快字，说高速度是灵魂，是压倒一切的中心环节。原来的指标不能用了，都得改。例如，粮食，第二个五年计划原先定的指标是年产 5000 亿斤，一下子改成了 7000 亿斤。

　　在大跃进高指标的强劲压力下，全国一些农村开始虚报粮食产量、竞放粮食高产"卫星"。1958 年 6 月，一位著名科学家推波助澜，断言土地所能给人们的粮食产量离碰顶还远得很，稻麦的亩产量不会只是现在的 2000 多斤或 3000 斤，而是 2000 斤的 20 多倍。[①] 虚报浮夸愈演愈烈，粮食高产"卫星"越放越高，达到了骇人听闻的程度。7 月 23 日，《人民日报》公布，全国夏收粮食产量达到 1010 亿斤。同月，农业部汇总各省、市、自治区上报的粮食估计产量竟超过 10 000 亿斤。

毛泽东说：应该考虑粮食生产多了怎么办的问题

　　1958 年夏天，"大跃进"的形势使毛泽东无比兴奋。他在接待来访的苏联共产党中央委员会第一书记赫鲁晓夫时，以非常欢畅的心情对赫鲁晓夫说：1949 年我对中国解放是很高兴的，但是觉得中国的问题还没有完全解决，因为中国很落后、很穷，一穷二白。以后对工商业的社会主义改造、抗美援朝的胜利，愉快又不愉快。只有这次"大跃进"，我才完全愉快了！按照这个速度发展下去，中国人民的幸福生活完全有指望了！毛泽东请赫鲁晓夫吃饭时，问到苏联有无粮食多了怎么办的问题。赫鲁晓夫答：苏联没有这种经验。[②]

　　为了亲自看一看大跃进的大好形势，毛泽东决定到各地巡视。1958 年 8 月 4 日，毛泽东的专列从北京站开出。他要视察的第一站河北徐水，是共产主义试

---

　　* 本文原载《炎黄春秋》，1997 年第 8 期，第 24-26 页，原题为《自然科学研究盲目听命政治的教训——荒唐的科研课题"粮食多了怎么办?"》，收入文集时内容略有增补。

　　① 钱学森. 粮食亩产量会有多少. 中国青年报，1958-06-16.

　　② 李锐. 直言——李锐六十年的忧和思. 北京：今日中国出版社，1998：69.

点。毛泽东要到徐水来，徐水县委早在一周前就知道了。徐水县委为此作了充分准备。

专列在徐水火车站刚刚停下，33 岁的县委书记张国忠立即应召来见。在专列里，毛泽东详细询问并听取张国忠关于徐水的土地、人口、生产和实行劳动组织军事化情况的汇报后，提出要去看看农业社。

8 月 4 日下午 4 时，毛泽东走下专列，换乘汽车沿着瀑河缓缓东行。张国忠与领袖同车，一路上他不断向毛泽东汇报徐水的宏伟建设目标。4 时 30 分，汽车到达大寺各庄农业社，毛泽东在会议室坐定后，问了麦收和秋季预产的情况，问了农业社的，又问全县的。张国忠说：全县夏收 9000 多万斤粮食，秋粮要收 11 亿斤，全年粮食总产量计划达到 12 亿斤。毛泽东听了不觉瞪大了眼睛，伸出厚大的巴掌像算账似地说：你们全县 31 万人口怎么吃得完那么多粮食啊？你们粮食多了怎么办？张国忠回答说，我们用粮食去换机器。毛泽东说：不光是你们粮食多，哪个县的粮食都多，你换机器，人家不要你的粮食呀。这时大寺各庄农业社主任李江生说：我们拿山药造酒精。毛泽东说：那就得每个县都造酒精呀？毛泽东笑呵呵地环顾围在身边的人。大家一时给领袖问住了，也跟着笑起来。县委书记张国忠只好笑着说：我们只是考虑怎么多打粮食。毛泽东指示说：还应该考虑生产了这么多粮食怎么办的问题。①②

毛泽东结束了对大寺各庄农业社的视察后，乘汽车返回徐水车站。他提出的应该考虑粮食生产多了怎么办的问题，通过 8 月 10 日新华社发自天津的电讯和 8 月 11 日《人民日报》发表的作家康濯的文章《毛主席到徐水》，传向祖国四面八方。

谁会料到这样严肃的问题，是根据如此严重虚报浮夸的数据提出来的呢？

中国科学院接受任务研究粮食综合利用的问题

领袖的指示在新华社和《人民日报》公开发布之前，已经由当时主管我国科学技术的一位负责同志，以最快的速度传达给中国科学院党组。

1958 年 8 月 6 日晚，中国科学院党组召开扩大会议，传达并讨论毛泽东的指示。会议主持人说：主席说钢铁产量要超过英国，粮食也要大大增产，过了不几年，全国人民每人每年有 3000 斤粮食，粮食多了怎么办？③ 8 月 7 日下午，在中

---

① 参见：毛主席视察河北农村，指示要及早抓明年粮食规划，还应该考虑生产这么多粮食怎么办的问题．文汇报，1958-8-11.

② 康濯．毛主席到了徐水．人民日报，1958-08-11.

③ 参见：中国科学院党组会议记录（1958 年 8 月 6 日下午七时）．中国科学院档案．1958-1-18.

国科学院整风领导小组会议上，再次传达了毛泽东的指示。会议召集人说：主席认为从现在起以后的七年时间很重要，要做到人家有的我们都有，人家没有的我们也要有。国内新问题是粮食多了怎么办？粮食多了要研究用途。① 虽然传达了领袖的指示，但由于党组对亩产万斤有怀疑，他们并没有立即向研究所下达研究任务。

8月中旬，中央领导人在北戴河避暑，各部部长们都去那里开会。胡乔木通知谭震林、廖鲁言、张劲夫、杜润生等有关同志开会，研究毛泽东提出的题目：粮食多了怎么办？据杜润生回忆：我本来打算趁这个机会，把科学家们的怀疑在会上反映一下。但是，一看北戴河一派"大跃进"的气氛，就感到很难在会上开口。我先向廖鲁言（我和他一同在中共中央农村工作部工作过，此时他任农业部部长）建议，先研究亩产粮食万斤有无可能？他认为现在是农民能办到的事情，科学家办不到，科学现在显得无能为力。看得出，我提出来也不会有什么结果。中国科学院在不讲科学的年代，只好靠边站。会议议论一亩打 10 000 斤粮食，怎么也想不出利用的办法。②

出于无奈，中国科学院党组只好把粮食综合利用的研究任务下达给六个化学和生物学的研究所。它们是在长春的应用化学研究所，在大连的石油研究所（即现在的大连化学物理研究所）；在北京的化学研究所，以及在上海的有机化学研究所、生物化学研究所与植物生理研究所。

有些老科学家对粮食综合利用研究的意义和应用前景有不同看法。他们认为，这类问题在科学上是早已解决了的。道理是简单的，因为要把淀粉、蛋白质这样的大分子量化合物分解成相对小分子量的化合物来利用，是不合算的。世界粮食生产大国都不走用粮食转化为基本有机化工原料的路子。何况，他们对于我国是否真的粮食生产多得吃不完了，持怀疑态度，对全国各地竞放亩产粮食几万斤的"卫星"更难以置信。然而，在当时的情况下，这些老科学家的不同看法，是不可能充分发表和得到领导人考虑的。因为这是党的最高领导人下达的任务，而且这任务在当时是被视为具有重要的世界战略意义的——世界各国都着眼于从煤、石油、天然气等非食物性原料出发，解决基本有机化学工业原料问题，只有我国独辟蹊径以食物性原料取代非食物性原料。③

六个研究所接受任务后，停止了一部分研究课题，抽调了一批研究技术人员，于 8 月 25 日同时启动了粮食综合利用的研究，围绕扩大粮食用途和利用粮

---

① 参见：中国科学院党组会议记录（1958 年 8 月 7 日下午）. 中国科学院档案. 1958-1-21.

② 刘振坤. 春风秋雨二十年——杜润生访谈录. 百年潮，1999（6）：11-22.

③ 见中国科学院档案《科学简讯》1958-0011，应用化学所、石油所、化学所和中国科学院上海分院何惧的报告。

食解决有机化学工业原料来源两方面的问题进行工作。

有的研究组研究粮食在转化为酒精后，以酒精制取乙烯。乙烯既是制备一系列合成产物的重要原料，又可提高酒精作为燃料的效率。有人认为如果把多余的粮食用于化学工业，我国基本有机合成工业将在两三年之内赶上并超过美国。他的这本账是这样算的：美国生产的乙烯，99%是以天然气和石油加工产生的废气为原料的。1954年美国生产乙烯106万吨，折合21亿斤。如果我们用一千亿斤薯类或400亿斤玉米、小麦、大米发酵，可制得酒精100亿斤，再用这100亿斤酒精就能制成50亿斤乙烯，几乎为美国乙烯产量的两倍半。他认为在两三年内赶超美国是可以做到的，因为用酒精制取乙烯的技术不复杂，每个专区、每个县都可建厂生产。然而，对于一个最简单的事实，却置之不顾了：美国是产粮大国，人均占有的粮食远远超过我国，他们之所以不用食物性原料生产基本有机化工原料，是因为得不偿失。

有的研究组在粮食转化为酒精后，另辟蹊径，用酒精制取丁二烯，或者再由丁二烯制乙苯。丁二烯和乙苯都是制造合成橡胶和其他高分子化合物的主要原料。他们准备在当年国庆节前，研究出从粮食到合成橡胶的一整套生产的土办法，并在当年年底建成示范工厂，为专区、县建立橡胶工厂提供设计数据。他们的设想是使我国农村在实现运输工具滚珠轴承化之后，再来一个橡胶化的技术革命。

有的研究组研究从丁二烯合成聚丁二烯橡胶、丁苯橡胶、聚苯乙烯塑料及一系列含苯环的化合物。

有的研究组研究从大米中分离出淀粉，再以大米淀粉制造林产工业上应用的、抗水性和抗拉性能强的胶合三夹板和木屑板的胶合剂；制造纺织工业上应用的、起泡力和乳化扩散力好的洗涤剂；制造造纸工业上应用的、使纸张拉力和抗水性能增强的涂料。此外，还试制淀粉塑料。为此，他们与当地蔬菜果品工业公司合作，进行制备大米淀粉的中间试验工厂。

有的研究组研究从粮食中分离蛋白质，再用蛋白质来生产塑料和人造羊毛。他们在很短时间里研制出一种有棕色光泽的人造羊毛。

有的研究组则研究用发酵方法从甘薯生产食用油和甘油，每百斤甘薯可得油八斤。他们同肥皂厂合作进行中间试验，期望找到适合农村用的发酵制油土办法。[①]

做了许多工作，取得了"成果"，不幸的是这一切都是不实用、不切合实际的。那么多人花了近一年时间，做了那么多工作，都是白费。

---

① 参见：粮食利用的研究在科学院. 科学简讯，1958，新（11）.

"神话"破灭，科研目标大转向

1958 年 8 月 27 日，也就是中国科学院六个研究所开始研究粮食综合利用之后的第三天，《人民日报》以通栏标题宣传"人有多大胆，地有多大产"。在《人民日报》提出这个雄伟口号的 20 多天前，共产主义试点徐水的县委书记张国忠，就已经向毛泽东报告了亩产 100 万斤山药的计划。全国几亿农民被迫投入了竞放粮食"卫星"的神话大战。

无视科学，违背自然规律和社会经济发展的客观规律，必然要受到严厉的惩罚。

中国人民不久之后就从粮食多了吃不完的美妙幻想中，一下子跌进了粮食紧缺、瓜菜代、浮肿病、饿死人的残酷现实里。1959 年，我国粮食实际产量已经大大下降，但是 1960 年 1 月中央在批准粮食部的报告上还说：当前粮食形势好得好。这时全国各地农村已有不少老百姓因缺粮少吃而浮肿、饿死，年轻的共和国步履维艰。

于是，粮食综合利用的研究无法再进行下去了，只得草率收场，而研究粮食少了不够吃怎么办的紧急政治任务，又提到了中国科学院面前。中国科学院所属的 20 多个生物学研究所的数百名研究人员被紧急动员起来，研究怎么吃粮食以外的那些本来不吃的、没法吃的东西，研究小球藻、叶蛋白、人造肉等各种代食品。直到农业生产秩序恢复正常、粮食供应情况有所好转，这些工作才停止。

领导者急躁冒进，把不可能实现的指标压下去，迫使基层弄虚作假把无中生有的数据报上来；而基层的虚报浮夸，又反过来影响了领导者对形势的估计并做出相应的决策，形成了恶性循环。直到全国各地成千上万人非正常死亡，才使人们头脑冷静下来。1960 年 7 月，中央提出了"调整、巩固、充实、提高"的八字方针，开始了纠正"反对反冒进"，纠正"左"的错误的艰辛路程。

回眸粮食严重短缺年代的代食品研究*

1959~1961 年，在中华人民共和国历史上被称为"三年经济困难"时期，农业连年歉收，城乡居民粮食和副食品严重短缺。中国科学院响应号召，动员下属的京内外 30 个研究所的数百名研究技术人员承担代食品研究和推广的紧急任务。与此同时，从中央到地方还有许多单位的科技人员参与这一工作。究竟全国有多少研究技术人员投入当时的代食品实验研究工作，现在已无据可查。如此规模的代食品研究，在中国乃至世界的科学史上都是极其罕见的。

（一）

1958 年"大跃进"开始，全国各地竞放粮食高产"卫星"，虚报浮夸成风，一时间产生了"粮食多了吃不完怎么办"的幻想与忧虑。1959 年反右倾后，农村工作中"左"的错误更加严重，对生产力造成严重破坏。自然灾害对农业生产更是雪上加霜。农业歉收，1959 年粮食产量比上年减少 300 亿公斤（15%）。1960 年夏收粮食只有 313 亿公斤。粮食严重短缺，造成营养不良，浮肿病广泛蔓延，导致中国人口大量非正常死亡。全国平均人口死亡率，1956~1957 年为 11.1‰，1959 年上升到 14.6‰，1960 年达到 25.4‰，全国人口自然增长率出现新中国成立以来的第一次负增长。

面对日益严峻的形势，1960 年 8 月 10 日，中共中发出了《关于全党动员，大办农业，大办粮食的指示》，号召低标准，瓜菜代，大搞代食品。

中国科学院的科学工作者，从 1958 年承担的政治任务——研究粮食多了吃不完怎么办的问题，被紧急动员转向与此截然相反的另一项政治任务——研究粮食紧缺不够吃，生产代食品度荒的问题。

1960 年 6 月 26 日，中国科学院党组在北京召开了"扩大粮食代用品，开辟粮食和饲料新来源会议"。参加会议的有生物学部所属的 17 个研究所和数学物理学化学部、地学部、技术科学部的 6 个研究所的党员副所长、科学家 60 余人。党组书记张劲夫号召中国科学院有关研究所，要为农业增产做些事，开辟农业资源，增加粮食和饲料新来源。今年一定要早动手，为度荒提出一些办法。

---

* 本文原载《科技中国》2007 年 4 月号第 74-79 页，收入文集时文字略有增删。

会议明确了扩大粮食代用品和开辟粮食饲料新来源的研究工作方针：①不与工业争原料，不与农业争肥料；②以土为主；③经济合算，成本不高，方法简便，设备简单；④原料就地取材，以产区大、原料丰富、群众面广的资源为主；⑤远近结合，以近为主。近期的研究要在今年底见效。为了粮食产量彻底过关，可以酌量进行一些探索性较强的研究工作。根据上述方针，会议讨论提出五大类18个重要研究项目和76个研究题目。这五大类是：①野生植物和农副产品的扩大利用；②将海洋和淡水的浮游生物作为粮食或饲料代用品；③研究粮食作物、家畜、鱼、虾的增产措施；④氮肥研制；⑤用物理、化学的成就，研究化学合成糖及人工光合作用。[1]

1960 年 7 月 27 日，中国科学院党组向全院各单位领导小组（党委）转发会议报告，责成各有关研究所立即组织落实，具体安排研究工作，力求在本年内取得一批成果，以帮助某些地区群众渡过明年可能出现的春荒。为了加强对研究工作的领导，党组指定由秦力生（组长）、恽子强（副组长）、过兴先（副组长）、朱济凡、刘缜、林一夫、孙自平、赵毅、成解、姜纪五、刘矫非等11 人组成领导小组。领导小组成员除组长和副组长外，都是有关研究所的党委负责人。[2]

中国科学院的科学工作者，急国家、人民之所急，放下原来的研究工作，积极开展粮食饲料代用品的试验研究，利用已有的科学知识积累，在不长的时间内取得初步结果。1960 年 9 月 30 日，中国科学院党组在向各分院、各研究所批转生物化学研究所等六个单位报送的叶蛋白、人造肉精、玉米秆面、小麦根粉、玉米根粉等代食品的试验研究报告供参考时，特别强调粮食代食品事关人民健康，必须作系统的营养成分分析和毒性的动物实验，经实验确有成效后再大力推广。[3]

为了交流经验，肯定一批比较成熟可供推广的成果，1960 年 10 月 25～29 日，中国科学院又在北京召开"粮食与饲料代用品会议"。参加会议的有 30 个研究所（其中属于生物学部的 23 个）和 23 个分院的代表。会议通过成果介绍、考问答辩、大家评议，肯定可供推广的 10 项成果：①野生植物、树叶、野草、水草的利用；②叶蛋白；③野生植物淀粉；④野生植物油料；⑤农作物藁秆粉；⑥农作物根粉；⑦农作物副产品经微生物发酵做食品或饲料；⑧食用和饲用酵

---

① 中国科学院生物学部. 关于扩大粮食代用品、开辟粮食和饲料新来源会议的报告（1960 年 7 月 9 日）. 中国科学院档案. 60-1-3.

② 参见：中国科学院党组转发关于扩大粮食代用品，开辟粮食和饲料新来源会议的报告（1960 年 7 月 27 日）. 中国科学院档案 60-1-3.

③ 参见：中国科学院党组批转上海生物化学研究所等单位关于农副产品和野生植物代替粮食的 6 个报告（1960 年 9 月 30 日）. 中国科学院档案 60-1-4.

母；⑨小球藻、栅藻和扁藻的培养利用；⑩红虫（水溞）的培养利用。①

会议闭幕时，中国科学院党组成员、副秘书长谢鑫鹤说，中共中央关于推广代食品生产的文件已经发下来了。毛主席说，叶蛋白、小球藻、农副产品和野生植物利用等方面的工作，占用的劳动力不大，不与农业争地，虽然还不能解决农业生产的根本问题，但是可以解决一部分问题，要各省省委第一书记注意。谢鑫鹤说，中央文件下达后，各省省委一定会向各分院各研究所提出要求，部署任务。大家有责任帮助各省出主意。他强调，为了保证今冬明春群众胜利度荒，保证人民健康不受损害，对人民负责，推广资料要准确，毒性分析和动物毒性实验要加强，最后自己吃，过了这三关再推广。不要由于我们的粗枝大叶，造成群众食用代用品的中毒事故。②

"粮食饲料代用品会议"后，中国科学院为推广第一批成果紧张地进行以下准备工作。

（1）1960 年 11 月 7~9 日，院党组紧急召开"大办粮食代用品工作的分院会议"，讨论各分院贯彻"中央大办粮食代用品指示"的措施和办法，拟订了第一批地区性代食品研究推广的协作项目。③

（2）与在北京的院外医药研究机构和学校合作，成立代食品营养成分分析组和代食品毒性分析组。前者商定蛋白质、氨基酸组成、脂肪、糖（淀粉）、半纤维素、粗纤维、硫胺素、核黄素、尼克酸（烟酸）、水分、灰分等 11 种成分的统一分析方法。④ 后者进行代食品化学毒性分析和急性、亚急性的动物毒性实验。

（3）编印宣传手册和《粮食代用品技术资料简编》、《北京野生食用植物》、《北京习见有毒植物》等；摄制推广成果的纪录影片。其中《粮食代用品技术资料简编》由时任中国科学院党组副书记的裴丽生亲自审查定稿。

（4）举办粮食饲料代用品展览会。这个小型展览会，原是为前述 10 月下旬的"粮食饲料代用品会议"举办的。因中央同志关心，会后移到北京饭店继续展出。11 月 7~13 日，中国科学院生物学部与国务院机关事务管理局在该局礼堂

---

① 参见：过兴先同志在粮食与饲料代用品会议闭会时的讲话（1960 年 9 月 29 日）. 中国科学院档案 . 1960-16-5.

② 参见：谢鑫鹤副秘书长在粮食与饲料代用品会议闭会时的讲话（1960 年 9 月 29 日）. 中国科学院档案，1960-16-5.

③ 参见：中国科学院党组文件. 党组批转关于大办粮食代用品工作的分院会议纪要（1960 年 11 月 17 日）. 中国科学院档案，1960-1-4.

④ 当时发现有些单位测定代食品营养成分的数据，比实际含量高出几倍甚至几十倍。主要原因是没有注意一些测定方法的局限性，把代食品中对人体无用的一部分碳水化合物、乙醚抽出物或含氮物质，都统统算做淀粉、脂肪或蛋白质。中国科学院有机化学研究所曾进行过一些对比试验。通常测定淀粉含量的方法有"旋光法"和"碳水解法"，测定玉米根的淀粉含量，用前法只有 3%，用后法却有 30.2%，相差 10 倍；测定稻草的淀粉含量，前法只有 1.4%，后法达 26.4%，相差 20 倍以上。

联合举办代食品展览会，接待中共中央直属机关、中央国家机关、军委系统和北京市系统的工作人员和各省市机关代表参观。

（二）

1960 年 11 月，中共中央接受胡乔木和中国科学院党组的建议，两次紧急指示全国各地开展大规模的采集和制造代食品运动。中共中央成立了以周恩来为首的包括李富春、李先念、谭震林和习仲勋的五人领导小组，并在国务院设代食品五人小组办公室统一领导全国代食品工作。

（1）1960 年 10 月 27 日，胡乔木给毛泽东主席写信，送去《科学简讯》、《经济消息》、《卫生动态》和《内部参考》各一期，从中圈出六篇有关小球藻和其他代食品的文章。胡乔木写道：圈出的几篇文章希望能看看，很有兴趣。这些材料，内容重点不同，来源也不尽同，可以看出这个问题的确值得注意。推广小球藻的生产虽然不是当前农业战线上的主要问题，但是有其重要意义，因为在粮食因灾不足的情况下，它至少可以保证不饿死人，大大减少甚至基本消灭浮肿病；大大减少乱采代食品而引起的中毒；保证劳动生产率和工农体力不至于因粮食不足而降低。此外，它几乎不与其他作物争地、争水、争肥、争劳力。现在各省对此虽有提倡，但似乎除云南和浙江温州专区外，还不是雷厉风行地当做一件大事去办，还没有要求全国每一个小队都动手。因此我想建议中央为推广小球藻和其他粮食代用品的生产，发一专门指示（直至公社），在各省农业会议上提出讨论，并要求全国的农业和粮食系统逐级负责做出专门安排。南方小球藻可以终年生产，北方冬天要修温室。至于可作为代食品的叶蛋白，今年树叶很快就要枯黄，更是时不可失。我想，即使粮食够吃够用，这些总可以作为补充和后备；人不吃，也可以给牲口吃，推广起来总不至犯错误。

当天，毛泽东批示：印发各中央局，各省、市、自治区党委第一书记研究推广。11 月 3 日，中共中央将《中央批转胡乔木同志关于推广小球藻等粮食代用的生产的建议》连同胡乔木信、材料和毛主席批语，发给各中央局，各省、市、自治区党委，中央各部委、各党组，总政治部、总后勤部。文件要求对这个问题认真地加以研究、试办、提倡和大力推广。全国各级党委都应该设立专门小组，由书记挂帅来负责这件事，同时采取切实的措施，争取时间迅速作好安排。[①]

（2）1960 年 11 月 9 日，中国科学院党组向中央报告：根据中央支援农业的指示，最近几个月来，我们着重抓了粮食代用品的研究工作。由于中国科学院各有关研究所在生物分类和生物化学等方面稍有基础，研究工作的进展是比较快

[①] 参见：中央批转乔木同志关于推广小球藻等粮食代用品的生产的建议（1960 年 11 月 3 日）．中共中央文件．中国科学院档案，1960-1-6.

的。目前已有几种代食品实验成功（橡子面粉、玉米根粉、小麦根粉、叶蛋白、人造肉精、小球藻、栅藻、扁藻、红虫）。这几种代食品既有营养，又无毒害，原料丰富，做法简便，可以根据情况，分别大规模地推广。鉴于我国农业生产两年歉收，有些地区面临饥荒威胁的紧急情况，在群众中普遍推广粮食代用品，已成为一项十分迫切的任务。建议中央考虑，请各级党委很快采取紧急步骤，加强对粮食代用品工作的领导。动员群众，开展一个大办粮食代用品的运动。报告还对有关的具体问题，提出建议。[①]

1960 年 11 月 14 日，中共中央向各中央局，各省、市、自治区党委，中央各部委，国家机关各党组，人民团体各党组，军委总后勤部，各地委、县委、公社党委，生产大队和生产队的总支和支部（不发新疆和西藏），发出《中共中央关于立即开展大规模采集和制造代食品运动的紧急指示》，并附发中国科学院党组的报告，供各地参考。指示说：这是当前全党全民的一项重要的紧急任务。在灾害比较严重、粮食减少较多的地区，努力增加代食品，更是一个极为迫切的任务。各地党委要书记挂帅，全面动员，全民动手；以食堂为主，工厂为辅，土法为主，洋法为辅；因地制宜，全面规划，妥善安排劳动力与物资；大力加强技术指导，提高利用效果，切实预防中毒事故；要严格执行党的政策，有效地调动广大群众的积极性。[②]

中共中央在两周之内发出两份有关代食品工作的文件，折射出当时粮食和副食品极度短缺的严重性、紧迫性。于是，又一个全民运动——采制代食品的群众性运动在全国展开。其实，在粮食严重短缺的地区，一切啃得动的东西，都被人吃过。

随后，全国代食品工作会议在北京举行，谭震林副总理作了有关方针政策的报告。

国务院代食品五人小组办公室成立后，在其下设立科学技术小组，协助办公室处理与代食品有关的科学技术问题，推动代食品的研究工作，并组织协调在北京研究机构的分工协作。科学技术小组由中国科学院、卫生部、国家科委、化学工业部、农业部、粮食部、林业部、轻工业部、水产部、中央军事委员会、北京市科学技术委员会（简称北京科委）的代表 16 人组成，中国科学院党组成员、副秘书长谢鑫鹤，中国医学科学院副院长沈其震分任正、副组长。

1961 年 3 月 13～15 日，科学技术小组召开第一次会议。据国务院第五办公

---

① 参见：关于大办粮食代用品的建议（1960 年 11 月 9 日）. 中国科学院党组向中央的报告. 中国科学院档案，1960-16-3.

② 参见：中共中央关于立即开展大规模采集和制造代食品运动的紧急指示（1960 年 11 月 14 日）. 中共中央文件. 中国科学院档案，1960-16-3.

室副主任牛佩琼在会议上介绍，从中央 1960 年 11 月 14 日发出紧急指示，至 1961 年 3 月中旬，代食品从实验室研究开始走向生产，进展很快，群众性运动已逐步开展起来。在农村，主要利用农作物藁秆皮壳或野生植物淀粉制造代食品，据 20 个省、市不完全统计，直接参加代食品生产的人数达 2900 余万人。在城市，以培养小球藻、试制人造肉精为主。除机关食堂、居民进行自给性生产外，不少工厂利用现有设备和工业废水废料，进行人造肉精的商品性生产。有些工厂日产人造肉精鲜品达两吨。同时，各地培训了大批技术骨干，以人造肉精为例，据 16 个省的不完全统计，已培训技术干部 71 万余人，为大搞代食品度荒创造了条件。

科学技术小组会议认为，从代食品推广工作看，代食品的生产技术未完全过关，毒性分析和简便易行安全可靠的去毒方法未彻底解决；代食品的合理食用方法与掺食比例等缺乏足够的资料；科学普及工作还不够深入。会议号召科技工作为提高代食品的利用价值、避免中毒和死亡事故提供更好的有效可行的办法，同时加强代食品推广工作的技术指导。

科学技术小组会议还认为，在北京的中央各部门（院）所属的研究机构，分别进行了不少代食品的研究工作。各研究机构各有所长，也各有所短，如果加强分工协作，将有利于缩短总体的研究战线，集中力量加快解决关键问题的速度。为此，会议讨论提出了"中央各部门在京研究机构有关粮食和饲料代用品 1961 年研究工作项目及分工协作单位表"，报国务院代食品五人小组办公室。这些项目及其主要负责单位是：小球藻的培养和利用（中国农业科学院）；淀粉植物的利用和良种的引种栽培、速生丰产技术的研究（中国林业科学研究院）；野生油料植物的利用和引种栽培、速生丰产技术的研究（中国林业科学研究院、粮食部科学研究设计院）；食用酵母和其他食用菌的培养和利用（轻工业部）；农副产品加工食用和饲用的研究（粮食部科学研究设计院）；野菜、野草、水生植物、树叶的利用和叶蛋白的研究（中国科学院生物物理研究所、中国林业科学研究院）；动物性代食品的研究（中国科学院）；代食品的毒性鉴定、去毒方法、食用价值和药理作用研究（中国医学科学院、卫生部药品检验所）。

会议要求各研究机构经常交流经验，交换研究成果和技术资料，互相合作研究解决某些问题，互相利用必要的设备，必要时集中力量协作解决一个地区或一个范围内的关键问题。[①]

1960 年，代食品工作启动这一年，国家也开始酝酿纠正农村工作的"左倾"错误，并对国民经济进行调整。1961 年 1 月，"调整、巩固、充实、提高"的八

---

① 参见：国务院代食品办公室科学技术小组第一次会议纪要（初稿）. 中国科学院档案，1961-16-2.

字方针获正式批准。1962 年，中央进一步制定一系列政策和措施，对国民经济进行坚决全面的调整，其中首要的是调整农村生产关系，加强农业战线，恢复和发展农业生产。到 1963 年，粮食产量开始恢复到 1954 年的水平。有些代食品的研究推广工作，坚持到 1963 年。

（三）

中国科学院的代食品研究与推广工作已经过去 40 多年了。近年来有人旧事重提，对它有褒有贬。笔者当年是科研管理部门的普通一兵，曾参与过那次代食品研究的一些具体组织工作。回眸往事，感触良多。

1. "人祸"的破坏作用有时远比天灾严重

代食品的研究与推广是 20 世纪 60 年代初，年轻的中华人民共和国发生"三年经济困难"，农业连年歉收，粮食、副食品严重短缺，营养性水肿病广泛蔓延，各地出现因饥饿大量人口非正常死亡的特定历史年代而出台的应急措施之一。上述问题的发生固然有自然灾害的因素，但更多的是由于国家最高领导人在国家建设指导思想上忽视了客观的经济规律，急于求成，夸大了主观意志的作用，没有经过认真调查研究和试点，在提出"鼓足干劲、力争上游、多快好省地建设社会主义"总路线后，就轻率地发动了"大跃进"运动和农村"人民公社化"运动。使得以"高指标"、"瞎指挥"、"浮夸风"和"共产风"为主要标志的"左倾"错误严重泛滥开来。这是造成 1959～1961 年发生严重困难的根本原因。河南信阳地区原来是个富庶的地方，从来都是该省的粮仓。在"大跃进"年代，信阳地委书记贯彻"三面红旗"最坚决也最有"创造性"，经常受到领袖表扬。20 世纪 60 年代初的"信阳事件"名闻全国。全地区因饥饿导致的非正常人口死亡率位居全国前列。李先念当时到信阳地区农村，看到的是妇女没有一个不穿白鞋[①]。中南局第二书记王任重说："我到信阳光山县去看过，房屋倒塌，家徒四壁，一贫如洗，人人戴孝，户户哭声，确实是这样。这不是什么右倾机会主义者攻击我们，这是真的。"[②] 1966 年 1～8 月，笔者在信阳地区罗山参加农村社会主义教育运动（即"四清运动"）时，自然灾害已经过去四五年了，但农村元气远远没有恢复，其严重情况大大超过我们当年大搞代食品时的想象。三年"大跃进"给中国带来巨大灾难，让中国付出巨大代价：非正常死亡人口和减少出生人口 4 千万人左右，经济损失 1200 亿元，耽误建设时间 8 年。[③] 据有关专家统计，

---

① 张素华. 变局——七千人大会始末. 北京：中国青年出版社，2007：12.

② 孙保定. 大跃进期间的河南农村人民公社. 党的文献，1995，(4).

③ 丛进. 1949～1976 年的中国曲折发展的岁月. 北京：人民出版社，2009：199-200.

新中国成立前的 21～29 年中，旧中国发生死亡万人以上的重大气候灾害，总计死亡人数 2991 万余人，远低于三年"大跃进"饿死人的人数。[①] 正如当年农民向刘少奇同志所反映的那样，那场遍及各地的大灾难是"三分天灾、七分人祸"酿成的。

2. 对代食品的研究与推广，既不要夸大其作用，也不必贬得一无是处

代食品的研究与推广，只是应对粮食严重短缺的权宜之计，不可能从根本上解决或取代粮食和副食品的正常生产问题。作为应急的措施，必须在最短的时间内拿出一些办法来，研究技术人员只能利用已有的知识积累，参照国内外的经验，结合具体情况研制出可行的代食品。当时，在国外：①小球藻的培养，日本、美国、苏联都已经进行工厂化试生产；②"人造肉精"（食用酵母），在第一次世界大战时的德国和第二次世界大战时的苏联，都曾用以解决一部分肉食不足问题；③从树叶或牧草中提取蛋白质，英国一家胶体与化学药品公司有一个小型实验工厂，利用机械可从 100 吨含有 80% 水分的新鲜牧草中提取五吨左右干蛋白粉（纯度 50%）。在国内，历史上旱涝灾害频繁发生，民间有许多度荒的经验，仅利用野生植物度荒方面，古代学者就有不少著作，如《救荒本草》（朱橚）、《野草博录》（鲍山）、《野菜谱》（姚可成）、《救荒野谱》（王磐）等。

应该说代食品研究在科学上的创新不多。尽管如此，研究技术人员在研制和推广过程中，都遵循中国科学院党组的一再告诫：向人民负责，作好营养成分和毒性成分分析以及动物毒性实验，要自己先吃后再推广，推广资料要准确。他们是尽心尽力的。

对代食品的作用问题，人们可以有不同的评价或看法。中国科学院及其科学工作者的工作如有问题，应该受到批评。遗憾的是，个别人却采用移花接木的手法，把不是中国科学院科学家的问题硬栽在他们身上。事隔 40 多年后，历史学教授罗平汉在其专著《当代历史问题札记》的《饥饿年代的知识分子》一文中，以《灵丹妙药小球藻》为题，评说小球藻的作用。他写道："胡乔木给毛泽东的信中，附有一份中国科学院科学家们的研究材料，其中特地提到了小球藻的作用：……在大理州医院，用小球藻试治了 25 种疾病，效果良好的占 78%，症状减轻的占 17%，无效的只占 5%，没有副作用。更神的是，有个人眼睛失明已有十多年，吃了小球藻并用小球藻洗眼，很快就初步复明。"罗平汉声称他所依据的是胡乔木推荐给毛泽东的"中国科学院科学家们的研究材料"，然而，在出自中国科学院《科学简讯》的三篇材料中，涉及小球藻作用的表述，只有"能治

---

① 陈玉琼, 高建国. 中国历史上死亡万人以上重大气候灾害的时间特征. 大自然探索, 1984, (10).

营养性水肿病"。再翻阅分别刊于《经济消息》和新华社《内部参考》的两篇专讲小球藻治病的材料，都明明白白地表明，用小球藻试治 25 种疾病是云南大理州医院的独立工作，同中国科学院毫无关系。

3. 应该保护科技工作者的积极性

科学研究机构的任务是出人才、出成果，而出人才、出成果要有科学积累，这需要有相对稳定和连续的科技政策、安定的研究工作环境和氛围，让研究人员能够专心致志于应该做的研究工作。但是在重人治轻法治的年代，有权者靠拍脑袋，不经过科学论证就向研究机构发号施令、下达任务，研究人员被调动得团团转，无所适从，这种事情屡见不鲜。1958～1963 年，中国科学院的科学工作者尤其是生物学工作者，仅在与粮食研究有关的问题上就经历了三次折腾。

第一次，1958 年 7 月，全国各地农村竞放农业高产"卫星"，范长江和于光远以全国科联（中国科协的前身之一）的名义，在北京召开有各地农民高产能手和首都农业科学、生物科学工作者参加的丰产座谈会，逼迫中国农业科学院和中国科学院生物学部同农民竞赛种高产田，放稻麦亩产 6 万斤的"卫星"。

第二次，1958 年 8 月，毛泽东在视察共产主义试点河北徐水时，对农民放农业高产"卫星"深信无疑，提出了要研究粮食生产多了吃不完怎么办的问题。不久之后，中国科学院四个化学研究所和两个生物学研究所不得不派人投入粮食综合利用的研究。

第三次，1960 年，粮食严重短缺，中国科学院和许多科研单位被紧急动员投入研究代食品度荒的问题。

对于前两项"天方夜谭"式的任务，科学工作者明知其不可行，然而在高压之下却不得不违心而为之，他们的时间和精力，国家的财力和物力，都白白地浪费，其心情可想而知。代食品研究主要出于因"人祸"而引发的粮食严重短缺，本来是可以避免的。但在困难已经成为现实的时候，科学工作者不能无动于衷，只有放下正常的研究任务投入工作。他们不应该受到谴责和抹黑，别人更不应该在他们的伤口上撒盐。

为了科学事业的健康发展，保证正确的科学技术方针政策的连续性和相对稳定性，维持正常的科研秩序，维护研究人员正当的科研活动与合法权益，应加强和不断完善社会主义的民主政治和法制建设。

因为粮食严重短缺而掀起的大规模采集和制造代食品运动，发生在那个特定的历史年代，它是三分天灾、七分人祸的产物。对于自然灾害，有时人力难以抗拒，但人祸则应该是可以避免的。我欣喜地看到这一届中国政府重视并努力解决"三农"问题。愿政通人和，不再有全党全民的采制代食品运动。

1960 年的全民超声波化运动[*]

　　1958 年第一回合的"大跃进"，使中国经济元气大伤。1959 年郑州会议纠"左"，经济多少恢复了一点元气。但好景不长，庐山会议批判彭德怀、"反右倾"，"大跃进"狂飙再起。1960 年在全国一切地区，一切部门，人人试验，到处试验，推广超声波，是在科学技术领域中继续"大跃进"，重蹈浮夸、瞎指挥的一大典型事件。我亲历的中国科学院北京地区"以超声波化为纲的五化三无一创"运动，就是这个全民运动中的一个组成部分。

　　事情是从 1960 年北京市、上海市两地起头的。

劳民伤财的全国全民推广超声波运动

　　根据报告，1960 年初，北京市和上海市的化工行业工人群众，在技术革新、技术革命运动中，自制各种土超声波发生器用于化工流程，促进化学反应，生产效能大大提高。接着，冶金、机械、矿山、纺织、医药、农业等行业，也都广泛利用超声波于切割、助燃、冷却、诊断治疗……据说效果也非常好，有的使产量成百倍、成千倍地提高。

　　在收到北京市化工局党组和中共上海市委关于推广超声波技术的两个报告后，1960 年 5 月 5 日，中共中央以《超声波神通广大，要大力推广》为题的文件，向全国省、军级以上党委批转这两个报告，并指示："这两个地方的经验证明，超声波是应用范围极其广泛的先进技术，它可用于化工、机械、冶炼、矿山的各方面，生产上有用，生活上也有用，总之，它神通广大，用途很广。那么，超声波技术是不是很复杂很神秘呢？过去的确把它看得很复杂很神秘。人们一说到超声波，就必须要电子管，必须要洋设备，每秒钟的声波频率一定要达到 1.5 万～2 万次。现在的实践证明，完全不是这样。只要你实地上看一看，就会把那种认为超声波是深奥莫测的神秘观点抛到九霄云外。这种技术简单易行，制作极为方便，人人容易学会，而效果非常显著。中央要求一切部门，一切地区，都应当大力推广，人人实验，到处实验，及时总结，不断提高。"《指示》最后强调

　　* 本文原载《科技中国》，2007 年 3 月号，第 68-73 页。

要"切实告诉大家注意保密，埋头苦干，不要吹吹打打，是为至要"。

随后，国家科委在北京、上海召开现场会议，并声称这是领导科学技术的路线问题。

于是，超声波化形成声势浩大的全民规模的群众运动。

其实，超声波化早在中共中央下发文件之前，在若干省、市、自治区就已动起来了。据国家科委在召开现场会议时透露的情况，参加超声波化运动的，北京有100万人，使用超声波头300多万个；上海市有100多万人，使用超声波头100多万个，其他省使用的超声波头，甘肃省12万个，山东省12万个，福建省10万个左右……新疆维吾尔自治区1960年4月24日开始动员，号召124小时内全自治区超声波化；辽宁省5月初动员，开了3万人的现场会议，要求15天实现全省超声波化……

国务院副总理聂荣臻视察上海市技术革新、技术革命运动的情况回到北京市后，对"四化"（机械化、半机械化、自动化、半自动化）和超声波化、管道化运动中的"浮夸风"深表忧虑。他认为宣传中的机械化、自动化已经达到的水平太高，不符合实际。对超声波化、管道化，其测定、控制和理论探索还没有解决，需要做很多工作，才能成熟，人们才算完全掌握。他在给中央的报告中委婉地说：在人民群众中，干劲要尽量地鼓，热情要尽量地支持，这都是没有问题的，就是登报时要留有余地、合乎分寸，否则既不利于运动的进一步发展，对外也造成不良影响。[①]

然而，理性的思考与忠告，没能使人们从狂热中冷静下来。当时认为超声波不仅在化学、冶金、机械等行业可用以提高质量和工作效率，而且在医疗事业、科学研究、日常生活等方面，诸如做饭、洗涤、沐浴……无处不可用超声波。

众多的历史事例说明，对任何事物做过了头，攀上了"热"字，必定带有非理性成分。有"热"必有"冷"，由"热"走向其反面"冷"，在一阵轰轰烈烈"一哄而上"之后，接着就会是冷冷清清"一哄而下"，受损失的是党和政府的声誉，国家的财力、物力，人民的精力、时间和积极性。

对这场超声波化运动，30年后国家科委有关人士评价如下。

国家科委原副主任武衡写道："在大肆'推广'一段时间后，因为有些效果不好，有些无效，甚至有的适得其反，所以败坏了超声波的声誉。本来在机械加工或某些化工流程上是有效的，反而引起人们的怀疑，拒绝使用。在大搞超声波化、管道化的群众运动中，给我国工业技术革新带来了极其不良后果。"[②]

国家科委主编的《当代中国的科学技术事业》认为："所谓'大跃进'，不

① 见国家科委办公厅的《1960年科学技术工作文件》。

② 武衡．科技战线五十年．北京：科学技术文献出版社，1992：180，181．

顾科技工作的客观规律，用群众运动取代深入细致的研究工作，贪多图快，急于求成，使科技事业受到了不应有的损失。当时风靡全国的超声波化运动，各行各业都一哄而起，把'超声波化'诩为'全党办科学'、'全民搞科学'的标志，结果浪费了大量人力、财力和物力，而实际上得不偿失。"①

中国科学院北京地区的超声波化运动

中国科学院对洋超声波（相对于土超声波而言）的应用是重视的，1956 年国家制订"十二年科学规划"后，就设立超声波研究室，还有若干单位也开展有关的研究工作。与此同时，有些高校设立了超声波专业，不少产业部门也进行了相关的研究。研究机构、高等学校和生产部门通过多年协作，在机械加工、金属探伤、焊接、清洗、乳化处理、熔金属、测水深、探测鱼群、诊断和治疗疾病、种子处理、印染等方面进行了一些应用研究和试验。中国科学院曾于 1959 年 7 月和 1960 年 1 月分别在武汉、上海召开过两次全国性会议，交流经验，推动研究工作的发展。

但是，在土超声波化运动中，中国科学院远远落后于形势。直到 1960 年 5 月 18 日下午，中国科学院党组才召开扩大会议，在听取技术科学部杨连贵关于参加国家科委现场会议情况的汇报后，党组书记张劲夫紧急动员并部署中国科学院北京地区的"以超声波化为纲的五化三无一创运动"。所谓"五化"指实验操作、技术和装备的超声波化、管道化、连续化、机械化和自动化；"三无"指实验室无事故、无灰尘、无臭味；"一创"指每个研究所在技术革新、技术革命中，至少要有一项出色的创造性成果。张劲夫立下军令状，他宣布从现在起，来一个三天突击，10 天改变面貌，搞不好的单位要批评处理。整个运动分为广泛试验，轰开局面；重点深入，找出使用的重点方向；清理战果，总结经验，明确今后方向，把突击任务纳入经常性的研究计划中去等三个阶段，为期 40 多天。会后，张劲夫亲自坐镇指挥督战，他几次在现场会议上批评生物学部门落后，设备简陋，可怜得连一把榔头都没有，责成生物学部、地学部的单位借这次运动翻身，补上物理学、化学课，建立起技术系统。

经历过各种政治运动后，人们虽然对超声波化运动的盲目性与瞎指挥有意见，但不愿意、也不敢公开反对。中国科学院北京地区所有研究所，不管是否需要超声波技术，都要自 1960 年 5 月 18 日起停止原有的研究工作，投入到超声波化运动中去。绝大多数研究所没有洋超声波设备，他们八仙过海、各显神通，自

---

① 武衡，杨浚. 当代中国的科学技术事业. 北京：当代中国出版社，1991：23.

制簧片式或涡旋式的土超声波发生器。有的生物学单位用灭火器筒或油桶做动力源——贮气罐，在加压到两个大气压时油桶发生爆炸。土制超声波喷射出来的是否是超声波，频率多少，因缺乏检测手段，人们争论不休。对此，张劲夫说：超声波无孔不入，无处不灵，暂时不必去争论是超声波还是声波，只要广泛去试，有作用就好。[①]

中国科学院生物学部各单位进行的主要工作如下：①实验操作方法和技术装备的革新，包括同位素操作自动化，化学分析工作连续化、管道化、自动化一条龙，培养基和各种试剂制备一条龙，显微镜细胞组织切片制备连续化、自动化等；②超声波及其他物理因素，如电火花、电磁场、紫外线、红外线、可见单色光、微波、等离子体等对生物生长发育、土壤养分水分保存释放等的影响；③超声波及其他物理因素在医疗上的作用等；④日常生活和行政工作方面的技术革新与技术革命。在高压之下，浮夸之风应运而生，运动刚开展几天就"捷报"频传，许多研究所纷纷报告实验技术、分析方法实现连续化、自动化，如土壤全量分析一条龙成功，原先 10 种元素分析耗时 35～45 天，用管道化加超声波处理后缩短为两天……更神奇的是合成有机磷杀虫剂"1059"，经超声波处理五分钟后，竟能得到带有放射性标记的"1059"。

运动第一阶段结束后，中国科学院党组于 1960 年 6 月 2 日向中央报告的三个材料中，《科学院在超声波应用方面的一些新苗头》称：最近科学院北京地区自然科学研究所开展了一个大搞超声波的运动，在科学研究和实验技术方面共完成了 2628 项研究成果和技术革新。超声波已经在各门学科、各个研究所内广泛应用起来。在这些项目中，意义比较重大的具有创新性的项目有 81 项，其中属于超声波应用的 52 项……除人们已经熟悉的超声波的一些用途外，这次运动中还发现了一些新的苗头、新的结果：①改变物质性能；②影响生物机体；③在尖端技术上的应用；④电火花、微波等物理因素的作用。在"改变物质性能"方面，中国科学院党组报告说："许多现象说明，土超声波虽然频率不高，能量不大，却能引起物质许多基本性能的改变。诸如物体的晶体结构、磁性、光性、电性、半导体性等，经过土超声波处理，或多或少都会发生变化。从已观察到的现象推测，这种变化，不仅限于分子、原子的结构和运动，而且有若干迹象表明，已涉及原子内部的电子运动，甚至有可能影响原子核的变化。"报告列举某地学单位"把碘化银、碘化钾等放在土超声波头子的簧片上吹了 15～30 分钟后，有产生放射线的迹象"。报告也说明对这个现象"科学家还有不同看法"，但又指出"这项工作正进一步实验和测定。如果能够肯定下来，那就表明超声波有可能

---

① 见《技术革新简报》，1960 年 5 月 20 日，第 2 期。

影响到原子内层电子，甚至原子核内部的变化"。

不久，社会上有人把"超声波产生放射性"提高到"路线"的高度，吹嘘从中要走出中国式的发展原子能事业的道路。原子核物理学家钱三强自然非常清楚应用超声波不可能产生出放射性来，他在原子能研究所的全体大会上对此给予尖锐批评。①

对中国科学院北京地区超声波化运动，我当时不知道是怎么评价的。两年后，张劲夫认为它是"浮夸风"、"瞎指挥"风的坏典型之一。不过生物学部门运动的真实情况我是清楚的，那时我是运动办公室的具体工作人员，《生物学部京区单位双革运动总结》（草稿）又是我奉命撰写的。生物学部门超声波运动的实际情况，也是"一哄而起，一哄而下"，没有得到成熟的成果，也没有任何阶段性成果或新苗头在运动过后继续试验研究。40 多天过后，各研究单位恢复了原有的正常研究工作，人们不再提超声波了。耗费了许多人力、财力、物力，生物学部门并没有因此而改变面貌、翻身。虽然我对这场全民运动一开始就想不通，然而当时我却写道："这次运动为生物学部门打破对新技术的迷信、神秘观点，在研究工作中广泛应用物理学、化学和数学的成果，改变生物学落后面貌，彻底翻身，建立了初步的思想基础。"其他类似的为超声波化运动唱赞歌的套话还有许多。

张劲夫在"广州会议"上坦诚反思超声波化运动

1962 年 2 月 16 日至 3 月 12 日，国家科委在广州召开全国科学技术工作会议。差不多同时，文化部与中国戏剧家协会也在广州举行全国话剧、戏剧、儿童剧创作座谈会。两个会议都称为"广州会议"，目的都是贯彻 1962 年 1 月 11 日至 2 月 7 日中共中央扩大工作会议（又称"七千人会议"）的精神，总结经验，纠正错误（前者还讨论了制订《1963—1972 年科学技术发展远景规划》的方针与方法问题）；而且都因为周恩来总理和陈毅副总理到会讲话，以解决知识分子的阶级属性问题，为知识分子"脱帽加冕"（即脱掉资产阶级知识分子之帽，加上劳动人民知识分子之冕）而著称。（本文的广州会议指全国科学技术工作会议）

1962 年 3 月 6 日，张劲夫在生物学组会议上发言，对中国科学院党组在 1960 年组织领导科研工作，包括他亲自督战中国科学院北京地区的超声波化运动，重犯 1958 年"浮夸风"、"瞎指挥"的错误进行反思，内容如下。

1960 年技术革新、技术革命运动，在北京地区是我亲自督战的，要各单位

---

① 何祚庥. 回忆钱三强同志在原子能科学技术中的重大贡献. 自然辩证法研究，1992，8（8）.

在几天之内改变面貌。这类事情很多，都是我们直接领导搞的……

产生以上缺点错误的原因是："二无，二不。"

"二无"，是无知识、无经验。作为党的科学组织工作者，有一项重要的知识和经验是"如何正确处理自然科学与社会的关系"。哪些变，哪些不变。例如，新中国成立后，科学要为社会主义服务，要有规划、有计划，要走群众路线等，比之新中国成立前，这些是要变的。但是，不能似乎以为自然现象本身的规律也因到了新社会而有所变了。一度我们相信科学会超出常规，任意出奇迹，对自然现象本身的固有规律重视不够。

又如，对待新生事物的态度问题。对新生事物要热情支持，而且要承认新生事物总是粗糙的、不完整的，不能求全责备。但是，我们过去轻易相信、轻易决定、轻易推广。实际上有些事物是不是新生事物尚不能肯定。毛病出在对新生事物热情有余，严谨不足上。现在看来，对待新生事物要有一段考验时间，要多听多看。理论问题要有充分时间给科学界议一议，技术问题要经过生产实践的考验，不能随便评价。

"二不"，是不虚心、不民主。如果说 1958 年的"浮夸"、"瞎指挥"，是由于无知识、无经验，尚情有可原。1960 年又重犯，则还由于我们不虚心、不民主。如果我们向科学家虚心学习，民主商量，起码违反常识的事情是可以避免的。1960 年重犯 1958 年的错误，教训是沉重的。我们有决心改，请大家帮助。①

我是当年中国科学院北京地区超声波化运动时生物学部的普通干部，又是这次广州会议生物学组的工作人员，第一次听到张劲夫这样的高级领导干部如此自责，深受感动。我整理了《张劲夫同志在生物学组发言摘要》，并经审定于次日的会议《简报》刊发，反响热烈。

张劲夫是一个党性很强的人，当时又是中共中央候补委员。他既要旗帜鲜明地贯彻中央指示，不得不随大流发动运动，又要尽可能地努力减少负面影响。看看他的"五化三无一创"的口号，以及运动分三个阶段部署，可见其用心良苦。张劲夫在广州会议上检讨发言，是在当时大形势下做出的。他严于律己，遇到问题不上推下卸，勇于承担责任，这番检讨不能认为不真诚。但是恐怕这不是他的全部思想，也不是他该反思的全部内容。他的检讨虽属真诚，反应热烈，但深度显然不够。这既是当时历史的局限，又是他党性使然。不上推下卸是被人称道的个人品德，而由此也不能全面地反映历史的真实。尽管如此，张劲夫依然受到人们的钦佩，毕竟像他这样的高级党政领导干部，勇于公开检讨自己的错误并承担责任的，并不多见。

---

① 见全国科学技术工作会议《简报》，第 62 期. 1962 年 3 月 7 日。

至于全国的超声波化运动，它的起源、发展、传播，最后是怎么结束的，以及中间的许多细节，诸如北京市化工局党组的报告是怎样直达中央的，中间是否有哪个部门中转，又是如何向中央报告的；中央的批语又是哪个部门代拟的，中间部门或中间人是推波助澜，还是有所节制，这是在当时大环境条件下，区别部门当权者的水平、品质的标志之一。这些，我当时只是一个党外的小科员，是不易了解到的。如今我已是年届80的老人，由于健康的问题，更无力去探根究源。

1960年风靡全国的超声波化全民运动，有许多值得深思的问题，有许多教训值得总结，希望有关的科学史工作者把它作为一个专题，进行深入研究。

聂荣臻保护生物学家朱洗"过关"[*]

1960 年初，一位中学教师写文章，上纲上线批判朱洗及其著作《生物的进化》。当年"左"道横行，发表这样一篇文章很可能引起一场大的风波，甚至招来一场不小的灾难。有关方面请示负责科技工作的聂荣臻副总理，聂荣臻采取了和风细雨的方式，既批评了朱洗的错误学术观点，又保护了他的积极性，同时向批判者讲清楚如此处理的道理。风云散去，雨过天晴，事情圆满解决，有关人员都受到了深刻教育。

朱洗

朱洗，五级车工出身的学部委员

朱洗（1900～1962），是我国杰出的生物学家。1919 年，他在家乡浙江临海省立第六中学学习时，因参加"五四"运动被学校开除，去上海商务印书馆当排字工人。1920 年，他去法国勤工俭学，待了 12 年，当过洗碗工、木工、铸工、汽车修理工，当车工达到五级水平。他白天劳动，晚上补习法文和功课，终于在 1925 年秋考入大学，1931 年获博士学位。

1932 年 11 月，他放弃了法国的优厚工作和生活条件回到祖国，先在广州中山大学生物系执教，后到北平研究院动物学研究所工作，并在中法大学生物系任兼职教授。以后，他到了上海，在极其困难的情况下创办生物研究所，坚持研究工作。太平洋战争爆发后，汪精卫汉奸政权以高薪要职相诱挟，朱洗严词拒绝。在上海已无法存身的情况下，朱洗回到家乡浙江临海，与朋友们一起办了一所半工半读的琳山农校和"合作医院"，不遗余力普及农村教育文化卫生事业。

抗日战争胜利后，朱洗重回上海生物研究所，这时北平研究院生理学研究所从昆明复员并迁上海，两个研究所合并，挂后者的牌子，朱洗任研究员兼所长。

新中国成立后，中国科学院接收北平研究院生理学研究所，并入新成立的实

---

* 本文原载《炎黄春秋》，2001 年第 6 期，第 10-13 页。

验生物研究所，朱洗先后任副所长、所长，直至逝世。他得到党和政府的信任与支持，工作和生活条件都有了保障，他的学识、才能得以充分施展。他毕生致力于动物早期发展的研究，在卵球成熟、受精及单性生殖等方面的探索取得卓著成绩。他在进行系统深入的理论研究的同时，努力解决生产实际问题，在引进驯化原产于印度的蓖麻蚕，以及解决家鱼人工繁殖的应用研究方面，做出了突出的贡献。他还一贯重视科学普及工作，习惯于每晚在实验室写作，宣传科学思想，普及科学知识，深得老友巴金的鼓励和支持。朱洗的《蛋生人与人生蛋》、《我们的祖先》、《重男轻女》、《雌雄之变》、《知识的来源》、《爱情的来源》、《维他命与人类之健康》及《霍尔蒙与人类之生存》等八大本《现代生物学丛书》，就是在巴金主持工作的文化生活出版社出版的。《生物的进化》是他用力最勤、历时最久的一部书，新中国成立以前没来得及出版。

1955年，朱洗被选聘为中国科学院第一批学部委员。1962年7月，他因患癌症逝世，享年六十有二。

瑕不掩瑜，《生物的进化》是一部好书

《生物的进化》封面

朱洗写《生物的进化》始于1936年。这是当时上海的世界书局计划出版的世界百科全书的一部分。到1942年，他已经写了40万字。因为抗日战争的关系，世界书局的计划被迫搁浅。

达尔文主义是新中国成立后中小学生的必修课。朱洗认为自己写的讨论进化的书不合时宜，不可能发表，便放下了。"百家争鸣"的方针提出后，他一度动心，但又自认书稿增补修订量大，又放下了。不意到了1956年夏天，科学出版社两位编辑到上海约稿，听朱洗说起有这样一部旧作，他们欣然表示愿意出版。于是朱洗鼓起勇气，抓紧时间修改、补充和改写了一些章节，总共增加了20多万字。两年后，这部近66万字的巨著终于由科学出版社出版了。[①]

《生物的进化》第一部分是进化思想的渊源；第二部分是进化的事实；第三部分是进化原因的讨论。

朱洗说，这本书是在"百家争鸣"的号召下写成的。自己没有什么可鸣的

---

① 朱洗.生物的进化.北京：科学出版社，1958.

新论调，只是付出一些辛苦，兼收并蓄地收集别人的论调，表达在这一书上而已。他希望读者从这本书里听到世界各国学者对于进化问题的鸣声。

问题主要发生在《生物的进化》第三大部分和某些章节的结论中，朱洗把生物界的现象引申到人类社会。这就是他后来所指的"多余的话"。在这总共不满五页的"多余的话"里，朱洗不同意达尔文所说的同种间竞争那么普遍、激烈、不顾死活。他引用克鲁泡特金在亚洲北部严寒地带多年考察动物生活的结果，认为同种个体互斗的例证很少，大都是为抵抗恶劣环境丧命的。因此，生存竞争多半是指生物与自然界的竞争。既然种内没有斗争，哪里会有因种内斗争而引起的进化呢？

关于谁最适于生存的问题，朱洗认为克鲁泡特金反对弱肉强食，用许多事实证明要先有和平、安适才有进化；要扶持、要互助，才能抵抗自然界中千万的强敌。这些强敌有的属于自然现象；有的属于异种生物。生物中数目最多，种族最隆盛的物种，大都是合群的，如蚂蚁、白蚁、蜜蜂等，它们在团体中过着友爱美满的生活。人类既是动物的一种，当然不能例外。同种相残是退化灭种的因素；互助友爱才是进化的大道。这是观察自然现象所得的高尚道德。

关于人类进化的事实，朱洗写道，少数帝国主义分子疯狂掠夺，忘却现代的文明是由和平、互助和创造三种要素铸成的。他们只知贪污、掠夺、投机、取巧，破坏人间的信义，摧残社会的基础。这是应该警惕的。大家如果明白过去大小战争的错误，痛改前非，那么，不但大小战争可以绝迹于人世，而且未来的和平幸福是享不完、受不尽的。

关于进化学说与人类的关系，朱洗写道，19世纪下半期起，有人在人类中间提出"弱肉强食"的口号，想在血肉拼杀之下寻找人类进化的光明。50岁以上的我们，痛受战争的祸患，痛定思痛，是决不会赞同的。生物界中，有凶残无情的一面，也有慈祥恺悌的一面、慈爱的一面。应该充分学习，作为建设社会主义和共产主义的道德基础。[①]

朱洗的这些话，有些当然是值得商榷的。有错误予以批评指正，是学术讨论的应有之意。问题是对于这样一部总体上看很有学术价值的著作，如果出现了某些错误，应该怎样处置。

聂荣臻说：不要全盘否定《生物的进化》，更不要把朱洗一棍子打死

1960年2月，上海一位中学生物学教师写了一篇题为《反马克思主义达尔

---

① 朱洗. 生物的进化. 北京：科学出版社，1958.

文学说的〈生物的进化〉》的文章，批判朱洗及该书的错误。这位中学教师认为朱洗的书是一本"散播反马克思主义、反达尔文学说毒素的巨著"；朱洗"坚定地站在错误、反动的立场"，以"马克思主义真正的敌人——无政府主义者的观点，来否定马克思主义所主张的作为历史观的阶级斗争，攻击作为马克思主义自然观的自然科学基础之一的达尔文学说"。他批判朱洗引用许多克鲁泡特金《互助论》的观点，笼统地提倡人类之间的互爱和互助，并从此出发反对包括正义战争在内的一切战争。文章说朱洗热衷于无政府主义学说，是因为他在新中国成立前就是上海克鲁泡特金小集团的为首分子。文章还认为朱洗偏爱西方学说，没有用专门章节介绍苏联的米丘林学说；在参考书目中，"没有属于社会主义阵营的著作"。①

1927 年，吴稚晖、李石曾在上海召开了一次有五个人参加的小会，决定办一所学校和出版周报，在青年中传播无政府主义思想。当时朱洗还在法国，与这些活动无关。所谓朱洗是无政府主义小集团的为首分子，是捕风捉影的无稽之谈。

朱洗翻译过克鲁泡特金的《互助论》。他初到法国时曾经和陈独秀的儿子、优秀的共产主义战士陈延年、陈乔年一起听过无政府主义者的讲演。此外，他没有参加无政府主义的其他任何活动。②

在 20 世纪 50 年代后期、60 年代早期，"左"的思潮在中国占主导地位时，一个"小人物"批判一个"资产阶级学术权威"，绝对不是一件小事。发表这样的文章，很可能掀起一场风暴，引发一场地震；不发表，作冷处理，万一被"秋后算账"，谁又能担当责任？因此，发或不发，没有人敢做主。于是问题被提到中共中央宣传部。

1960 年 4 月 17~26 日，中国科学院第三次学部委员全体会议在上海召开。当时主管科学技术工作的聂荣臻副总理，以及中国科学院主要党政领导同志都在上海参加这个会议。中共中央宣传部科学处同志就批判朱洗的这篇文章，同中国科学院秘书长杜润生商量，并请示聂荣臻。③④ 他们认为，朱洗是一位诚实负责的自然科学家，《生物的进化》一书虽然有些缺点，但不是有意假借自然科学名义进行政治宣传或恶毒攻击。《生物的进化》应当认为是一部有价值的科学著作，其中错误的部分是局部的、次要的。同时，这本书大部分是在 1936~1942

① 陈阜. 朱洗. 石家庄：河北教育出版社，2000：252-264.

② 陈阜. 朱洗. 石家庄：河北教育出版社，2000：305-307.

③ 李真真. 中宣部科学处与中国科学院——于光远、李佩珊同志访谈录. 院史资料与研究，1994，(1)：30.

④ 参见：处理朱洗《生物的进化》一书的经过. 科学简讯，1961，增刊第 4 号：8-10.

年写的，1956 年夏天以后突击作了大量补充修订成书，有些论点矛盾混乱，反映出朱洗思想上的新旧斗争。①

聂荣臻了解《生物的进化》一书的情况后，决定从爱护科研人员的积极性出发，要求以和风细雨的方式，帮助朱洗提高认识；不进行公开批判，不要对朱洗一棍子打死；不要对《生物的进化》一书全盘否定。聂荣臻责成中国科学院上海分院党员领导同志亲自同朱洗谈话，指出其错误观点，鼓励他作自我批评，对错误的观点在该书再版时加以修改。同时聂荣臻责成上海市科学技术委员会的同志约见那位中学教师，告诉他不公开发表他的批判文章的原因，并听取他的意见。这位中学教师表示理解和拥护这个决定，认为这体现了领导对知识分子的关心和爱护。②③

中国科学院上海分院副院长、党委书记王仲良，是一位尊重科学、尊重知识，善于和科学家、知识分子交朋友的领导。他按照聂荣臻的指示，向朱洗传达了聂荣臻处理此事的意见。朱洗很感动，认为"这是组织上了解我，是对我的爱护"。他结合《生物的进化》一书中的错误进行检讨，作自我批评。他承认用克鲁泡特金的观点，以动物界的现象去解释人类社会现象是不对的。他检讨 1957 年审阅旧稿时，对不分正义与非正义的战争观，不分阶级的"爱"的观点等，都没有及时改正，非常遗憾。②

1961 年年底，科学出版社与朱洗商谈《生物的进化》一书的修订再版问题时，朱洗已因癌症住院治疗。朱洗高兴地允诺修改后再次印刷出版，托付学生、助手王幽兰和主管本所科研计划的罗登，先对《生物的进化》一书进行校阅，自己则配合医生坚持与癌症抗争，期待病情好转时亲自审定。但是朱洗很快病入膏肓，他自知不起，再三叮嘱重印《生物的进化》一书时删去那些从生物进化引申到社会问题的"多余的话"。②④

颠倒黑白，"文化大革命"中朱洗遭批判
拨乱反正，《生物的进化》终再版

《生物的进化》再版并不顺利。朱洗在长眠地下六年之后，即 1968 年，他被造反派扣上"反动学术权威"、"漏网右派"、"无政府主义者"等罪名，甚至在他墓前开现场批判会，并砸碑毁墓。

① 参见：处理朱洗《生物的进化》一书的经过. 科学简讯, 1961, 增刊第 4 号: 8-9.
② 陈阜, 朱洗. 石家庄: 河北教育出版社, 2000: 252-264.
③ 参见：处理朱洗《生物的进化》一书的经过. 科学简讯, 1961, 增刊第 4 号: 8-10.
④ 罗登. 朱洗《生物的进化》出版和再版的一段历史. 院史资料与研究, 1994, (4): 21-23.

　　1978 年 11 月底，在国务院副总理方毅的过问下，才推翻了强加在朱洗身上的不实之词，为朱洗恢复名誉，并举行朱洗骨灰重新安葬仪式。时任全国人民代表大会副委员长的聂荣臻送了花圈。《生物的进化》自从 1962 年底完成修订稿，到 1980 年 3 月出版，前后花了 18 年时间。

"金凤汉事件"*

发生在 1963 年的这一事件包括两个方面：一方面是金凤汉——金凤汉其人其事；一方面是我们——我们对此做出的反应。

金凤汉是朝鲜的一位教授。他是研究针灸的。针灸是中华民族宝贵的财富，是中国对世界的重大贡献。世界上有许多地方许多人都用针灸治病，也有人研究针灸治病的原理。人的全身皮肤上有 1000 多个穴位。在一定的穴位上用针刺、用艾灸，可以引起人体一定的反应，得到治病健身的效果。我们的老祖宗把主要的穴位分成 14 个组，它们各自在人体内以一定的线路排列。这就是十四经。经是经脉的简称，是主干。经脉的分支称为络脉。两者合起来称为经络。穴位和经络，单独地或者互相配合地与人的一种或几种生理功能相联系。经络系统有没有实体，是一个长期争论、悬而未解的问题。有人认为穴位不是骨、肉、耳、目那样的组织或器官，它只是皮肤上一个个范围很小的部位。经络不是消化管、血管那样的管道，而是穴位间的联络通道。但也有不同的看法，有些人认为穴位和经络都有实体，有一定构造。金凤汉就持这种看法。

金凤汉其人其事

金凤汉是平壤医科大学教授。他从 1954 年起研究经络系统，认为经络学说必定有其客观的物质基础。当时朝鲜学术界对此有不同看法。到 1958 年矛盾趋于白热化，学术界普遍认为金凤汉的工作不科学，要把他从学术界清除出去，但是领导上支持他，金凤汉的研究队伍很快从五六个人扩大到 30 人。1960 年 12 月，金凤汉写出了第一篇研究报告，说是发现了穴位的"小体"。于是朝鲜集中人力建立了经络研究所。到 1963 年 11 月第二篇研究报告《关于经络系统》公布的时候，他的戒备森严、设备完善的崭新实验大楼里的工作人员已经达到 300 余人。

1963 年 11 月 30 日，在平壤举行了以金凤汉为首的、平壤医科大学经络研究

---

* 1997 年 8 月初，某杂志社编者点题要我和李佩珊同志合写"金凤汉事件"的文章。她当时另有紧急任务，把她 1964 年在中宣部旁听讨论经络问题会议的笔记和她写的《我国科学家对金凤汉经络的证伪》交给我，由我执笔写成本文，该杂志未予刊发。后来该文刊于《炎黄春秋》2009 年第 7 期，第 60-64 页。

所的研究成果报告会。① 根据报道，金凤汉在报告会上介绍了自 1961 年以来，他们在经络系统方面取得的新成就。他宣称通过形态学、生理学、生物化学和组织化学的研究，证明经络系统是有实体的。它是由"小体"、联络"小体"的"管状结构"，以及在管内流动的"液体"等组成的。它是一个新的、独立的机能形态系统。

和前些年的情况完全不同，据说在报告会上许多学者发言，高度评价金凤汉取得的成就。他们倡议并获得全体与会者一致同意，把上述新发现的结构，分别以金凤汉的名字命名为"凤汉小体"、"凤汉管"和"凤汉液"。

金凤汉说，"凤汉小体"不仅存在于皮肤中，并且广泛地散布在机体的深层结构中，和针灸临床得到的经验是一致的。连接"凤汉小体"的"凤汉管"，既存在于血管和淋巴管之内，也存在于血管和淋巴管之外。脉管内外的"凤汉管"走向不同，但结构没有差别。"凤汉液"在经络系统中循环是由心脏搏动来维持的，其循环速度比血液的循环速度慢。对一个"凤汉小体"的刺激效应，可通过"凤汉管"传导到另一个"凤汉小体"。"凤汉小体"和"凤汉管"内含有大量核酸，特别是脱氧核糖核酸（DNA）。"凤汉管"中的 DNA 以一种特殊的方式存在，与均匀的"凤汉液"中的核酸无关。

金凤汉说他们已经基本阐明了"凤汉系统"的全部面貌。它是一个新的解剖学和组织学系统，同脉管系统和神经系统不同。他们新的研究成果，相信对于经络系统的广泛说明做出了一定的贡献，在现代生物学和医学领域中提出了一系列重要问题和原则问题，并且已经在这方面开辟了新的道路。

我国《人民日报》的异常举动

在金凤汉研究成果报告会之后两个星期，1963 年 12 月 14 日，我国《人民日报》以第四版半版和第五版、第六版两个整版的版面，全文刊登金凤汉《关于经络系统》的研究报告，同时刊登我国卫生部致朝鲜保健省的贺电。②

《人民日报》评论员认为金凤汉的发现是具有世界意义的贡献。它表明朝鲜科学家在经络系统的形态学、实验生理学、生物化学和组织化学方面都取得了巨大成就。这些成就为生物学中的许多基本问题，如遗传、细胞分化、蛋白质机能和代谢等方面的科学研究，开辟了新的道路。经络系统研究的新发现，已经为从新的角度来研究和澄清对人类生活具有重大意义的若干问题，如现代生物化学问题，正常控制生物体机能问题，疾病的原因、起源和发展问题，病后恢复健康、

---

① 见金凤汉《关于经络系统》，人民日报，1963 年 12 月 14 日，以及有关报道。

② 人民日报评论员. 为朝鲜科学研究的卓越成就欢呼. 人民日报, 1963-12-14.

增强健康和长寿等问题创造了条件。毫无疑问，朝鲜科学家的成就，将为现代生物学和医学科学开辟新的广阔前景。[1]

《人民日报》全文发表一位外国科学工作者如此冗长的研究报告，还发表极口揄扬、推崇备至、全面肯定、毫无保留的评论，这是非同寻常的举动。

中国的专家们是怎么说的

金凤汉的研究报告让人堕入五里雾中。要说兔子之类的家畜或野兽，以及人的身上广泛分布着肉眼看得见的特殊构造，而几千年来屠夫、解剖学家、医生、厨师，以及切割过和进食过猪、牛、羊、兔等家畜的肉的那么多人谁都没有发现，直到金凤汉才看见这些"凤汉小体"和"凤汉管"，我们怎么能不怀疑？要说在心血管系统这样基本上封闭的系统里还有一个独立的，但却也是由心脏搏动驱动的"凤汉管系统"，而且血管里边有"凤汉管"，血管外边也有"凤汉管"，像这样的说法，在我们看来是违背常识的。但是金凤汉教授是专家，不是像我们这样只有一些常识的常人。好吧，那么让我们听听中国的专家们是怎么说的。

《人民日报》全文发表金凤汉《关于经络系统》后的第三天，即1963年12月17日，中国科学院生物学部邀请在北京的院内外解剖学、组织学、组织化学、生理学和生物化学等方面的科学家，在中国科学院院部举行了由竺可桢副院长主持的"关于经络系统座谈会"。[2] 在此之前，12月14日上海《解放日报》摘要发表《关于经络系统》。这一天正好是政治学习日，中国科学院在上海的生理、生物化学、实验生物、植物生理和药物等几个研究所的研究人员，在政治学习小组会上，自发地对金凤汉的研究报告展开讨论。[3] 不论是北京的座谈会，还是上海的研究人员的自由议论，两地生物学家对金凤汉经络系统的看法是一致的。

生物学家们说，经络系统有没有实体是一个长期争论悬而未决的问题。金凤汉的报告如果确实可靠，将是一件了不起的大事。但是这份研究报告存在许多疑点，很难说明研究结果是可靠的。生物学家们从实验研究的方法、观察的结果等许多方面提出了疑问。例如，在进行解剖学和组织学的研究时，用什么材料进行观察，这些材料取之实验动物身上的哪些部位，用什么方法对材料进行固定和染色；在进行组织化学和生物化学研究时，用什么方法摘出"凤汉小体"和"凤

---

① 人民日报评论员. 为朝鲜科学研究的卓越成就欢呼. 人民日报, 1963-12-14.

② 参见：中国科学院生物学部经络系统座谈会纪要（1963年12月17日）. 中国科学院档案, 1963-16-19.

③ 中国科学院华东分院. 中国科学院在沪部分研究人员对朝鲜金凤汉教授的经络系统论文发表后初步反映（1963年12月31日）. 中国科学院档案, 1963-16-19.

汉管"，等等。所有这些，研究报告都没有说明，而这些是科学论文必不可少的内容，不然别人如何验证。另外，有些方法使用不当，是会影响数据的准确性和结论的。金凤汉在进行组织学、组织化学的实验研究中使用的几种方法，特异性不强，可能出现假象，难以得出正确的结论。他们还指出研究报告中描述的"凤汉小体"和"凤汉管"是相当大的，不用解剖镜和显微镜，肉眼就该看得到。解剖学是一门古老的科学，已经有数千年历史，从古至今，成千上万的解剖学家居然谁都没有看到过这种"凤汉小体"和"凤汉管"，岂不是咄咄怪事？生物化学家对"凤汉管"中的 DNA 含量高出正常肝脏细胞 DNA 含量六七倍感到难以理解。生物学家们还提出了许多问题，他们一致认为由于该报告存在着一系列问题，很难对金凤汉的研究工作的可靠性做出肯定的结论。

生物学家们觉得金凤汉可能是在弄虚作假。他们担心《人民日报》过早发表肯定性的、高度评价的意见，会在科学上和政治上造成被动，产生不好影响。[1]

神经生理学家张香桐说，这份研究报告的内容可能有真有假，但是真的不多。即使有的是真的，也不一定与经络有关。《人民日报》用了两版半篇幅发表金凤汉的报告，还加上评论员文章，都嫌过早。把不可靠的研究工作作为伟大成就予以评价，在政治上也是一个大的错误。万一金凤汉的工作是假的，怎么办？

神经生理学家冯德培说，按照金凤汉的描述，"凤汉小体"和"凤汉管"是够大的了，几百年来全世界的解剖学家都没有发现，真是不可思议。要记住"大跃进"年代浮夸风的教训，像《人民日报》这样宣传，我是不赞成的。

生物学家们指出：我们在政治上支持朝鲜，但在科学问题上要实事求是。他们对《人民日报》不征求科学家的意见，就发表金凤汉的报告表示遗憾。他们无可奈何地说，对金凤汉的工作我们是不相信的，但是宁愿它是真的，如果是假的，那太糟糕了！[2]

我国科学家访问朝鲜经络研究所

1964 年 1 月中旬，中国科学家代表团应邀去平壤医科大学金凤汉的经络研究所，进行为期约 10 天的学习访问。代表团的团长是卫生部部长钱信忠，副团长是中医研究院院长鲁之俊，成员有生理学家张锡钧（中国医学科学院基础医学研究所）、徐丰彦（上海第一医学院）、胡旭初（中国科学院生理研究所）；病理学家梁伯强（广州中山医学院）；组织学家李肇特（北京医学院）等。

---

① 薛攀皋. 有关金凤汉发现经络实体宣传工作的失误. 院史资料与研究，1993，(5)：13-20.
② 中国科学院华东分院. 中国科学院在沪部分研究人员对朝鲜金凤汉教授的经络系统论文发表后初步反映（1963 年 12 月 31 日）. 中国科学院档案，1963-16-19.

代表团出国前，国家科委主任聂荣臻指示：一定要团结友好，虚心学习，实事求是。不能肯定的不要去肯定。政治上支持和科学上的实事求一定要结合起来。

中国科学家代表团到达平壤后，金凤汉在会见时发表讲话。他说，中国《人民日报》全文发表他们的研究报告，使他们感受到中国的有力支持，受到很大鼓舞。希望代表团回中国后立即对他们的工作进行验证，把结果在《人民日报》上发表。朝鲜打算就经络系统的研究成立一个国际组织，由朝鲜、中国等国发起，由 20 人左右组成，金日成曾说要求中国出 50% 的力量。

代表团既要顾及中朝两国人民用鲜血凝成的兄弟友谊，又要在科学问题上实事求是，没有疑问，他们要完成的任务是艰难的，他们承受的压力是沉重的。

在朝鲜学习访问期间，中国科学家们仔细地观察了该研究所用兔子做实验的结果，在显微镜下观察了切片，看到了"凤汉小体"；在兔子的血管中看到了"凤汉管"。在整个访问过程中，不议论，只是在看不清楚的地方提一些问题。在这个研究所里，研究人员之间没有横向联系，更谈不上学术交流与讨论。个人的研究结果都直接向金凤汉等两三位领导报告，由金凤汉等汇总成整篇论文。对这种做法，代表团员颇为吃惊，但未公开表示意见。①

中国科学家的重复实验

中国科学家代表团在朝鲜考察过程中，团长钱信忠向国内发回两次报告。这两份报告都是实事求是的。代表团于 1964 年 1 月 29 日回国，第二天在卫生部召开了有中共中央宣传部、国家科委、中国科协有关领导人参加的汇报会。汇报会上有两种不同意见，因此决定在中国中医研究院成立实验室进行验证工作。2 月 2 日验证工作开始。

首先得出的结果是否定了"凤汉管"的存在。这项实验是代表团成员徐丰彦教授设计的。做这项重复实验的是代表团成员胡旭初教授。他们先重复金凤汉的实验方法，用兔子实验，从兔子一条大腿的血管滴入生理食盐水，在兔子另一条大腿的血管上做一出口，使血液和生理食盐水不断地流出，当血液流完，血管里只有生理食盐水时，点滴停止。这个过程约需十几个小时。这时剪开大血管，看到血管内有一条明显的白线，同金凤汉做出的"凤汉管"完全一样。对这种现象，胡旭初解释说，生物化学和生理学的知识早已证明，血液的正常成分之一——纤维蛋白原，在血液凝固时变为细密的网状的纤维蛋白。它把血液的其他成分网

---

① 李佩珊. 我国科学界对朝鲜金凤汉经络的证伪. 院史资料与研究，1995，(2) 25-31.

住，呈凝固状。如果用玻璃棒搅拌，白色的纤维蛋白就缠绕在玻璃棒上，留下的红色液体就是除纤维蛋白元以外的其他的血液成分。这条白线的形成，正是由于纤维蛋白元在长时间点滴过程中，随着血液的流动方向，而凝固成一条线状的纤维蛋白。人们都知道肝素具有抗凝血的作用，它能防止溶解在血液中的纤维蛋白元转变成凝固的纤维蛋白。于是，胡旭初等按照金凤汉的做法再重复一次，不同的只是在滴入的生理食盐水中加进一定量的肝素。点滴的结果，同预期的一样，肝素阻止了纤维蛋白元的凝固，血管里再也见不到有白线出现。同时，经过分析证明，这条白线的成分根本不是金凤汉所说的 DNA，而是蛋白质。至此，"凤汉管"的存在被否定了。①

但是"凤汉小体"的验证工作却遇到困难，由李肇特教授领导的小组，花了两个月时间，仍然找不到金凤汉所说的、到处存在的"凤汉小体"，所看到的只是皮肤的毛囊。后来他们集中了约 30 人的研究队伍，把兔子全身的皮肤都制成切片，在显微镜下一个切片接着一个切片仔细地观察寻找，终于找到了同"凤汉小体"一样的组织，但这个组织只见于兔子的肚脐。至此，"凤汉小体"也被证伪了。①

我国科学家以实事求是的科学精神，拨开重重迷雾，揭露了金凤汉弄虚作假，伪造事实的真相。他们本来应当把否定的结果向领导报告，但是当时少数领导者认为经络是客观存在的，一定要做出结果来，并一再批评他们拿不出肯定的结论，要他们尽快做出正面结果。在这种政治压力下，他们只能用科学的语言表达说，找到了各种"凤汉小体"，但这些都是组织学上已经找到过的组织。即使如此，他们还不得不花费大量人力、物力和时间，进行照相制图等工作，一直忙到"文化大革命"开始。主持这项重复实验的科学家李肇特谈起这件事遗憾地认为，十分可惜的是浪费了那么多青年的宝贵时间。而设计实验否定了"凤汉管"存在的徐丰彦教授，日子更不好过。在当时的政治气候下，他却被看做犯了政治性错误，受到了打压。他没有屈服，坚持向学校党组织阐明自己的观点。②

事情的结局

后来怎么样呢？

前面说过，金凤汉事件包括两个方面：一个方面是金凤汉其人其事；另一个方面是我们。事情的结局是：金凤汉方面，因弄虚作假被同胞揭露，受到应有的

---

① 李佩珊. 我国科学界对朝鲜金凤汉经络的证伪. 院史资料与研究，1995，（2）25-31.

② 孔本瞿. 为真理求证　与医学同行——中国现代生理学奠基人之一徐丰彦//鄂基瑞，燕爽. 复旦的星空. 上海：复旦大学出版社，2005：247.

惩处，他自杀了，一了百了；我们方面可用四个字概括——不了了之，或者换四个字：无可奉告。

当初轰轰烈烈、史无前例地用最高的规格宣传，用最美的形容词赞扬金凤汉的成就，如今为什么不声不响，一个字的交代也没有？

情况比较复杂，我们颇为尴尬。除了保持沉默，我们还能做什么？

早在中国科学家访问朝鲜回来的时候，他们就没能无所顾虑地谈谈自己的看法。科学家们做了大量实验工作，否定了金凤汉的研究结果以后，他们既不能把实验结果公之于众，也不能向"局外人"述说事实真相。面对着人们的质询，他们只能保持沉默。这沉默，从 1964 年春天到现在已经 40 多年了。如今，访问朝鲜的中国科学家代表团的其他团员和副团长早已先后逝世；当年设计并参加重复实验的徐丰彦、李肇特和胡旭初教授已经带着遗憾仙逝了；长寿的代表团团长钱信忠也于 2009 年 12 月 31 日驾鹤西去。他们都奉命沉默到生命终结。

我们有什么错？

在这件事情上我们有什么错，错在什么地方？

我们开头没有处理好，或者说我们的工作程序颠倒了。我们是先宣传赞扬，然后科学家出访，了解情况，再回来重复实验，最后证伪，事情弄清楚了，我们保持缄默。如果先请科学家上场，就不会宣传赞扬，就不会如此尴尬。

为什么会发生这样的决策失误呢？看来是我们太性急。中朝人民是生死与共的战友。在中国和朝鲜的土地上，中国人民和朝鲜人民的鲜血曾经流在一起。朝鲜有了突出的科学成就，长了朝鲜人民的志气，我们自当立刻大力支持，况且经络学说又是中国中医理论的一个重要组成部分。我们太性急，忘记了应该先问我们自己的科学家的看法。金凤汉的研究工作报告在《人民日报》发表后，我国那么多生物学工作者和基础医学工作者立刻提出了那么多意见，可见对金凤汉工作是非真伪的判别，不是一件十分困难的事。

其实类似的以政治画线的经验教训已经有过不少了。新中国成立之初，我们一边倒，倒向苏联。什么都倒，倒了再说。科学也不例外。苏联批判共振论、控制论，我们也跟着批判。苏联赞扬勒柏辛斯卡娅证明了细胞起源于生活物质、波什扬证明了微生物和病毒可以互相转化，我们也跟着宣传了。影响最大最坏的，要数李森科引发的风波。在斯大林的信任和扶持下，李森科给原来的遗传学扣上"反动的摩尔根主义"的帽子，压制苏联遗传学家，禁止他们的工作，给苏联的遗传学带来灾难。我们跟着吃了大亏。因为我们不但发表了李森科的报告，跟着大肆宣传，而且还在一定程度上跟着苏联那样办，严重地阻滞了我国遗传学的发展，后来费了很大的工夫才扭转过来。

像李森科、金凤汉这样贩卖假冒伪劣、追求名利权势者，从前、现在、国内、国外都不稀罕，将来也还会发生。他们的理论并不高明，他们的结论往往违背常识，而所以屡屡得逞，固然是因为新闻媒体的渲染、人们的轻信，但更重要的原因是领导人的支持。

自然科学中的是非，只能依靠科学界自己去判别，而不应以领导人的意志为转移。科学家有时也会因为那个时代认识水平等方面的局限，出现失误。但是，一般说来这种失误同行政长官个人意志或新闻媒体裁定所铸成的错误相比，要少得多、轻得多。而且这种失误，比较容易通过科学界的进一步评论或科学实验予以纠正。

"经络系统"座谈会纪要[*]

1963 年 12 月 14 日，《人民日报》全文转载朝鲜金凤汉教授《关于经络系统》的报告，引起科学界的注意和兴趣。为了了解有关科学家对这个报告的看法，中国科学院生物学部于 12 月 17 日下午，邀请北京部分解剖学、组织化学、生理学和生物化学专家共 10 余人，举行座谈会。会议由竺可桢副院长主持。

参加座谈会的科学家一致认为，金凤汉教授的报告，如果确实可靠，将是生物学和医学界的一件了不起的成就。长期以来，经络的实体是什么，有无物质基础，是个争论的问题。大致上有两派意见，一派是神经论，一派是循环论。究竟经络的实体如何，没有科学根据。金凤汉教授的工作，将会把经络学说放在可靠的科学基础上。但是，大家又认为报纸上发表的报告，可能由于不是正式的科学论文，许多重要的细节缺乏具体说明，所以很难据以判断试验数据和观察结果的可靠性。目前要加以肯定或否定还太早。

座谈会上，科学家们从自己的专业出发，对报告提出了一些疑问，主要有以下内容。

首先是关于方法学上的问题。金凤汉教授的报告，没有说明在进行解剖学、组织学等方面的观察时，用什么动物、什么材料做实验（个别地方提到用兔子），材料是从动物身上哪一个部位或穴位取下的，用什么方法固定和染色等。这些问题都是形态学、组织学研究报告所不能缺少的（张作干、王焕葆）。在进行组织化学和生物化学的实验前，用什么办法摘出"凤汉小体"和"凤汉管"，也没有作任何说明（沈同）。

有些方法使用不当，可能会影响实验数据和结论。金凤汉教授认为"凤汉管"里含有大量 DNA，"凤汉管"里的 DNA 以一种特殊的方式存在（一般认为 DNA 只存在于细胞核内，在细胞核外面的细胞质里不存在 DNA，细胞核外更没有发现过 DNA），其根据之一是把"凤汉管"和"凤汉小体"做成匀浆，经过生物化学分析测定，含有大量的核酸，特别是 DNA。有的科学家认为，金凤汉教授得到的匀浆，不是"凤汉管"里面的液体，而是"凤汉小体"和"凤汉管"整个组织的匀浆，是细胞核和细胞质的各种成分的混合物，自然含有较多 DNA。

---

[*] 本纪要由薛攀皋记录并整理（1963 年 12 月 17 日），见中国科学院档案，1963-16-19。

通常在制备这样的匀浆时，应该先把细胞核去掉。因此，不能以组织匀浆中含有的 DNA，来推导"凤汉液"里含有 DNA（沈同、张作干）。

金凤汉教授在进行组织学、组织化学等实验观察时，使用的方法不够多。他所使用的几种方法中，有的特异性不强，可能出现一些假象，不容易据以做出正确判断。金凤汉教授的报告，以嗜碱性物质的存在作为 DNA 存在的指标是不够的。在血管、淋巴中，经过染色都有嗜碱性物质出现，不能认为嗜碱性物质，就必然是 DNA。福根氏反应法，是一种被细胞学家和组织学家广泛用于测定细胞核和染色体中的 DNA 的方法。有 DNA 的地方，在整个反应过程结束时，呈现出鲜紫色，也就是所谓阳性反应。如果福根氏反应法与碱性品红配合使用，也可以产生阳性反应的现象。用三氯醋酸去掉 DNA，再作福根氏反应来对照，实际上三氯醋酸的特异性也不强（张作干）。

金凤汉教授所宣布的"凤汉小体"相当大，但是一两百年来，全世界的组织学家、解剖学家都没有看到，与会好几位科学家都感到惊奇（张鋆、赵以炳、张致一等）。所谓"凤汉小体"与"凤汉管"是不是真的，还是别的什么组织，有的科学家也提出疑问。有的认为金凤汉教授提出的"凤汉小体"模型图，可能是淋巴管（张鋆），"凤汉管"可能是血管淋巴（张作干）。报告中所指的平滑肌，可能是胶原纤维（张鋆）。对血管中有"凤汉管"，而且是封闭系统，它产生压力，促使"凤汉液"循环等观点，几位科学家觉得难以理解（张鋆、赵以炳、张致一）。从反应的速度看，大家认为针灸的效应非常快，立竿见影往往只需几秒钟，而金凤汉教授利用同位素磷^{32}注射，循环的时间很慢，这一点很难和经络的反应速度联系起来（张鋆、张作干、张孝骞等）。对于电活性的反应，也有疑问（赵以炳）。

有的科学家认为，金凤汉教授的报告以"经络系统"为题，好像是已经肯定了的东西。从报告里看不出有什么资料，能够确定它是经络系统。"凤汉小体"、"凤汉管"和"凤汉液"的功能等，还是个不知道的东西（赵以炳），可能不是经络系统（张孝骞）。

科学家们一致表示，目前我们了解的情况不多，掌握的资料也很有限，不要忙于下结论。希望在卫生部代表团回国后作详细的报告，以便更好地学习和重复朝鲜同志的研究成果。同时，一致认为朝鲜同志坚持用现代科学方法，研究中国医学遗产的做法与精神，值得我国科学家学习。

参加座谈会的有张孝骞（中国医科大学①副校长，内科专家）、张鋆（中国医学科学院实验医学研究所所长，解剖学家）、张作干（中国医学科学院实验医

---

① 北京协和医学院当时改名为中国医科大学。

学所研究员，组织学家）、赵以炳（北京大学教授，生理学家）、张龙翔（北京大学教授，生物化学家）、沈同（北京大学教授，生物化学家）、张致一（中国科学院动物研究所副所长，发生内分泌学家）、王焕葆（中国科学院动物研究所副研究员，组织学家）、王懋慰（北京医学院组织胚胎学教研室副教授）、谭曾鲁（北京医学院人体解剖学教研室讲师）、李书城（全国人大常委会常委、原农业部部长）、过兴先（中国科学院生物学部副主任）、李佩珊（中共中央宣传部科学处）。

高端权力介入与中国心理学的沉浮[*]

权力可以促进科学发展，也可以阻滞科学进步。然而，科学自身的发展规律，却不会听命于权力。中国心理学的发展道路曲折坎坷，它与遗传学同命运，也曾被取消过。不同的是，遗传学被禁止是 20 世纪 50 年代初照搬苏联政治干预科学酿就的苦果；而心理学的灭顶，却发生在 1956 年总结教训，提出"百花齐放，百家争鸣"方针之后。

一

心理学是一门相对年轻的科学。虽然古代中外的哲学著作中都已有心理学问题的论述，然而心理学从哲学思辨中独立出来成为科学的心理学，却是以 1879 年冯特在德国莱比锡大学建立世界第一个心理学实验室为标志的，到 1949 年新中国成立时它仅有 70 年历史。心理学在中国的历史更短，迟至 1917 年才有了第一个心理学实验室（北京大学）。

心理学的研究对象是心理活动的本质及其发生与发展的规律。心理活动是人脑对客观世界事物的反映，是人脑的高级机能，又受到社会的制约。因此心理学既不同于一般的自然科学，又不同于社会科学。有人认为它偏于社会科学，有人认为它偏于自然科学，又有人认为它是中间科学或中介科学。心理学界对心理学的对象和任务，动物心理和人类意识，心理现象和生理现象，阶级性、个性和心理活动的共同规律，研究方法，以及心理学的研究方向等问题，同样有不同的认识。对年轻的心理学来说，这些问题都是发展进程中的正常现象。国家主管机构、官员或关心科学的高端政要，能否理性地面对心理学界的实际情况并处理有关问题，对心理学发展影响至巨。

二

从新中国成立到"文化大革命"，在这期间发生的关系中国心理学荣辱、起

---

* 本文原载《炎黄春秋》，2007 年第 8 期，第 46-51 页。

落、浮沉的大事，都同高端权力的介入有关。

1. 1952 年，中国科学院心理研究所的研究计划受到干预

20 世纪 50 年代初，中国科学院受中共中央宣传部（本文简称中宣部）领导并受政务院文化教育委员会（本文简称文委）指导。中宣部科学处和文委计划局科学卫生处（简称文委科学卫生处）具体联系中国科学院。这两个处是一套人员对外挂两块牌子。

中国科学院心理研究所是当时全国唯一的心理学研究机构，所长曹日昌是中国共产党党员，早在 1939 年就自觉运用并倡导以辩证唯物主义指导心理学研究工作。1951 年年底，中国科学院心理研究所向文委呈报 1952 年度的研究工作计划，1952 年 1 月 8 日，文委科学卫生处提出了书面意见（简称"意见"）；① 四天后，中宣部部长、文委副主任陆定一（主任为郭沫若）在中南海召见曹日昌谈话（简称"谈话"）。② "意见"和"谈话"在"向苏联一边倒"的政治大背景下，给心理学贴上政治标签，认为世界上只有苏联的心理学是先进的，而西方国家的心理学是"资产阶级的"、"唯心主义的"，都应予以批判。文委科学卫生处强调："中国心理学本身没有基础，却又承继了各种各样的资产阶级心理学的影响，体系庞杂。"因此，心理研究所的"基本任务"、"中心任务"应致力于唯物主义心理学的基本建设工作，为唯物主义的心理学而斗争，研究苏联心理学的成就应用于中国，反驳各种资产阶级的心理学说。陆定一指示：心理研究所应该揭起以马列主义毛泽东思想为基础的中国心理学的大旗，明确表示拥护和反对什么心理学说。陆定一和文委科学卫生处指责心理研究所的工作计划看不到上述的意图，严重脱离政治、脱离实际。文委科学卫生处对该所的研究计划，从内容、目的到方法，一一予以否定。陆定一指出，除心理卫生组可以按原计划工作外，其他劳动心理、儿童心理、教育心理、实验心理等研究组的计划，都得重新制订。

心理研究所召开了全所研究人员会议，讨论"谈话"、"意见"和修订计划问题，并写出了报告。③ 报告出于对高端领导的尊重和礼貌，虽然表示基本上同意"谈话"与"意见"，但坦陈有些意见提得"相当草率"、"有些片面"。对研究工作计划，除个别因人力不足暂停外，报告都是"继续原来的研究"或"照

---

① 参见：文委计划局科学卫生处对于中国科学院心理研究所计划的一些意见（1952 年 1 月 8 日）. 中国科学院档案，1952-3-6.

② 参见：政务院文化教育委员会副主任陆定一关于心理研究所的研究计划对曹日昌的谈话（1952 年 1 月 12 日，曹日昌记录并传达）. 中国科学院档案，1952-3-6.

③ 参见：心理研究所关于重订 1952 年研究计划的初步意见（1952 年 2 月）. 中国科学院档案，1952-3-6.

原计划进行"。对陆定一责成该所到社会上批判"资产阶级的"心理学，报告没有做出承诺，只提出由资料组收集散见各刊物的文章，请所内人员审阅并在所里具体批判。

高端领导对基层单位的科学研究工作管得如此之宽、之细，实属罕见。如果他们的意见提得并不在理，自然就难以令心理研究所研究人员心服。以曹日昌指导的"小学儿童犯规问题的研究"为例，该课题拟调查统计北京市若干所小学儿童犯规的事实，分析其与儿童年龄、性别、年级、智力、成绩、家庭、学校环境的关系。文委科学卫生处认为用这些方法"是得不出什么结果、解决不了什么问题的"，指责为什么不像苏联马卡连柯那样把集体生活和共产主义教育作为改造"问题儿童"的基本方法。笔者当年曾就此请教过首都的教育学家。他们说：苏联十月革命胜利后，大量无家可归的流浪儿童和违法少年儿童出现，成为严重的社会问题。马卡连柯通过组织高尔基工学团和捷尔任斯基公社，收容这些"问题儿童"过集体生活，让他们接受道德品质教育，使一批批"问题儿童"被教育改造成为有道德有文化的苏联公民。马卡连柯所教育的"问题儿童"同心理所要研究的"问题儿童"毕竟性质不同。要说研究儿童犯规问题只能用马卡连柯的方法与经验，未免失之武断与偏颇。"意见"里有许多这一类的事例。

1952年6月29日，《人民日报》发表既是文委科学卫生处又是中宣部科学处的副处长赵沨起草的《为坚持生物科学的米丘林方向而斗争》（本文简称《斗争》）。《斗争》号召全国生物学界发起一个广泛深入的学习运动，学习苏联米丘林生物科学，彻底批判摩尔根主义，改造中国生物科学的各个部门。为此摩尔根遗传学的教学和科学研究在全国被迫停止，中国遗传学遭到浩劫，直到1956年提出"百花齐放，百家争鸣"方针（本文简称"双百"方针）时才得到纠正。因此，心理所不唯上，以自己的方式抵制陆定一和科学卫生处的干涉，坚持做应该做的工作难能可贵。幸好陆定一等也未追究，从而使中国心理学当时避免了与遗传学同时被禁止的厄运。

2. 1956年，中宣部提出并经周恩来同意：心理研究所的任务应该由心理学家来讨论，党组不必先行对此做出决定

1956年5月，"双百"方针问世，明确公示对于学术性质、艺术性质和技术性质的问题，要让它自由，反对用行政手段进行干涉。

1956年5月18日，中国科学院党组就中国科学院心理研究室（1953年心理所因故改组）同南京大学心理学系（1955年高等教育部决定停办该系）合并组建新的中国科学院心理研究所（仍简称心理所）向中央报告。报告称：心理研究所建成后，它的任务是"在我国建立唯物主义心理学的理论体系，展开关于心理活动的物质本体、心理的发生与发展、基本心理过程和心理特征等方面的研究。并与有关业务部门合作开展教育心理学、军事心理学、医学心理学、劳动心理学与文艺心理学的应用研究"。6 月 19 日，中宣部在向邓小平的报告中，除同意中国科学院建立心理研究所外，还提出："心理学对象、任务与研究方法，是世界科学界未能取得一致意见的问题。因此，心理学研究所成立后的任务，应该由心理学家来讨论，科学院党组可以不必先对此做出决定。"7 月 8 日，周恩来总理签署："同意中宣部意见，退中宣部办。"① 中宣部的正确意见，可以说是"百家争鸣"方针在心理学的具体体现。

1956 年 8 月 18 日，国务院批准成立中国科学院心理研究所。随后，中央任命心理学家潘菽为心理研究所所长，曹日昌、丁瓒为副所长。扩建后的心理所，研究技术队伍壮大了，该所与中国心理学会的领导力量也得到加强。心理学工作者沿着自主编制的《中国科学院心理研究所十五年规划》和国家"十二年科学规划"中的《心理学学科规划》，开展研究工作，中国心理学的教学与科学研究呈现蓬勃生机与繁荣景象。

1956 年中央批准潘菽（左）任心理研究所所长，曹日昌（中）、丁瓒（右）任副所长

3. 1958 年，历史出现倒退，康生与陆定一②发动批判心理学运动

"文化大革命"初期，中宣部群众揭露，1958 年 6 月，中共中央文教小组副组长康生，借"教育革命"之机，与中共中央文教小组组长、中宣部负责人陆定一，策划一场波及全国的"心理学大批判"运动。

---

① 宋振能. 院务常务会议通过心理室扩建为心理研究所. 中国科学院生物学发展史事要览（1949-1956）. 中国科学院院史文物资料征集委员会，1993：240-242.

② 1958 年 6 月 9 日，中共中央政治局常委扩大会议决定，成立中共中央财经、政治、外事、科学、文教等小组. 文教小组成员 10 人，陆定一、康生任中共中央文教小组正、副组长。（参见：王永钦. 磨难中的周恩来. 北京：红旗出版社，2004：178.）

在 1958 年"心理学大批判"运动中，首先受到批判的北京师范大学心理学教授朱智贤，直到"文化大革命"才明白："原来，这场'心理学大批判'是自上而下搞的一个政治事件。其历史背景是：赫鲁晓夫上台后，中苏的矛盾和冲突逐步激化了。在这个历史背景下，康生到中宣部商讨批判赫鲁晓夫修正主义路线时，曾谈及建国以来，我国高校的教材基本上都是从苏联翻译过来的，尤其是社会科学方面，肯定存在着意识形态问题。如今苏联变修了，应该拿过来批判。那么批什么呢？'苏联的教育学对我们的影响很大，是不是批教育学？'康生首先说。'不能批教育学。我们引进的是凯洛夫的教育学，它是斯大林时代搞出来的，这样一批不就乱了吗？'中宣部负责人担心地说。'不批教育学，那又批什么呢？'康生问。'要不，就批心理学吧！'中宣部负责人建议说。'对！就批心理学！我们共产党是搞唯物主义的，什么心理学？唯心主义！应该批！'康生最终定下了调子。"①

康生还定调说：心理学是党性的阶级分析的社会科学。②

7 月初，中宣部将康生定的批判心理学的调子，首先迅速下达给北京师范大学（简称北师大），意在这把"心理学批判"之火先由北师大点起，再燃遍全国。

7 月底，北师大教育系心理教研室两条道路斗争运动开始，教授彭飞、朱智贤和全体讲师受到批判围攻。北师大的心理学批判运动，很快跨越校园扩及北京、天津，乃至全国心理学界。仅 8 月中，北师大就连续召开了三次千人以上的批判大会，中国科学院和北京大学的心理学教授，也都成为批判对象。《光明日报》推波助澜，在两个月内刊发批判文章和批判运动的详细报道 40 篇。9 月，高等教育出版社以惊人速度出版了北师大编的两集《心理学批判文集》。

心理学教学和科研工作中有缺点错误，应该批评，如有人用生理现象去解释一切心理现象等问题。但是批判运动却攻其一点不及其余，以偏概全，简单粗暴地全盘否定心理学。用动物实验，被斥之为生物学化；研究心理现象与大脑活动的关系，被斥之为生理决定论。他们认为不应该从进化史的角度研究意识起源问题，不应该研究人的心理活动的共同规律。他们主张人只有阶级心理，没有共同的心理活动规律；阶级分析方法是心理学研究的唯一方法。凡此种种，都是为了论证康生的论断：心理学完全是一门社会科学；心理学的任务只能是研究"工人阶级的心理"与"共产主义的精神面貌"。③

---

① 黄永言. 朱智贤传. 北京：人民教育出版社，2000：224-225.
② 彭飞. 历史教训值得记取——1958 年心理学批判的剖析. 心理学报，1979，（1）：172.
③ 赵莉如. 中国科学院心理研究所发展史（1950-1993）. 北京：中国科学院心理研究所，1996：19-21.

原本是学术性质的问题，被肆意作为政治问题进行批判。心理学被贴上了"彻头彻尾的资产阶级的反动的伪科学"的标签，而这场批判运动是"心理学领域中兴无（产阶级）灭资（产阶级）的两条道路的斗争"。受批判者被指责为"举资产阶级白旗"的"反动资产阶级专家"，被剥夺了反批评反批判的权利；反对批判运动的干部和党员，被说是犯了"立场错误"，或被责令检查，或被罢官，有的甚至被取消党员资格。全国心理学的教学与科研的正常秩序被打乱了，也造成了心理学界主要是青年教师和学生们的思想混乱。

这场批判运动一直延续到 1959 年年初全国教育工作会议召开前。然而，在心理学界及有些部门，全盘否定心理学的思潮并没有及时受到触动，这就为"文化大革命"中心理学被取消埋下了祸根。迟至 1978 年 4 月 13 日，教育部应广大心理学、教育学工作者的强烈要求，委托副部长张承先在全国教育科学规划会议上宣布：1958 年的心理学批判运动，把心理学打成"伪科学"，把一些心理学家当做"白旗"拔，由此批判了一些同志，这些做法完全是错误的。那次批判在理论上是站不住脚的，必须彻底平反，并为受批判和牵连的同志恢复名誉。①

4. 1958 年年底，周恩来②批评在教授中"拔白旗"是错误的，心理学批判运动才停止进行

1958 年 12 月 28 日晚上，周恩来总理召集宣传、文化艺术、教育、卫生、体育等部门负责人陆定一、康生、胡乔木、张际春、周扬、杨秀峰、张子意、钱俊瑞、夏衍、陈克寒、刘芝明、林默涵、徐运北、张凯、黄中、荣高棠、邵荃麟、吴冷西、姚溱等到西华厅开会，研究、分析这些知识分子比较集中的部门在"大跃进"中出现的问题。周恩来批评了各部门执行知识分子政策上"左"的做法。对教育部门，周恩来总理批评："在大学教授中'拔白旗'是错误的；反对学校中把一切工作成绩归给学生而不提教师的做法。"对卫生部门，他指出要尊重和保护医务界的老专家。对文艺部门，他批评过分夸大政治在文艺的作用，指出精

① 参见：教育部作出决定：为心理学和《母爱教育》平反．光明日报，1979-04-17．
② "中共八大二次会议结束后，周恩来向中共中央提出'继续担任国务院总理是否合适的问题'。同时，彭德怀也向中央提出'不担任国防部部长的工作'。6 月 9 日，毛泽东……召开中共中央政治局常委会，讨论他们提出的要求。会议决定：'他们应该继续担任现任的工作，没有必要加以改变。'""这次会议还讨论了中共中央关于成立财经、政法、外事、科学、文教各小组的决定……6 月 16 日，这个决定以中共中央文件的形式下达各省市自治区。其中，毛泽东曾写道：'这些小组是党中央的，直隶中央政治局和书记处，向他们直接做报告。大政方针在政治局，具体部署在书记处。只有一个'政治设计院'，没有两个政治设计院'。大政方针和具体部署都是一元化，党政不分。具体执行和细节决策属政府机构及其党组。对大政方针和具体部署，政府机构及其党组有建议之权，但决定权在党中央。政府机构及其党组和中央一同有检查之权。"周恩来总理"这时的处境是困难的。然而他服从党的决定，继续挑起这副担子艰难地前进"。参见：中共中央文献研究室．周恩来传（下）．北京：中央文献出版社，2008：1464-1465．

神产品不能"放卫星","人人作诗"、"人人作画"的口号是错误的。……他要与会者保持清醒的头脑，回去后"要研究知识分子问题，注意纠正在知识分子问题上'左'的偏向。"①

1959 年 1 月，中宣部根据周恩来指示，由陆定一、胡乔木、周扬多次召开会议，检查党组在 1958 年工作中所犯的错误。胡乔木认为在 1958 年以来的各种批判运动中，以对心理学的批判最不讲理。② 1959 年 3 月 13 日、21 日，胡乔木在分别听取中国科学院心理所所长潘菽和副所长曹日昌、尚山羽，北京大学、北师大和华东师范大学有关人员汇报心理学工作时说：心理学研究的对象是心理、意识。意识的形成有生物学的基础，也有社会的制约，说它只有阶级性是错误的。人是有共同的心理活动规律的。心理学是唯物主义认识论的科学基础，要靠这些研究成果，彻底战胜唯心主义。动物心理也要研究，把人当做动物和认为人与动物毫不相干，都是错误的。排除实验，心理学怎么进行研究？心理学不能解决阶级性的问题，任务要提得恰当，把不是心理学的任务加在心理学上，不是发展心理学而是消灭心理学。所谓共产主义的心理学是空谈，是回避科学研究。表面上对心理学要求很高，实际上是取消心理学。胡乔木认为心理学家在批判中应该坚持正确的意见，采取攻势。学术讨论要说服人，现在应当把复杂的问题一一提出来，大家研究一一答复，多写文章，进行宣传。③④

康生和中宣部负责人发动批判心理学运动造成的混乱局面，还得由被批判的心理学家们出来收拾。1959 年 3 月 31 日，心理研究所邀请北京有关单位的心理学工作者 80 余人座谈；同年 5 月 11～16 日，心理研究所会同北京大学、北师大等六个单位举办学术报告讨论会，与会心理学工作者 400 多人。座谈会和学术报告会针对 1958 年批判运动给心理学界造成的思想上和理论上的混乱问题，诸如心理学的对象、任务、研究方法、学科性质，进行了讨论。会议在有些问题上有了基本一致的看法，如多数人同意心理学是没有阶级性的，不能分为无产阶级心理学和资产阶级的心理学等。有些问题还有较大分歧，如心理学的任务等。对依然有分歧意见的问题，中国心理学会副会长、心理研究所副所长曹日昌在总结发言中说，在科学研究中同一的研究对象或问题，常常有观点不同的科学工作者，从不同的角度或不同的侧重点进行研究从而形成不同的学派。心理学的情况显然也是如此，这是可喜的现象。有不同意见的心理学工作者都应该各抒己见，争鸣

① 中共中央文献研究室．周恩来传（下）．北京：中央文献出版社，2008：1464-1465.
② 李真真．中宣部科学处与中国科学院——于光远、李佩珊访谈录．百年潮，1999，（6）：29.
③ 赵莉如．胡乔木谈话要点（1959 年 3 月 13 日）//赵莉如．中国科学院心理研究所发展史（1950-1993），1996：262-265.
④ 赵莉如．胡乔木对于心理学的几点看法——1959 年 3 月 21 日在北大、北师大、华东师大汇报心理学工作时的讲话//赵莉如．中国科学院心理研究所发展史（1950-1993），1996：265-271.

辩论，坚持真理，虚心学习，对各种问题进行深入研究，展开友谊竞赛。他呼吁：心理学的任务重，研究的问题复杂，必须多路进军，由有关单位协力进行。各单位可按其业务性质与特点，安排重点工作。① 与此同时，有关报刊也发表心理学家的文章，对有分歧的问题继续深入讨论和争鸣。心理研究所与中国心理学会在总结经验教训的基础上，共同主持制订新的研究规划，为心理学在我国进一步发展创造有利条件。在研究领域和技术方法方面，心理学工作者对信息论、控制论、无线电技术、电子计算机和人工模拟等给予密切关注。对国外心理学的学习介绍，从以往只注意苏联，扩展到欧、美、日等国先进成果与经验；并从以往单篇论文翻译过渡到综合评价。因为研究环境的相对稳定和宽松，中国心理学重新呈现欣欣向荣的景象。

5. 1965 年 10 月姚文元向心理学发难，"文化大革命"中心理学遭受灭顶之灾

姚文元于 1965 年 10 月 28 日在《光明日报》化名"葛铭人"（"革命人"的谐音）发表《这是研究心理学的科学方法和正确的方向吗》。两周后的 11 月 10 日，他在《文汇报》发表《评新编历史剧〈海瑞罢官〉》。他左右开弓，前者，成为中国心理学被取消的前奏；后者，揭开"文化大革命"的序幕。

早在 1959 年 4 月 20 日，姚文元就在《新闻周报》发表过《外行读报谈"心理"》一文，批判心理学家谢循初关于人的心理并不都有阶级性的观点。这一次他借批判心理学家陈立关于儿童抽象概括能力发展的实验报告《色、形爱好差异》，老调重弹，武断地认为阶级性是心理学研究的唯一对象，阶级分析是心理学唯一正确的研究方法。心理学不研究人的阶级性，而去研究心理发生发展的共同规律，就是"资产阶级腐朽的心理学"、"伪科学"。姚文元说："世界上劳动人民热爱红色，而那么一小撮人有一种奇特的心理，见红恐惧，谈红色变，于是对红色深恶痛绝。劳动人民一见红花、红旗，便感觉美丽、激动、愉快。这是否'涉及阶级利益'，恐怕不能说没有关系。"姚文元大概不知道世界上 100 多个国家的国旗中起码 2/3 以上都带有红色，而他们的政治信仰和社会制度却是五花八门、千差万别的。

姚文元当时是上海市委宣传部的干部，还算不上是高官，因为批判《海瑞罢官》有功，身价百倍飙升，1966 年 5 月 28 日成为中央文化革命小组成员。因而，他对心理学的全盘否定更具煽动性。中国心理学界和心理研究所的造反派都以姚文元的文章为标准画线，认为对姚文元的文章"是拥护还是反对，反映出心理学界两个阶级、两条路线的斗争"。心理研究所的三位副所长曹日昌、丁瓒和

---

① 曹日昌. 心理学界的论争. 心理学报，1959，（3）.

尚山羽全都以有病之身受批斗迫害辞世。驻心理所工人毛泽东思想宣传队和心理研究所革命委员会共同编制的《心理所体制改革方案》（本文简称《方案》）声称：姚文元文章"提出了心理学为谁服务的根本问题，击中了要害。在心理研究所引起了强烈的反响，对资产阶级心理学的批判已经势不可挡"。《方案》诬蔑说："资产阶级心理学""从 20 世纪初开始从欧美传播到中国，一直是为帝国主义和国民党反动派服务的"；新中国成立十七年来，"心理所的领导权长期掌握在叛徒、走资派和资产阶级反动学术权威手中"，"资产阶级的反动理论贯穿在我所的全部工作中"。对心理所首选的处理方案是撤销"这一机构，全所人员下放劳动"。① 在未获上级批准的情况下，驻中国科学院工人、解放军毛泽东思想宣传队和中国科学院革命委员会无视心理所职工的强烈反对，抢先行动，于 1969 年 10 月撤销心理研究所，把该所大部分研究技术人员下放中国科学院湖北五·七学校劳动。不久，高等学校的心理学课程停开，不少心理学工作者被迫改行。心理学在中国遭到空前浩劫。由于心理学工作者不断抗争，在上级干预下，1973 年 1 月，中国科学院革命委员会承认当年撤销心理研究所、北京植物园等"没有认真调查研究，是轻率的、错误的决定"，通知恢复组建心理研究所。1977 年 6 月 24 日，国务院批准重建心理所。

在中国，心理学于"文化大革命"中被取消，停止一切教学和科学研究活动；在国外，它却没有放慢前进的步伐。这就更加拉大了我国心理学与国外本来就存在的差距。

6. 1975 年，胡耀邦说，心理所的方向任务要你们自己提出意见

1975 年，"文化大革命"进入第 10 个年头，邓小平复出主持全面整顿工作。7 月中旬，胡耀邦等奉派到中国科学院进行整顿。10 月 6 日，胡耀邦到正在恢复组建的心理研究所调查研究。当负责人希望他为研究所指明方向任务时，胡耀邦快人快语说：你们应该自己提出意见，自己坚持意见，这个方向不对走不通，走另一条路。心理学的高峰，我不晓得有多高，是从南坡爬还是从北坡爬？我不知道，总要攀上去。在你们面前有心理学的珠（穆朗玛）峰，你们现在爬了多少？跌了多少跤？走了多少弯路？跌了跤没有关系，人不跌跤成长不起来。你们登不上去，下代再攀。胡耀邦反复强调：方向问题我讲不明白，希望你们能具体化，在具体化中会遇到这样那样的问题、偏差，困难是有的。关于心理学研究工作中的唯心论和唯物论的问题，胡耀邦说：不要把百把年来的（心理学）都说成是唯心论的。唯物论的有没有？倾向于唯物主义的有没有？我不相信（没有）。要

---

① 见中国科学院心理研究所体改方案的几种意见（1969 年 8 月）。

采取一种研究态度，对科学问题、学术问题要冷静、客观，要占有材料，不要采取轻率的态度，不要贴标签。[①] 胡耀邦理性对待心理学，观点鲜明，态度明确，与"文化大革命"以来全盘否定心理学的极"左"思潮，大相径庭，催人振奋。

胡耀邦对中国科学院的整顿仅进行了四个月，形势就有明显好转。由于邓小平的全面整顿实际上发展成为对"文化大革命"错误的系统纠正，这是毛泽东所不能容忍的。随着邓小平再度下台，胡耀邦也被停职反省，中国科学院的整顿夭折了。但人们在正反两方面的鲜明对比中思考，越来越多的人对"文化大革命"持否定态度。

心理学的大起大落，是"双百"方针在贯彻执行过程中曲折、反复的缩影。它表明，当高端政要正确地执行"双百"方针，心理学呈现一派朝气蓬勃、欣欣向荣的景象；当高端政要无视"双百"方针，肆意混淆学术问题同政治问题的界限，实行行政干涉，心理学便停滞、倒退，最后难逃被消灭的厄运。

三

毛泽东曾指出："百花齐放，百家争鸣，是一个基本性的同时也是长期性的方针，不是一个暂时性的方针。"然而，向"双百"方针的基本性和长期性发起挑战的，恰恰是参与方针酝酿、讨论的人，甚至方针的提出者，以及本该记取历史经验教训、模范贯彻方针的领导人们。

"双百"方针的核心是两个自由，即艺术上不同形式和风格可以自由发展，科学上不同学派可以自由讨论。这是国家民主化的一个重要方面。讲民主，是说要有国家政治上的民主制度和充分的民主生活来保证两个自由。我国宪法虽然规定："公民有进行科学研究、文学艺术创作和其他文化活动的自由。"但在轻法治重人治的年代，法制建设滞后，科学、文化事业同样面对的是有法不依又无法可依的尴尬局面，宪法的规定没有落到实处，公民的合法权益经常受到侵犯。当法制体系不能保障公民合法权益和在法律面前人人平等时，非法律程序的人治是否体现法律的公正性，就完全取决于党政领导者个人的党性修养、政治品质和道德素质。人治在一定历史条件下，也能取得某种程度的成功，但其决策与实施过程中的主观随意性太大，难以避免重大失误。正是"成也萧何，败也萧何"。有的高端政要在政策上反复无常，他们的权力缺乏有效的监督与制约；滥用权力造成的重大失误，也没有相应的问责机制。国家、社会、人民无法长期承受为此付出的沉重代价。

---

① 见胡耀邦同志在心理研究所的讲话（1975 年 10 月 6 日），《院史资料与研究》，1999 年第 3 期，第 2-9 页。

　　科学事业的健康发展，除了需要正确的方针政策和健全的法制外，还需要诚心敬畏科学发展规律，尊重人才，尊重知识，有高度民主意识、法治意识的高层管理者。有的人以为掌有了权力就拥有真理，就可以搞一言堂，随意对任何具体的科学问题作最终裁决，以长官意志强加于人，这是封建文化专制的残余、现代愚昧的表现。在"文化大革命"及其以前的一段时间里，我国有些高端政要非理性地干涉科学的事件屡见不鲜。邓小平说："我们进行了二十八年的新民主主义革命，推翻封建主义的反动统治和封建土地所有制，是成功的，彻底的。但是，肃清思想政治方面的封建主义残余影响这个任务，因为我们对它的重要性估计不足，以后很快转入社会主义革命，所以没有能够完成。现在应该明确提出继续肃清思想政治方面的封建主义残余影响的任务，在制度上做一系列切实的改革，否则国家和人民还要遭受损失。"①

　　"双百"方针的正确贯彻执行，科学文化事业的健康发展与繁荣，同样呼唤国家体制和制度问题的政治改革。

---

　　① 邓小平. 党和国家领导制度的改革（一九八〇年八月十八日）//中共中央文献编辑委员会. 邓小平文选. 第二卷. 北京：人民出版社，1994：335.

有感于水生生物研究所从上海迁武汉五十周年[*]

时间过得很快，1954 年，中国科学院水生生物研究所（简称水生生物所）从上海、无锡迁往武汉，迄今已 50 年。该所的搬迁多少与我有关，但在"文化大革命"中却被演绎成国民党中统、军统早就安排好的事情。回顾往事，感慨良多。

（一）蒋介石兵败时，中央研究院动物研究所（水生生物所前身）拒绝迁往中国台湾

1951 年 9 月，我大学毕业由国家统一分配到中国科学院，在院部从事科研组织管理工作。按领导的指派，水生生物所由我做联络服务工作，直到"文化大革命"前夕。

水生生物所所部在上海，下辖太湖淡水生物研究室（无锡蠡园）、青岛海洋生物研究室和厦门海洋生物研究室（后者于 1952 年撤销）。水生生物所所部与太湖淡水生物研究室，是以原中央研究院动物研究所（昆虫学部分除外，以下简称中研动物所）为主体，加上中央研究院植物研究所藻类学部分组建而成的。原生动物学家王家楫任所长，鱼类学家伍献文任副所长。

中央研究院动物研究所的前身，是 1930 年 1 月建立于南京的中央研究院自然历史博物馆。1934 年 7 月，该馆改组为动植物研究所，由王家楫（1898 ~ 1976）任所长。抗日战争爆发后，在南京的动植物研究所被日军夷为瓦砾场。王家楫身为所长，将家眷安置在上海，亲自率领研究所人员撤离南京西迁，先至湖南衡山，继至广西阳朔，最后落脚于重庆北碚。1944 年 5 月，动植物研究所分建为动物和植物两个研究所，王家楫任动物研究所所长。八年抗战期间，条件困难，生活清贫，王家楫团结全所人员，坚持科学研究工作。抗战胜利后，动物研究所迁到上海市岳阳路 320 号。1948 年，王家楫当选中央研究院院士。同年王家楫应邀赴英国考察，历时三个月，1949 年 2 月回国时，正值国民党当局命令中央研究院各研究所迁往中国台湾。王家楫同各所所长一起，并团结本所职工，不顾国民党的威胁利诱，展开护所斗争，拒绝迁往中国台湾。1949 年 5 月，上海解

* 本文原载《院史资料与研究》2005 年第 3 期，第 21-29 页，收入文集时略有调整补充。

放，王家楫把动物研究所完整地保护下来，交到了人民手里。

王家楫

当时中央研究院共有 12 个研究所，它们是社会研究所、历史语言研究所、数学研究所、物理研究所、化学研究所、天文研究所、气象研究所、地质研究所、动物研究所、植物研究所、医学研究所筹备处和工学研究所。其中除傅斯年为所长的历史语言研究所大部分人员与全部图书、仪器、古文物、标本、明内阁档案、研究资料以及其他行政文件迁往台湾，以及数学研究所在抗日战争胜利时接收日本人设立的"上海自然科学研究所"数学方面的图书、刊物被运往中国台湾外，其余研究所都留在内地。

1949 年 11 月 5 日，1950 的 3 月 21 日和 4 月 6 日，中国科学院接管了包括动物研究所在内的原中央研究院、北平研究院在北京、上海、南京等地的全部机构，并以这些机构为基础，加以调整，组建了第一批新的研究所及其分支机构。历史从此翻开了新的一页。

（二）1954 年，为国家建设需要，水生生物所从上海、无锡迁往武汉

1952 年初，院计划局生物学地学组负责人简焯坡同志，责成我用几个月时间，调查了解我国水产生产和科学实验研究的情况，以及需要中国科学院协助研究解决的科学问题。为此，我同农业部水产总局的接触开始频繁起来。当时水产总局局长高树颐和负责该局科技工作的专家费鸿年、金焰，都不嫌我是初出校门、对水产事业毫无所知的小青年，只要我求见，他们总会抽出时间接待，不厌其烦地应我的要求，介绍国内海洋和淡水渔业生产的现状与存在的问题。他们也随时向我提出一些希望中国科学院研究解决的课题，要我转告领导，以及水生生物所或青岛海洋生物研究室。

1952 年第二、第三季度之交，我用了大约两个月时间，到上海、江苏、浙江、江西、福建等地，实地调查当地水产生产情况，参观访问了一些水产专科学校、实验场或养殖场，对水产事业增加了许多感性和理性的认识。我为了写出符合实际情况的调查研究报告，到水产总局汇报此行情况，请教一些问题。高树颐局长听完我的汇报后指出，我所到的华东地区，相对而言是我国渔业和水产养殖业比较发达的地区。湖北一带，水域面积很大，淡水渔业有很大发展潜力，但基

础较差，科学研究工作非常薄弱。特别是湖北有"千湖之省"的美称，不管是水生生物学本身的发展，还是联系水产生产的实际，在那儿都会有广阔的天地。他希望中国科学院领导考虑，可不可以把水生生物所和太湖淡水生物研究室迁往武汉市。我回科学院院部后，在书面报告和口头汇报中，都如实向简焯坡转达高树颐的建议。随后，在一次会议上，高树颐遇见简焯坡时，重申了水产总局的建议。

竺可桢副院长非常重视这个建议。他首先征求水生生物所王家楫所长、伍献文副所长等人的意见。据竺老1952年9月9日日记记载："农业部希望［太湖］淡水生物室去武汉，太湖室同人均主张搬。" 11月1日，中国科学院第42次院长会议，同意水生生物所、太湖淡水生物室迁武汉。（1953年，水生生物所所辖的青岛海洋生物研究室独立，太湖淡水生物研究室与水生生物所所部合并）。12月9日，伍献文副所长向竺可桢副院长汇报。他两次去湖北进行湖泊调查，顺便考察水生生物所新所址，认为"地点以东湖最好"。12月中旬，竺可桢先后亲自与武汉大学校长李达、教务长高尚荫谈水生生物所迁武汉问题。1954年夏季，水生生物所在武汉珞珈山东湖边新址基建完工，9月搬迁。全所研究技术人员除个别确有困难外，都随所西迁。他们的家属，在湖北和武汉的支持下，均妥善安排工作。从1952年11月院长会议做出搬迁决定，到勘定新所址，基建，结束搬迁工作，用时不到两年。在水生生物所之前，中国科学院物理化学研究所（由中央研究院和北平研究院的化学研究所的有关部分调整组建而成）为了东北重工业基地建设的需要，由上海整体搬迁到吉林长春，从1952年3月5日中国科学院院长会议作出决定到当年12月6日结束搬迁工作，用时仅九个月。这样高的工作效率和速度在现在也是不多见的。

1954年建成的水生生物所研究楼

在无锡蠡园的原水生生物所
太湖淡水生物研究室

（三）欲加之罪，何患无辞

原中央研究院动物研究所拒绝迁往中国台湾，水生生物所西迁武汉，到了"文化大革命"时，竟成为弥天大罪，引发一场灾难。

　　"文化大革命"中，"四人帮"及其党羽在中国科学院上海分院"清理阶级队伍"时，炮制了一场骇人听闻的"两线一会反革命集团"假案。"两线"，指日伪时期日本人在沪设立的上海自然科学研究所和国民党统治时期由朱家骅任代院长的中央研究院。"一会"指上海解放前夕，原中央研究院各单位职工反对迁往中国台湾而组织的"护所"和迎接解放的"应变委员会"。他们扬言，科技系统潜伏和派遣的特务多，集团性案件多，现行反革命多。他们还在大会上声称：中国科学院的特务不是一个、两个，而是像香蕉一样，一大串一大串的。这一冤案涉及上海分院14个单位639人之多，其中受重刑审讯逼供的244人，被隔离审查的236人，被殴打的200多人（其中，被活活打死的两人，被打伤致残的10人），被迫害死亡的六人。除上海外，这一假案还波及武汉、长春、沈阳、大连、青岛、福州等地的中国科学院有关研究单位。

　　水生生物所的前身是原中央研究院动物研究所，许多老科学家、老职工自然就成为"线上人"、"会中人"而受到冲击。原中央研究院动物研究所拒迁中国台湾有罪，水生生物所西迁武汉则罪上加罪。

　　"文化大革命"中以黄文为首的军工宣队进驻水生生物所。1969年，黄文亲自策划，把1954年迁所来武汉的所长、副所长、高级研究人员、党支部书记、负责基建的人员，全部关押在他们私设的牢房中，大搞逼供信。他们凭空捏造罪名：水生生物所迁武汉，系国民党军统、中统特务事先部署好的。根据中国台湾国民党的命令才在1954年迫不及待搬迁到武汉。凡是被关押的人，都是军统、中统的骨干。

　　王家楫是水生生物所所长，自然首当其冲。身为迁所的"罪魁祸首"，他与夫人先被从12号科学家楼赶出来，住到一间小屋里（一直到他1976年逝世，没有搬回原处），继而被关进牢房。他在一次批斗会上被打昏厥过去，开始神志不清。军代表和造反派眼看他不行了，怕承担责任，才把他放出牢房监外候审。

　　王家楫在他夫人李素君精心护理下，逐渐好转，能下床走动。还没有摘掉"特务"帽子的他，还在牵挂没有完成的科研工作。20世纪70年代初，他顽强地相继完成了《珠穆朗玛峰地区的原生动物》和《西藏高原部分地区的原生动物》两篇论文，记述了该地区的原生动物400多种，远远超过了前人对该地区原生动物区系的报道，为完成珠穆朗玛峰地区综合科学考察做出了贡献。他还完成了《废水生物处理微型图志》，这是他将原生动物学知识应用于我国环境治理研究的成功尝试。王家楫最大的愿望是完成《中国原生动物志》的编纂工作。这时他常感到肠胃阵痛，但不听老伴的劝告仍坚持每天整理手稿和资料，想争取早日完稿，对祖国作最后一次贡献。但他已经没有时间了。1975年10月初，他终于病倒了，经诊断为胃部幽门恶性肿瘤晚期，住进了湖北医学院附属第二医院的普通病房，后来得到水生生物所老科学家饶钦止的儿媳龚医生的帮助，才住进单人病房。1976 年 12 月 19 日，中国原生动物学的开拓者、中国轮虫学的奠基人、中国科学院学部委员（院士）王家楫，带着遗憾，永远离开了他创建的、连续担任 42 年所长的水生生物所（含其前身中央研究院动物研究所）和他所钟爱的原生动物学。

由于"文化大革命"，我离开了中国科学院院部科研组织管理部门 12 年。我知道水生生物所迁武汉成为中国台湾国民党部署和指挥的冤案，是在 1978 年全国科学大会之后、重返生物学科研组织管理单位之时。我的心情与思绪是非常复杂的。作为水生生物所迁所来龙去脉的知情人，我"佩服"那些抓阶级斗争者的丰富想象力，居然能凭空编造出这样的故事来。我为中国原生动物学的一代宗师王家楫和鱼类遗传育种专家朱宁生成为冤案的牺牲者而悲痛。我对"文化大革命"使许多人在一夜之间，变得毫无人性，居然肆无忌惮地捏造罪名，摧残忠诚国家科学事业的科研工作者，感到愤慨和困惑。我甚至不切实际地后悔，我这个"始作俑者"，当初不应该把农业部的建议向中国科学院院部报告。王老把原生动物学看得比自己的生命还要重要、至死不忘为祖国作最后的奉献的精神，更让我肃然起敬。

王家楫的科研成就和建立水生生物所的功绩，始终得到该所职工、科学界和社会的肯定。2001 年 10 月，湖北科技名人雕塑园在武汉鲁巷广场落成，首批落座的 17 位科学家塑像中，就有水生生物所的王家楫和伍献文。

（四）发扬优良传统，不断推陈出新，水生生物所长盛不衰

从 1951 年 9 月到"文化大革命"前夕，我一直在中国科学院院部的科研组织管理部门工作，从办公厅调查研究室开始，虽然历经计划局、学术秘书处、生物学地学部（含筹备委员会）、生物学部等几次变动，而水生生物所都是由领导责成我做联络服务工作的几个研究所中的一个。"文化大革命"后，我重返生物学部到退休，仍然关注着水生生物所的工作。可以说，我是水生生物所发展历史的客观目击者和见证人。

水生生物所的前身中央研究院动物研究所在新中国成立前，在国内所有生物学研究机构中，相对来说是规模最大的、很有实力的研究所。就在抗日战争期间，虽然条件极其艰苦，研究所仍以充满着浓厚的研究氛围与活跃的学术风气而著称。1943 年，著名的英国生物化学家和科学技术史学家李约瑟访问中央研究院动植物研究所。后来，他在《战时中国之科学》一书中记下了访问的感受："此研究所高踞嘉陵江上（西岸），环境清幽，其中工作人员甚形紧张。参观之人欣羡之余，深觉其具有世界上最优良的实验室之研究空气。"

我对水生生物所科技队伍的认识，就是从新中国成立前后，该所的前身中央研究院动物研究所拒绝迁中国台湾，以及该所建所不久就西迁武汉这两件事开始的。两件事对我的震动和教育都很大。水生生物所的创业者们，他们的政治取向是鲜明的。他们顶着反动政府的威胁，开展护所斗争，取得拒迁的胜利，把中央研究院动物研究所完整地保护下来，迎接新中国的诞生。他们顾全局、识大体，服从国家建设需要，克服种种困难，几乎是全部职工从上海、无锡迁往武汉。拒迁和西迁，足以说明这是一支值得信赖的科技队伍。

1954年，水生生物所王家楫、伍献文、饶钦止（藻类学家）、倪达书（鱼病学家、原生动物学家）、刘建康（淡水生态学家）和黎尚豪（藻类学家）等知名科学家，服从国家需要，带领全所的职工，来到武汉东湖创业。水生生物所到武汉后，立足湖北，面向全国，围绕着淡水水域和水生生物学，开展研究。水生生物所从以分类学研究为主要基础，逐步发展成为学科比较齐全的综合性水生生物学研究机构。到我退休时，该所设有鱼类学、鱼类遗传育种、鱼病学、淡水生态学、藻类学、水污染生物学和白鳍豚等研究室，还拥有国家重点实验室———淡水生态与生物技术开放实验室。

1994年初的一天，近30位当年随所西迁的研究技术人员欢聚一堂，互叙迁所40年创业的艰辛，共享成功的喜悦。当年的小伙子与姑娘们，大多已成鬓发斑白的花甲老人，此时都早已是研究员、专家或高级技术人员。1953年在南京大学生物学系毕业的蒋一珪，于1984年获得首批"国家有突出贡献的专家"称号。他培育的异育银鲫在全国23个省、市、自治区推广，1985年获国家科技进步二等奖。与蒋一珪同校同班毕业，一起到水生生物所来的沈韫芬是博士生导师，一直从事原生动物学与环境监测的研究。她主持的一个项目获1983年国家环境保护总局的科技进步一等奖。40年前18岁的中学毕业生张甬元，经过刻苦自学，成长为生态毒理学专家，担任国家淡水生态与生物技术开放实验室副主任……在聚会上，蒋一珪以浓重的无锡乡音赋诗一首："阅尽江湖苦与甜，躬耕一所皆中坚。欢歌再把征帆起，艳艳夕阳晚霞妍。"10年前，我读了《中国科学报》上张晓良写的《无悔的追求———小记中国科学院水生所的创业人》这篇新闻报道和其中的这首诗，深受感动。因为它表达了水生生物所创业者们的心声：无悔于创业的艰苦，对研究所兴旺发达的喜悦与自豪，以及老骥伏枥、志在千里、不减当年勇的决心。

又一个10年过去了，水生生物所第一代的老科学家，除中国科学院院士、淡水生态学家刘建康仍在科研第一线耕耘以外，中国科学院院士、中国原生动物学开拓者王家楫，院士、中国鱼类学奠基者之一的伍献文，中国淡水藻类学奠基者之一的饶钦止，中国鱼病学的开拓者倪达书，院士、藻类生理生态学家黎尚豪等都已作古，包括沈韫芬、曹文宣、陈宜瑜和朱作言等四位中国科学院院士在内的 20 世纪五六十年代的大学毕业生，以及比他们更年轻的一代人，其中也有他（她）们培养的学生，已接过他们的班，成为水生生物所的研究中坚力量。他们不但发展了传统学科，而且不断开辟新的研究领域，使水生生物所成为以水生生物为研究对象的包括生命科学、环境科学和生物技术等多学科在内的综合性研究机构，在水生生物多样性与资源保护研究、淡水生态研究、渔业生物技术研究、水环境工程研究等领域，成果丰硕，在国内外享有盛誉。

在回顾水生生物所搬迁五十周年历史的时候，我衷心祝福有 72 年悠久历史的水生生物所，永葆青春活力，再创辉煌。

中国的知识分子是有良知和责任感的。在缅怀为水生生物所的搬迁，因莫须有的罪名而付出生命代价的王家楫、朱宁生时，我衷心希望中国知识分子曾经反复地受歧视、不被信任，被丑化、扭曲的历史永远不再重演，让他们能在稳定、持续的知识分子政策和科学技术方针政策之下，有宽松、宽容、宽厚的环境，为祖国、为人民的科学事业和建设事业施展才华。

关于向诺贝尔奖委员会推荐我国人工合成 牛胰岛素成果的历史真相*

1965年9月17日，中国科学院生物化学研究所、北京大学化学系和中国科学院有机化学研究所三个单位的有关科学工作者合作，在世界上首次实现用人工方法全合成牛胰岛素蛋白质。我国科学家的这一重大基础研究成果，是在多肽化学薄弱、专门人才缺乏、各种氨基酸和特种试剂国内不能生产等不利情况下，同科学发达的美国、联邦德国有关实验室的激烈竞争中取得的。消息一经传出，国外许多科学家始则表示惊讶，继则给予高度评价，甚至有的著名科学家认为它可以获诺贝尔奖。国内许多人士对它获诺贝尔奖也持乐观态度。但后来的结果却是它与诺贝尔奖无缘。

近年来，诺贝尔奖成为国内有些人士的热门话题。他们期盼在中国本土取得重大研究成果的学者尽早实现零的突破，在诺贝尔奖中占有一席之地。与此同时，他们对我国人工合成牛胰岛素成果与诺贝尔奖无缘而遗憾。这种心情可以理解。然而，人们在探讨人工合成牛胰岛素成果与诺贝尔奖擦肩而过的原因时，以讹传讹，错误的说法广为流传，湮没了历史真相，因此有必要予以澄清，还其本来的面貌。

一、传闻之误

近几年，国内出版的一些专著、传记、报刊，乃至中央电视台的节目，都把我国人工合成牛胰岛素的科学家失去登上诺贝尔奖领奖台的机会，归咎于我国有关机构违规申请诺贝尔奖。其中有代表性的说法当推两本专门研究中国人与诺贝尔奖的专著，即栾建军的《中国人谁将获得诺贝尔奖———诺贝尔奖与中国获奖之路》和吴东平的《华人的诺贝尔奖》，这两部书中写道：

"瑞典皇家科学院诺贝尔奖委员会化学组主席对此给予很高评价，并希望中国推荐这一研究的科学家角逐诺贝尔奖。但后来没有结果……到了1975年，杨振宁又推荐了这一成果。有消息说，我国有关机构曾提出以集体作为候选人，因

---

* 本文原载《科学时报》2005年9月16日A3版，在收进文集时补充了一些内容。

为不符合诺贝尔奖的评选规定，以后又经过平衡，从参加研究的 10 多位科学家中，推荐出四位候选人，但由于诺贝尔奖同一奖项获奖者不得超过三人，又不了了之。"①

"'文革'后期，杨振宁回国时再度提出邹承鲁等人研究成功的牛胰岛素，应该去争取诺贝尔奖一事，他本人也极力向诺贝尔奖评选委员会推荐。当时中国也写了申请，并向诺贝尔奖委员会推荐了四个获奖人。根据诺贝尔奖的评奖规则，每项科学奖中一次最多不超过三个人，有人提议将报告中的获奖人减少一人，但由于国情，强调集体主义，不能助长个人主义，还是坚持报了四个人"，"据说瑞典方面也愿意把奖发给中国科学家，就此和中国有过交涉，但是中方不肯更改名单，这个问题被卡住了"，"正是如此，使邹承鲁等人失去了登上诺贝尔奖领奖台的机会。"②

两本书的说法大同小异，概括起来就是：①我国人工合成牛胰岛素研究成果是在"文化大革命"期间向诺贝尔奖委员会推荐的；②美籍华裔物理学家杨振宁教授推荐了两次；③"我国有关机构"也写了申请，推荐了四个候选人，虽不符诺贝尔奖的规定，却又不肯改正，从而导致中国科学家失去了诺贝尔奖。

以上说法都是错误的或毫无根据的。事实是：①向诺贝尔奖委员会推荐我国人工合成牛胰岛素研究成果只有一次，是 1979 年 1 月；②杨振宁确实十分关注向诺贝尔奖委员会推荐我国人工合成牛胰岛素的研究成果这件事情，1973 年、1978 年先后向周恩来和邓小平提出过，但也只在 1979 年这一次作了推荐；③中国科学院只应杨振宁等有资格提名或推荐诺贝尔奖候选人的人士要求，向他们提供了一人工合成牛胰岛素工作人员中的一位科学家，作为诺贝尔奖 1979 年候选人的有关参考资料，而且没有以中国科学院的名义同诺贝尔奖有关部门进行任何联系。

这里的关键问题是，在诺贝尔奖候选人的问题上，机构、组织、团体是否有推荐权。在诺贝尔奖的几个奖项中，除和平奖外，其他奖都不受理任何机构、组织、团体推荐的候选人，也不接受任何个人自荐，只受理有资格提名或推荐人士的个人提名或推荐。这些规定，栾建军、吴东平是知道的，在他们的书上也有所表述。然而，他们却在"我国有关机构"直接向诺贝尔奖委员会推荐了四个人的候选人名单等这些子虚乌有的事情上，做文章，令人费解。

---

① 栾建军. 中国人谁将获得诺贝尔奖——诺贝尔奖与中国获奖之路. 北京：中国发展出版社，2003：206.

② 吴东平. 华人的诺贝尔奖. 武汉：湖北人民出版社，2004：163-165.

二、批判、拒绝诺贝尔奖的时代背景

上述两本书还提到，"文化大革命"期间，我国人工合成牛胰岛素的科学家与诺贝尔奖失之交臂的另一可能原因是，江青认为诺贝尔奖是"资产阶级的奖金，我们不要"①；"有的领导人"认为诺贝尔奖是"资本主义的东西"，不感兴趣②，对此，我无从查证。

我国对诺贝尔奖持批判态度不是始自"文化大革命"，其发明权也不属于江青或"有的领导者"。拒绝或反对诺贝尔奖不是孤立事件，而是在"左"的思潮影响下，对学术奖励制、学位制、学衔制乃至军衔制等采取全面否定的必然结果。1960 年 1 月，毛泽东在《关于学位、学衔、奖励制度的谈话》中，把学位、学衔、奖励制度甚至军衔制都归结为资产阶级追逐个人名利的事。他说，斯大林奖金我们没有就不要搞，追逐个人名利地位的事不要搞。我们打了那么多年仗，没有一个上将，还不是把蒋介石那个特级上将打倒了。勋章、博士那些东西不要搞了。

我国人工合成牛胰岛素的研究成果，正式通过国家鉴定的时间是"文化大革命"前夕的 1966 年 4 月。在这次鉴定会即将结束时有人发言："诺贝尔是搞炸药发了财的，后来拿出一些钱做奖金。我们要打破诺贝尔奖金的迷信。奖金本身是资产阶级用物质刺激办科学的手段。诺贝尔奖是为资产阶级政治服务的，我们不要这些奖金，我们要的是人民的奖赏，这是最崇高的。"③

1966 年 5 月，"文化大革命"席卷中国大地，我国科学事业在"文化大革命"中遭受空前灾难。1973 年，杨振宁写信给郭沫若院长，提出他拟向诺贝尔奖委员会推荐我国人工合成胰岛素研究成果。中国科学院考虑当时国内的形势，向中央报告拟婉言谢绝。毛泽东、周恩来等在报告上圈阅表示同意。"文化大革命"期间，它提不到日程上来。

三、与诺贝尔奖委员会接触的真相

钱三强为促进推荐我国人工合成牛胰岛素成果参与 1979 年度诺贝尔奖评选做了大量工作。1977 年 6 月 12～30 日，以钱三强为团长的中国科学院代表团访

---

① 栾建军．中国人谁将获得诺贝尔奖——诺贝尔奖与中国获奖之路．北京：中国发展出版社，2003：207.

② 吴东平．华人的诺贝尔奖．武汉：湖北人民出版社，2004：164.

③ 见 1966 年 4 月 19 日鉴定会议简报，第 14 期。

问澳大利亚。在同澳大利亚科学家的一次谈话中，有人对钱三强说："你们人工合牛成胰岛素的工作是应该获得诺贝尔奖的，问题在于你们愿不愿意接受。"对此，钱三强不知个中原委。

钱三强如此"孤陋寡闻"是有原因的，这里不妨作点交代。钱三强是中国科学院的筹建者之一，中国原子能事业的创始人。他创建的中国科学院原子能研究所划归原第二机械工业部（以下简称二机部）后，他转任二机部副部长。他对该部一些不按客观规律办的事不违心迎合，大胆直言，因此在那个不正常的年代不止一次受到不公正的待遇。他从 1965 年 10 月起到河南信阳农村参加劳动，紧接着在"文化大革命"时受到进一步批判斗争，并被勒令到二机部在陕西合阳的"五·七干校"参加体力劳动，继续接受监督，直到 1972 年 5 月因心脏病发，经批准才回到北京治病。① "文化大革命"结束后，他被任命为中国科学院副院长。由于以上情况，他对我国科学工作者在世界上首先实现人工合成牛胰岛素及国内对诺贝尔奖持批判拒绝态度都一无所知。

在同澳大利亚科学家的这次谈话后，钱三强才从同团出访的童第周、王应睐那里知道了事情的梗概。他认为，中国科学家在基础研究方面取得这一可喜的重大成就，不管能否获得诺贝尔奖，应该借此扩大中国的影响。他愿意出面推动这件事。过了不久，机会来了。

1978 年 9 月，杨振宁向邓小平提出他准备提名人工合成牛胰岛素的中国科学家为诺贝尔奖候选人。与此同时，中国科学院上海生物化学研究所所长王应睐收到瑞典皇家科学院诺贝尔化学奖委员会主席 B. 乌尔姆斯特洛姆等六位教授的来信，要他在 1979 年 1 月 31 日前推荐 1979 年度诺贝尔化学奖候选人。

这时，国内正在进行"关于真理标准问题"的讨论，批判"两个凡是"的错误观点，恢复实事求是的传统。这也为打破对诺贝尔奖偏见的思想禁锢提供了契机。

在得到中国科学院党组书记方毅、副书记李昌的同意后，钱三强便开始运作，向杨振宁发去电报和信函。

1978 年 11 月 3 日，国家科委党组与中国科学院党组举行联席会议。会议认为我国人工合成牛胰岛素的科学家，可以作为候选人向诺贝尔奖委员会推荐。

接下来的难题是按诺贝尔奖的有关规定，从参与人工合成牛胰岛素的众多科学家中推选出代表，作为诺贝尔奖的候选人。我国人工合成牛胰岛素的研究成果，是三个不同单位的人员共同合作的结晶，仅最后一两年直接参加研究工作的人员就有 30 余人，其中，中国科学院上海生物化学研究所 20 余人，负责胰岛素

---

① 葛能全．钱三强传．济南：山东友谊出版社，2003：342-344.

A、B链的拆合和 B 链（30 肽）的人工合成；北京大学化学系和中国科学院上海有机化学研究所各六七人，共同负责 A 链（21 肽）的人工合成。

为此，1978 年 12 月 11～13 日，钱三强组织并主持召开了人工合成牛胰岛素总结评选会议。与会的有三个单位参加合成工作的主要研究人员和科研管理人员 30 人，以及通过协商组成的评选委员会委员 17 人，他们是童第周（主任委员）、周培源、于光远、严济慈、华罗庚、钱三强、杨石先、黄家驷、贝时璋、张龙翔、王应睐、汪猷、冯德培、梁植权、柳大纲、邢其毅、过兴先。评选委员会的任务是对会议最后推出的候选人进行无记名投票。

会议初步选出合成工作中四名成绩突出者：钮经义（中国科学院上海生物化学研究所）、邹承鲁（原在中国科学院上海生物化学研究所，1970 年调北京生物物理研究所）、季爱雪（北京大学化学系，女）和汪猷（中国科学院上海有机化学研究所）。

会议认为，如以四人申请难以被接受，出三人矛盾较多，而且联邦德国、美国在胰岛素人工合成方面也取得较好成绩，有可能此奖将由两国或三国科学家共同获得。据此，我国以一名代表申请为宜。北京大学和中国科学院上海有机化学研究所认为，如出一名代表，理应由中国科学院上海生物化学研究所选出。中国科学院上海生物化学研究所则推荐钮经义为代表，认为他自始至终参加 B 链合成，成绩突出，也有一定学术水平。最后，评选委员会表示赞同。会议期间，国务院副总理聂荣臻、国家科委主任方毅接见了与会的全体同志。

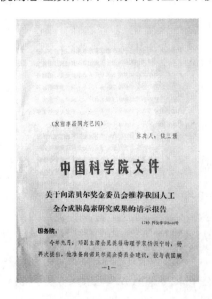

会议在良好的气氛中进行和结束。会后，钱三强主持起草并代表中国科学院签发了1978年12月25日呈报国务院的《关于向诺贝尔奖委员会推荐我国人工合成胰岛素研究成果的请示报告》（本文简称《报告》）。《报告》提出："现在我国正进入建设现代化社会主义强国的新时机，我们正在加强国际上的科学技术交往，对诺贝尔奖金似不宜于长期持拒绝态度。"

《报告》在汇报人工合成胰岛素工作总结评选会议的情况，推荐钮经义一人为代表的原因和过程后写道："我们建议，以钮经义同志一人的名义，代表我国参加人工合成胰岛素研究工作的全体人员申请诺贝尔奖金，拟由杨振宁教授和王应睐教授分别推荐。"一周后，请示报告获得批准。按要求所需的各种推荐材料，由钱三强具函，以最快速度寄给杨振宁以及也受诺贝尔奖委员会邀请推荐候选人的美籍华裔科学家王浩。与此同时，王应睐也作了推荐。至于杨振宁、王浩、王应睐是否按中国科学院的建议进行推荐，就不得而知了。

我国人工合成牛胰岛素研究集体的代表，被推荐为诺贝尔化学奖1979年度候选人的过程和事实就是如此。

最后结果，1979年度诺贝尔化学奖的得主为美国人布朗（发现硼化合物作为试剂在有机合成中的应用）和德国人维提希（发现磷化合物和酮、醛反应可成为烯类）。我国钮经义未能获选，令人惋惜。

1982年，人工合成牛胰岛素研究成果获得国家自然科学一等奖。奖金人民币1万元，中国科学院上海生物化学研究所分得5000元，北京大学化学系和中国科学院上海有机化学研究所各分得2500元，分给参与研究工作的每个人就寥寥无几了。

近几年，国内有关报刊和新闻媒体的报道，已把诺贝尔奖炒作得够热闹了，诸如，谁谁与诺贝尔奖擦肩而过；某学术会议预言某某可以获得诺贝尔奖；某政协委员提案某某有希望获诺贝尔奖，应予重点支持；某某倒在赴诺贝尔奖的途中……国内有关人士期待中国本土的科学家能尽早获得诺贝尔奖，这种心情完全可以理解。但是，我们真正需要的不是"诺贝尔奖猜想热"，而是要冷静下来，理性地思考我们基础研究的科学技术政策和科学家的工作环境条件如何，怎样切实改进才能有效地促进我国科学工作更快发展，缩短与国际的差距，真正实现"科教兴国"的目标！

"刘亚光事件"和"牛满江事件"*

科学界应该有良好的风气。科学人才的评价、研究成果的鉴定、科学是非问题的判别，都必须按科学自身发展的规律和科学工作应该遵守的基本原则行事。

科学研究允许失败，但不能容忍欺骗。在科学队伍中，有少数人不是踏踏实实从事刻苦的研究工作，出于对个人名利地位的追求，不顾科学道德，投机取巧、弄虚作假、自吹自擂。他们知道这些经不起科学界的审查，就刻意在科学界以外寻找支持的力量。于是，原来是简单的问题，由于外力的介入变得复杂起来，牵扯了上自高层领导同志，下至各级科研组织管理工作人员的精力与时间，旷日持久难以解决。"刘亚光事件"和"牛满江事件"就是突出的典型事例。

一、"刘亚光事件"

刘亚光生于1940年，1965年从复旦大学毕业，被分配到农林部检疫所工作，1972年调入中国科学院微生物研究所。他没有受过严格的科学训练，不肯踏踏实实地学习作研究，却染上投机取巧的恶习，谎报成绩，千方百计争取高官政要的支持，以抬高自己的身价。他进微生物研究所后，在不长时间里换了几个研究课题，没有取得结果。1974年，他给周恩来、邓小平、华国锋、李先念、谭震林、江青、王洪文写信，报告他在烟草花叶病毒增殖研究中，推翻了洋权威的结论。经查，他本人没有做过实验，他的新发现是从别人的文献中抄的。1975年上半年，他写信给华国锋，声称他用环胞苷酸治疗癌症取得突破。实际上他同样没有做过实验，只是从别人的实验报告中抄取部分数据为己所用。1976年上半年，刘亚光去上海参加协作研究，因剽窃实验数据引起别人的反感，才工作三个月就混不下去了，只好回到北京。①

1977年年初，中国科学院党组成员秦力生召集有关单位研究刘亚光的工作安排问题。为照顾他的兴趣，决定由北京中医院借调刘亚光，进行为期一年的肿瘤研究。刘亚光到那里工作不到三个月，就不辞而别，私自与几家部队医院进行

---

　　* 本文原载《薛攀皋文集》（内部交流），中国科学院自然科学研究所院史研究室编印，2008：225-230. 原题为《高端权力介入科学事件何时休?》收入本文时有较多删节和补充。

① 中国科学院微生物研究所. "这个事件"的真相——答杨沫同志的指控. 人民日报, 1980-09-23.

合作研究。不久，他就通过各种途径向中央领导同志汇报：中药生脉散可以显著提高心肌脱氧核糖核酸（DNA）的更新率，从而为根治冠心病提供了理论依据。同时，刘亚光要求微生物研究所把他的研究结果作为成果上报；把他的论文《生脉散对心肌核酸代谢的影响》公开发表。微生物研究所学术委员会讨论刘亚光的研究工作与论文，认为有弄虚作假行为，拒绝了刘亚光的要求。刘亚光不服，不断向上告状。1978 年 1 月 25 日，中国科学院商请中华医学会举行专题学术讨论会，与会有关专家 50 余人，由中国医学科学院院长黄家驷主持，审查评议刘亚光的论文。发言者在肯定这一研究方向的同时，指出：刘亚光的实验设计与其要达到的目的是不一致的，对实验数据的处理也缺乏严肃的科学态度。因此，从实验本身得不出"显著提高心肌 DNA 更新率"、"为根治冠心病提供了理论依据"的结论。事后，中国科学院将有关情况以简报（增刊）方式报送中央各有关领导同志。①

1978 年 11 月，刘亚光到天津，为该市卫生局举办的分子医学学习班"讲学"并作"示范试验"，住在睦南道招待所。当时，著名作家杨沫也住在这里重写小说《东方欲晓》。刘亚光深知杨沫是一个值得利用的人物，于是主动接近她，施展公关手段，设法讨得杨沫的欢喜。他与杨沫的第一次谈话从杨沫的名著《青春之歌》开始。刘亚光说，他中学时代就读过它，很喜欢，印象也很深刻。后来，杨沫又把已经重写完 90% 的《东方欲晓》让他看。刘亚光看了说不亚于《青春之歌》。杨沫很喜欢刘亚光给她戴的高帽，在给她丈夫的信里美滋滋地说：刘亚光很年轻，很有才干，也懂文学。他和我关系不错，不是吹捧我，我听了很高兴。刘亚光又对杨沫说：为了他一个人的科学研究，华主席曾作过两次批示；邓小平副主席和陈云副主席各作过一次批示；谭震林副委员长曾两次向他过去所在单位打招呼支持他。杨沫听罢，觉得这个小人物不简单。②

在认识刘亚光的三个星期内，杨沫从来没见刘亚光看过电视，也没有外出看过电影、戏剧。他已经 37 岁了，没有成家，却迥异常人地愉快地过着独身生活。于是，杨沫认为，刘亚光为他的 DNA、为他的分子医学、为他正在从事的科研事业，投入了全部心血和精力。当刘亚光告诉她，他受原单位和某位"学阀"打击压制，有几项重大成果得不到承认和推广，不得不在外面"打游击"进行研究工作时，杨沫义愤填膺："我的犟劲又上来了。有人说他是骗子，我看他是好人。不管亲戚朋友的劝阻，我认定了我做的是正义的事情，是对四化有益的好事。于是几匹马也没有把我拉回来，我要斗争——再斗争"。③

---

① 石希元. 是"那"样一个人——评杨沫同志的报告文学《是这样一个人》. 自然辩证法通讯，1980（4）：24-29.

② 杨沫. 是这样一个人，浙江日报，1979-12-25.

③ 杨沫. 不是日记的日记. 长沙：湖南人民出版社，1980：92.

就这样，杨沫变成了刘亚光的一杆枪。"刘亚光给她提供子弹，她开火；刘亚光给她出主意，她跟人斗；刘亚光代她起草信稿或文章，杨沫抄写并署名发出。刘亚光完完全全把杨沫控制住了。"①

杨沫把刘亚光看成"全副心力投入为四化服务"、"给心肌梗死的病人带来福音，对心脏病治疗做出了贡献"，却受到中国科学院微生物研究所、某些科学家"打击""扼杀"的"年轻有为的科学工作者"。为了支持"被迫害者"，给"打击报复、破坏科学事业的人以应有的党纪国法的制裁"，她运用各种办法，通过各种途径，使尽浑身解数。

（1）不断给中央和地方领导同志写信。从1979年2月起至1981年6月，杨沫先后给华国锋、邓小平、陈云、邓颖超、王任重、冯文彬、姬鹏飞，以及浙江省委书记钱瑛和福建省委书记项南等写信。

（2）向新闻媒体提供有关材料或接受记者采访。从1979年4月至1980年3月，先后有《新华社内参》、《北京晚报》、《北京日报》、《文艺报》等发表记者的报道文章。

（3）利用全国人大代表、全国人大常委会委员的身份，杨沫在1979年9月五届全国人大二次会议提交提案，指控微生物研究所和某些科学家打击刘亚光；

（4）以杨沫的名义，在报纸公开发表报告文学《是这样一个人》（《浙江日报》1979年12月25日）、《我闯进了陌生的科学世界》（《光明日报》1980年7月21日）和读者来信《这个事件出现在正向四化进军的今天》（《人民日报》1980年9月6日）。1980年10月在湖南人民出版社出版《不是日记的日记》，收入杨沫从1978年11月开始认识刘亚光到1980年8月期间的有关记事，同时收入《是这样一个人》和一位解放军报社人员的报告文学《关于一篇报告文学的报告文学》。这本书共12万多字，印数多达2万册。此外，杨沫还策划拍一部刘亚光的电影。

杨沫的努力没有白费。在她的影响下，浙江与卫生部批准浙江中医学院成立了号称中国第一个"分子医学研究所"；国家科委通知微生物研究所调刘亚光到这个研究所工作；某中央领导同志批发文件拨给这个研究所200万元经费以及购买进口仪器的其他费用。

与杨沫紧密接触期间，刘亚光在天津和杭州取得了两项"重大成果"。1978年11月，刘亚光在天津因"讲学"和"示范试验"需要，曾在天津药物研究所工作过一段不长的时间，号称是一个月，其实加起来没有几个整天。此时，该所对海参黏多糖的研究已经进行了三年多，正在准备观察 ^{3}H 标记的 TdR 对担癌动

①　老鬼. 母亲杨沫. 武汉：长江文艺出版社，2005：259.

物参人的影响。刘亚光了解这个情况后，就把该所这一试验兼做"示范内容"，并且把其中仅仅是第一次预实验得到的少数未经重复的不可靠的数据，作为结果大肆宣扬。海参黏多糖研究，从选题到实验设计，从多糖成分的分离提取、鉴定到药理活性的发现与测定，与刘亚光全无关系。杨沫却在给中央领导同志的信和向全国人大的提案中称，刘亚光"从海参中提炼一种黏多糖，能显著抑制癌细胞生长"①。

1979 年初，刘亚光到位于杭州的浙江中医学院工作，由于该院当时不具备实验研究条件，就与当地某部队医院合作研究。1980 年 3 月，刘亚光写出了《复脉汤对提高心肌 DNA 和蛋白质合成的影响（一）》。杨沫立即向中央领导同志去信介绍道："11 位专家的综合意见是：'方向正确，方法先进，结果令人信服。''复脉汤'能提高心肌缺氧、损伤后的合成 DNA 过程，给心肌梗塞病人的治疗带来福音，对心脏病治疗做出了贡献。"

作为杨沫所说的 11 位副教授以上专家中的一位，湖南医学院陈修教授对此发表声明说："我们对刘亚光的'复脉汤'文稿写的意见，不是对刘的研究成果作鉴定。我们既没有参加这项工作的鉴定会，也没有对他的研究资料和成果按照鉴定的要求进行审查；更没有对他的研究资料和成果，进行同行评议，得出共同的结论。""我是在今年 3 月在杭州编审《药理学实验方法学》时，在一个偶然的场合与徐叔云同志一起，经人介绍认识刘亚光的。当晚，他给我们每人一份'复脉汤'的打印稿，说他第二天要'出差'，要我们即时提意见。为了加强他的地位，他拿出一份有关单位给一位领导同志的报告和有关拨款 100 万美元来装备刘的研究所的批件。我们稍浏览了一下文稿，还未来得及推敲，刘就拿出卫生部中医局的征求意见稿纸要我们填写。在前后不到一小时的时间里，在未被告知提意见目的的情况下，写下了意见，主要是肯定他用现代的分子生物学方法研究中医药的正确性和初步结果的意义，也指出了存在的问题。我未曾肯定刘的初步结果是可作鉴定的成果，更未认为是给病人带来'福音'的'重大突破'，这显然不是一个科研成果鉴定书。""半个月后，刘飞回杭州，带回一本经卫生部中医局复制的意见，包括当时在杭州的 3 人和另外几个人的意见，还有一份'鉴定综合意见'。这时我才知道我所签的意见是作'鉴定'用的，但这份'鉴定综合意见'根本没有与我们商量，其内容我是从杨沫的信得知的……对这种没有先例的鉴定方法，和未经我们统一的鉴定意见，我们当然不予承认。"②

此外，浙江省科学技术委员会于 1980 年 4 月成立了《复脉汤对提高心肌 DNA 和蛋白质合成的影响（一）》重复实验小组。小组由浙江医科大学、浙江农

① 樊绘曾. 关于海参黏多糖的研究，科学报，1980-11-06.
② 陈修. 澄清事实真相. 科学报，1980-11-06.

业大学、杭州大学、浙江卫生实验院、浙江农业科学院等单位研究人员组成。9月20日，浙江省科委将验证结果向有关领导上报。验证的意见是：原研究报告中的实验数据除一项重复过一次外，其余都得自单次实验资料；每次实验均只有很少数的样本；实验操作技术有较大的误差，包括系统性的误差在内；实验所列的操作方法、数据与实际情况及原始数据有不相符之处；有些实际的实验操作步骤与文章的叙述不相符合，因此难于进行重复实验。根据前述情况，重复实验小组认为：运用现代科学技术对祖国医学进行研究是值得提倡的；但该研究工作尚不完善，希望作者加强基础实验工作，完善实验方法，做出成绩。①

杨沫因小说《青春之歌》和电影成名，受到人们的尊重。她以自己的名人效应同某些高官的权力相结合，在刘亚光问题上频频出击，颠倒黑白，混淆是非，影响很坏。外行者和不知真相的人们，为她"路见不平，拔刀相助"，替小人物"鸣冤叫屈"的做法叫好。而微生物研究所和对刘亚光的"重大发现"持不同意见者，则背着"压制扼杀人才"的罪名，承受着巨大的压力。在科学界有许多人对此感到愤慨，樊洪业就是其中的一个。他在调查了解之后，以"石希元"为笔名写了《是"那"样一个人——评杨沫同志的报告文学"是这样一个人"》，系统地驳斥杨沫于1979年12月25日在《浙江日报》上发表的那篇不实之词。他将文章投寄《浙江日报》，但该报拒绝刊登。直到1980年8月，这篇文章才在《自然辩证法通讯》第4期发表。很快，刘亚光以杨沫的口气起草了给当时主管宣传工作的王任重的信，以及驳斥石希元的文章，请求王任重允许在《人民日报》发表，然后由杨沫抄写、签名发出②。出于对杨沫的信任，王任重立即批示给《人民日报》："同意杨沫同志意见，可以发表她的文章。请你们和《浙江日报》共同调查一下，这大概又是一种不正之风作怪，应当揭露之。"于是，《人民日报》于1980年9月6日发表了杨沫的来信：《这件事情出现在正向四化进军的今天》，全面替刘亚光辩护，呼吁对"破坏四化扼杀人才的"微生物研究所、石希元等予以党纪国法的制裁。

杨沫插手刘亚光事件后，微生物研究所只是对杨沫的不实之词写了三次说明材料分送给中央领导同志和有关单位，从未在公开报刊发表过文章。面对杨沫的指责，该所于1980年9月11日才给《人民日报》编辑部寄去了《"这个事件"的真相——答杨沫同志的指控》。《人民日报》到9月23日才予以发表，并且编发了一个耐人寻味的编者按。

《人民日报》发表杨沫《这个事件发生在正向四化进军的今天》后，《科学报》的读者纷纷向该报询问情况。在征得微生物研究所和石希元同意后，《科学

---

① 参见：浙江省科委组织专家对刘亚光同志的"复脉汤"实验结果进行验证．科学报，1980-11-06．
② 老鬼．母亲杨沫．武汉：长江文艺出版社，2005：257．

报》将他们分别给《人民日报》编辑部的信发表，从而引发了一场关于科学成果与人才应该由谁来评判的讨论。

随着真相的揭开，许多原来支持杨沫、刘亚光的单位、个人及有些高官的态度发生了转变。刘亚光如坐针毡，立即给杨沫出主意，唆使杨沫再找关系在《人民日报》刊登正面肯定刘亚光的文章。他在一张稿纸上写下五条必要性。杨沫为此于1981年1月11日给中共中央办公厅第一副主任冯文彬写信，以询问中共中央办公厅信访局对刘亚光事件调查结果为名，提出如下要求：为了安定团结，为了对事不对人，我要求把中共中央办公厅的调查结果用适当方式，择要在《人民日报》上披露一下，如说明经有关单位调查，刘亚光不是骗子，在科研上没有剽窃、弄虚作假行为，就可以了。我并不要求对微生物研究所的错误在报上公开宣传。①

过了几个月，《人民日报》没有动静。杨沫想起了再次给邓小平写信。由于杨沫把刘亚光事件越闹越大，邓小平于1980年10月下旬就有明确批示："对科学的事要有科学态度，科学上的是非要由科学家去评判。刘亚光闹腾了几年，再支持就不好了。请方毅同志找杨沫同志做工作。"1980年10月28日，国家科委主任、中国科学院院长方毅约请杨沫谈话，谈了三个小时，双方谁也说服不了谁。方毅说，刘亚光的问题是科学之争，由同行去评议，你杨沫同志就不必再管这件事情了。杨沫反驳说，这不是纯科学之争，而主要是是非之争，说刘亚光是骗子，这是科学之争吗？她坚持说刘亚光的科研成果是有价值的。② 在事情的发展已经直接危及自身名誉的情况下，1981年6月25日，杨沫给邓小平写信，提出："只要您批示《人民日报》用适当方式报道一下刘亚光的工作，一切问题就迎刃而解。"但是，《人民日报》还是没有刊登正面肯定刘亚光的文章。

由于浙江省委书记铁瑛知道事实真相后，不再支持刘亚光，刘亚光又设法转到福建去工作。我听到这个消息，赶紧给在福建省人事厅负责引进人才的同学联系，提醒他千万别引进这样的"人才"。那位同学说："刘亚光已经来了，住在大宾馆里。来头不小，说是不要也得要。"原来又是杨沫帮他转到福建去的。不久，刘亚光又想去美国发展。还是杨沫继续帮他的忙，连经济担保人都是她给找的。1982年11月24日，刘亚光赴美国，到彼岸八个月后，才给杨沫写了一封信，从此以后没有再与拼了老命为自己"鸣冤叫屈"的杨沫联系。二三十年过去了，刘亚光在科学研究自由度极高的国家默默无闻，没有什么作为。

"刘亚光事件"在中国科学院及微生物研究所折腾了近10年，在社会上折腾了近六年，教训很多。在分子生物学在中国异常薄弱、很多人对这个新兴学科不

① 老鬼. 母亲杨沫. 武汉：长江文艺出版社，2005：260-261.
② 老鬼. 母亲杨沫. 武汉：长江文艺出版社，2005：256.

了解的情况下，他抓住一些同志岁数大了，对心脏病和癌症异常关注的心理，强调分子生物学与中医中药结合能治疗冠心病和癌症，从而轻易地得到有的官员、名人的支持，这是可以理解的。但是，在究竟应该由谁来评判科技成果与人才的问题上，有的官员、作家名流们却犯了不该犯的错误。他们不顾科学界的反对，硬要去管他们不懂的事，导致问题旷日持久、难以解决，花费了上至中央领导同志，下到基层工作人员不少时间和精力。微生物研究所业务处副处长毛桂震在1980年11月的一次座谈会上发言，道出了基层干部的苦处。他说：刘亚光在属于我所编制期间，向上报告"突破性"成果四次，没有一次是真实的。但是他有活动本事，一上告就有人批示，一批示就要我们来办。为了评价他的成果，研究他的工作安排，答复他的上告，我被召到院里开会20多次。对有关上告信，也不知道有多少领导同志批示了多少次。我们作为基层工作人员，有大量日常工作要做，如果他真有成果对人民有益，我们花时间、花精力也还值得。但他没有成果，只因为会闹，就让我们围着他转，我们的力量怎么往四化上使呢？党和国家的大事堆积如山，领导同志硬是要管他们不懂的事，我们很为难，也很着急①。

二、"牛满江事件"

美籍华裔生物学家牛满江在中国科学院动物研究所、原发育生物学研究所（2001年该所与遗传研究所整合为遗传与发育生物学研究所）闹腾了30多年。

牛满江1912年出生于河北省博野县，1936年从北京大学生物系毕业后留任助教。1944年从西南联合大学赴美国留学，先在旧金山斯坦福大学胚胎学家Twitty教授门下攻读博士学位。取得博士学位后，到纽约洛克菲勒大学做博士后，后来应聘去费城坦普尔大学执教，1962年晋升为教授，1982年退休为终身教授。坦普尔大学是美国二三流的大学，规模很小，学生不多。

牛满江在1950年代同他的老师一起研制的Niu-Twitty培养生理溶液，比其他先期发明的同类溶液更适用于两栖类动物组织胚胎的体外培养，一直为国际同行所沿用。1950年代初发表的悬滴（hanging drop）培养法以及化学分子诱导细胞体外分化的实验结果，在近代发育生物学教科书中都有介绍②。20世纪50年代后期，牛满江的主要精力转向信使核糖核酸（mRNA）对胚胎分化诱导作用的研究。1960年代，美国著名杂志《科学》（Science）刊发牛满江关于发现牛肝细胞mRNA能抑制小鼠腹水癌细胞生长的研究报告。多位科学家均发现其实验存在问

① 参见：中国自然辩证法研究会和《自然辩证法通讯》杂志社联合召开座谈会．应该由谁评定科技成果与人才．自然辩证法通讯，1981（1）：10-13.

② 严绍颐．童第周．石家庄：河北教育出版社，2001：153.

题，不能重复。1967 年 3 月，《科学》发表了牛满江当年合作者 N. Hillman 博士的质疑文章，此事对牛满江的声誉有很大影响。

1972 年，美国总统尼克松访华。同年夏天，牛满江回到阔别 28 年的祖国。作为中美两国关系解冻后首批到内地的美籍华裔科学家，他和杨振宁等人一样，曾受到周恩来总理的接见。1977 年 8 月 16 日上午，邓小平同志也在人民大会堂接见了牛满江。牛满江声称自己正在研究解决中国的粮食和营养问题："准备把稻子、麦子或者玉米的蛋白质含量增加起来。将来做成的话，凡是吃粮食的人不吃肉，蛋白质营养一样会很高。我想这真要达到这一成果，那对人类是个贡献，粮食就没有问题了。"邓小平同志说：你一年四季在这里我们都欢迎。任何时候，待多久都可以。招待不好，你可以贴他们大字报。牛满江高兴地说：那我要记住这个话，我要实践。① 邓小平同志的一句客套话，成为牛满江的政治资本。1979 年 1 月邓小平访问美国，牛满江"建议坦普尔大学向邓小平授衔以示敬意"②，该校授予邓小平荣誉法学博士学位。1984 年，牛满江还曾联系过由坦普尔大学授予当时任中国总理的赵紫阳荣誉博士学位，但是赵紫阳总理没有接受这个建议。③ 此外，他通过与美国洛克菲勒基金会的关系，做了一些促进中美交流方面的事，并为新组建的中国科学院发育生物学研究所争取资助做过一些牵线工作。

1973 年，牛满江再度回国，开始了与动物研究所童第周教授的合作研究。根据双方的实验基础和特长，决定由牛满江负责从鲫鱼的细胞核和细胞质中分别提取 DNA 和 mRNA，由童第周用相似于细胞核移植的技术，将 DNA 和 mRNA 分别注射到金鱼的受精卵内，观察由此发育成的胚胎和成鱼是否会发生遗传性状的变化。童第周是实验胚胎学家，对生物化学、分子生物学的新进展不熟悉，提取 DNA 和 mRNA 的工作由牛满江负责，出了问题当然不能由童第周承担责任。这期间，出现过国内科学界对牛满江提供的 mRNA 纯度，以及他将金鱼发生变异的原因归结为"外源 mRNA 诱导"的解释提出质疑的事件。

1980 年初，牛满江向《中国科学》投寄题为《鲫鱼卵信使核糖核酸中指导肝脏白蛋白合成的组分》的论文，因为没有达到《中国科学》刊登的水准，没被通过。但在方毅同志的干预下，《中国科学》亮绿灯放行。1980 年 11 月，美国发育生物学家、加利福尼亚大学教授 Eric H. Davidson 向《中国科学》投稿，对牛满江的多项工作进行评论，认为牛满江的工作方法、工作作风有问题，结论完全不可信；中国把牛满江捧到很高的地位，对中国科学的国际形象构成了不好

---

① 参见：邓副主席在人民大会堂接见了美籍华人生物学家牛满江教授，同他们进行了亲切的谈话. 中国科学院档案，77-4-53.

② 郑世厅. 牛满江：执著的追求卓著的贡献. 南方周末，2006-12-07.

③ 熊卫民，邹宗平. 邹承鲁传. 北京：科学出版社，2008：151.

的影响。《自然辩证法通讯》杂志也准备发表该文的中文版以及国内著名细胞生物学家施履吉院士的另一篇质疑牛满江工作的文章。在有关部门的干预下，《中国科学》和《自然辩证法通讯》未能刊登这些批评文章。这几起政治干涉学术的事件，在国内外科学界的影响极坏。

1980年4月底，在北京京西宾馆，牛满江主持召开"核糖核酸在发育和生殖中的作用"第二次国际学术会议。牛满江的工作——把大豆的 mRNA 注入水稻胚内，由此发育而成的水稻种子内出现了大豆蛋白——先后受到两位诺贝尔奖获得者 D. Baltimore 和 W. Gilbert 的质疑。1980年5月3日，美国《华盛顿邮报》发表 Jay Mathews 报道会议情况的文章《美国生物学家批评中国生物学家的工作》。Mathews 引用 W. Gilbert 的话批评"牛满江是中国的李森科，要把中国的生物科学引向歧路"。"牛的工作是炼金术，没有对照试验。"Jay Mathews 说，像牛满江这样在美国水平不高的科学家，在中国却受到追捧，是因为他得到方毅和邓小平的支持。Mathews 说话尖酸刻薄，对此方毅同志极为不满。

1981年，国内生物学家沈淑敏（女）等分别给国务院写信，建议高层领导同志不要听信牛满江的自我吹嘘。这些出于爱护领导的善意建议，方毅同志却认为：攻击童、牛，就是攻击我，就是把矛头指向邓副主席。我当时在重建后的中国科学院生物学部的办公室工作，接到中国科学院院部值班室电话传达的上述指示，对这种把科学评价与人才识别的意见，上升为政治问题的做法，深感诧异。1996年，沈淑敏因癌症复发住进中关村医院，我去看她时她谈起这件往事，对领导同志只相信牛满江，不相信国内外许多科学家感到痛心。

1979年3月，童第周先生不幸病逝。次年，童第周筹备多年的发育生物学研究所正式成立。牛满江不再与童第周原来的实验室合作，但每年都到该所工作，研究经费由该所提供。洛氏基金会人口部主任西格尔提醒发育生物学研究所，该基金会资助发育生物学所的目的，是资助中国政府的科学事业，而非资助牛满江。事实上，洛氏基金会资助发育生物学研究所的主要牵线人是动物研究所研究员、西格尔的同学张致一，并非牛满江。1981~1983年，发育生物学研究所多次替牛满江申请中国科学院自然科学基金，但没能通过同行评议。

1986年2月，中国科学院发育生物学研究所举行建所纪念仪式，同时召开小型的国际发育生物学学术讨论会。会前，国际发育生物学学会主席冈田节人教授提出：如果牛满江作为应邀参加的国外科学家，则各有名的科学家将不到北京参加会议。此前，洛氏基金会人口部主任西格尔也提出，在发育生物学研究所成立纪念会上，不要请牛满江作报告，以免引起与会者的反对。为此，发育生物学研究所按照卢嘉锡院长的指示，妥善处理这一问题，对冈田节人和西格尔做工作。

1986年5月16~17日，牛满江接受中国记者采访，说他在发育生物学研所受了委屈。有关内参于 5 月 31 日被送到中共中央政治局和书记处有关领导同志，亦增发给中国科学院党组。① 根据中国科学院一位副院长的批示："应该把真情向中央报告。"发育生物学研究所写了详细的书面澄清材料《关于牛满江教授反映若干问题的说明》上报。其中包括：牛满江长期受国内外科学界质疑，却没有以实际的研究成果回答那些质疑；要求当发育生物学研究所所长或名誉所长；他只是发育生物学研究所的顾问，却冒用"中国科学院顾问"名义在国内外活动（包括经济活动）；他一再提出发育生物学研究所研究人员要围绕着他的课题进行工作，未能为研究所主要研究人员所接受；他几次要求发育生物学研究所干预他公司的合伙人在中国的生意活动，研究所党委向卢院长汇报后予以婉言谢绝……②

1986 年 6 月 6 日，中国科学院秘书长顾以健约见牛满江夫妇，向他们澄清一些情况，并要求牛满江对有些事情做出解释。6 月 23 日，牛满江给顾以健写信，承认带有"中国科学院顾问"头衔的名片"有不对处……深感过去我的大意，请予原谅"。

1986 年 10 月 25 日，牛满江称事情"不对头"，给国务委员方毅写信求助。10 月 31 日，方毅批示给中国科学院卢嘉锡院长和严东生副院长：此事要妥善处理，"勿忘故人"是中国为人的好传统，万不能给人以"过河拆桥"之感。接到方毅的批示后，卢嘉锡立即召集院有关部门传达批示内容，研究处理方案，表示1987 年从各种途径筹划资金（每年约需 20 万元），邀牛满江到发育生物学研究所继续合作研究。11 月 8 日，孙鸿烈副院长把上述情况上报方毅。11 月 10 日中国科学院又上报国务院，并建议方毅接见牛满江。11 月 19 日下午，方毅会见了牛满江，说："刚才说到以后不再请你了，没有过这种事情。"③

1988 年，美国一个生物学代表团访华，曾参观过发育生物学研究所。代表团回国后，由美籍华裔生物学家孔宪铎和 Hamen 博士合写《中国的生物工程》一书，其中有一节专门讲述发育生物学研究所的情况，批评了牛满江在发育生物学研究所的工作，对牛满江来华合作前的工作也提出了质疑。这些批评使得资助发育生物学研究所的洛氏基金会也遭到指责。对孔宪铎等人的批评，牛满江根本就不从学术层面进行反批评，而是多次要求发育生物学研究所支持他上法院状告孔宪铎。发育生物学研究所认为牛满江本人与美国科学家之间的学术分歧，应由他们自己去解决，发育生物学研究所不介入。④

① 朱辉. 牛满江的苦恼. 广播电影电视部总编室编. 情况（增刊 13），1986-05-31.
② 中国科学院发育生物学研究所. 关于牛满江教授反映若干问题的说明. 中国科学院档案，86-4-46.
③ 参见牛满江状告发育生物学研究所有关文件. 中国科学院档案，86-4-46.
④ 牛满江欲状告美籍华人生物学家，中国科学院档案，91-4-40.

1989 年，牛满江实验室副主任及研究技术人员五人，向发育生物学研究所提出，要调离该实验室（课题组）。牛满江 1982 年在美国退休后，实际上是利用中国科学院的资金，支持他在发育生物学研究所继续他在美国的研究工作。在他的实验室（课题组）里，不是中美双方平等合作研究，而是牛满江一个人说了算。他脾气暴躁，听不得不同意见，言语粗鲁，经常训斥谩骂组里共事的科研技术人员，且长期出不了研究成果。大家认为在牛满江手下工作没有前途。

1991 年 6 月 25 日，中国科学院生命科学与技术局邀请院部有关部门，研究是否继续给予牛满江以经费支持，主管生物学的一位副院长也与会。会议决定请国内外有关科学家对牛满江的工作进行书面评议。会后，生命科学与技术局就此事以及约请中外专家参加书面评议的名单，与牛满江交换意见，牛满江都表示同意。专家们评议的结果，大多数人认为继续支持牛满江的工作意义不大，应该停止拨给研究经费。李振声副院长向牛满江通报书面评议的结果，牛满江竟拍桌子破口大骂。李副院长不失应有的风度，宣布停止给牛的研究经费。不出所料，事后牛满江果然拿 1977 年邓小平对他说的话"你一年四季在这里我们都欢迎。……招待不好，你可以贴他们的大字报"，向当时的国家科委主任宋健同志告状，宋健同志答应研究经费照给。

2006 年 6 月 29 日，国务委员陈至立在北京钓鱼台会见牛满江夫妇，对教育部和中国科学院研究生院为牛满江每年招收 2～3 名博士研究生作了安排。

2006 年 8 月 24 日，《南方周末》刊发署名石希生的文章《邹承鲁与 30 年前的两起学术腐败事件》（本文简称《事件》），其中涉及对牛满江的批评。《事件》是《邹承鲁传》中的一章，该书由在读博士研究生石希生执笔，著作权属于中国科学院生物物理研究所。邹承鲁声明《事件》的内容全部出自他的口述，他对此负完全责任。

牛满江看到《事件》后，不敢同邹论战，却写信给中央领导同志状告《南方周末》和石希生诽谤。中央领导同志大概出于科学上的是非问题，应该由科学界讨论解决，不能由党政部门充当裁判的考虑，没有对牛、邹之间谁对谁错表态。由于外界不明真相，牛满江却借此对《南方周末》与石希生施加压力。

《南方周末》于 2006 年 12 月 7 日发表了署名"郑世厅"（"正视听"的谐音）的文章《牛满江：执著的追求 卓著的贡献》，并配发简短的编者按，公开为发表《事件》文向牛满江道歉。"郑世厅"文未能指出《事件》文哪些内容有错误，只是一味美化牛满江。

尽管邹承鲁已经声明：《事件》的全部内容都是出自他的口述，他对此负完全责。但牛满江却揪住石希生不放。2006 年 10 月 26 日、27 日，牛满江办公室的主任等先后通过电话、面谈，威胁石希生说："牛满江教授接受过四代党和国家领导人的接见，攻击牛满江教授就是攻击国家领导人，就是犯了政治诽谤罪。"为了挽救石希生，他们给石希生指出"一条明路"：争取主动，采取行动，比如说写一个东西，给牛教授赔礼道歉，以求得牛教授的谅解。否则，将不会拿到学位，还要被关进大牢。石希生不屈服于威胁。

2006年12月6日，派出所以石希生犯了诽谤罪为由，传讯石希生，并强迫石希生在他们所拟的不实笔录上签字，理所当然被石希生拒绝。当时石希生正在生病，传讯的民警扬言还要继续传讯，石希生必须随传随到。由于中国科学院有关部门约见派出所人员，指出其越权介入学术纠纷事件，非法传讯公民的严重性，该民警才不再纠缠石希生。

事情并没有就此结束，2007年9月28日，牛满江的办公室主任等人再次找石希生，声称牛满江心中怒气仍无法平息，打算向北京市中级人民法院诉石希生诽谤状。如果石希生不按牛满江的要求向牛当面道歉，并在《南方周末》或其他大媒体上公开书面道歉，他们将利用其人脉关系让石希生判刑坐牢。年青研究生石希生没有保护自己的能力，只能恳请他所在研究所和中国科学院的领导，阻止牛满江等对自己的政治迫害。

2007年11月8日，牛满江因病在北京逝世。中国科学院与牛满江之间长达35年无奈与尴尬的关系，到此画上了句号。备受牛满江迫害身心交瘁的石希生也才得以解脱。

牛满江对名誉地位看得很重。他多次写信给中国科学院和发育生物学研究所，以陈省身在南开大学数学研究所当所长为例，间接提出他要当发育生物学研究所所长。1985年，孙鸿烈副院长代表中国科学院，向他说清楚不会有这样的安排。但是，牛满江不死心。1986年10月，他给国务委员方毅写信说："美籍华人在祖国协助科研的，有比我年长的陈省身教授（南开大学数学研究所所长），年幼的李政道教授（北京高等科学研究中心主任）及我（发育生物学研究所科学顾问）。陈教授1984年开始，李教授今秋开始，我从1973年开始。就学业成就来说，我远不如陈、李教授优秀，受人钦佩……"① 牛满江以这种方式，表达对自己的待遇不如陈省身、李政道的不满。

牛满江生前冒充中国科学院顾问在社会上活动：他常自诩受中国四代领导人接见。他被国内"98个学术科研单位或企业聘为名誉顾问"。任何一位严肃的、负责任的真正科学家，是不会以有如此之多的头衔为荣。

以牛满江的人品和学风，他怎么可能得到科学界的认可与尊重。

"刘亚光事件"和"牛满江事件"留给人们的教训或启示是：在科学研究工

---

① 发育生物学研究所．关于牛满江教授反映若干问题的说明．中国科学院档案，86-4-46.

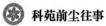

作中，要有所成就，刘亚光和牛满江的道路是走不通的。科学研究人才和成果的评价，以及学术是非问题的判断，应该由科学界在不受外界的干预下进行评议或通过讨论、争论和科学实践去解决。名人、政要非理性充当裁判，无助于科学进步。

追忆在中国科学院宁夏和湖北
两所"五·七学校"的生活*

"五·七干校"① 是"文化大革命"的产物。把一些"有问题"的干部和知识分子下放到"五·七干校",实行劳动改造是当时的一项重要举措。1969 年中国科学院先后设立了宁夏陶乐和湖北潜江两所"五·七学校",我经历了两校近四年的劳动改造生活,往事难以忘怀。

(一)

1966 年 5 月 7 日,毛泽东审阅中国人民解放军总后勤部《关于进一步搞好部队农副业生产的报告》后,在给林彪的信中写道:人民解放军应该是一个大学校。这个大学校,学政治、学军事、学文化。又能从事农副业生产。又能办一些中小工厂,生产自己需要的若干产品和与国家等价交换的产品。又能从事群众工作,又要随时参加批判资产阶级的文化革命斗争。工人、农民、学生、工作人员,凡有条件的,也要以本业为主,兼学、兼做别样,也要批判资产阶级。这就是"文化大革命"中毛泽东发布的"五·七指示"。

1968 年 5 月 7 日,黑龙江省革命委员会组织大批机关干部和"走资派"到庆安柳河劳动改造。他们在那里办了定名为"五·七干校"的农场。五个月后,柳河"五·七干校"总结出一套办校"经验",对此毛泽东特意批示:"广大干部下放劳动,这对干部是一种重新学习的极好机会,除老弱病残外都应该这样做。在职干部也应分批下放劳动。"1968 年 10 月 4 日,《人民日报》在头版头条刊登了"最高最新指示"和《柳河五·七干校为机关革命化提供了新的经验》一文。《人民日报》的编者按说,"黑龙江'五·七干校'关于干部下放劳动的经验很好","我们已经有了有关精简机构方面的经验,再加上关于干部下放劳动方面的经验,对如何实现机关革命化、干部革命化,认识就比较完整了"。编者按还认为,这为改革不适应社会主义经济基础的上层建筑提供了新的经验。从

---

* 本文原载《薛攀皋文集》(内部内流),中国科学院自然科学史研究所院史研究室编印,2008 年 1 月,第 67-79 页,收入本书时略有删节。

① 当时全国各地所办的这一类学校都称为"五·七干校",只有中国科学院最初办的这两所学校叫做"五·七学校"。

281

此干部下放劳动，开办"五·七干校"之风席卷中国大地。

"五·七干校"的办校方向，最早由柳河干校提出的是：以《五·七指示》和"广大干部下放劳动"的指示，作为办校的方针。后来，它又被概括为组织学员通过结合现实斗争认真看书学习、参加集体生产劳动、插队锻炼这三条途径，达到改造世界观的目的。据说"这是干部教育的一场革命"，是"文化大革命"中"创造的新鲜经验"。当时特别强调"越苦越累越能锻炼和考验人"，往往人为地强化劳动强度和生活的艰苦程度。"五·七干校"之所以大多设在土地荒芜、人烟稀少的沙滩、盐碱地、沼泽地、山沟等自然条件极差的地方，就是因为不如此不足以改造人。① 与这种劳动相配套，许多干校成立之初都提出了生产自给的目标。除了繁重的体力劳动，"五·七干校"还进行各种各样、不间断的以"批判资产阶级"为主要内容的政治运动。学习的内容完全由当时各种名目的运动所决定。干校还组织学员定期到农村插队，接受贫下中农再教育。1976年邮电部发行一套三枚"五·七干校"纪念邮票，图案就是"认真读书"、"生产劳动"和"插队锻炼"。②

多数知识分子和干部开始是怀着一种虔诚和善良的愿望，去"五·七干校"劳动改造的。但经过几年"五·七干校"的劳动，他们的专业知识荒废了，被强迫改造成为体力劳动者。这种以歧视知识分子，迫害革命干部，片面夸大体力劳动的重要性，轻视脑力劳动为指导思想的"五·七干校"，助长了"知识无用"论，既误国又误民，产生了极恶劣的后果。

"五·七干校"作为"以阶级斗争为纲"的产物，一旦社会步入以经济建设为中心的时代，它便窘态百出，难以在社会上继续立足生存。企图用自然经济的思想来改造社会、改造人，同社会发展的总趋势是背道而驰的。1979年2月17日，国务院发出《关于停办五·七干校有关问题的通知》。从此，"五·七干校"退出了历史舞台。

（二）

中国科学院是"文化大革命"的重灾区。由"革命造反派"头头控制的革命委员会一直是闻风而动，紧跟形势。

《人民日报》1968年10月4日发表毛泽东最新指示和柳河"五·七干校"经验之后六天，中国科学院革命委员会召开了扩大会议，落实毛泽东的最新指示。会议认为毛泽东的指示"像一盏明灯，照亮了广大干部前进的方向，是反修

---

① 蒋建路. 五·七道路//朱健华等主编. 中华人民共和国大事记事本末. 长春：吉林教育出版社. 1992：791-795.

② 郑谦. 五七干校论述. 百年潮，2006（9）：32-38，（10）：42-49.

防修的千年大计、万年大计，是保证社会主义江山永不变色的根本措施"。会议决定在北京顺义和山东黄河口地区创建中国科学院干部下放劳动基地。第一批下放顺义劳动的机关干部500名左右，约占北京地区全院党政干部总数的1/4，主要是原院直各厅、局的党政干部，同时也有少数科技干部，将于10月底出发，[①] 可谓是雷厉风行。

然而在北京顺义和山东黄河口办中国科学院"五·七干校"的决定，很快就有了变化。中国科学院革命委员会舍近求远，派人到远离北京的省、市、自治区重新勘察选择校址，先后选定宁夏风沙盐碱严重危害的陶乐和湖北血吸虫病高发区的潜江。从篡夺中国科学院革命委员会领导权的造反派头头王锡鹏所炮制的、应该下放劳动的三种人："政治上有错误，业务上没有发展前途，工作上离得开"的"黑三条"中，[②] 就道出了做出这样变动的个中奥秘与险恶用心。由于中国科学院北京地区的人员结构，在总体上科学技术人员的比重大大超过党政干部，这大概是中国科学院的"五·七干校"称为"五·七学校"的原因！

年中国科学院湖北五·七学校所用的信封

1970年7月，国家科委与中国科学院合并，组成新的中国科学院革命委员会。原国家科委办的河南罗山和确山两所"五·七干校"随之转归中国科学院。所以，有人称中国科学院办过四所"五·七干校"。

---

① 见中国科学院革命委员会. 文化革命简报（第38期），1968年10月15日.
② 马先一. 关于对待五七干校的问题. 中国科学院档案处档案，1974-6-5.

1971 年初，中共中央第 22 号文件称："随着斗、批、改任务逐渐完成，干部陆续分配，干校需要适当调整合并，以轮训在职干部为主。"根据中共中央文件精神，1971 年 2 月 15 日中国科学院党的核心小组决定：湖北"五·七学校"在两年左右时间内完成撤点转校工作。后来，湖北"五·七学校"和罗山"五·七干校"停办，有关人员和物资集中整合到确山"五·七干校"。确山"五·七干校"以轮训在职干部为主，其性质已经改变，不是原来意义的"五·七干校"了。

（三）

中国科学院宁夏"五·七学校"于 1969 年 4 月 1 日开学，4 月 24 日撤销；湖北"五·七学校"同年 5 月初开学，1972 年年底撤销。宁夏"五·七学校"撤销后，全体人员编入下放湖北"五·七学校"第一批人员队伍中去湖北潜江。

一、短命的中国科学院宁夏"五·七学校"

1969 年 3 月 29 日，中国科学院第一批去"五·七学校"劳动改造的 40 多位"五·七战士"离开北京前往宁夏回族自治区陶乐县。我是原中国科学院生物学部办公室唯一被发配去宁夏的，大概属于"政治上有错误"的那一类人。我的罪状是，在"修正主义科研路线"占主导地位时，工作越积极，事情干得越多，就是罪恶越深重的"修正主义苗子"。另一条找不到任何证据的罪状，说我是"接受美帝国主义津贴潜伏下来的间谍特务"。其依据是我交给组织的"自传"中写过，1947～1951 年，我在教会大学读书时曾连续七个学期获得美国卫理公会的"柯林奖学金"，每学期美金 50 元，后改为 35 元。

驻中国科学院首都工人毛泽东思想宣传队（简称工宣队）队员宣布要我立刻整装去宁夏时（家属什么时候走说是以后统一安排），妻子正大口大口咯血，在离家 20 多公里外的牛街回民医院住院治疗；一双小儿女还在小学低年级念书。我硬着头皮申请缓行几天，把家安顿好立即赶到宁夏，却被以个人的事再大，也没有落实"五·七指示"事大为由拒绝了。临行前一天，我带着一双儿女去医院看望妻子并向她辞行。妻子为我担心，又为我走后一双儿女的生活担心；懂事的儿女，为妈妈的病担心，为爸爸远行、妈妈住院，流露着小姐弟孤立无援的恐惧感；我，作为不知何罪之有的"罪人"，不知怎样才能给她们以宽慰。一家人都深陷在痛苦之中，又怕加重对方的痛苦，都欲言又止，对至亲亲人的互相关爱，一切尽在不言中。3 月 29 日，我麻木地随人流登上西去宁夏的列车。列车有终点，国家的前途呢？我的家、我自己的命运呢？这一切我都茫然无知。在妻子儿女都需要我的时候，我偏偏要远行，不知何时才能回来，三双幽怨、强忍着泪珠的眼睛，妻子失血过多苍白的脸，孱弱的身体……轮番闪现在我的眼前。车轮撞击着铁轨，每一声都像一把利刃穿透我的心。列车一路西行，我的心在不停地滴血。我也知道，当时和我同处这种境遇的不在少数。在非战争状态下，全中国上自国家主席，下至普通国家干部和知识分子的无数家庭，被迫天各一方，甚至妻离子散、家破人亡。这种人间悲剧，真是不堪回首。

第二天黄昏，火车停靠在宁夏北部黄河西岸的平罗县车站。我们出了车站，上了"五·七学校"的三辆卡车，车辆随即驶上渡船，跨过河面宽阔、水流湍急的黄河，在一望无际的沙海里穿行。过了好久才到达我们的学校，校址是已经破产的县农场。

中国科学院宁夏"五·七学校"设在宁夏东北部一个贫困落后县——陶乐，为半农半牧区。县名虽好，却没有任何可让人陶醉欢乐之处。它西靠河面宽阔、流水湍急的黄河，北、东、南三面为一望无际的大沙漠所包围。来自西伯利亚的大风，沿大青山和贺兰山之间的缺口南袭，使这里经常黄沙飞扬不见天日。这儿的耕地不断被沙海吞噬，加上严重盐碱化，作物单一，产量很低。灌溉农作物靠从黄河二级提水，其成本远远超过粮食产值。陶乐是宁夏人口最稀少的县。据1995年底统计，全县面积909平方公里，人口23 046人，平均每平方公里只有25人；县城马太沟面积1.5平方公里，人口8365人。这些情况同1969年我们到当地时几乎没有什么区别。陶乐工业落后，交通运输不便，全县仅有一辆汽车，还是县医院的救护车。县城是名副其实的弹丸之地，4月1日为庆祝中国共产党第九次全国代表大会开幕，我们绕县城游行一周只用了不到半小时。

我们到宁夏的先遣队员，有的是被告知要在那里安家落户的。到了当地看到如此恶劣的自然环境条件，很快地意识到在这里离开了集体，个人能否生存下去都是疑问，更遑论拖家带口，子女上学、就业都是大问题。大家不得不推派代表，向带队的军代表吴海祥同志陈述陶乐不适于安家落户的理由；同时提出如果我们真有问题，那是我们个人的问题，不应该株连家属。军代表里也有不少好心人，他实事求是地向北京反映陶乐的真实情况。驻中国科学院工人、解放军毛泽东思想宣传队总指挥部和中国科学院革命委员会不得不宣布撤销宁夏"五·七学校"，把所有人员转到即将于五月初开学的湖北"五·七学校"。宁夏"五·七学校"开办不到一个月就寿终正寝了。中共九大闭幕时，全体学员回北京稍事休息几天后，被编入下放到湖北"五·七学校"第一批人员的队伍中，一起南下武汉转往潜江。我申请缓行几天，获批准在安排好家事后赶往学校。

二、中国科学院湖北"五·七学校"

湖北"五·七学校"设在汉水西岸潜江县广华寺，原沙洋农场二分场一大队三中队所在地。沙洋农场是劳改农场，规模大，从潜江起往北纵跨三个县。土地统一规划，耕地每块长 1000 多米，宽数 100 米至 1000 米，相当于 800 亩至 1000 多亩。

沙洋农场处于沼泽地带，血吸虫的中间宿主钉螺孳生，属于湖北血吸虫病最严重的流行高发区。湖北"五·七学校"先后有 100 多名五七战士感染上血吸虫病，有的人没有彻底治愈后来导致肝硬化，离开了人世。

从 1969 年 5 月开学，到 1972 年底湖北"五·七学校"撤销，我们一直在这里劳动和生活了近四年，感慨良多。

1. 愚昧无知，荒唐决策，800 名研究技术人员被迫放弃所学专业

中国科学院湖北"五·七学校"的"学员"人数，最高峰时曾达到 2400 人，那是 1969 年秋林彪借口"战备"发出"一号通令"，大肆驱赶干部和知识分子离开城市之后。常年在湖北"五·七学校"的大约 1000 人。其中，近 200 人是京区各研究所轮训性质的在职人员，其余近 800 人属被精简对象，"毕业离校"遥遥无期。这 800 人中，有一半是所谓原中国科学院院部"旧机关旧人员"，还有一半是被错误撤销的综合考察委员会、心理研究所、北京植物园、北京生物实验中心等单位的研究技术人员。造反派掌权后，未经国务院批准，就撤销中国科学院在北京的上述几个研究机构。这些单位的人员除了"革命小将"外，被连锅端到湖北"五·七学校"。他们同我们这些"旧"院部干部一起成为难兄难弟，直到学校停办。

1）中国科学院综合考察委员会

中国科学院综合考察委员会（简称综考会）原是为适应国家建设探明自然条件和自然资源的需要，由著名科学家、中国科学院副院长竺可桢倡议，于 1956 年 1 月成立的。综考会根据国家"十二年科学规划"的有关任务，先后组织了 10 多个综合考察队，在中国的东北、内蒙古、西北、华南占国土面积 60% 左右的边远地区，进行多学科的调查考察。参加考察的有中国科学院所属研究所、高等学校、有关部委和地方的科研单位以及生产机构的科学工作者。参加各考察队的单位，多的在 100 个以上，少的也有 8～10 个，一般为 40～50 个。参加人数，有的考察队达 1000 人次以上，少的也有几十人次；涉及的学科多的在 40 个以上，少的也有 3～8 个；考察时间一般为 4～5 年，多的达 10 年，最短的为两年。

其规模之大，参加单位、学科和人员之众多，考察时间之长，以及涉及地区的广袤，不仅在中国是从来没有过的，就是在世界上也属少见。它取得了丰硕成果，基本上查清了中国边疆地区自然条件的特征和自然资源的数量、质量与分布规律，积累了大量第一手资料，填补了这些地区的空白；为边疆地区自然资源开发和生产力布局提出综合开发方案或远景设想，并在不同程度上发挥了作用；培养出一批科学考察人才，帮助边疆建立了一些科研机构，推动了全国科学考察事业的发展。可是，因为"其专业和担负的工作，多半与生物学口、地学口的研究所重复"，它于1970年遭到撤销。1972年，国家为了调查全国宜农荒地资源，将在"五·七学校"的综考会研究技术人员调回北京工作。1974年成立了中国科学院自然资源综合考察组。

2）心理研究所

心理研究所是当时全国唯一的一所心理学专业研究机构，创建于1950年，到"文化大革命"开始的1966年，已初具规模，全所人员达到150人，其中研究技术人员110人，另有研究生17人，设有发生发展心理、心理过程与劳动心理、病理心理以及心理的生理机制四个研究室。心理研究所还是中国心理学会、《心理学报》等的挂靠单位，成为推动中国心理学发展的一支重要的研究力量。心理学研究人的心理活动的共同规律，而有些"左"倾人士认为人是以阶级分的，根本不存在什么共同心理规律的问题。因此，在历次政治运动中，心理学经常受到冲击。"文化大革命"中心理学被贴上了"资产阶级的心理学"、"伪科学"的标签；心理研究所被扣上了"宣扬资产阶级腐朽没落思想"、"为资产阶级服务"的罪名，"砸烂心理所"成为当时的革命口号。1969年6月中国科学院宣布撤销心理研究所，全所研究人员几乎都下放到湖北"五·七学校"，实验研究设备被无偿调拨给其他单位，研究用房被别的单位占用。中国心理学的唯一研究机构毁于一旦，直到"文化大革命"结束后的1977年心理研究所才正式恢复。

3）北京植物园

北京植物园被撤销的罪状是，种花花草草为资产阶级有闲人物服务。部队接管了植物园，把它改为向首长提供副食品的基地，温室被改为鸡舍，许多品种园被开辟成菜园；名贵的花卉先送到有些首长家里，随后让北京各大公园去自由挑选，剩下的低价出售。植物园职工眼看自己10多年艰苦创业的研究机构毁于一旦，无不痛心疾首。植物园职工原先下放到湖南衡东的原国家科委"五·七干校"，不久该校撤销，他们转到湖北"五·七学校"来。他们在"五·七学校"劳动之余，继续不停上告、贴大字报。于若木（陈云同志夫人，"文化大革命"开始时是该园中共总支书记）在干校为植物园被错误撤销愤愤不平写了大字报，还揭露了江青的劣迹。为此，她付出了沉重代价，被打成现行"反革命"，在干校失去了人身自由，连上厕所都有人"陪同"。

在上级干预下，1973年3月，中国科学院革命委员会承认当年撤销植物园、心理研究所等单位"没有认真调查，没有慎重研究，是轻率的、错误的决定"。北京植物园交还中国科学院时，原先引种的4700多种植物只剩下400余种；600余种珍贵的葡萄品种和已经育成、正待推广的60余种草莓新品种，荡然无存；几十亩研究果园和原始材料园几乎全毁……北京植物园的重建实际等于从头开始，直到20世纪80年代中期还没有恢复到"文化大革命"前的水平。

在这段历史时期，国外科学技术的进步日新月异，而我们有一大批研究技术人员、科研管理人员在"五·七学校"，不许看业务书籍，不许学外语，被迫放弃原来所学的专业或所从事的工作，用几年时间还原成体力劳动者。正是在"文化大革命"对知识分子的摧残迫害的历史背景下，我国在"文化大革命"前已经缩小了的同国外先进科学技术的差距，又被拉大了。许多荒诞无稽之事，今天看来难以置信的，但都确确实实在"革命"的名义下发生过。

2. 湖北"五·七学校"生活散记

湖北"五·七学校"以柳河"五·七干校"为样板办学，自不待言。由于校内生产劳动量大，在我的记忆里，只有少量人曾去农村和江汉油田插队锻炼，接受贫下中农和工人再教育。

湖北"五·七学校"建校初期，"工人毛泽东思想宣传队"和"解放军毛泽东思想宣传队"参与学校领导，有些过激做法。"宣传队"撤走后，学校气氛相对宽松些。驻校军代表中，给大家印象最好的是来自国防大学的张健同志。他稳重，对知识分子没有偏见，听得进大家的意见。遗憾的是，他太早离开学校。

湖北"五·七学校"学员的劳动、学习和生活，按连、排、班的建制组织进行。我所在的那个连，第一年参加大田种植生产，负责的地块长1745米、宽800米，一半种玉米、小麦，另一半种棉花。就种棉花来说，每人平均近四亩多，而当地农村的棒劳动力人均仅两亩。棉花生长季节长，在当地每年4月播种后，接着是间苗、除草、施肥、打叶整枝、防治病虫害、采摘……没完没了的田间作业，一直忙到春节前夕。后三年，我们连承担"五·七学校"砖木结构平房宿舍的全部施工任务，其中包括从汉水红旗码头到学校工地之间，装卸沙石、水泥、砖瓦、木材，甚至参加修筑当时被称为战备公路的"五·七"路等。

我们到了"五·七学校"，是诚心诚意想通过劳动改造自己的。尽管建校初期，劳动量大，劳动时间长，居住条件欠佳，也很少人有怨言。第一年种棉花，每天早晨天刚亮就下地干活，在田间吃早饭、午饭，稍事休息片刻接着干，直到天黑收工。回到集体宿舍，简单洗漱吃完晚饭就带着疲惫的身心上床入睡。真正过起了日出而作、日落而息的生活。在劳动中大家都不惜力，连、排长更是身先士卒，劳动在前，休息在后。有一天打农药，中午小憩时连长在烈日曝晒下不休息昏倒在棉田里，全连战士紧急动员排查，才在茂密的棉株丛中找到他。那一年，在湖北省的所有中央各部门的"五·七干校"中，中国科学院湖北"五·七学校"上交国家的籽棉，不论总产量还是单位面积产量，都高居首位。也是在"五·七学校"的第一年，雨季到来，快要成熟的小麦地围堤被洪水冲击决口，由于"一不怕苦，二不怕死"口号的鼓动，在毫无防范血吸虫感染的措施条件下，一批"五·七"战士明知有险却毫不迟疑，许多人纷纷跳进决口处，手拉手搭起人墙堵住决口，另一批"五·七"战士同样冒着感染血吸虫的危险，紧急抢修围堤。这样做为的是保护国家财产，也为了保护我们的劳动成果不受损失，其间没有喊出什么豪言壮语口号，事后也不张扬，我们只是默默地做了应该做的事。

然而，这一切对有些在当时错误思潮引导下的"工、军宣传队员"来说，都视而不见。出于对知识分子的阶级偏见与歧视，他们屡屡以冷嘲热讽、斥责怒骂相向，动辄把劳动或生活中的一些小事，同阶级斗争、路线斗争联系起来。

"锄头是反修防修的武器；活着干，死了算"：湖北"五·七学校"1969年5月上旬开学，第一课是给棉花间苗除草。一位工宣队员向我们训话时，举起手上的锄头问大家：这是什么东西？大家回答是锄头。他说：不对！这是反修防修的枪，多锄掉一根杂草，就是多一发射向修正主义的子弹！他要求大家好好劳动改造。知识分子对重体力劳动有个逐渐适应的过程，但是，有的工、军宣队队员对此并不理睬。开始大家还能弯腰或蹲着干活，久而久之只能"四脚着地"，艰难地爬着前进，一天十几个钟头下来，累得精疲力竭。收工时，他偏要大家跑步集合，地块那么大，大半个钟头队伍集合不起来。他大发雷霆，历数"臭老九"的种种"劣根性"。大家也只好洗耳恭听。一位军宣队员更加露骨地说：你们到了这里就得准备活着干，死了算！旁观的农民大娘感叹说：这些文弱书生真可怜，还不如原先在这里的劳改犯！

"吃饺子也是路线斗争"：我们劳动九天才休息一天，大家都希望利用工休日，洗洗涮涮，缝缝补补，写写家信……没有想到，为了这一天吃什么饭而引发辩论。平常三餐都由连队食堂统一操办。吃饺子时，食堂把面和馅分发到各班，每个班各包各的饺子，然后拿到食堂排队，顺序等着下锅煮饺子。工休日只吃两餐，吃完了这顿饺子已是午后一点多钟了。工休日该不该吃饺子的辩论由此展开。珍惜来之不易的工休日的人，反对吃饺子；爱吃饺子的人则认为反对吃饺子的人其实心里也想吃，只是偷懒怕动手。辩论本来是友好的、调侃式的，但是那位工宣队员又说话了："老九"在城市过惯衣来伸手、饭来张口的生活，在这里要自己动手。做饺子没有擀面杖擀饺子皮，用酱油瓶代替；没有擀面板、没有桌子，你们不是也想办法把饺子包出来了嘛！这就是"五·七"精神。所以，在"五·七学校"工休日吃不吃饺子，也是路线斗争。那年头，时时处处事事讲的是阶级斗争、路线斗争，人们都被搅糊涂了。

"国家储备的宝贵财富"与"寄生虫"：1969年秋，林彪发出紧急疏散北京人口的一号令，在京家属纷纷来电来信，催促"五·七"战士回京商量应对事宜。"五·七学校"领导招架不住向北京求援。师级军代表陆惠民和造反派头头王锡鹏急如星火赶到学校劝阻，要大家安心在校劳动。军代表在报告时说："五·七学校"是储备干部的地方，你们都是国家的宝贵财富。万一打起仗来，北京首当其冲，需要补员的时候，就让你们去补缺，缺一个，补一个，缺多少，补多少。当时就有人写条子问：要是不打仗呢？他们只好王顾左右而言他。他们把在"五·七学校"劳动改造的干部和知识分子，在某些场合改口说成"国家储备的宝贵财富"，纯属实用主义对付尴尬场面的言不由衷之举。在他们心目中，知识分子、广大科技人员这类艰苦的脑力劳动者，都不算劳动者，而诬之为依附于工农阶级的"寄生虫"。也就在林彪一号通令下达后，一位"五·七"战士在北京的家出了一些问题，学校特批他返京处理。还是那位军宣队员多次在连队大讲这条"寄生虫"肯定不会回来。然而，这位"五·七"战士不仅回来了，而且是提前归队的。但这位"军宣队员"只是惊呼："'寄生虫'回来了，真没想到"，继续对"五·七"战士进行公开伤害却毫无自责之意。

"《红楼梦》与阶级斗争新动向"：一个工休日，还在受审查的原院领导一位成员在床上休息时看《红楼梦》，为此，他在班、排、连挨训受批判，作检讨；校广播台更是连篇累牍，上纲为这是阶级斗争新动向。另一位"老"同志在劳动之余偶尔翻阅《中国通史》，也被训斥责问为什么带这种书到学校来。

湖北"五·七学校"虽然远离城市，远离中国科学院，但是根据"五·七指示"中"批判资产阶级"的要求，除了繁重的体力劳动外，还进行了以"批判资产阶级"为主要内容的政治运动，并以此为中心，安排了各种理论学习。1970～1971年，在"批陈（伯达）整风"和"批林（彪）整风"运动时，学校部署学习《共产党宣言》、《哥达纲领批判》、《反杜林论》、《自然辩证法》、《法兰西内战》、《辩证唯物主义与历史唯物主义》等六本马列主义著作，批判林彪的"先验论"。他们还把"清查五一六"运动带到学校。中国科学院革命委员会把逼供信取得的"五一六分子"大名单下达给湖北"五·七学校"。我所在的班没有清查对象；而别的班、排、连的清查任务很重，为此，先后有三位同志被送到我们班上审查。我作为班上的党小组长，不大情愿地接下了这个尴尬的任务。这是我有生以来第一次也是最后一次在政治运动中"整人"。在当时那种气氛下，这三位同志身心受到严重的伤害，我借此向他们表示迟到的歉意。

"文化大革命"以"斗私批修"为基本纲领，以"从灵魂深处爆发革命"这一类激进的道德修炼，作为反修防修的基础。我们从内心讲，在个人独处时，愿意"吾日三省吾心"，"刺刀见红，狠斗私字一闪念"。但是"一朝被蛇咬，十年怕井绳"。在以往的政治运动中，有不少干部、知识分子因为响应号召，向党组织或单位领导提意见，或出于对党忠诚老实，向党交心所写的思想汇报材料，常常被断章取义，作为反党反社会主义的罪证。"文化大革命"中更是如此。这样的事情实在令人心寒，因此，在公开学习讨论时，"五·七"战士学会了保护自己。他们在总结正确对待"文化大革命"、正确对待群众、正确对待自己等问题上的经验教训时，更多的是形式上的敷衍，给自己"上纲上线"，以迎合当时对干部和知识分子的估计，满足"斗私批修"的需要。我对下放"五·七学校"并被通知在那里安家落户，根本就想不通，但在公开场合讨论时，还得冠冕堂皇地讲"坚定地走五·七指示的道路"，"用劳动汗水洗私心"，"在战天斗地中炼红心"这样的话。有一位同我一起去宁夏陶乐"五·七学校"的同志，在我们出宁夏平罗火车站前往陶乐的途中，因为道路崎岖不平，运载行李的卡车剧烈颠簸把他的全部行李颠丢了。那时虽是4月，但在到陶乐的第一个晚上，最低气温竟达 $-14℃$。他每天晚上只能同别人凑合着盖一条棉被过夜。他告诉我，他原本对被迫下干校不满，偏偏又遇到这种事，心里更不痛快。但是在"学习毛泽东著作讲用会"上，他也得若无其事地讲："虽然我的行李丢了，但是我走五·七指示道路的决心绝不能丢。"在事过境迁后，我们在一起反思那一段言不由衷的经历，依然会心跳面红发烧。这是那个特殊年代引发的悲剧。

下放干校，是扫地出门的第一步。军代表在向第二批下放湖北"五·七学校"的原院直机关干部作动员报告时，明确地说这里是你们安身立命的地方。在我们连、排，有些同志借参加宿舍施工机会，购置木工用具练起木工活，他们之中有人并不讳言要时刻准备着必要时，成为一名有一技之长、自食其力的劳动者。我是一个出了家门就进了校门，出了校门就进了中国科学院院门的"三门"干部，到"文化大革命"前夕，除了因侵华日军占领我的家乡而失学一年外，我的经历是比较顺利的，没有经受过残酷斗争的锻炼与考验。"文化大革命"的到来，我不知所措，缺乏坚定的信念，看不清国家的前途。当被告知去"五·七学校"安家落户时，我对自己和家庭将来的命运如何茫无所知。但是，我又必须为有朝一日与单位剥离关系，在当地落户作准备，提前去经受一些重体力劳动的锻炼。为此，我参加了在小麦地围堤决口时，筑人墙堵缺口的行动；在学校向国家上交自产小麦时，我趁夜色混进了装车队伍，咬紧牙关摇摇晃晃背起一袋200斤重的小麦从粮库到卡车，然而，排长发现了，立即把我赶走。在湖北"五·

学校"，有着屈辱、惆怅、彷徨和不堪回首的蹉跎岁月与难言的辛酸与苦涩；有与家人天各一方、魂牵梦绕的愁肠百结；但也有"五·七"战士之间的互相关爱与体谅，后者是在"文化大革命"没完没了的斗争中难得享受到的。

1971 年林彪事件后，周恩来总理领导了整顿工作，对极"左"思潮进行了一定程度的批判和遏制。中央三令五申要求落实干部政策和知识分子政策，使我们的境遇有所好转。1972 年 4 月 20 日，中国科学院革命委员会政工组提出了《关于湖北五·七学校干部分配和撤点转校工作的方案》。这时，湖北"五·七学校"在校人员共 881 人，其中：干部和科技人员 741 人（都是综考会、心理所、植物园和原院直机关干部）、工人 28 人、知识青年 11 人、家属 101 人、已在校定居落户的 26 人。分配方案中，对原先被告知的安家落户问题不提了，学校开始征求我们对工作去向的意见。1972 年底，湖北"五·七学校"撤销。我们离开了劳动、生活近四年的湖北潜江，回到中国科学院或走上新的工作岗位。

"五·七干校"已经从人们的视线中消失了，但在中国特定的人群——当今 60 岁左右和 70 岁以上的干部和知识分子中，留下了一段复杂、刻骨铭心的经历，一段一言难尽、挥之不去的记忆！这种记忆不仅仅只为了自己，更重要的是不能让不尊重知识，鄙视丑化知识分子的历史悲剧重演！

不曾想走的路：我与中国科学院[*]

一个人选择什么职业，自己是掌控不了的。我在高中读书时立志学医，想当一名医生。后来事与愿违，以科研管理为业，走了一条原先不曾想走的路。

1951 年夏天，我在原福州大学①生物学系读完了四年医预课程毕业，正准备报考北京协和医学院与山东齐鲁大学医学院，福建省教育厅把全省应届大学毕业生集中起来办集训班，要求大学毕业生无条件服从组织分配工作。我请假参加北京协和医学院与山东齐鲁大学医学院分别在福州的招生考试，未获批准。9 月初，集训结束，我被作为研究生选送到中国科学院，出乎意料被留在中国科学院院部科研管理部门工作。我再三请求去研究所，人事干部不为所动。我毫无思想准备，难以接受。可是既然在集训班学习时承诺过服从分配，我无可奈何只得去院部调查研究室上班。

计划经济体制下的人事制度，对许多人意味着一次分配工作定终身。就这样，我离开学校以后，这一辈子就同中国科学院院部联系在一起了。

一、感　恩

进了中国科学院的大门，才知道科学研究事业还有一项组织管理工作。这工作包含哪些内容？我又该怎么做？开始的时候，许多事情我不明白。如果说我后来明白一些了，半个世纪以来也做了一些有益的工作，固然是因为我努力了，更主要的是因为中国科学院的培养、许多科学家的关怀、许多领导同志言传身教的帮助。他们对我的教育、爱护和支持，我永远记在心里。

宏观的科研组织管理工作，在新中国是新的课题。1949 年 9 月，代行全国人民代表大会职权的中国人民政治协商会议第一届第一次全体会议，确定科学院为政务院主管科学事业的政府职能部门，即中华人民共和国第一届"科学技术部"。这在世界各国的科学院历史上极其罕见。1954 年 9 月，全国人民代表大会第一届第一次会议，通过了《中华人民共和国宪法》和《中华人民共和国国务

＊ 本文原载《中国科技史杂志》2008 年，第 29 卷第 4 期，307-325。收入本书时略有删节与修改.

① 　1951 年初，原教会学校福建协和大学与华南女子文理学院由国家接管合并组建为福州大学。次年，全国大学院系调整，福州大学的文、理学院改建为现福建师范大学的前身福建师范学院。

院组织法》，中国科学院不再是组成国务院的政府机构，而是事业单位。①

中国科学院正式成立于 1949 年 11 月 1 日。它在宏观科研管理方面缺乏经验，在科研管理机构的设置上频繁变动。直到 1956 年才形成相对稳定的，由计划局（综合计划部门）、各个学部（按学科对院属研究所进行学术领导），以及自然资源综合考察委员会（组织院内外力量进行多学科的考察）等各个方面相互合作的体系。

中国科学院建院初期，贯彻执行各种方针政策比较稳重。在思想改造运动时，不采取高等学校的群众斗争方式，高级研究人员只在小组里自我检查，别人提意见，本人接受意见即可。正如竺可桢副院长在当时日记里写下的，是"和风细雨"式的。随后的"三反运动"、"肃反运动"，中国科学院（北京地区）都基本不在研究人员中进行。在科学研究"理论联系实际"方针方面，一再强调要防止短视行为。理论科学与应用科学，国家目前需要与长远需要都要适当配合。凡此种种，在中国科学院内部形成了凝聚力，在院外产生了"人心向院"的效应。许多高校教师说中国科学院是知识分子的"避风港"。

中国科学院建院时，由于缺乏科研管理干部，从科研或教育第一线抽调一批科学家和中青年科学工作者，到院部从事科研管理工作，如早期的钱三强（核物理学）、丁瓒（心理学）、汪志华（数学）、何成钧（物理学）、简焯坡（植物学）等，以及学术秘书处时期的贝时璋（实验生物学）、过兴先（农学）等。他们堪称中国科研管理的拓荒者与中国第一代科研管理专家。他们都是我的上级。他们言传身教，促使我迅速沉下心来踏踏实实地工作和学习。我很幸运，从进中国科学院的那一天起直到"文化大革命"前夕，一直有良师手把手地教我怎样做科研管理工作。他们就是我从事科研管理工作的启蒙者与领路人简焯坡和过兴先同志。

简焯坡（1916.11～2003.11）同志原在北平研究院植物学研究所研究植物分类和植物地理。1950 年 1 月调任院部研究计划局（后改名计划局）计划处代处长，后来随着机构调整改组，先后任调查研究室、计划局和学术秘书处的生物学地学组负责人。1954 年年底，他奉调协助竺可桢副院长筹组中国科学院自然资源综合考察委员会，离开学术秘书处，由过兴先同志接替他的工作。简焯坡同志后来历任综合考察委员会委员、新疆综合考察队队长、联络局副局长和驻联合国教科文组织中国代表，20 世纪 60 年代中期回中国科学院植物研究所任研究员兼副所长。简焯坡同志在院部期间，参与接收原中央研究院、北平研究院和其他研究机构，将它们调整重组成中国科学院第一批 20 个直属研究所（含筹备处），并

---

① 参见：国务院关于设立、调整中央和地方国家行政机关及其有关事项的通知. 中华人民共和国法规汇编. 北京：法律出版社，1956：151-153.

在这些研究所方向任务的确定、自然资源综合考察事业的开拓，以及科技外事等方面，做了大量工作。他回到植物学研究岗位后，把植物地理、群落地理和历史地理结合起来，应用于贵州梵净山水青冈林的研究，以及虎耳科和藜科的植物分类研究，做出了重要贡献。20世纪60年代后期，他不幸身患重病，在同疾病顽强搏斗30多年后，于2003年11月5日逝世。

我于1951年9月进中国科学院院部，在调查研究室、计划局和学术秘书处的生物学地学组工作近四年，简焯坡同志一直是该组的负责人。他除了对我进行科研管理工作的指导思想与工作方法的教育外，在人少事多的情况下，给我许多学习的机会。譬如，为了使我对不同学科的研究方法、实验手段增加感性知识，派我先后到北京鱼类分类学家张春霖实验室，短期学习鱼类分类的基本原则；去青岛鱼类生态学家张孝威领导的"黄渤海鲐鲹鱼渔场调查"现场，随调查船出海，与研究技术人员一起工作、生活了近一个月；去贝（时璋）老实验室学习制备细胞学实验样品。在北京师范大学生物学系，我旁听了汪堃仁教授为高年级学生讲授的人体与动物生理学课一个学期。在分派给我一项临时的畜牧业调查任务前，简焯坡同志亲自联系北京东郊双桥农场，让我到苏联专家在那儿开办的养猪学习班学习。此外，我还被允许脱产一个月参加俄文突击学习班。凡此种种，足见简焯坡同志对年轻干部培养的重视。

过兴先同志原来是浙江省农业科学研究所的研究员兼所长，以及浙江大学农学院的兼职教授。他在接替简焯坡任学术秘书处生物学地学组负责人后，历任生物学地学部、生物学部的学术秘书，生物学部副主任。"文化大革命"中受冲击，一度被下放到湖北潜江中国科学院"五·七学校"劳动。1971年9月恢复工作，先后在院业务一组（代行原国家科委的科研管理业务）、二局（主管自然科学）工作，并在"文化大革命"后任一局（主管生物学地学，不久后地学独立成局）副局长、局长。1984年离休后，他又重新开始中断了30年的棉花生长发育栽培试验研究。过兴先同志在中国科学院院部工作30年，对院原生物研究机构方向任务的制订，重大研究项目的组织协调，研究成果转化于生产等，做了大量工作。在黄土高原水土保持、黄淮海平原旱涝盐碱综合治理、生物固氮与生物技术的研究、中国菌种保藏中心的设立，以及《中国植物志》、《中国动物志》和《中国孢子植物志》的编纂等方面的组织推动工作尤其卓有成效。

从1954年底起到1966年，以及"文化大革命"结束后近两年，我在过兴先同志直接领导下工作共14年。

简焯坡和过兴先两位老师，都是在解放战争时期加入中国共产党的。两人有许多共同之处。他们为人正直诚恳，注意方针政策，重视调查研究，讲究实事求是，尊重研究所党政人员，善于团结知识分子，能倾听各种不同意见。对被领导的同志，既严格要求又大胆放手。在讨论科技方针政策、工作计划与总结时，发扬民主，大家能畅所欲言，表达与他们不同的或反对的意见。在这样的集体里工作，虽紧张、忙碌，但心情舒畅。

我的成长，同我的领导人，我接触的科学家们的关心和支持是分不开的。他们都是我的老师，饮水思源，师恩难忘！

二、中国科学院院部40年

弹指之间，我从当年进中国科学院院部时的青年小伙，成为鬓发斑白的八旬老人。回溯在院部40年的经历，大致可分为以下四个阶段。

1. 调查研究室、计划局和学术秘书处的生物学地学组近四年

1951年9月到1955年5月，我先后在调查研究室、计划局和学术秘书处的生物学地学组任见习科员、科员。

那时，中国科学院才正式成立不到两年，正处于奠基创业、万事起头难的时候。既要管理好刚组建一年多的第一批直属研究所，又要作为政务院管理科学事业的政府职能部门，去探索怎样有效地组织领导全国的科学研究工作。

作为一个初出大学校门的青年，我进中国科学院时，如同"刘姥姥进大观园"，不知所措。简焯坡同志让我分工联系生理生化研究所、水生生物研究所、心理研究所、实验生物研究所的发生生理研究室与昆虫研究室、动物研究所的前身动物标本整理工作委员会，一度还联系古脊椎动物研究室。在翻看这些研究机构的工作计划时，我如读天书，满头雾水。我只能一边工作，一边学习，在工作中加深对科技方针政策的领会，熟悉研究所的情况，同研究人员交朋友，抓紧机会向他们请教。

那时，中国科学院院部比较重视对我们的政策教育，除了经常发给学习材料（包括每期新出版的《科学通报》，当时它不像现在只发表科学研究论文和实验报告），还给我们机会听一些重要报告。在中国科学院工作，最容易在知识分子问题上和科学研究贯彻理论联系实际方针上出问题，这方面的教育，无异于给我们注射了预防针。1951年1月《科学通报》上郭沫若院长的一篇文章《光荣属于科学研究者》，让我第一次知道领导同志在理论与实际的关系认识上也有分歧。他提出："科学研究自然是应该和实际配合的，但有的研究和实用的历程很短，研究成果立即可以见诸实用，有的却有相当长远的历程，一时是看不出成效来的。对于科学研究，无论内外行，怀着急躁的心情期待，是不妥当的。眼光看得远一点，算计要打得长一点。科学家们要自己把自己的生命放进科学研究里去，

国家的科学行政也应该把比较长远的算计放进科学里去。"

给我印象最深刻的是，副院长陈伯达 1952 年 7 月 18 日在中国科学院研究人员学习会上的讲话。他在讲话中，提醒在中国科学院工作的中国共产党党员，应该尊重党外科学家。对于中国科学院的工作方向，他提出：科学院的大量工作应该服从人民迫切的需要、国家当前的任务、国家建设计划的任务。这就要求科学家在最根本而又最广泛的范围上联系着实际，也就是真正地联系最广大的人民群众。他提醒：要反对把理论联系实际这个问题作片面了解。有些自然科学的理论工作与今天的生产实践不发生直接的联系，只有间接联系，要不要它们呢？当然是要的。陈伯达其人早有定论，但他当年的那个讲话不是代表他一个人的，在他讲话开始时，就首先说明这个讲话事先请示了郭院长，同几位副院长商量过，许多情况和观点是与在中国科学院工作的几位党员讨论时提供的。因此，可以说他的讲话内容是当时中国科学院工作经验的总结、集体智慧的结晶。

我对刚到中国科学院工作独立承担的两项任务至今记忆犹新。

一项任务是，1951 年 11 月 18 日和 23 日，竺可桢副院长在南京和上海主持"中国科学院院部组织机构调整改组座谈会"，我奉派随行作记录并整理会议纪要。

召开这样的座谈会是当年 9 月中下旬中国科学院第二次院务扩大会议决定的，旨在通过对院部组织机构进行调整，加强中国科学院对全国科学研究工作的组织领导。北京地区的座谈会已于 10 月和 11 月初开过。我到中国科学院工作还不到两个月，第二次院务扩大会议与北京地区座谈会都没有参加，情况不明，又是初次一个人执行任务，诚惶诚恐。

对中国科学院院部机构如何改组，南京和上海两地的座谈会同北京的座谈会一样，都提出仿效由李四光任主任委员，有各有关部门领导和专家代表组成的"中国地质工作计划指导委员会"的模式，设立一个超脱于各各部委之上的"全国科学工作计划（指导）委员会"，承担起组织领导全国科学研究工作的任务。新中国成立后，国民经济的恢复与建设都急需探明地质矿产状况，而地矿的研究技术人才又分散在各个相关的部、委、院。根据李四光的建议成立的中国地质工作计划指导委员会，统一计划，调度各部门的地矿力量，开展大规模地质矿产勘探研究，卓有成效。这是建议组建"全国科学工作计划（指导）委员会"的主要依据。我整理的南京、上海两地座谈会的纪要（打字油印稿）在中国科学院院部档案处还保藏着，但成立该委员会的事没有下文。

另一项任务，1952 年春夏之交，领导要我调查我国淡水水产生产和科学试验研究机构的状况。我去淡水水产生产和养殖事业相对发达的江苏、浙江、江西、福建等地实地调查，参观访问了一些水产学校与试验研究机构。回北京后，我去农业部水产总局向高树颐局长和费鸿年、金焰两位总工程师汇报。高局长听罢我的汇报后说，那些地区的淡水水产生产和鱼类养殖业比较发达，也有一定技术力量。而湖北淡水水产和养殖业有很大的发展潜力与空间。湖北有千湖之省的美称，但水产生产技术与科学技术滞后，如果中国科学院能把水生生物研究所所本部以及太湖淡水生物研究室迁到湖北，无论从水生生物学本身的发展，还是从解决生产、养殖方面的科学技术问题来看，都大有用武之地。他让我把他的建议向院部汇报。

我回中国科学院院部向简焯坡同志汇报，他再向计划局局长和竺可桢副院长汇报。1952 年 11 月 1 日，在做好征求意见的基础上，第 42 次院长会议通过了水生生物研究所所本部及太湖淡水生物研究室迁武汉的决定。接着，勘察所址，征购土地，设计并动工基建，到 1954 年 9 月水生生物研究所（其时太湖室已并入所部）搬迁完毕。从院长会议到此，前后不到两年，速度之快少见。

水生生物研究所的研究技术人员，为了国家需要，为了学科本身需要，顾全大局，从上海、无锡迁武汉。这件事情对我的教育很大。我对自己反映的情况成为现实既喜且忧。喜的是工作有了结果，忧的是以后水生生物研究所将会怎样？水生生物所如果不该搬迁，不仅影响该所的发展，还要影响该所研究技术人员及其家属的工作与生活。这就鞭策我在科研管理工作中，务必认真、准确、负责。

2. 生物学地学部、生物学部 11 年

1955 年 6 月至 1964 年，我先后在生物学地学部和生物学部办公室任科员，1964 年夏秋之交至 1966 年任生物学部办公室副主任。此外，1957～1958 年，兼任国务院科学规划委员会生物学组秘书。国家科委生物学组成立后直到 1966 年，我继续兼任该组秘书（常务），该组另有两位秘书是蒋成城（中国科学院上海分院计划处）和顾孝诚（北京大学生物学系，代表高等教育部）。不论是国务院科学规划委员会生物学组，还是国家科委生物学组，都先后挂靠在中国科学院生物学部。

中国科学院学部和学部委员制度，是 1953 年中国科学院代表团访问苏联，学习苏联科学院实行院士制度组织领导该院科学研究工作的经验，结合中国具体情况的产物——分学部对研究所进行学术领导，旨在改变原有行政领导的弊端。1955 年 6 月，中国科学院学部成立时，设有物理学数学化学部、生物学地学部（1957 年一分为二）、技术科学部和哲学社会科学部（现中国社会科学院的前身）。

中国科学院生物学部（含生物学地学部）成立后，在面向全国方面做了许多工作：①1956 年，参加我国第一部国家科学技术长远规划"十二年科学规划"

的编制。除许多学部委员参加任务规划、学科规划的起草外，如同范长江同志所宣布的，在1956年3月全国优秀科学家集中后，规划工作的"领导方式以学部为中心"，"在学部领导下讨论订计划"；②我国第一届国家自然科学奖"1956年度中国科学院科学奖金（自然科学部分）"的评审；③1956年，组织在青岛举行的"遗传学座谈会"。这个座谈会是中共中央宣传部部长陆定一建议，由中国科学院和高等教育部联合召开，生物学地学部具体筹备并主持的。这是在自然科学领域，纠正政治干预学术的错误，贯彻"百花齐放，百家争鸣"方针而召开的第一个会议；④1959年，组织生物学各分支学科及心理学的院内外科学家，总结新中国成立以来至1959年的学术成就，编著《十年来的中国科学》丛书（生物学和心理学两部分），由科学出版社出版；⑤1960年，起草国家《基本理论三年规划八年设想》中的生物学部分；⑥会同国家科委生物学组制订国家第二部科学长远规划《1963～1972年基础科学规划》中的生物学部分等。以上，除青岛遗传学座谈会外，我都参与了具体的组织和服务工作。

"文化大革命"前的10年，是中国科学院兴旺发达的10年。同时，由于国家政治大环境的指导思想的某些失误，"左"的思想影响，学部学术领导道路并不平坦，学部活动除头两三年外，几起几落，极不正常。就学部大会而言，原定每两年召开一次，第二次学部大会1957年开过后，第三次学部大会到1960年才举行。没等到第四次学部大会召开，"文化大革命"爆发，学部被撤销了。

"反右派"斗争后，党的知识分子政策发生历史性倒退，知识分子特别是高级知识分子的阶级属性改变了，"资产阶级"的帽子戴到他们头上。为学术领导而设置的学部、学部委员制度，能不能继续进行学术领导，自然是核心问题。

其实，在1957年的第二次学部委员大会上，对学部能不能、该不该进行学术领导，已经展开激烈争论。在生物学部委员中，认为学部可以而且应该进行学术领导的代表人物有丁颖（中国农业科学院院长）、戴松恩、汤佩松、盛彤笙等。认为领导不了的，有流行病学微生物学家魏曦及几位临床医学家。他们说学部领导不了，并不是从政治上考虑问题，着眼点是学部委员人数太少，每个大学科只有一两名学部委员，怎么可能面对成千成百的同行进行学术领导。

在那么多发言中，汤佩松、盛彤笙的意见最尖锐。他们两人不仅提出学部可以进行学术领导，而且提到学术领导中心就在"这里"（指正在北京饭店举行的学部大会），而不是在"文津街3号"（当时中国科学院院部所在地）。这种言论在那个年代的政治大环境里，自然被认为是反对共产党领导科学，免不了在"反右派"斗争中受到批判。汤佩松有幸没有戴帽子，盛彤笙（中国科学院西北分院筹备委员会副主任委员、中国科学院兰州兽医研究室主任，著名兽医学家）就没有汤佩松那么幸运，他在甘肃被戴上"右派"分子帽子，撤销一切职务。

中国科学院党组是怎么看"学术领导"的呢？张劲夫同志一直认为他不懂什么是学术领导。在当时的政治大潮中，他保护了一批著名科学家，使他们幸免于被打成右派分子，但他也笃信"外行能够领导内行"，"党必须绝对领导科学"，从而采取了一些组织措施。从"反右"整风以后，每个学部由一位党组成员分管，先后管过生物学部的院党组成员有院秘书长裴丽生、副秘书长秦力生和谢鑫鹤同志。"反右倾"后，给生物学部派来了党政干部张庆林同志当专职学部副主任（遗憾的是这位老干部毫无自然科学背景，却对自己要求不严，引起生物学部京区单位强烈不满）。张庆林同志调离后，1962年过兴先同志才被任命为生物学部副主任。1965年，在全国学习解放军和石油部政治工作的号召下，经中共中央批准，中国科学院党组改为中国科学院党委，并且在中国科学院设立了政治部。张劲夫同志第二次派党政干部姜纪五同志进生物学部当专职的学部副主任，虽然名义上没有成立院党委生物学部分党委，但实质上他起了分党委一把手的作用。作为学术领导的学部，其办事机构也因之管起了政治运动。学部完全处在党组、党委领导之下，学部常委会、学部各学科组基本上不活动了，有时由于政治和程序上的需要，才开会讨论通过一些交办的事，但必须予以通过，盖上橡皮图章。比如，党组成员裴丽生批评中国科学院在争取防治白蚁土专家李始美当研究员的问题上，远远落后于院外。于是，昆虫研究所重新召开所务会议，推翻了原先的不争取的决定，上报生物学部；生物学部召开了常委会予以通过，再上报院务常务会议讨论批准，完成了研究员职称评定的那一套必需的程序①。

"文化大革命"中出现的一些怪异现象，如工农兵进科研单位"掺沙子"，也可以从张劲夫同志此前的有些做法中找到似曾相识的影子。1960年4月，在上海举行的第三次学部大会是一个正确与错误指导思想共存的矛盾混合体。一方面，接受"反右派"、"大跃进"、"反右倾"、"拔白旗"等政治运动使自然科学基础研究受到干扰破坏的教训，为稳定基础研究，讨论通过《自然科学基本理论研究的三年规划纲要和八年设想（草案）》。另一方面，高级知识分子的资产阶级帽子没有摘掉，会议邀请了29位工人、农民生产能手劳模出席。会议为"瞎指挥"、"浮夸风"提供了舞台，复旦大学敲锣打鼓到大会报喜，说他们成功地人工合成了胰岛素；北京大学化学系派人乘飞机专程赶到会场报喜，他们已人工合成胰岛素A链。中国科学院落后了，党组着急了，学部大会一结束，不经学部论证，下令上海地区院属有机化学研究所、生理研究所、药物研究所和实验生物

---

① 参见本书《对土专家进科学院当研究员》一文。

研究所抽调人员参加生物化学研究所的人工合成胰岛素研究，大兵团作战队伍多达 344 人。他们撇开原来与生物化学研究所合作的北京大学化学系，伤害了后者的感情。由于无视科学自身发展规律，人海战术失败了，不得不收缩力量，循序渐进，从头做起。

张劲夫同志在中国科学院 10 年，对中国科学院事业的兴旺发达做出了很大的贡献，尤其是对"两弹一星"的研制立下了很大的功劳。但是在学部的职责问题上，原先张稼夫同志将"行政领导"改为"学术领导"，张劲夫同志却把它拉回到以党代政、以政代科的老路。历史是复杂的，人们不能超脱于当时的政治环境，因此做了一些违反科学的事情，也是可以理解的。

"大跃进"期间，除了中国科学院自身工作的一些失误外，也还有来自外界的压力或冲击。例如：

1958 年 7 月，在农业丰产座谈会上，主持会议的全国科联党组书记范长江与中共中央宣传部于光远同志，鼓动农民高产能手向中国科学院生物学部、中国农业科学院挑战，打擂台，竞赛种亩产几万斤的小麦、"卫星"田。①

1958 年 8 月 4 日，毛泽东主席去视察河北徐水，相信亩产万斤粮食是真的，提出了应该考虑粮食生产多了怎么办的问题。于是，中国科学院承担起粮食综合利用研究的任务。

1960 年 5 月，中共中央认为超声波在生产上有用，生活上也有用，它神通广大，用途很广。全国一切部门、一切地区，都应当大力推广，人人实验，到处实验。中国科学院党组书记张劲夫坐镇中关村指挥中国科学院（京区）"以超声波化为纲的五化、三无、一创运动"。②

像这样由高端人物或机构下达的非理性"任务"，在当时的政治大气候下用不着民主讨论和科学论证，都必须无条件执行。它们往往破坏了正常的科学研究秩序，研究技术人员被指挥得团团转。许多研究技术人员放下了手上的重要研究任务，去干明知不可为而不得不为的事，换来的是白白浪费了人力、物力、财力和时间，他们的心情能舒畅吗？

上述的几项"任务"中，粮食多了吃不完怎么办的研究属于机密课题，我没有参与。其他几项"任务"，我都承担了具体的组织实施工作，花了不少时间与精力，有的"任务"我是盲从，有的"任务"虽不敢苟同，但不得不违心地执行。在我醒悟后，自然有一种负罪感。

做科研管理工作要学会任劳任怨，学会承受委屈。但是，我有时候缺少这种大度。

---

① 参见本书《为什么说真话那么难——从科学家与农民竞赛放"卫星"谈起》一文。
② 参见本书《1964 年的全民超声波化运动》一文。

张劲夫同志经常批评生物学口技术装备落后，要补物理学、化学、新技术课。超声波化运动结束后，生物学部奉命组织一个学习班，在电子学研究所学习一些微波等方面的技术。生物学部每个研究所派 1～2 名研究技术人员参加。我受命负责学习班学员的学习、生活。那时，与新技术局口的单位打交道很不容易，既有国防机密的问题，也还有某些工作人员的优越感的因素。学习班学员的住宿餐饮，电子学研究所不负责，都由我操办。有一位女学员学习期间突发精神病，为她联系医院，通知家属等，这些事都得我来办。原先与电子学研究所谈好的要安排实验操作课，也被无端取消。学员们生活条件很差，睡的是大通铺；学习上，只有理论课，没有实习操作的机会，学习效果大打折扣，至今回想起来，我总觉得心里有愧，太对不起他们了。

有好些年，我承担了为生物学部所属研究所买猴子的任务。那时购售猴子，是由中国畜产进出口总公司负责的。中苏关系好的时候，大量猴子供应苏联，剩下的才向国内供应。中苏交恶后，猴子出口苏联的数量减少了，供应国内的情况好转。但到了三年粮食困难时期，买一只猴子要附加几十斤全国通用粮票。我手上没有粮票，要买猴子只能向用猴子的研究所要粮票，他们都拿不出来。我到北京市粮食局和中央粮部，接洽解决购猴所需的粮票。人家一句话就把我推出门外："人都没粮食吃，还为猴子来要粮票。吃饱撑的！"我说科学实验怎么怎么重要，根本没有用。出于无奈，生物学部给中国科学院党组打了紧急报告，迟迟得不到答复。不久，开所长会议，生理研究所所长冯德培在会议上批评院部工作效率低，连实验用猴都解决不了。张劲夫同志听说后，在大会上声色俱厉地点名批评生物学部不作为，我觉得很委屈。后来还是由党组出面，才解决了买猴所需的粮票问题。

我在生物学部办公室任副主任时间不长，相对独立"决策"的事不多。

我记得的是在科技外事方面花的时间和精力最多，特别是 1964 年的北京科学讨论会，我从会议召开前的 1964 年春天，一直忙到 1965 年年底。北京科学讨论会对外是以中国科协和世界科协北京中心的名义联合召开的，实际上是中国、日本、朝鲜、越南、印度尼西亚五国共产党联合组织主持的。有亚洲、非洲、拉丁美洲、大洋洲的 40 多个国家和地区的科学工作者参加。大会的学术活动分成理、工、农、医和社会科学五个大组和 20 多个分组进行。五个大组分别由中国科学院、国家科委、农业部、卫生部和原中国科学院哲学社会科学学部负责。我在理科组协助组长做学术交流活动的组织安排工作，并在会后任《北京科学讨论会论文集》理科卷中文版、外文版的常务副主编，协助主编顾功叙工作。北京科学讨论会各个学科的论文集到"文化大革命"期间才印出，由于其中有刘少奇同志接见与会全部代表的照片（这时刘少奇同志已被打倒），印好的文集都不能发行，全部销毁。此举，不仅国家财力物力受到损失，我们也白白浪费了一年半的时间与精力。

在这期间，我做了一件不透明的"暗箱操作"的事，至今想起仍感内疚。那是 1965 年年底，当时我还在忙《北京科学讨论会论文集》的事情，生物学部办公室主任郭中珍到宾馆找我，说中国科学院党委部署各学部马上提交一份在京单位搬迁三线的方案，不许与研究所商量，不许开会讨论。当时生物学部主任、副主任全不在北京。我只好拍脑袋写了一个方案。我当时对迁三线想不通，认为现代战争是立体战争，研究所建在北京，和建在云南、青海，没有什么实质差别。而且如此"暗箱操作"肯定要出问题，但是院党委的命令不可抗拒，不愿为也得为之。我记不得当时我写的方案的全部内容，只记得提出把动物研究所兽类生态学与昆虫生态学的部分研究力量迁到青海西宁，加强院高原生物研究所的研究力量，把它发展成动物生态学的研究中心。院党委具体运作时是否征求过动物研究所的意见，我就不得而知了，因为 1966 年 1 月初我就离开北京前往河南信阳地区参加"四清"运动去了。直到 1966 年 9 月回北京后，我才知道动物研究所夏武平先生等去了青海。他有家族性的眼睛失明遗传症，当时行动已不方便，去西宁后医疗、生活条件都较差，加快了失明的进程。我是始作俑者，现在来说些道歉的话没有任何意义，也无法补救那些研究技术人员付出的代价。

3. 扫地出门，离开科研管理部门 11 年

"文化大革命"期间，中国科学院成为重灾区。1965 年，中国科学院有 106 个研究所，基本形成学科比较齐全的自然科学综合研究中心。到 1973 年，中国科学院直属研究所仅留下 13 个，另有 43 个双重领导以地方为主的研究所。机构的重大变化，直接影响了中国科学院的整体性质和任务。科学家和领导干部横遭批判与迫害。到 1968 年年底，北京地区院级党员领导干部七名全都成了"打倒对象"；厅、局级干部 71 名中有 59 名被列为"打倒对象"或"重点审查"对象；处级干部 192 人中有 99 人被列为"打倒"或"重点审查"对象。北京地区 170 位高级研究人员中，131 位被列为"打倒"对象或审查对象。

1967 年 1 月下旬，中国科学院（京区）革命造反派联合夺权委员会篡夺了中国科学院院部党政大权，并发布夺权后的第一号通令。其中第七条是撤销学部，罪名是学习苏（联）修（正主义），走"专家路线"，实行"专家治院"。学部撤销后，我的职务也随之解除，离开了生物学科研管理部门 11 年，一生中的黄金工作年华白白流逝。

我在接受两年审查之后，1969 年 3 月至 1972 年年底，到宁夏陶乐和湖北潜江的中国科学院两所"五·七学校"劳动改造了近四年。

湖北"五·七学校"撤销后，我被分配到中国科学院微生物研究所科研生产组任组长，不料报到时却被借调到中国科学院院部。我在院部清查办公室邹协成专案组待了两年。大约是1974年，原国家科委机关留守组、中国科学院图书馆"批林批孔"资料组和院专案组第二学习小组联合编写《中国古代科学技术创造发明家简介》，我加入承担一部分编写和刻蜡纸、油印的任务。在"文化大革命"中，我自以为多了一点独立思考，但没有想到一些政治野心家会打着学术批判的旗号，发动"批林批孔"运动，鼓吹所谓儒法斗争，把矛头对准周恩来等老一辈无产阶级革命家。在我承担编写的一些古代科学家简介中，认为历史上对待科学技术的态度，法家革新、进步；而儒家守旧、反动。其实，我对儒家、法家毫无研究，不懂装懂，学风不正。幸好那些简介是油印或复写的，流传不广。后来，我引以为戒，在退休后自由撰稿发表第一篇文章《北京大学生物学系是何时建立的》[①]，总共只2000多字，前后查找资料花了近两年时间。

1975年年初，我被借调到教育部《自然科学争鸣》杂志编辑部（负责人有甘子玉、龚育之等），主要工作是组织地学方面的稿件。有一次参加国家地震局主持的地震预报讨论会，听说天津大港油田有一位工人工程师张铁铮独创一种磁暴二倍法预报地震。我访问了他，请他写稿介绍自己的研究成果。我在该杂志不到半年，只编发了这一篇稿。

1975年9月底我回中国科学院到政策研究组，这是胡耀邦、李昌同志奉邓小平同志之命到中国科学院主持整顿工作后设立的工作班子。[②] 研究组的吴明瑜、罗伟两位同志参与了胡耀邦主持的《科学院工作汇报提纲》的起草。我来时国务院已经讨论过那个提纲。不久，邓小平因主持全面整顿工作，实际上形成了对"文化大革命"的全面否定而为毛主席所不容，再度下台。《科学院工作汇报提纲》成为三株大毒草之一，由"四人帮"发往全国批判。政策研究组自然成为"四人帮"在中国科学院院部的追随者柳忠阳等人的眼中钉。1976年4月，华国锋同志要中国科学院办一份面向农村的《科技报》，中国科学院核心小组把政策研究组改为《科技报》筹备组（负责人杨子江）。同年9月，柳忠阳未请示华国锋同志，擅自撤销《科技报》筹备组。9月底政治部人事部门干部找我谈话，要我离开中国科学院。我提出在不说清楚我犯了什么错误之前，我哪儿也不去。几天后，"四人帮"被抓起来了，我离开中国科学院之事作罢，被调到院办公室调查研究处。后来在院部清查"四人帮"及其追随者的罪行中，有人揭发政治部在1976年9月做出决定，把原政策研究组的四个人全部清除出中国科学院，除

---

① 参见：北京大学生物学系是何时建立的. 中国科技史料，1989.10（2）.
② 有的同志回忆，胡耀邦同志组织起草《科学院工作汇报提纲》的工作班子，当时没有具体的名称。方毅同志到中国科学院主持工作后，它才扩建为中国科学院政策研究室。

了我，还有吴明瑜、罗伟和应幼梅同志，只不过是先拿我开刀就是了。

我到调查研究处后，并没有在该处工作，先是为运动办公室收集整理"四人帮"破坏科技工作的反动言论，由办公室印发到院属各单位供批判用。胡克实同志还让我整理一份"四人帮"直接破坏科技工作的罪行材料。材料经他审定后打印，由他上报中央。其中有些内容被收进中共中央文件（关于"四人帮"罪行）。

1977 年 4 月，《红旗》杂志社请郭沫若院长写一篇继续贯彻"双百"方针的文章，郭老提出要先作些调查研究。《红旗》杂志社从中国科学院和原哲学社会科学部（中国社会科学院的前身）各借调了两位同志，组成写作组先进行调查研究，了解"四人帮"破坏"双百"方针的情况后，再起草郭老文章初稿。童大林同志派理论物理研究所的赵红洲同志和我到该组工作。当时，郭老身体已很虚弱，我们见不到郭老，无法亲聆他的指示，虽闭门造车数易其稿，终因郭老不满意，无果而散，前后花了三个多月时间。

1977 年 7 月，我到全国科学大会筹备会典型材料组工作，直到 1978 年 4 月全国科学大会开完，第二个科学春天到来之际，我才有机会回到科研管理部门。

"文化大革命"及其后的共 11 年时间，我一事无成。

4. 重返科研管理部门至退休返聘 13 年

从 1978 年 4 月到 1991 年，我先后在中国科学院院部任一局（主管生物学）三处处长，学部办公室副主任，生物学部学术秘书和副主任，生物科学与技术局学术秘书。退休后由学部联合办公室返聘，直到 1991 年年底离开院部，前后约 13 年。

1978 年全国科学大会（3 月 18～31 日）开过后，我回中国科学院院部一局，局长是黄书麟，副局长是过兴先、宋振能。不久，黄书麟调离，局长为过兴先，副局长是宋振能、王维章。过兴先是我"文化大革命"前的老领导；宋振能是我在原福建协和大学生物系的老同学，他比我早半年进中国科学院调查研究室，从那时起到"文化大革命"前夕，我们一直在同一单位共事 15 年。我回到生物学科研管理部门，并且与老领导、老同学、老同事在一起工作，感觉真好。

我在一局工作不到一年，被调到学部办公室，主任是顾德欢，副主任是邓照明（兼）、汪敏熙和我。顾德欢在上海交通大学读书时参加中国共产党，新中国成立后，曾任浙江副省长，但他不喜欢官场生活，1956 年到中国科学院电子学研究所任所长。他为人随和，喜欢读书，思想活跃，和他在一起工作很愉快。

我到学部办公室后的主要工作，是在钱三强副院长领导下，做学部委员增选工作。我在前面已经提到，中国科学院学部于 1967 年 1 月被撤销。方毅同志接任中国科学院第二任院长后，拨乱反正，为治理中国科学院在"文化大革命"

的创伤做了大量工作，其中的重要措施之一，就是恢复与重建学部。"文化大革命"前，中国科学院自然科学方面的四个学部共有190名学部委员，到1980年底先后谢世73人，剩下的117人大多年老体弱，行动不便，而且数学物理化学部和生物学部的主任、副主任、常委会成员全已逝世。要恢复学部活动，首先是必须增选年富力强的新的学部委员，为学部注入活力。为此，设立了临时机构"中国科学院学部委员增补办公室"，主任是邓照明（兼），副主任有干部局副局长邵言屏（女）和我。我是常务副主任，具体主持学部有史以来通过原有学部委员民主选举产生新学部委员全过程的组织服务工作。经过这次增补，学部委员总数达到400人，平均年龄从73.3岁下降到65.8岁。增选的学部委员名单经国务院批准后，1981年5月，第四次学部委员大会在北京召开。大会选出了由27人组成的中国科学院主席团。5月19日，在主席团首次会议上，推选卢嘉锡为中国科学院院长，钱三强、胡克实、冯德培、李薰、严东生、叶笃正为副院长。各学部也分别选举产生新的领导机构——常务委员会和学部主任、副主任，旨在加强学术领导的新一届中国科学院领导班子建立起来了。

1981年5月，学部办公室和学部委员增补办公室撤销，我到了重建后的生物学部，学部主任由副院长冯德培兼任，副主任有张致一、曹天钦、徐冠仁。1984年冯德培离任，生物学部主任为曹天钦，副主任有张致一、徐冠仁。

卢嘉锡是中国科学院第三任院长，他在学部大会结束后一周，召开院京区各单位处级以上干部会议，率新选出的院领导成员同大家见面。卢嘉锡讲话的第一句是：我们这些人是受命于过渡时期。他所说的过渡，就是从行政领导为主，过渡到学术领导为主。通过加强学术领导和科研管理的科学化，贯彻中国科学院的方针和任务，引导各门学科的研究工作更好地为"四个现代化"服务，推动研究水平和研究质量的不断提高。他和副院长们以抓学术领导为主，依靠学部加强学术领导，四位副院长兼任四个学部的主任，一位副院长分管农业等委员会的工作。日常业务行政管理主要依靠秘书长和副秘书长组织院机关各部门分工进行。

学部是实施学术领导的工作机构，卢院长参与起草并由院务会议通过了《中国科学院学部工作简则》（本文简称《简则》），使学部工作有所遵循。《简则》规定学部的性质与任务、机构、工作制度，以及与院部其他职能局的关系。

关于学部的性质与任务，《简则》提出：学部是中国科学院的学术领导机构，也是国家科学技术事业发展的学术咨询机构。它的主要任务如下：①对本学部范围内的院属研究机构实行学术领导和相应的科研组织管理，审议各研究机构的方向、任务和科研计划；评议研究所工作；组织评审、协调重要的科研项目；评议或鉴定重要科研成果；组织评定研究员或相当于研究员的高级技术人员的职称；对重点项目的人、财、物的分配方案和使用情况进行审议、检查和提出建议；②分析国内外科学技术发展趋势，对学科发展的方针、政策和规划提出意见和建议；评议申请资助的基础性研究项目，推动有关学科的发展，促进人才的成长；③对我国社会主义现代化建设中的重大科学技术问题，进行调查研究和学术论证，提出报告与建议；④组织一些重要的和国际性的学术活动。

按照《简则》中"学部的机构"的规定，"由学部主任提名，经院长任命，学部可设非学部委员的专职副主任 1～2 人，协助学部主任进行业务、行政组织领导工作。专职副主任为常务委员会成员"。1982 年 8 月 18 日，宋振能和我被任命为生物学部副主任。宋振能负责全面工作，我协助他工作。1985 年 1 月起到1986 年年底，我因脑血栓、脑供血不足，全休了两年。这两年，生物学部的业务和行政的组织工作重担全部压在宋振能肩上。

在全休前，我分工负责的工作主要有以下方面。

（1）第二届国家自然科学奖生物学项目复审的组织工作。第一届国家自然科学奖就是 1956 年度"中国科学院奖金（自然科学部分）"。从那次评审颁奖后，自然科学奖再也没有颁布过。从第二届起，自然科学奖由国家科委负责，但复审工作委托给中国科学院。

（2）"中国科学院自然科学基金"1982、1983 和 1984 年度的生物学项目评审的组织工作。"中国科学院自然科学基金"是在 1981 年，中国科学院学部第四次大会期间，由 89 位学部委员联名建议，经国务院批准于 1982 年开始设立的。它开始由国家每年拨款 3000 万元，后来增至 5000 万元，用于资助全国基础研究和应用研究中的基础性工作，通称基础性研究。它是科研管理体制改革中的创举，是中国第一个科学基金。经过中国科学院四年探索，1986 年在中国科学院成功运作的基础上设立了国家自然科学基金委员会，中国科学院的科学基金局和各学部的基金组，都转到该委员会。

（3）评议成都生物研究所、昆明动物研究所、水生生物研究所和遗传研究所的组织工作。

（4）国家重点实验室，如分子生物学国家重点实验室（上海生物化学研究所）、淡水生态与生物技术国家重点实验室（武汉水生生物研究所）及上海生物技术实验研究基地前期建设的可行性论证。

（5）1982 年，组织并主持中国科学院生物技术研究规划编制会议。

（6）1983 年奉派参加由国家科委、国家计委、国家经济委员会（本文简称国家经委）联合组织的全国科技长远规划办公室的生物技术规划组工作。参加生物技术规划编制会议的有来自国家科委、国家教育委员会（本文简称国家教委）、农业部、卫生部、轻工业部、商业部、国家医药管理总局和中国科学院的研究技术与科研管理人员。我与国家科委张冰如同志和国家教委李致勋同志（复旦大学遗传研究所副所长）分任组长和副组长。

生物技术规划组成立不久，国家科委副主任赵东宛同志召开了一次各部门专家参加的生物技术座谈会。赵东宛同志说：赵紫阳总理最近去日本考察，日本生物技术产业的产值已经超过了日本电子工业的产值。因此，赵东宛认为生物技术规划的目标，不是几十亿、几百亿人民币，而是上千亿、上万亿。与会专家对赵紫阳考察日本的情况，以及赵东宛对生物技术规划的意见，不置可否。生物技术规划组参加座谈会的只有我们三位正副组长，我们回到组里后，传达了座谈会的情况，结合编制规划的方针、原则进行讨论。大家一致认为所谓的日本电子工业的产值已经让位于生物技术工业的产值，根据不足。我国生物技术的上游和下游，即独创性研究与开发能力，两头薄弱的情况不改变，生物技术工业要有很大很快的发展，是不可能的。在"生物技术热"的时候编制十五年科技规划要实事求是，对国家、对人民负责，既不能冒进，也不能保守。生物技术规划组成员虽然来自八个部、委、院，但合作共处融洽，先后完成了前期研究报告（机密）和《1986—2000年全国科学技术发展规划轮廓设想·生物技术》（机密）。我还根据1982年12月，我参加联合国工业发展组织（UNIDO）在南斯拉夫贝尔格莱德举行的关于"建立遗传工程和生物技术国际中心高级会议"上获得的最新资料，组织翻译了一册30万字的《国外生物技术研究与开发工作进展》（全国科技长远规划办公室内部印发）。1983年底规划工作结束，规划组成员各自回原单位工作，都没有向本单位、本部门以及国家科委申请奖励。随着时间推移，规划工作逐渐被我们淡忘了。1992年3月，国家科委突然通知我们去参加颁奖会议，因为"1986—2000年全国科技长远规划前期研究"获国家科委1988年科技进步奖一等奖（集体奖）[①]。所以我们每人获得一份一等奖证书，一份参加规划工作的纪念证书。

（7）组织编写《当代中国》丛书中《中国科学院》卷生物学编。1982年11月中共中央书记处讨论通过中共中央宣传部《关于编写出版〈当代中国〉丛书的报告》。1983年2月，《当代中国》编委会正式部署编写工作。《当代中国》丛书《中国科学院》卷编辑委员会，于1984年1月11日成立，钱临照、谷羽主持编委会工作。我受聘为编委会委员，负责该卷第五编生物学第十九章至第三十一章共13章的编写组织工作，并与编委季楚卿同志合作承担第十九章概述的编写任务。因各种原因，《当代中国》丛书《中国科学院》卷直到1994年才出版。

卢嘉锡院长任期内，采用同行评议的民主方法，以加强学术领导为目标的各项活动，在各学部的具体组织领导下展开。评议研究所的活动受到重视和欢迎。

---

① 1992年3月11日，全国科学技术长远规划办公室致函中国科学院办公厅。

评议重要科研项目的一系列活动，为科学决策提供了依据。对国家建设中的重大科技问题（如淡水生物资源保护、大农业与水体农业、三峡工程的生态环境等）组织开展了调查研究评议和咨询活动。对重点科研课题、攻关项目、自然科学基金资助项目，也采取同行评议方式进行审批。重大科研成果评定，国家自然科学奖励项目复审、中国科学院优秀成果评定等，也同样采用民主评议办法审定。学部还一度成为博士学位授予单位。在那一段时间，同行专家的学术评议活动空前活跃。但在上述的评议、评审或可行性论证中，除了自然科学基金项目和国家自然科学奖项目的评审或复审是面向全国的外，其他都是中国科学院院内的事。对此，不少担任学部常委的学部委员多次提出，希望减轻他们在中国科学院的行政事务的负担，更好地发挥他们的学术专长，多为国家的科技决策提供咨询意见。同时，在实际工作中也发现，学部委员大多数来自院外，要他们对中国科学院的业务管理工作进行决策，特别是像干部任免、经费分配等问题也确有困难。在这样的背景下，学部委员的性质逐步由学术领导的工作职称，向"国家在科学技术方面的最高荣誉称号"转变。学部委员大会的主要任务，从中国科学院的决策机构转向进行学术评议和咨询。1994 年，中国科学院学部委员制度改为院士制度，院士是"国家设立的科学技术方面的最高学术称号，为终身荣誉"。从 1955 年建立学部委员制度以来差不多 40 年，学部委员性质和学部任务反复变动，最终定格到它合适的位置上。

卢嘉锡就任院长初期，中国科学院险遭解体。事情涉及中国科学院研究工作的战略方针问题。1981 年 1 月，中国科学院党组向中共中央报送关于中国科学院工作的汇报提纲，提出关于中国科学院的性质、任务和办院方针，关于调整和整顿，关于改革，关于改善和加强党的领导、加强思想政治工作的问题，以及当前几个亟待解决的问题。同年 1 月 20 日，中共中央书记处听取李昌同志汇报，讨论了中国科学院的工作，并于 3 月 6 日，以中共中央〔1981〕10 号文件转发中国科学院的汇报提纲。中共中央在批语中指出：中国科学院是国家自然科学的最高学术机构和综合研究中心，明确规定"侧重基础、侧重提高，为国民经济和国防建设服务"的办院方针，是完全正确的。中共中央批示九个月后，赵紫阳总理在看过美籍华人杨振宁的一封信和美国工程科学院院士田长霖的一份讲话纪录后，对正在执行中的中国科学院办院方针提出异议。赵紫阳说，从我国的情况出发，科技界（包括中国科学院系统）应该把更多的人力、物力、财力集中到技术开发和产品研究上来，而不应在基础方面花很多的力量。据张劲夫同志告诉我，"文化大革命"前，中国科学院的方针是侧重应用，而不是侧重基础。[①] 目

---

① 张劲夫主持科学院工作期间，中国科学院办院方针不是侧重应用，而是"三大抓"：一抓尖端科学技术；二抓国民经济的重大科学技术问题；三抓基本研究。

前中国科学院的方针并不是这样定的。……我知道，在科技界思想认识上有分歧，而这个问题不解决，对科技为"四化"服务是会有影响的。1983 年 7 月，中国科学院向国务院提交拟召开第五次学部大会的报告。赵紫阳认为报告中所涉及一些重大问题，要由国务院科技领导小组派出的调查组进驻中国科学院调查后再作决定。1983 年 8 月 23 日，国务院科技领导小组调查组进驻中国科学院。三个月后，调查组向中共中央、国务院提出关于中国科学院几个问题的调查报告，内容包括基本情况、方向任务、体制改革、领导体制、加强领导等问题。中共中央书记处讨论并同意调查组报告，确定中国科学院今后一个时期的方针任务是："大力加强应用研究，积极参加发展工作，继续重视基础研究。"这个方针和被赵否定的办院方针其实并无明显区别。应该说调查组是公正的。中央领导同志在讨论后都认为：你们和我们没有路线的不同，只是地位不同，看问题的角度不同。对方针的解释，不要争字眼，不要再争论下去了。五年之后，两位中央领导同志在同中国科学院同志的一次谈话中都涉及这方面的问题。其中一位说，"中国科学院是我国科研事业的国家队。国家对科学院是重视的，尽管在发展过程中也有过各种议论，甚至解体的建议。我认为，这都是不可取的。……中国科学院为国民经济做出了重要贡献，要充分认识它的成绩和作用。它是个要发展的事业，基础与应用两方面都要发展。近来的倾向是对基础重视不够，是不好的，是短视的，没有理解两方面的关系……"卢嘉锡听到这些话感到由衷的高兴和欣慰。他任职时发生的"侧重"的争论和改革方向上的困惑由此得到了一个说法。①

　　在中国科学院几任院长中，我同卢院长的接触相对多一些。他的科学家本色很浓，对许多问题是非分明，是就是是，不是就是不是。他顾大局，又大度。我在生物学部分管"中国科学院自然科学基金"项目评审组织工作，卢院长提醒我们，中国科学院科研经费虽然也不充裕，但比高校好得多，他建议院属单位尽可能少申请。当统计数字表明中国科学院研究单位获资助的比率远远低于高校时，有的部门的人说，中国科学院的水平不怎么样。卢院长听了一笑了之。他做事民主，我在负责学部委员增选工作结束后，原定参加中国科学院的一个小组去联邦德国和英国，分别访问马普学会和英国皇家学会，护照都办了。卢院长出于第四次学部大会工作的需要，亲自找我谈话，让我推迟出访，如无法推迟，只好让我退出。当然，我只能选择退出。他对不懂的事，从不随声附和。有一天他主持一个会议，会前，他走到我的身边坐下来说："老薛！你可得向我作些科普宣传。"他说："几天前，一位领导同志接见美籍华裔物理学家杨振宁时，提到中

① 《卢嘉锡传》写作组．卢嘉锡传．北京：科学出版社，1995：159-165.

国农业科学院邓景扬研究员研究小麦三系配套成功的重大成就。杨振宁教授认为如果属实，将会是比新中国成立以来物理学成就都大的成果。"卢院长说："我是中国科学院院长，竟不知道这样的重大成果，插不上话，多丢人。"会后，我作了调查研究写了两份材料，一份是什么叫"三系"和"三系配套"，它们在作物育种中的作用；另一份是小麦三系配套研究的现状，并附上我的意见。我认为小麦三系配套成功还有一大段路要走，现在作为重大成就予以宣传为时过早。卢院长看过我的报告和调查材料后，把它批给当时院领导人传阅后退我。事后他对我说："幸亏我在那次接见会上没有不懂装懂！"

1987 年年初，周光召同志任中国科学院党组书记、第四任院长。上任后，他把各学部的办事机构剥离出来，扩建为独立的科研管理机构。原生物学部办公室改成生物科学与技术局。

生物学部常委会改选后，曹天钦任生物学部主任，张致一、徐冠仁任生物学部副主任。各学部不再设非学部委员的副主任，从此，我与生物学部没有关系了。

按照周光召的意见，在院部从事科研管理工作的干部，都必须是有过科研工作背景的，钱迎倩、王贵海、孟广震三位研究员被从科研第一线调到院部，钱迎倩任生物科学与技术局的局长，王贵海、孟广震任副局长。这时，我任生物科学与技术局的学术秘书，因脑血管疾病全休两年后刚开始恢复上班，不料老伴郑家慧被确诊为肺癌晚期，只有半年生存期。我不再参加第一线的科研管理工作，退居二线，除继续组织《当代中国》丛书《中国科学院》卷生物学各章的编写、审稿工作，做些专题，如中国科学院生物学科技队伍状况的调查研究外，还参与筹办《生物科学信息》杂志。这份杂志由国家自然科学基金委员会生命科学部、中国科学院生物科学与技术局和中国科学院上海文献情报中心共同负责，编辑部设在中国科学院上海文献情报中心，聘请中国科学院上海药物研究所研究员池志强为主编，1988 年试刊，1989 年正式创刊问世。在中国科学院上海文献情报中心、编辑部和池志强同志的努力下，《生物科学信息》越办越好，不久改名为《生命科学》（双月刊），成为有影响的期刊。

中国科学院学部自 1979 年至 1980 年第一次民主增选新的学部委员后，又因各种说不清的原因停止增选工作，整整 10 年。科学界为此呼声不断，钱三强同志反复考虑，认为应该积极建言，说明实情，讲清利弊，请有关领导重视并决策。1990 年 5 月 7 日，钱三强以"科技界一个老兵"的名义，给李鹏总理写了一封情意恳切的长信，委托在政协一起做知识分子政策问题调研工作的钱正英副主席转呈。这封信对学部委员正常增选起了重要作用。不到一个月，事情有了进展。1990 年 6 月 2 日，李鹏总理在中南海他的办公室约见了中国科学院院长周光召和钱正英，进一步听取情况汇报后，李鹏总理同意以中国科学院名义向国务院写增选学部委员的报告正式报批。从此，学部委员增选工作制度化，即两年增选一次得以实行，再未中断过。

我退休后受学部联合办公室返聘，在参加完1991年的学部委员增选工作，以及第五次学部大会后，离开院部。

在学部委员增选工作制度化后，必须考虑在中国香港、澳门和台湾工作的中国科学家当选为中国科学院学部委员及其可能出现的问题。同时，中国台湾"中央研究院"院长吴大猷将访问内地，而中国台湾"中央研究院"与中国科学院之间有许多宿怨，比如，原"中央研究院"在内地的研究所，除历史语言研究所迁中国台湾外，其余全由中国科学院接收并予以改组；中国科学院的外文译名沿用了原"中央研究院"的拉丁文"Academia Sinica"；中国台湾"中央研究院"作为所谓法人代表，占有了国际科联、世界科协及其所属机构的中国席位等。为此，中国科学院学部联合办公室拨出课题经费要季楚卿同志和我研究中国台湾"中央研究院"的历史与现状。我们完成的主报告（内部报告），其中有：迁往中国台湾后的"中央研究院"，对中国科学院同中国台湾"中央研究院"以及中国台湾科技界今后交往的展望与建议。

三、珍视夕阳红，离开院部迄今近20年

我原来设想离开中国科学院院部后，除了做些20世纪上半叶中国生物学发展进程中若干专题的研究外，以主要精力和时间进行1949～1989年40年间《中国科学院生物学发展史事要览》的史料收集、整理和编辑工作。

1992～1999年，我应原中国科学院院史文物资料委员会办公室负责人、院科技政策与管理科学研究所院史研究室主任、研究员樊洪业约请，承担了由他主持的院史资料的编研任务，先后编写或编辑由院史文物资料征集委员会办公室印发的《中国科学院史事汇要》和《中国科学院史料汇编》各三册（1952年、1953年和1957年，与季楚卿同志合作）；《中国科学院生物学发展史事要览》（1949～1956年）一册（与季楚卿、宋振能同志合作）；并独自完成《中国科学院编年史1949～1999》（上海科技教育出版社，1999）中12年（1949～1951年、1954～1955年、1967～1973年）的分年大事记编研任务。此外，我承担了《20世纪中国学术大典·生物学》（钱迎倩等主编，福建教育出版社，2004）中，新中国成立前中国生物学的若干事件、教学与科研机构、社团学会、学术刊物等30多个条目的编写。与此同时，我撰写了50多篇中国科学院院史某些片段，和20世纪上半叶中国生物学发展历史一些专题的文章或史料，大多数已经发表。

如果说我有遗憾的话，那就是退休前曾经设想过要编出一部40年的《中国科学院生物学发展史事要览》，但在合作编出1949～1956年的这一册以后，由于健康等方面的原因，计划夭折了。

回顾我退休以来，尤其进入2000年后，虽然经历过三次冠状动脉手术，脑供血不足的宿疾日渐加重，健康状况下滑，但生活是充实的。我的心始终和中国科学院在一起，我的工作依然同中国科学院有密切关系。我可以聊以自慰地说，没有虚度晚年岁月。

未收录的部分文章资料存目

　　在工作期间和退休之后，我还写过一些文章、报道、运动总结、调查报告、简报、纪要和情况反映等。它们有的已经正式发表，有的仅作为内部资料，但大都可见于 2008 年 1 月由中国科学院自然科学史研究所院史研究室内部印行的《薛攀皋文集》。限于篇幅，不予收录，仅存其目。

　　1.《中国科学院生物学四十年》（张致一，宋振能，薛攀皋）（原载《中国科学院院刊》，1989 年，第 3 期，第 209-219 页）

　　2.《台湾"中央研究院"简况》（原载《中国科技史料》，1992 年，第 13 卷第 4 期，第 69-87 页）

　　3.《台湾当局在"中央研究院"院士身份上的政治动作》（薛攀皋，季楚卿）（原载《海峡科技交流研究》，1992 年，第 2 期，第 34-35 页）

　　4.《是英文问题，还是科学道德问题？》（李佩珊，薛攀皋），（原载《自然辩证法通讯》，1996 年，第 18 卷第 4 期，第 74-80 页）

　　5.《〈是英文问题，还是科学道德问题？〉以外的话》（李佩珊，薛攀皋），（原载《薛攀皋文集》，2008 年，第 354-358 页）

　　6.《我国大学生物学系的早期发展概况》（原载《中国科技史料》1990 年，第 11 卷第 2 期，第 50-64 页）

　　7.《中国最早的三种与生物学有关的博物学杂志》（原载《中国科技史料》1992 年，第 13 卷第 1 期，第 90-95 页）

　　8.《中国科学社生物研究所——中国最早的生物学研究机构》（原载《中国科技史料》1992 年，第 13 卷第 2 期，第 47-57 页）

　　9.《北京大学生物学系是何时建立的》（原载《中国科技史料》1989 年，第 10 卷第 2 期，第 77-79 页）

　　10.《再谈北京大学生物学系建立于 1925 年》（原载《中国科技史料》2000 年，第 21 卷第 1 期，第 48-51 页）

　　11.《1932 年生物自然发生说在中国沉渣泛起—— 一场科学同反科学的斗争》（原载《中国科技史料》2002 年，第 23 卷第 1 期，第 9-17 页）

　　12.《谭熙鸿，被遗忘的北京大学生物学系的创建者》（原载《中国科技史杂志》2008 年，第 29 卷第 2 期）

13.《钟观光与北京大学生物学系》（原载《薛攀皋文集》，中国科学院自然科学史研究所院史研究室编印，2008 年，第 418-423 页）

14.《中国近现代植物学界老前辈钟观光教授》（原载《薛攀皋文集》，2008年，第 424-437 页）

15.《我所认识的贝时璋教授》（原载《贝时璋教授与中国生物物理学》，中国科学院生物物理研究所，1993 年，第 134-138 页）

16.《"汤氏病毒"·启迪·思考——汤飞凡成功分离沙眼病原毒 35 周年纪念》（原载《生物科学信息》，1990 年，第 2 卷第 3 期，第 128-130 页）

17.《纪念蔡希陶教授》（原载《生物科学信息》1991 年，第 3 卷第 2 期，第36-38 页）

18.《心香一炷献恩师——唐仲璋教授百年诞辰纪念》（原载唐崇惕等主编：《唐仲璋院士百年诞辰纪念文集》，厦门大学出版社，2004 年，第 188-191 页）

19.《郑作新老师风范长存》（原载郑光美主编：《天高任鸟飞——郑作新院士诞辰 100 周年纪念文集》，中国科学技术出版社，2005 年，第 45-48 页）

20.《汪志华：新中国科研管理工作的开拓者——中国科学院初创时期奋勉奉献》（原载《科学新闻》，1999 年，第 4 期，第 22-23 页）

21.《怀念我的高中老师地质学家林观得》（原载《薛攀皋文集》，2008 年，第 471-475 页）

22.《言者无罪是决策民主化的起码条件》（原载《科学报》1989 年 11 月 1日）

23.《生物学部京区单位技术革新技术革命运动总结》（原载《薛攀皋文集》2008 年，第 283-288 页）

24.《1958～1960 年间的胰岛素人工合成的研究》（原载《薛攀皋文集》，2008 年，第 289-292 页）

25.《解放后我国生物学界刮起的几阵风及其风源》（原载《薛攀皋文集》，2008 年，第 279-282 页）

26.《北京部分自然科学工作者座谈"双百"方针情况》（原载《薛攀皋文集》，2008 年，第 300-304 页）

27.《上海部分自然科学工作者座谈"双百"方针情况》（原载《薛攀皋文集》2008 年，第 305-313 页）

28.《"四人帮"及其追随者破坏科学技术工作的部分反动言论》（原载《薛攀皋文集》2008 年，第 314-345 页）